Wir haben uns erlaubt einige Namen und Örtlichkeiten aus Spannungsgründen neu zu erfinden, anders zu benennen und auch zu verlegen. Sie als Leser werden uns diese Freiheiten sicher nachsehen

Sämtliche Figuren und Ereignisse dieses Romans sind der Fantasie entsprungen. Jede Ähnlichkeit mit echten Personen, lebend oder tot, ist zufällig und von den Autoren nicht beabsichtigt.

ISBN: 9781983205590

Lektorat: Wolma Krefting, www.bueropia.de
Korrektorat: Sybille Weingrill, www.swkorrekturen.eu
Titelgestaltung: www.afp.at
Bildernachweise: copyright shutterstock ,
The sand isolated on white background close-up: 187112042, Voronina Svetlana
Red starfish in Indian Ocean: 501327598, Samibi81
foam surface ocean deep blue sea from top view, nature texture: 718116424, sattahipbeach

ÜBER DIE AUTOREN B.C. SCHILLER

Barbara und Christian Schiller leben und arbeiten mit ihrem Rhodesian Ridgeback Calisto in Wien und auf Mallorca. Gemeinsam waren sie über 20 Jahren in der Marketing- und Werbebranche tätig und haben ein totales Faible für packende Thriller. B.C. Schiller gehören zu den erfolgreichsten Spannungs-Autoren im deutschsprachigen Raum. Bisher haben sie mit ihren Thrillern über 1,400.000 Leser begeistert.

facebook.com/BC.Schiller

twitter.com/bc_schiller

instagram.com/bc.schiller

BÜCHER VON B.C. SCHILLER

Die Tony Braun Thriller:

TOTES SOMMERMÄDCHEN – der erste Tony Braun Thriller – wie alles begann

TÖTEN IST GANZ EINFACH – der zweite Tony Braun Thriller

FREUNDE MÜSSEN TÖTEN – der dritte Tony Braun Thriller

ALLE MÜSSEN STERBEN – der vierte Tony Braun Thriller

DER STILLE DUFT DES TODES – der fünfte Tony Braun Thriller

RATTENKINDER – der sechste Tony Braun Thriller

RABENSCHWESTER - der siebte Tony Braun Thriller

STILLER BEOBACHTER – der achte Tony Braun Thriller

STRANDMÄDCHENTOD – der neunte Tony Braun Thriller

Alle Tony Braun Thriller waren monatelang Bestseller in den Kindle-Charts bei amazon und erreichten alle die Nummer 1.

Die TARGA HENDRICKS Thriller:

DER MOMENT BEVOR DU STIRBST – der erste Fall mit Targa Hendricks

IMMER WENN DU TÖTEST – der zweite Fall mit Targa Hendricks

Tauchen Sie ein in die B.C. Schiller Thriller-Welt.

STRANDMÄDCHENTOD

Thriller

B.C. SCHILLER

1

Ertrinken ist kein schöner Tod.

Ich betrachte das Mädchen, das vor mir auf den Planken liegt.

Das Boot ankert nur wenige Meter vom Ufer entfernt. Es ist eine düstere Nacht und die Wellen gehen hoch. Das Meer ist grau wie Eisen. Der Wind weht ungemütlich kalt. Der Sommer macht Pause. Ich halte das Gesicht in den schwarzen, sternenlosen Himmel. Auf meinen Wangen spüre ich die salzige Meeresluft. Langsam kriecht das Adrenalin aus meinen Eingeweiden hoch bis ins Hirn. Ich überprüfe die Fesseln an ihren Händen und Füßen. Dann hole ich das Fischernetz aus der Kajüte und wickle ihren Körper darin ein. Jetzt ist nur noch ihr Schädel zu erkennen. Ich packe das Mädchen an den Schultern und wälze es zur Reling. Sie ist schwerer, als ich dachte. Das sind die Gewichte, mit denen das Netz beschwert ist. Mit einem kräftigen Ruck wuchte ich sie hoch. Ich schlinge ein Seil um ihre Brust und schiebe sie über Bord. Wie ein Stück

Holz klatscht sie ins Wasser und versinkt. Jetzt werfe ich einen Rettungsring in die See und springe ebenfalls über Bord. Ich tauche in das kühle Wasser und schwimme zu dem Mädchen, das langsam auf den Meeresgrund sinkt.

‚Ertrinken ist kein schöner Tod', denke ich. Ich greife nach dem Seil und ziehe sie zu mir. Gemeinsam treiben wir an die Wasseroberfläche. Zurück ins Leben. Sie keucht. Das Paketklebeband über ihrem Mund löst sich ein wenig. Ihre Wange liegt auf dem Rettungsring. Sie atmet hektisch durch die Nase. Ihre Augen sind vom Salzwasser gerötet. Unverwandt starrt sie mich an. Schöpft Hoffnung. Mit einer Hand packe ich ihren Schädel und drücke ihn unter Wasser. Langsam zähle ich die Sekunden. Bevor sie ertrinkt, ziehe ich sie an dem Seil wieder hoch. Jetzt lese ich die nackte Panik in ihren Augen. Ich lege meine Hand auf ihre Brust, um ihren Herzschlag zu spüren. Geduldig warte ich, bis sie genügend Luft eingeatmet hat. Dann lasse ich sie langsam wieder los. Die Gewichte des Netzes drücken sie unter Wasser. Ich greife nach dem Seil und ziehe das Mädchen hinter mir her. Ehe ich das Ufer erreiche, stoppe ich. Jetzt spüre ich Boden unter meinen Füßen. Es ist Sand, vermischt mit Kieseln. Ich ziehe den Körper des Mädchens an den Fesseln hoch. Ihr Schädel taucht auf. Das Paketklebeband hat sich von ihrem Mund gelöst. Ihre Lippen sind rissig. Sie saugt röchelnd die Luft ein. Wieder sehe ich einen Hoffnungsschimmer in ihren Augen. Sie versucht die Lider zu schließen. Sie will sich vor ihrem Schicksal verstecken, um das Grauen nicht zu sehen. Aber sie kann ihre Augen nicht schließen, sosehr sie sich auch bemüht. Das versetzt sie in Panik. Sie hustet und spuckt. Behutsam klopfe ich ihr auf den Rücken. Ich will, dass sie sich ans Leben klammert, dass sie mir vertraut. Bis sie endlich begreift, dass diese Hoffnung trügerisch ist. Bis die Erkenntnis in ihrem Herzen reift, dass sie mit offenen Augen sterben wird. Bis sie zu schreien beginnt. Dann drücke ich ihren Kopf so lange unter Wasser, bis sich ihr stummer Schrei im Meer auflöst. Bis ihr Herz aufhört zu schlagen. Während ich ihren Schädel mit beiden Händen umklammere, denke ich zurück an jenen Sommer vor achtzehn Jahren, als das Unglück begann.

2

Der Strand von Tallinn entwickelte im Sommer oft einen südlichen Charme. Doch an diesem Tag duckte sich die Landschaft unter tief hängenden Wolken und das Unheimliche war nicht mehr fern. Die Holzhäuser wirkten dunkel und modrig. Dicke Regentropfen klatschten auf bemooste Schindeldächer und auf brachliegenden Grundstücken wucherte das Unkraut. Die wenigen Urlauber, die sich an diesem tristen Tag an den Strand verirrten, saßen in den düsteren Bars und tranken Wodka, um sich aufzuheitern. Nur den Kindern machte der Regen nichts aus, sie gingen auf Entdeckungsreise an den Strand.

„Sieh mal, da vorne!"

Der sechsjährige Marti deutete mit der Hand auf ein längliches Ding, das bei der verfallenen Festung an den Strand gespült worden war.

„Treibholz", meinte die ein Jahr ältere Sumi mit Kennerblick. „Komm, das sehen wir uns einmal näher an."

„Au ja“, rief Marti und beide stapften durch den vom Regen schweren Sand. „Machen wir ein Wettrennen“, sagte Marti. „Wer zuerst bei der Festung ist.“

„1, 2, 3. Dann los!“, rief Sumi und begann sofort zu rennen. Doch Marti schloss schnell auf und sie konnte keinen Vorsprung herausholen.

Mittlerweile begann es immer heftiger zu regnen und die Festung kam näher und näher. Die von der Feuchtigkeit geschwärzten Mauern ragten düster vor den Kindern auf, und der Sand, auf den das merkwürdige Objekt geschwemmt worden war, wirkte fast schwarz im Regen.

„Oh, ist dieses Dingsda aber schön“, flüsterte Sumi ergriffen. Spontan packte sie die Hand ihres kleinen Bruders und drückte sie fest.

„Das ist kein Treibholz“, meinte Marti altklug. „Das ist ein Dingsda, das in einem Fischernetz steckt.“

„Es ist sicher etwas Verzaubertes. Komm, wir untersuchen es.“

Beide hockten sich hin und begannen vorsichtig, Muscheln aus dem Netz zu picken. Mit spitzen Fingern zupften sie an den Nylonschlingen. Überall zappelten noch kleine silberne Fischlein, die sich in dem Netz verfangen hatten und mit an Land gespült worden waren. Seetang schlang sich um das Netz. Sumi fuhr sacht mit der Hand darüber. Es fühlte sich merkwürdig an. Nach einer Weile hatten sie einen Teil des Netzes freigelegt und betrachteten staunend ihr Werk.

„Wow, das ist aber gruselig.“

„Ist das ein großer Fisch?“, fragte Marti aufgeregt. „Das müssen wir unbedingt Papa zeigen.“

„Ja, gleich, aber zuerst will ich es mir noch ein wenig ansehen."

„Sieh mal, was da im Netz hängt." Marti deutete auf ein rundes Ding, das wie ein Tischtennisball aussah.

„Zeig her." Sumi griff danach und ließ es sofort wieder los. „Igitt, ist das glitschig."

„Mir macht das nichts aus." Marti packte das runde Ding und wog es in der Hand. „Schau mal, vorne hat es ein blaues Teil. Ich nehme es mit."

„Ja, gut. Gehen wir wieder zurück." Mittlerweile hatte Sumi die Lust verloren, sich mit dem unheimlichen Ding näher zu beschäftigen. Ihr war kalt und sie hatte Hunger. Beide hüpften über den Strand auf die Bar zu, in der ihre Eltern saßen.

„Drüben bei der Festung wurde etwas Gruseliges an den Strand gespült", platzte Marti sofort heraus.

„Was du nicht sagst", meinte Martis Mutter desinteressiert und nippte an ihrem Wodkaglas.

„Marti hat von dort auch etwas mitgenommen", sagte Sumi und stieß Marti in die Seite. „Los, zeig es Mama."

„Was hast du denn Schönes, mein Kleiner?" Die Mutter drehte sich zu Marti und strich ihm über die Haare.

„Es ist eine besondere Murmel." Marti senkte den Kopf und hielt seine Hand geschlossen. Das Ding fühlte sich weich und glibberig an. Mama würde es genauso wie Sumi eklig finden und ihm sagen, dass er das Ding wegwerfen müsse.

„Darf ich sie sehen?", fragte Martis Mutter mit samtweicher Stimme.

„Nein!" Marti schüttelte trotzig den Kopf und versteckte seine Hand hinter dem Rücken.

„Es ist ganz glitschig und vorne blau“, sagte Sumi atemlos. „Ich glaube nicht, dass es eine Murmel ist.“

Jetzt war auch Martis Vater auf die Diskussion aufmerksam geworden und drehte sich zu den Kindern.

„Marti, zeig her, was du gefunden hast. Wenn es ungefährlich ist, dann darfst du es behalten.“

„Versprochen?“, fragte Marti zweifelnd.

„Großes Indianerehrenwort“, sagte sein Vater und legte zwei Finger zum Schwur auf die Brust.

Widerstrebend öffnete Marti die Hand. Das Ding wackelte auf seiner Handfläche und sah jetzt ein wenig zerdrückt aus. Martis Vater griff mit spitzen Fingern danach und hielt es prüfend vor sein Gesicht.

„Das ist ja ein Auge!“, rief er plötzlich und prallte zurück. „Ein menschliches Auge!“ Angeekelt ließ er den Glaskörper auf die Tischplatte fallen.

„Was!“ Martis Mutter starrte entsetzt auf die Kinder. „Wo habt ihr das gefunden? Los, sagt schon!“ Panisch rüttelte sie Marti an den Schultern, bis er zu weinen begann.

„Dort“, flüsterte Sumi betreten und zeigte auf die Festung.

Martis Vater schob seinen Stuhl zurück und sprang auf. Der Vater der Kinder war groß und stattlich und seine Stimme klang wie die eines Bären. Aber jetzt wirkte er nervös und die Kinder bekamen Angst.

„Was ist das für ein Auge, Papa?“, fragte Marti und versteckte sich hinter seiner Mutter. „Gehört es einem Menschen?“

„Ich weiß es nicht. Ihr müsst mir zeigen, wo ihr es gefunden habt.“

„Ich habe Angst“, meinte Marti weinerlich.

„Ich zeige dir, wo das Ding liegt, Papa“, sagte Sumi und griff tapfer nach der Hand ihres Vaters.

„Ist gut, meine Kleine“, brummte ihr Vater und machte sich mit seiner Tochter auf den Weg.

„Dort vorne liegt das Ding im Sand.“ Sumi deutete unbestimmt in die Ferne.

„Tatsächlich.“ Sumis Vater lief über den Strand.

„Was ist das, Papa?“

Doch ihr Vater hörte sie nicht. Er kniete vor dem Objekt und drehte es vorsichtig um.

„O mein Gott“, rief er laut und wich zurück.

„Papa, was ist los?“

Aber Sumis Vater antwortete nicht. Wie angewurzelt kniete er vor dem Ding und starrte darauf. Nur das Prasseln des Regens auf die Betonmauern der Festung war zu hören. Die Stille machte Sumi Angst und sie lief zu ihrem Vater. Dieser hatte das Ding umgedreht. Er kroch um das Netz herum und suchte nach einer Öffnung. Endlich hatte er ein zerrissenes Stück Nylonschnur gefunden und konnte das Netz ein wenig auseinanderschieben. Ein bleicher nackter Oberkörper kam zum Vorschein. Sumis Vater zerrte an dem Netz und schließlich war das Ding freigelegt. Erst jetzt fiel ihm auf, dass Sumi direkt neben ihm stand.

„Geh sofort da weg“, befahl er mit strenger Stimme. „Das ist nichts für dich.“

Sumi sprang auf und rannte bis zur Festungsmauer. Zitternd presste sie sich an den feuchten Stein.

„Das ist ein Mädchen“, flüsterte sie mit gepresster Stimme. „Was ist mit ihr passiert?“

„Schau dir das nicht an", sagte ihr Vater. „Lauf sofort zu Mama, und sag ihr, dass sie die Polizei rufen soll."

Wie von Sinnen rannte Sumi den Strand entlang, verfolgt von den Bildern, die sie gesehen hatte, bevor ihr Vater sie wegschickte. In dem Netz war ein Mädchen gewesen und das Gesicht hatte sie angestarrt. Oder das, was davon noch übrig geblieben war. Denn das Gesicht des toten Mädchens war halb zerfressen und die Augen fehlten.

3

Das Handy spielte die Anfangstakte von „A Forest“. Tony Braun ignorierte die immer gleiche Melodie so lange, bis die Gitarre von Robert Smith schließlich verstummte. Mit einem zufriedenen Lächeln schob er das Handy über den Tisch und lehnte sich entspannt zurück.

‚Das ist der erste Schritt zu einem besseren Leben. Einfach in seiner Freizeit nicht auf die Anrufe aus dem Polizeipräsidium reagieren‘, dachte er. Vor ein paar Monaten wäre das undenkbar gewesen, da identifizierte sich Braun so sehr mit seiner Arbeit, dass er jeden Fall persönlich nahm. Es hatte ihm einfach die Distanz gefehlt, aber gerade das war das Geheimnis seines Erfolgs als Leiter der Mordkommission Linz gewesen.

Doch dann wurde er bei einem Einsatz angeschossen und hatte an der Schwelle zum Tod gestanden. Während seiner Genesung hatte er genügend Momente gehabt, über alles nachzudenken. Dabei wurde ihm klar, dass ihm die ganze Scheiße mit abgründigen Morden und Psycho-Killern manchmal zu viel war. Er sehnte sich auch nach einem normalen Privatleben. Und heute hatte er den ersten Schritt dafür getan. Braun ließ das grandiose Bergpanorama auf sich wirken und deutete auf sein Handy.

„Diesen Klingelton wirst du nie wieder löschen", sagte er zu seinem Sohn Jimmy.

„Aber die Band Bilderbuch klingt doch viel besser als die alten The Cure." Jimmy klopfte Braun auf die Schulter und warf ihm einen mitleidigen Blick zu. „Tony, du wirst alt. Du musst mit den Trends gehen."

„Ich stehe mehr auf das klassische Songwriting", antwortete Braun. „Und das Intro von ‚A Forest' ist einfach grandios."

„Das ist doch so was von out", meinte Jimmy und schlug die Augen zum Himmel.

„Du wirst schon noch darauf kommen, was wirklich gute Musik ist", erwiderte Braun. „Was gibt's jetzt zu essen?", fragte er, denn es hatte keinen Sinn, mit seinem Sohn über Musik zu diskutieren. Da trennten sie einfach Welten.

Sein Leben würde er vielleicht ändern, aber seinen Musikgeschmack definitiv nicht. Er stand eben auf richtige Instrumente und Musiker. Braun wollte noch etwas sagen, doch in diesem Moment schrillte das Handy von Kim. Zum Teufel mit der modernen Technik. Immer und überall erreichbar zu sein, das war zum Kotzen, dachte er genervt.

„Vielleicht ist es wichtig", meinte Kim und griff nach ihrem Handy.

Mit der Journalistin Kim Klinger hatte Braun ein paar schöne Tage in Venedig verbracht, um sich von den Schussverletzungen zu erholen, die er sich bei seinem letzten Einsatz zugezogen hatte. Braun kannte Kim jetzt schon einige Jahre. Sporadisch tauchte sie in seinem Leben auf, verschwand wieder, und er vermisste sie dann sehr. Es war eine merkwürdige Beziehung, die sie führten. Zwischen ihnen gab es eine stillschweigende Übereinkunft, dass sie keine gemeinsamen Pläne für die Zukunft schmiedeten, sondern jeden Tag genossen. Daran war das „weiße Rauschen“ in Kims Kopf schuld, das beide immer wieder daran erinnerte, dass ihr Leben vergänglich war.

„Oh, Sie sind es, Elena“, sagte Kim überrascht, als sie das Gespräch annahm. Sie blickte fragend zu Braun, der sofort eine Grimasse schnitt. Kim hörte Elena eine Weile zu, ehe sie antwortete.

„Braun sitzt neben mir.“

Auffordernd hielt Kim ihm das Handy entgegen. Widerwillig griff Braun danach.

„Braun hier, ich höre.“

„Warum gehen Sie nicht ans Telefon, Chefinspektor?“ Die Stimme von Elena Kafka klang genervt. Elena Kafka war die Linzer Polizeipräsidentin und Brauns direkte Vorgesetzte. Es kam selten vor, dass sie ihn während seiner freien Tage anrief.

„Was gibt es denn so Wichtiges, Elena?“

„Wir haben einen Mord.“

„Das kommt bei unserem Job leider oft vor“, antwortete er ironisch. „Kann das nicht jemand von der Bereitschaft übernehmen?“

„Wenn das so einfach wäre, würde ich Sie nicht anrufen, Braun“, erwiderte Elena schnippisch. „Wo befinden Sie sich gerade?“

„Ich sitze auf einer Wiese auf dem Grünberg in Gmunden. Die nächste Seilbahn runter in den Ort geht erst wieder in vier Stunden. Sind nicht die idealen Voraussetzungen für einen Soforteinsatz."

„Richtig, das dauert zu lange", stimmte ihm Elena humorlos zu. „Sie müssen aber so schnell wie möglich von diesem Berg herunter und mit ihrem Auto zum Cumberland Wildpark fahren. Dort treffen Sie sich mit Inspektor Franka Morgen. Sagen wir in einer Stunde."

„Stopp, Elena, ich habe Ihnen doch gesagt, dass die nächste Seilbahn erst in vier Stunden fährt. Wie soll das funktionieren? Außerdem bin ich mit Kim und Jimmy hier. Wir machen ein Picknick und das Essen ist gleich fertig. Warum soll ich an meinem freien Tag auf dieses Vergnügen verzichten?"

„Weil ich Sie darum bitte, Braun. Sie müssen mir helfen. Einen Moment, lassen Sie mich überlegen." Elena schwieg und Braun hörte nur das Rascheln von Papieren im Lautsprecher. „Ich schicke Ihnen einen Hubschrauber. Es ist dringend."

„Einen Hubschrauber? Dieser Mord muss ja ziemlich brisant sein. Wer ist denn getötet worden? Etwa ein VIP, weil Sie so einen Wind darum machen?"

„Sparen Sie sich Ihre zynischen Bemerkungen, Braun. Jeder Mord wird von uns gleich behandelt. Auch dieser Fall."

„Wer ist denn der Tote?"

„Es ist ein Mädchen. Die Tochter von Ulf Hanstetten ist ermordet worden."

„Hanstetten, der Name sagt mir etwas."

„Ulf Hanstetten ist der CEO der Hanstetten AG in

Grünau. Das Unternehmen produziert Waffen und ist der größte Arbeitgeber in dieser einkommensschwachen Region."

„Jetzt weiß ich wieder, weshalb mir der Name so geläufig ist. War Hanstetten nicht in einen illegalen Waffendeal verwickelt?"

„Das waren nur Gerüchte, Braun. Es kam zu keiner Anklage. Aber das ist jetzt nebensächlich. Für eine Familie ist es immer entsetzlich, wenn das eigene Kind ermordet wird."

„Da haben Sie recht, Elena", lenkte Braun ein. „Wie wurde die Tochter denn ermordet?"

„Darüber habe ich noch keine genauen Informationen."

„Ist denn keine Polizei vor Ort?", wunderte sich Braun.

„Doch, natürlich, aber ich habe, wie gesagt, keine näheren Informationen."

„Das klingt alles ein wenig seltsam."

„Deshalb rufe ich Sie an, Braun. Sie müssen Klarheit in die Angelegenheit bringen."

„Inwiefern?"

„Das Mädchen wurde nicht hier ermordet."

„Ach nein? Wo denn dann?"

„In Estland. Genauer gesagt in Tallinn."

„Das ist doch ein Fall für die Polizei in Estland", warf Braun ein.

„Natürlich. Aber Sie arbeiten von hier aus mit den Kollegen in Estland zusammen. Mein Büro versucht gerade, den zuständigen Kommissar zu erreichen, um die Abläufe zu koordinieren."

„Und das hat nicht Zeit bis morgen?"

„Nein. Ulf Hanstetten ist der größte Sponsor der neuen

Polizeisportanlage. Er hat auch den neuen Schießplatz finanziert. Deshalb macht er jetzt mächtig Druck. Er will, dass unser bester Mann diesen Fall sofort übernimmt. Und das sind eben Sie."

„Tja, mit Vitamin B geht alles ganz schnell, was sonst", meinte Braun.

„Hören Sie endlich mit diesen Achtundsechziger-Kindereien auf, Braun", ermahnte ihn Elena.

„Wie wurde das Mädchen denn ermordet?", kam Braun wieder auf den Fall zu sprechen.

„Daraus machen die zuständigen Behörden von Estland ein großes Geheimnis. Sie haben dem Vater keinerlei Informationen mitgeteilt, eben nur, dass seine Tochter getötet wurde. Hanstetten möchte unbedingt wissen, was genau in Tallinn passiert ist. Aber bisher haben auch wir noch keine brauchbaren Auskünfte erhalten."

„O. K.! Dann schicken Sie mir den Hubschrauber", meinte Braun resigniert. ‚So ist das mit den guten Vorsätzen, immer kommt etwas dazwischen', dachte er.

„Danke. Alles Nähere erfahren Sie bei der ersten Einsatzbesprechung. Ich verlasse mich auf Sie, Braun", sagte Elena erleichtert und trennte die Verbindung.

Nachdenklich ließ Braun das Handy sinken. Die Ruhe und Gelassenheit, die er noch vor Kurzem gespürt hatte, war mit einem Mal verschwunden. Hinter dem Traunstein tauchten schwarze Wolken auf und der Wind frischte auf. Ob das ein schlechtes Omen war? Ärgerlich wischte Braun diese Gedanken beiseite und stand auf.

„Es gibt einen Mord", sagte er kurz angebunden zu Kim und gab ihr das Handy zurück.

„Ich dachte, du willst in deiner Freizeit ein wenig

kürzertreten. Nicht jeden Fall übernehmen“, antwortete Kim und musterte ihn von oben bis unten. „Deine innere Unruhe ist wieder da, stimmt's?“

„Nur dieser eine Fall, dann denke ich über eine längere Auszeit nach“, murmelte Braun.

„Das glaubst du doch selbst nicht.“ Kim hob die Hand und strich über Brauns grau-schwarz gesprenkelten Bart. „Du bist einmal knapp mit dem Leben davongekommen“, sagte sie leise. „Ein zweites Mal hast du nicht so viel Glück.“

„Keine Angst“, erwiderte Braun. „Diesmal habe ich nicht direkt mit einem Killer zu tun. Der Mord geschah in Estland. Ich unterstütze nur die Familie hier vor Ort.“

„Mach dir doch nichts vor, Braun. Du wirst dich wie immer in den Fall verbeißen. Du brauchst die Gefahr wie andere ihre Drogen.“ Kim schüttelte ihre blonde Mähne und blickte ihn mit ihren grünen Augen lange an. „Du weißt, dass wir keine Zukunft haben.“

„Du hast ja recht“, erwiderte Braun und drehte sich zu Jimmy. „Wo sind jetzt die Veggieburger, die du für uns gemacht hast?“

Sein Sohn besuchte Kochkurse in der ehemaligen Tabakfabrik in Linz und wollte sich mit Streetfood selbstständig machen. Er war von dieser Idee total fasziniert, und Braun ließ sich von Jimmys Enthusiasmus anstecken.

„Hier sind die gesündesten Burger des ganzen Planeten“, verkündete Jimmy vollmundig. In dem Moment, in dem Braun in seinen Burger beißen wollte, hörte er ein lautes Rotorengeräusch. Ein Hubschrauber flog gerade über den Traunsee und kam rasch näher. Braun blickte überrascht hoch, so schnell hatte er nicht damit gerechnet.

„Ist etwas Schlimmes passiert?“, fragte Jimmy, während er kaute, und schaute ebenfalls nach oben.

„Braun wird mit einem Hubschrauber abgeholt“, klärte ihn Kim mit einem vielsagenden Blick auf. „Er muss dringend einen Mord aufklären.“

„Du bist ein Loser, Tony! Du wolltest doch diesen fucking day mit uns verbringen. Das hast du versprochen.“ Jimmy knallte enttäuscht seinen Burger auf das Tischtuch und stand auf. „Wir sind eine Familie.“

„Verdammt, Jimmy, wir sind keine Familie!“, rief Braun, um das nervende Motorengeräusch zu übertönen. „Kim und ich verbringen nur etwas Zeit miteinander.“

„Du kannst einfach keine Gefühle zeigen!“, brüllte sein Sohn gegen den Lärm an. „Das war bei Mama genauso. Du bist schuld, dass es ihr so schlecht geht.“

„Ich kann nichts dafür, dass Margot jetzt in psychiatrischer Behandlung ist“, rechtfertigte sich Braun. Nach ihrer Rückkehr aus Finnland hatte seine Exfrau den Boden unter den Füßen verloren und schlug sich als Übersetzerin mehr schlecht als recht durch.

„Du hättest sie nicht verlassen dürfen“, sagte Jimmy giftig.

„Sie hat mich verlassen. Merk dir das endlich einmal. Ach was, vergiss es, Jimmy.“

Es war immer dasselbe. Das Verhältnis zu seinem Sohn war ein Balanceakt, der jede Menge Fingerspitzengefühl von Braun erforderte. Elenas Anruf hatte das fragile Gleichgewicht ihrer Beziehung sofort wieder erschüttert und Jimmy war wie immer ausgeflippt.

Der Hubschrauber kreiste jetzt direkt über ihren

Köpfen und der Sog ließ Servietten, Burger und Besteck durch die Luft wirbeln.

„Das ist einfach fucking unfair“, fluchte Jimmy und hob einen Burger vom Boden auf. „Hau ab und komm nie wieder.“

„Das ist ungerecht, Jimmy. Braun tut nur seine Pflicht. Wenn er weg ist, machen wir es uns gemütlich.“ Kim drückte Jimmy an sich, und der achtzehnjährige Junge schmiegte wie ein kleines Kind den Kopf an ihre Schulter.

„Wie hältst du es bloß mit ihm aus?“, fragte Jimmy leise.

„Das frage ich mich auch manchmal“, seufzte Kim. „Braun ist eben Braun.“

Inzwischen war der Hubschrauber auf einer Wiese neben der Aussichtsplattform gelandet. Die Tür der Glaskanzel wurde aufgerissen. Ein hünenhafter Schwarzer stieg aus und sprintete auf Braun zu.

„Ach du Scheiße! Das ist aber eine Überraschung, Jess“, rief Braun erfreut, als er seinen alten Freund Jesus „Jess“ Makombo erkannte.

„Hallo, Braun, das Fluchen hast du noch nicht verlernt“, sagte Jess und grinste bis über beide Ohren.

„Wolltest du nicht in Pension gehen, Jess?“

„Das bin ich auch, aber ich habe mich an einer Firma beteiligt, die Hubschrauberrundflüge anbietet.“

„Das heißt, wir machen jetzt eine Sightseeingtour?“

„Von wegen, Braun. Elena Kafka hat mir aufgetragen, dich so schnell wie möglich nach Cumberland zu fliegen.“

„Dann nichts wie los, bevor es ein Unwetter gibt.“ Er deutete auf die dunklen Wolken, die vom Traunsee näher kamen. Braun winkte noch einmal Kim und Jimmy zu.

Dann lief er mit großen Schritten zu dem Hubschrauber. Aber irgendetwas störte ihn bereits jetzt an diesem Fall. Er konnte es nicht benennen, es war wie ein winziges Sandkorn im Schuh, das rieb und ein unangenehmes Scheuern erzeugte.

Als Braun in der Glaskanzel saß und der Hubschrauber direkt auf die schwarzen Wolken zuflog, hatte er plötzlich das Gefühl, als würde ihn dieser Fall bis an das Tor der Hölle führen.

4

Arto Kaukonen stand am Fenster und blickte auf den Schrottplatz vor seinem Wohnblock beim Fährhafen von Tallinn. Als man ihm die Wohnung zugewiesen hatte, war ihm versichert worden, dass die ausrangierten Lkws und Boote nur vorübergehend dort lagern würden. Später würde dann ein Spielplatz angelegt werden und den ganzen Tag könne man von Artos Wohnung aus den Kindern beim Spielen zusehen. Das war vor zehn Jahren gewesen und seither hatte sich nichts verändert. Noch immer lag der Schrott zu bizarren Gebirgen aufgetürmt herum, und einen Spielplatz konnte man sich nicht mal mit viel Fantasie vorstellen. Aber im Grunde war das egal, denn Kalinka würde in ihrem jetzigen Leben nie einen Spielplatz besuchen.

Ein durchdringendes Tuten riss Arto aus seinen Gedanken. Der Klang war so düster voluminös, dass die Sperrholzmöbel in seinem Wohnzimmer bedrohlich zitterten und er das Gefühl hatte, als würden sie jeden Augenblick zusammenbrechen. Er kniff die Augen zusammen und sah die Umrisse des riesigen Fährschiffes, das gerade nach Helsinki auslief. Vielleicht sollte er einfach Kalinka packen und mit ihr abhauen. Irgendwo ein neues Leben beginnen, aber das war eine Illusion.

Langsam zog er seine Pistole aus dem Halfter und legte sie neben die verspiegelte Ray-Ban-Sonnenbrille auf den Schreibtisch. Kalinka mochte keine Waffen, und er wollte sie natürlich nicht aufregen, wenn er ihr Zimmer betrat. Bevor er aber nach nebenan ging, klappte er noch schnell den Laptop auf und checkte seine Mails. Vielleicht war heute ja sein Glückstag.

„Da ist sie ja“, murmelte er erfreut, als er die Mail anklickte. Sein Herz pochte und seine Handflächen waren feucht, als er die Nachricht öffnete. Hastig las er die knappe Mitteilung, dass man ihm im Moment leider nicht helfen könne, und es stand nur Blabla darin. Auch weiterhin war seine Tochter in einer aussichtslosen Position. Wie es aussah, musste er der Klinik in Tallinn noch mehr bezahlen. Dann würde Kalinka endlich auf den ersten Platz vorrücken.

„Verdammt!“ Wütend klappte Arto den Laptop zu und schluckte mühsam seine Wut hinunter. „So ist das immer, wenn man kein Geld hat. Dann steht man auf der Liste ganz unten und rutscht gnadenlos immer weiter in die Tiefe.“

Mit zusammengepressten Lippen starrte er auf die Tür, hinter der das gleichmäßige Geräusch der Maschine zu hören war. Ein Geräusch, das ihn Tag und Nacht begleitete, egal, wo er war, diesen Ton bekam er nicht mehr aus dem Kopf. Arto presste die Fingerspitzen fest an seine Schläfen und versuchte, die negativen Gedanken aus seinem Kopf zu bekommen, ehe er die Tür öffnete.

„Hallo, mein Engel", sagte er und knipste ein fröhliches Lächeln an. „Ich habe gute Nachrichten von der Klinik. Du bist zwei Plätze nach oben gerutscht. Jetzt sind nur noch drei Patienten vor dir."

„Das ist schön, Papi." Die Stimme von Kalinka klang müde und war bei dem Geräusch der Maschine beinahe nicht zu hören. Kalinka war die zehnjährige Tochter von Arto und litt unter chronischem Nierenversagen. Deshalb musste sie beinahe ständig an eine Dialysemaschine angeschlossen werden. Als die Krankheit ausbrach, packte Artos Frau Mela einen kleinen Rucksack mit den Familienfotos, ging auf die Fähre nach Helsinki und wurde nie wieder gesehen.

„Wir müssen die Nadel auswechseln, Kleine. Sonst holst du dir noch eine Infektion." Behutsam zog Arto die Nadel aus dem Unterarm seiner Tochter. Kalinkas Haut war verschorft und ihr Arm sah aus wie der eines Junkies kurz vor dem goldenen Schuss.

„Mekas hat gesagt, dass die Maschine nicht mehr gut arbeitet", krächzte Kalinka erschöpft.

„Wann war denn Mekas hier?", fragte Arto überrascht. Mekas war ein Pfleger, der einmal die Woche das Dialysegerät prüfte und den Arto natürlich auch bezahlen musste.

„Gestern Abend, als du unterwegs warst. Er meint, ich brauche dringend eine Spenderniere."

„Ich weiß. Aber du sollst dich nicht damit beschäftigen. Ich checke das doch für dich. Keine Sorge, bald bist du ein völlig gesundes Mädchen."

In Artos Kopf überschlugen sich die Gedanken. Diese

verdammten Prioritätenlisten in der Klinik. Immer wieder gab es ein reiches Arschloch, das vorgereiht wurde. Er musste unbedingt mit Gotan reden. Er brauchte lukrative Jobs, nicht dieses Kleinzeugs, mit dem er sich herumschlug. Mit diesen Peanuts würde Kalinka nie an die erste Stelle für eine Spenderniere kommen. Wie viel Geld hatte er Dr. Kepler schon gegeben? Sicher an die fünfzehntausend Euro. Vielleicht sollte er einfach die Einnahmen der letzten Nacht nehmen und sie Kepler in seinen gierigen Hals stopfen.

„Das reicht doch wohl für eine Spenderniere", würde er sagen und Stunden später würde Kalinka operiert werden. Aber das waren Wunschträume, die mit der Wirklichkeit nichts zu tun hatten.

Ein Klopfen an der Tür riss Arto aus seinen trüben Gedanken. Er warf einen Blick auf die Uhr. Verdammt, es war schon spät. Einer der Handlanger von Gotan war bereits hier, um das Geld abzuholen.

„Glück gehabt, ich wollte gerade die Tür einschlagen", sagte der Russe, als Arto die Tür öffnete.

„Was ist das für eine Ansage?", fauchte Arto. „Dann hätte ich dich einfach abgeknallt." Er stoppte und presste die Zeigefinger an seine Schläfen. ‚Ruhig bleiben', sagte er zu sich, ‚der Typ holt nur das Geld für Gotan ab.'

„Bist du schlecht drauf, Alter?", fragte der Russe. „Du brauchst mal wieder ein Mädchen."

„Ich hol das Geld." Arto ging zu dem wackeligen Schrank und schob ihn zur Seite. Dahinter befand sich ein vergessener Kaminauslass, in dem er das eingenommene Geld bunkerte.

„Meinen Anteil habe ich bereits abgezogen", sagte er und knallte die Bündel Euroscheine auf den Schreibtisch.

„Wie viel ist es diesmal?“, fragte der Russe.

„Achttausend Euro. Minus der zehn Prozent für mich.“

„Das sind dann achthundert weniger“, murmelte der Russe, während er konzentriert das Geld zählte.

„Achthundert Euro sind ein Nichts. Kriegt man eine Spenderniere für achthundert Euro?“ Arto packte den Russen an seiner Jacke. „Weißt du, was so eine Niere kostet?“

„Lass das, Arto, ich muss das Geld zählen.“

„Eine frische Niere kostet eine Menge und ich habe letzte Nacht bloß achthundert verdient.“

„Sorry, dein Problem. Geht mich nichts an“, meinte der Russe gleichmütig und steckte das Geld in seine Bomberjacke. „Darüber musst du mit Gotan reden. Er hat dir doch die Maschine beschafft. Also worüber regst du dich denn auf.“

„Deswegen kriege ich auch nur zehn Prozent. Glaubst du, Gotan macht das aus reiner Nächstenliebe?“

„Hör auf, mich vollzutexten, Arto. Bis nächste Woche.“ Der Russe klopfte Arto gönnerhaft auf die Schulter und ließ die Tür offen, als er nach draußen ging.

Mit seinem Fuß knallte Arto die dünne Sperrholztür zu und warf im Vorbeigehen einen Blick in den Spiegel. Seine blonden Haare wirkten kraftlos und seine hellen Augen hatten ihren Glanz verloren. Manchmal schien sein Blick wie der eines Verlierers.

Verdammt, was waren Mela und er doch für ein hübsches Paar gewesen. Und als Kalinka zur Welt kam, schien das Glück vollkommen. Dann kam das Nierenversagen und das Leben wurde plötzlich düster.

Sein Handy klingelte.

„Was ist los?“, fragte er und drehte sich vom Spiegel weg.

„Das vermisste Mädchen aus Österreich wurde gestern gefunden.“ Die Stimme klang verwischt, so als würde der Anrufer im Wind irgendwo am Strand stehen.

„Na, das ist doch einmal eine gute Nachricht. Haltet sie so lange fest, bis ich komme, um mit ihr zu reden.“

„Das wird nicht möglich sein.“

„Warum nicht?

„Das Mädchen ist tot. Wir haben bereits ihre Familie informiert.“

„Verdammt. War es ein Unfall?“

„Sie wurde ermordet.“

„O. K. Sonst noch etwas?“

„Ja. Die Polizei in Österreich hat sich eingeschaltet. Ihr bester Mann soll den Fall übernehmen.“

„Wer soll das sein?“

„Er ist der Leiter der Mordkommission Linz und heißt Tony Braun.“

5

Die Frau parkte ihr Motorrad, eine mattschwarze Moto Guzzi, in einem Hinterhof und nahm den Helm ab. Mit den Fingerspitzen brachte sie ihre kurzen, schwarzen Haare wieder in Fasson. Dann ging sie zum Hintereingang des Hochhauses und tippte den Code für die Sicherheitstür ein. Während sie mit dem Aufzug nach oben fuhr, musterte sie sich ausführlich im Spiegel von allen Seiten.

„Das war eine gute Entscheidung, die Haare abzuschneiden", sagte sie zu ihrem Spiegelbild und streckte sich in die Höhe. Wenn sie so auf den Zehenspitzen balancierte, wirkte sie größer und auch die zu breiten Hüften fielen nicht sofort auf. „Vielleicht sollte ich wirklich Schuhe mit hohen Absätzen tragen", meinte sie und ließ sich wieder zurück auf die Fersen fallen. „Aber das würde einfach nicht zu mir passen. Da würden die Kollegen ganz schön Augen machen. Inspektor Franka Morgen mit kurzen Haaren und auf Stöckelschuhen." Bei der Vorstellung musste sie grinsen. Als der Aufzug stoppte, ging Franka den Korridor entlang. Vor einer Tür blieb sie stehen und läutete.

„Hallo, Jasmin, ich bin hier, um Dimitru abzuholen."

„Dimitru? Der ist nicht bei mir", sagte Jasmin und wies zu der Tür gegenüber. „Der Junge ist bei seiner Mutter."

„Ach, Tara ist schon zu Hause?", wunderte sich Franka. „O. K., trotzdem danke."

Mit einem mulmigen Gefühl im Bauch sperrte Franka die Tür zu ihrer Wohnung auf. Das Erste, was sie wahrnahm, waren ein durchdringender Knoblauchgeruch und laute Gipsymusik. Taras kleiner Sohn Dimitru lief ihr mit ausgestreckten Armen entgegen.

„Hallo, mein Kleiner", sagte Franka. Sie nahm den Jungen in die Arme und drückte ihm einen zärtlichen Kuss auf die weichen Wangen. Mit Dimitru auf dem Arm drehte sie zunächst die Musik leiser, dann ging sie in die Küche, wo ihre Schwester Tara am Herd stand.

„Wie sieht es denn hier aus?" Fassungslos blickte Franka um sich. Die Küche wirkte wie nach einer Explosion. Überall standen Töpfe herum, Soßenspritzer hatten sich über die Wand verteilt.

„Ich mache uns ein Fischgulasch nach einem original Roma-Rezept, so wie ich es früher immer gegessen habe", sagte ihre Schwester und schwenkte den Kochlöffel. Tara hatte ihre langen, schwarzen Haare zu einem riesigen Knödel hochgebunden und ihre großen Ohrringe klimperten. Unter einem verschlissenen Kaftan trug sie einen lila Samtrock, der bis zum Boden reichte. Sie war barfuß und trug auf dem mittleren Zeh einen dünnen Silberring. Auf

Franka wirkte sie in diesem Moment wie das Klischee einer schönen Roma-Frau.

„Ist heute kein Kurs?“ Franka kniff die Augen zusammen und atmete tief durch. Ihre Schwester hatte monatelang im Koma gelegen und in der Reha mühsam wieder das Leben gelernt. Jetzt war sie vollkommen wiederhergestellt, und Franka hatte sie für einen Kurs für die mittlere Reife in der Abendschule angemeldet, denn Tara hatte keine Ausbildung und eine Schule nur sporadisch besucht.

„Ich hatte heute keine Lust“, sagte Tara und zuckte mit den Schultern. „Außerdem wollte ich etwas Schönes für dich kochen.“

„Wieso trägst du deinen alten Rock?“ Franka deutete auf den Samtrock, der an verschiedenen Stellen geflickt war.

„Darin fühle ich mich wohl. Das bin ich.“

„Aber hier läuft man nicht mit diesen Fetzen herum“, sagte Franka spontan und hielt sich erschrocken die Hand vor den Mund. „Tut mir leid.“

„Du schämst dich für mich?“ Tara knallte den Kochlöffel in einen Topf und stemmte die Fäuste in die Hüften. „Ich verleugne nicht, so wie du, meine Herkunft. Ich bin stolz darauf, eine Roma zu sein. Ich schneide meine Haare nicht zu so einer Rattenfrisur. Das macht dich auch nicht schöner. Im Gegenteil, du wirkst wie ein Mann.“

„Das ist gemein.“ Franka schnappte nach Luft und spürte, wie ihr die Tränen in die Augen schossen. Natürlich wusste sie, dass ihre Schwester eine rassige Schönheit war, mit der sie nicht konkurrieren konnte. Aber das musste Tara ihr nicht so offen ins Gesicht sagen.

„Ich wollte dich nicht kränken.“ Tara merkte, dass sie

Franka beleidigt hatte. „Die Frisur steht dir ausgezeichnet. Du hast ein hübsches Gesicht und eine gute Figur."

„Ist schon gut." Franka winkte ab. „Aber so wirst du nie einen Job bekommen."

„Ich will auch keinen Job in einem muffigen Büro. Ich will frei sein. Frei wie der Wind." Tara breitete die Arme aus und drehte sich im Kreis. Dimitru patschte in seine kleinen Hände und gluckste vor Vergnügen.

„Du benimmst dich wie ein Teenager." Franka setzte Dimitru auf einen Stuhl. „Du wirst bald dreißig Jahre alt und hast überhaupt nichts gelernt. Keinen Schulabschluss, einfach nichts."

„Na und? Außerdem habe ich einen Job, bei dem ich bald Geld verdiene."

„Ach, und was ist mit Dimitru? Ich glaube dir kein Wort."

„Dimitru kann ich mitnehmen. Und es ist auch gar nicht weit von hier. Das schaffe ich zu Fuß."

„Du warst wieder bei denen, stimmt's?" Franka schloss die Augen und atmete heftig aus und ein.

Auf einem brachliegenden Feld am Stadtrand hatte ein heruntergekommener Zirkus Station gemacht. Noch jetzt verfluchte Franka den Tag, an dem sie Tara den Vorschlag gemacht hatte, gemeinsam mit Dimitru eine Vorstellung zu besuchen. Nach der wider Erwarten ziemlich professionellen Aufführung waren sie mit dem Zirkusdirektor Joaquin ins Gespräch gekommen und hatten herausgefunden, dass auch er ein Roma war. Ab diesem Zeitpunkt war Tara beinahe jeden Tag bei dem Zirkus und vernachlässigte ihre Abendschule.

„Ja, und du kannst mich davon auch nicht abhalten. Dort lerne ich tausendmal mehr als in der blöden Abendschule."

„Trotzdem brauchst du eine Ausbildung", ließ Franka nicht locker. „Wie willst du dir in Zukunft eine eigene Wohnung leisten?"

„Du wirfst mich hinaus?" Entsetzt riss Tara die Augen auf.

„Nein, wie kommst du darauf?" Franka beeilte sich, ihre Schwester zu beruhigen. „Aber irgendwann willst du doch ein eigenes Leben führen."

„Warum? Bei uns lebt die ganze Sippe immer unter einem Dach."

„Was soll das heißen … ‚bei uns'?"

„Na, bei uns, dem Volk der Roma. Das ist schon seit jeher so. Damals als wir aus Indien nach Europa kamen. Mehrere Generationen lebten in einem Wohnwagen."

„Was ist bloß los mit dir?" Franka schüttelte den Kopf und ging auf ihre Schwester zu. Sanft strich sie Tara über die Arme. „Willst du wirklich in einem Wohnwagen leben?", fragte sie leise.

„Ja!" Tara nickte. „Ich habe bereits mit Joaquin gesprochen. Ich kann beim Zirkus die Karten abreißen und zwischen den einzelnen Nummern tanzen."

„Was wird dann aus Dimitru? Hast du schon einmal an deinen Sohn gedacht? Welche Zukunftsperspektiven hat der Junge?"

„Dimitru kann ja Pferdepfleger werden. Vielleicht wird er auch Artist. Ein berühmter Seiltänzer. Oder noch besser: Er wird Clown und bringt die Menschen zum Lachen."

„Der Junge muss in den Kindergarten und dann in die Schule. Das ist in Österreich so Vorschrift."

„Da siehst du es. Immer nur Vorschriften. Ich kann so nicht leben."

In diesem Moment summte Frankas Handy. Es war Elena Kafka.

Schweigend hörte Franka zu, was ihr Elena zu sagen hatte. Nachdem sie die Verbindung getrennt hatte, blickte sie zu ihrer Schwester.

„Aus dem gemeinsamen Gipsy-Essen wird nichts. Ich muss noch einmal weg. Tut mir leid."

„Wer war denn dran?"

„Meine Chefin. Ich soll mich mit Braun gleich in Gmunden treffen."

„Tony Braun, der coole Polizist. An dem solltest du dir ein Beispiel nehmen. Der sieht auch nicht alles so überkorrekt wie du."

„Lass gut sein", seufzte Franka, die im Moment keine Lust hatte, wieder mit ihrer Schwester zu streiten. „Räum bitte die Küche auf."

„Du bist ganz schön zwanghaft, Schwester, weißt du das?"

„Ich bin nur anders als du", erwiderte Franka und griff nach ihrem Motorradhelm.

„Warte." Tara hielt ihre Schwester am Arm zurück. „Ich war im Zirkus auch bei der Bruja."

„Hör auf mit dem Gipsy-Slang. Das ist eine Wahrsagerin und keine Hexe."

„Egal, aber sie hat in die Zukunft geschaut."

„Ja und?"

„Sie hat einen dunklen Schatten über dir gesehen."

Spontan umarmte Tara sie und fuhr mit der Hand durch Frankas kurzes Haar. „Du musst auf dich aufpassen."

„Ich bin nicht abergläubisch", antwortete Franka und schob ihre Schwester zurück. „Und jetzt muss ich los."

„Das ist kein Aberglaube. Das ist deine Zukunft. Und die ist schwarz."

6

Braun stand an der Abzweigung zum Cumberland Wildpark, wo ihn der Hubschrauber abgesetzt hatte. Aufmerksam beobachtete er das schwarze Motorrad, das mit rasender Geschwindigkeit auf ihn zuschoss. Kurz vor der Kurve wurde es elegant abgebremst und kam direkt vor Braun zum Stehen.

„Hallo, Braun!“ Franka öffnete das Visier ihres Helms und stieg von der Maschine.

„Franka, das war weit über der erlaubten Höchstgeschwindigkeit.“ Braun grinste. „Und überhaupt dachte ich, du kommst mit dem Wagen.“

„Braun, bei diesem Wetter setze ich mich doch nicht in eine stickige Kapsel. Außerdem lasse ich mit der Geschwindigkeit die negativen Gedanken weit hinter mir.“

„Womit hast du denn Stress?“, fragte Braun, dem das Schicksal seiner jungen Kollegin immer am Herzen lag. Schließlich hatte Franka eine ziemliche Belastung mit ihrer Schwester und dem kleinen Kind. Franka war für ihr Alter einfach viel zu vernünftig. Das war aber nur seine Meinung, die er für sich behielt.

„Ach, nichts weiter“, wiegelte Franka wie so oft ab. Sie öffnete ihren Rucksack und holte einen Helm hervor, den sie Braun reichte. „Wo müssen wir hin?“

„Am Wildpark vorbei, dann sind es nur ein paar Kilometer bis zum Anwesen von Ulf Hanstetten“, antwortete Braun und setzte sich breitbeinig auf die Maschine. „Los, jetzt zeig mal, was die Moto Guzzi so hergibt.“

„Ich hoffe, du hast keine Angst!“ Franka ließ den Motor kurz aufheulen und die Kupplung sausen. Doch Braun hatte mit dieser Vorführung gerechnet und hielt sich, ohne zu schwanken, auf dem Rücksitz. Die Landschaft raste an ihm vorbei wie in einem Film, und er verstand, warum Franka das Motorradfahren so liebte. Es war tatsächlich ein Gefühl von Freiheit und Losgelöstheit von den alltäglichen Sorgen. Es gab nur noch den Menschen und seine Maschine.

Sie verließen nach einigen Minuten die viel befahrene Bundesstraße und bogen in eine schmale Landstraße ein. Franka zog gerade die Maschine routiniert um eine Kurve, als aus einem Feldweg ein Traktor heranrumpelte und auf die Straße fuhr, ohne dass sich der Lenker um das heranbrausende Motorrad scherte.

Franka konnte im letzten Moment die Maschine abbremsen, die mit rauchendem Hinterrad zum Stehen kam. Braun sprang ab und riss sich den Helm vom Kopf.

„Mann, haben Sie keine Augen im Kopf! Gleich wären wir in Ihren blöden Traktor hineingerast.“

„Was haben Sie hier auf meinem Grund zu suchen?“, fragte der Fahrer und kletterte von der Landmaschine. Er steckte die Hände in seine zerschlissene Trachtenjoppe und kam auf Braun zu. „Ich habe Sie etwas gefragt."

Braun wollte gerade eine scharfe Erwiderung losschießen, als ihm plötzlich auffiel, dass er das Gesicht des Mannes aus den Medien kannte. Der längliche Schädel mit den dünnen, aschfahlen Haaren und die grauen Augen, die wie versteinert wirkten – das war Ulf Hanstetten höchstpersönlich.

„Herr Hanstetten?", fragte Braun. „Gut, dass wir Sie gleich hier treffen. Ich bin Chefinspektor Braun und das ist meine Kollegin Inspektor Morgen."

„Es tut uns leid, was mit Ihrer Tochter passiert ist", sagte Franka, die jetzt neben Braun stand.

„Sparen Sie sich diese heuchlerischen Beileidsbekundungen", herrschte sie Hanstetten barsch an. „Ich habe nicht vor, hier in der Natur über dieses unangenehme Ereignis zu sprechen. Fahren Sie geradeaus zur Prinzessin-Villa und warten Sie dort gefälligst auf mich."

„Was für ein Arschloch", sagte Braun, als sie im Park vor der Villa parkten.

„Ich habe hier einige Fakten zu Hanstetten." Franka zog ihr Tablet aus dem Rucksack und tippte auf das Display.

„Lass mal sehen", sagte Braun. „Wieso heißt dieses Anwesen denn Prinzessin-Villa?" Er deutete auf den lang gezogenen, einstöckigen Bau in Schönbrunnergelb, der schmucklos war und auf ihn nicht sonderlich herrschaftlich wirkte.

„Prinzessin Marie von Wittelsbach hat hier bis zu ihrem Tod gewohnt. Dann kaufte die Privatstiftung von Hanstetten die Villa", sagte Franka.

„Gut, das wäre geklärt. Was müssen wir sonst noch wissen?"

„Ulf Hanstetten ist CEO der Hanstetten AG. Das Unternehmen ist im Privatbesitz seiner Stiftung und nicht an der Börse notiert. Hier im Almtal gibt es zwei Produktionsstätten für Gewehre und Handfeuerwaffen, in denen an die fünfhundert Personen arbeiten. Ferner gibt es ein Werk in Katar und eines in der Nähe von St. Petersburg, das aber aufgrund der Sanktionen gegen Russland geschlossen wurde."

„Das reicht." Braun winkte ab. „Was gibt es über die Person Hanstetten zu sagen?"

„Ulf Hanstetten ist Witwer. Er hat fünf Töchter. Beate, genannt Bea, war die Jüngste. Seine Frau Melitta kam vor acht Jahren bei einem Treppensturz ums Leben – Genickbruch. Sie hatte beinahe zwei Promille Alkohol im Blut."

„Klingt für mich nach häuslicher Gewalt. Wurde der Unfall polizeilich untersucht?"

„Ja, aber man kam zu dem Schluss, dass es ein Unfall war."

Braun wollte noch etwas sagen, doch in diesem Moment ratterte Hanstetten auf seinem Gefährt durch das Tor. Ohne sich um Blumenbeete und Rasen zu scheren, pflügten die großen Reifen alles nieder. Hanstetten ließ den Traktor dann mitten auf der Wiese stehen. Mit weit ausholenden Schritten kam er auf Braun und Franka zu.

„Gehen wir in den Jagdsalon", sagte er und stieg schnell die ausladende Treppe nach oben.

Als er und Franka das Haus durch die breiten Glastüren betraten, erblickten sie einen Eisbären, der auf den Hinterbeinen stand und sie mit aufgerissenem Maul und furchterregenden Tatzen begrüßte. Doch dieser Eisbär war erst der Anfang. Braun und Franka gingen durch ein Spalier von ausgestopften Löwen, Tigern und Geparden, bis sie schließlich auf eine verglaste Veranda kamen.

„Das ist ja widerlich", flüsterte Franka und atmete tief durch.

Hanstetten setzte sich auf eine wuchtige Couch, die mit einem Zebrafell überzogen war. Diese Großwildjäger-Inszenierung stand in krassem Gegensatz zu dem riesigen Kreuz, das hinter Hanstetten an der Wand hing.

„Das Kreuz stammt vom Kreuzweg der Via Dolorosa", erklärte Hanstetten, denn er hatte Frankas Blick bemerkt. „Meine älteste Tochter Helene hat es von einer ihrer Pilgerreisen mitgebracht."

„Was machte Ihre Tochter Bea denn eigentlich in Tallinn? War sie dort auf Urlaub?", kam Braun auf den eigentlichen Grund ihres Besuchs zu sprechen.

„Sie war Au-Pair-Mädchen bei einem Geschäftspartner von mir." Hanstetten seufzte tief auf. „Mein Gott, der Stress wird dem armen Gotan ganz schön zu schaffen machen."

„Wer ist Gotan?", mischte sich Franka ein.

„Gotan Danilowitsch. Er hat früher auch das Russlandgeschäft für uns gemanagt. Vor den Sanktionen. Bea hat auf seine zwei kleinen Söhne aufgepasst. Ich vermittelte Bea den Job, weil ich die Geschäftsbeziehungen zu Gotan verstärken wollte. Doch das war eine Fehlentscheidung."

„Der Tod Ihrer Tochter scheint Ihnen ja nicht besonders nahezugehen", meinte Braun, dem das kühle Verhalten von Hanstetten langsam auf die Nerven ging.

„Was wissen Sie schon, wie es in meiner Seele aussieht, Chefinspektor." Hanstettens Stimme hatte den schneidenden Tonfall verloren und klang beinahe liebevoll. „Die arme Bea. Sie war so ein fröhlicher Mensch, ganz anders als ihre ältere Schwester Helene. Und jetzt ist sie tot. Ich kann es noch immer nicht fassen."

Hanstetten griff nach einer altmodischen Glocke auf dem Tisch und läutete. Lautlos erschien ein Dienstmädchen.

„Wasser für alle, bitte", befahl Hanstetten und wurde wieder der rationale Firmenchef. Er beugte sich vor und fixierte Braun mit seinen grauen Augen. „Die Polizeipräsidentin hat Sie in den höchsten Tönen gelobt, Chefinspektor. Finden Sie heraus, wer meine Tochter ermordet hat. Kümmern Sie sich darum, dass der Mörder so schnell wie möglich gefunden wird. Bea war meine Lieblingstochter. Können Sie sich vorstellen, was für ein Gefühl das ist?"

„Ich kann es mir denken", antwortete Braun. „Wir arbeiten in den nächsten Tagen eng mit den Behörden in Tallinn zusammen."

„Die Polizei in Tallinn … das sind doch nur Stümper." Hanstetten machte eine abfällige Handbewegung. „Von denen erwarte ich mir nichts. Sie müssen das persönlich in die Hand nehmen." Er wies mit dem Finger auf Braun.

„Wann haben Sie eigentlich das letzte Mal mit Ihrer Tochter gesprochen?", fragte Franka, die bisher schweigend neben Braun gesessen hatte.

„Vor ungefähr einem Monat", antwortete Hanstetten. „Ich war geschäftlich in Tallinn und habe meine kleine Bea dort das letzte Mal lebend gesehen. Sie war sehr aufgekratzt und erzählte mir von ihren Freundinnen, mit denen sie eine Gang gegründet hatte."

„Eine Gang?" Braun hob interessiert den Blick.

„Na, so eine Mädchengang, die eben ganz unschuldige Streiche ausheckt."

„Wissen Sie vielleicht noch die Namen der anderen Mädchen?", fragte Braun.

„Nein, an Namen kann ich mich nicht erinnern." Hanstetten schüttelte den Kopf.

„Welche Geschäfte machen Sie eigentlich mit Estland?", kam Braun auf ein anderes Thema zu sprechen.

Hanstetten ließ sich Zeit mit der Antwort und zog ein großes, kariertes Taschentuch aus seiner Trachtenjoppe. Nachdem er sich ausgiebig geschnäuzt hatte, schenkte er sich Wasser aus der Karaffe ein, die von dem Dienstmädchen lautlos auf den Tisch gestellt worden war.

„Wir exportieren Jagdwaffen nach Estland. Früher hat mein Geschäftspartner über seine Niederlassung in Sankt Petersburg auch Russland beliefert, aber durch die EU-Sanktionen ist das Geschäft zum Erliegen gekommen. Die Zeiten werden eben immer härter."

„Ist der Waffenhandel nicht sehr gefährlich?", fragte Franka mit gespielter Naivität dazwischen.

„Alle meine Geschäfte sind mehr oder weniger gefährlich. Das liegt in der Natur der Sache."

„Es gibt doch sicher Bestrebungen, Waffen in Staaten zu exportieren, die auf Verbotslisten stehen", warf Braun ein.

„Was wollen Sie damit andeuten? Dass wir die Sanktionen umgehen?" Hanstettens Stimme klang plötzlich wie Eis und seine Miene versteinerte. „Ich spende jährlich eine sechsstellige Summe für das Polizeisportzentrum, damit unsere Polizisten gut ausgebildet werden. Der Außenminister ist ein persönlicher Freund von mir. Wir sind bereits mehrmals zum Unternehmen des Jahres gekürt worden. Wir stehen im Blickpunkt der Öffentlichkeit. Glauben Sie mir, bei dem kleinsten Gesetzesbruch wären die Presseleute wie die Aasgeier über uns hergefallen. Waffenproduzenten stehen im Beliebtheitsranking nicht gerade weit oben."

„Das glaube ich Ihnen. Ich frage nur, ob es ein mögliches Motiv für den Mord wäre", meinte Braun.

„Nein, das ist völlig ausgeschlossen. Ich habe zwar den einen oder anderen potenziell gefährlichen Kunden, aber was hätten diese denn davon, wenn sie meine Tochter töten? Dieser Mord muss eine private Angelegenheit sein."

„Was macht Sie da so sicher?"

„Weil ich mir sonst nicht erklären kann, warum man sie getötet hat."

„Können wir ein Foto von Bea haben?", fragte Braun.

„Natürlich." Hanstetten langte in seine Joppe und holte ein Lederetui hervor. „Hier habe ich immer die Bilder meiner Kinder", sagte er und reichte Braun eine Porträtaufnahme.

Bea war sehr attraktiv, hatte langes, blondes Haar, feine Züge und große blaue Augen. Ihr Gesichtsausdruck war nicht mehr kindlich, sondern bereits der einer jungen Frau, die sich ihrer Wirkung bewusst ist.

„Ein hübsches Mädchen", sagte Braun nach einem Blick auf das Foto. „Erzählen Sie mir etwas von Bea. Was war sie für ein Mensch?"

„Bea war sehr freiheitsliebend. Diese Gene hat sie von ihrer verstorbenen Mutter geerbt. Helene, ihre ältere Schwester, hat sie in das katholische Internat am Traunsee gesteckt, um ihr Disziplin beizubringen. Von dort ist sie immer wieder ausgebüxt. Sie wollte einfach frei sein.

Deshalb dachte ich, dass ihr ein Jahr in einem fremden Land sicher guttun würde."

„Aber Ihre Tochter war doch erst sechzehn Jahre alt", meinte Franka und konnte ihre Entrüstung nicht verbergen. „Ein junges Mädchen alleine in einem anderen Land. Hat sich Ihr Geschäftspartner denn wenigstens um sie gekümmert?"

„Natürlich, soweit es seine Zeit zuließ. Er ist wie ich ein viel beschäftigter Manager."

„Was genau geschah an dem Tag, an dem Bea verschwand?", fragte Braun weiter.

„Bea hat mit Gotans Jungs am Strand gespielt und sein Chauffeur hat sie abends abgeholt. Bea wollte aber nicht mit, sondern noch in eine Strandbar gehen. In der Nacht ist sie nicht zurückgekommen und war seitdem unauffindbar."

„Erst nach drei Tagen gab es die Vermisstenanzeige", las Franka von ihrem Tablet ab. „Und von ihrem Verschwinden bis zum Auftauchen der Leiche sind fast zwei Wochen vergangen."

„Und weder Sie noch Ihr Geschäftspartner ist auf die Idee gekommen, sofort die Polizei zu informieren und eine Vermisstenanzeige aufzugeben." Verständnislos schüttelte Braun den Kopf.

„Ich weiß, im Nachhinein war es ein Versäumnis", meinte Hanstetten mit gequältem Lächeln. „Aber im ersten Moment denkt man nicht an etwas Schlimmes. Bea ist öfter über Nacht weggeblieben. Das hat mir mein Geschäftspartner auch gesagt. Sie hat dann bei einer ihrer Freundinnen übernachtet."

„Das war allerdings ein Fehler, den Ihre Tochter mit dem Leben bezahlt hat", sagte Braun.

„Ich mache keine Fehler“, zischte Hanstetten und ließ für einen kurzen Moment die Maske des verständnisvollen Vaters fallen. Aber schnell hatte er sich wieder unter Kontrolle. „Ich bin alleinerziehender Vater von fünf Töchtern. Da kann man sich nicht sofort um alles kümmern. Das verstehen Sie doch.“ Wieder schnäuzte sich Hanstetten übertrieben lange, ehe er weiterredete. „Bea musste selbst erfahren, was gut für sie ist und was nicht.“

„Der Job als Au-Pair war anscheinend nicht gut für Ihre Tochter“, meinte Braun und verschränkte die Arme vor der Brust.

„Wie kommen Sie darauf?“

„Das liegt doch auf der Hand. Bea wurde schließlich ermordet.“

„Sie haben gesagt, Ihre Tochter Helene hat Bea in ein katholisches Internat gegeben. Wie ist das zu verstehen?“, fragte Franka.

„Helene ist fünfunddreißig Jahre alt und meine Älteste. Nach dem Tod meiner Frau hat sie die Erziehung ihrer Schwestern übernommen. Vor allem aber hat sie sich um Bea gekümmert. Sie kann Ihnen sicher auch mehr über Bea erzählen als ich.“

„Wo finden wir Ihre Tochter Helene?“

„Um diese Zeit ist sie wahrscheinlich im Schweinestall.“

7

Der Las Vegas Club in Tallinn residierte in einem klassizistischen Gebäude, das während der Sowjetzeit das größte Kino im Baltikum gewesen war. Der jetzige Besitzer Gotan Danilowitsch hatte auf dem Platz davor Scheinwerfer installiert, deren Lichter die Säulen der Eingangshalle in der Nacht bunt beleuchteten und dem ganzen Gebäude eine mystische Atmosphäre verliehen. Arto stand auf der Galerie und blickte hinunter zur lang gezogenen Bar, wo eine Touristengruppe unter lautem Gelächter überteuerte Wodkashots trank. Er beobachtete ein blondes Mädchen, das einen Wodka nach dem anderen kippte, dabei mit einem hinreißenden französischen Akzent laut zu der Musik sang.

„Hast du schon gehört, das Au-Pair-Mädchen meiner Kinder ist ermordet aufgefunden worden“, sagte der Mann, der neben Arto stand. „Was wird die Polizei wohl jetzt unternehmen?“

„Na, , das Übliche. Eine Untersuchung einleiten“,

antwortete Arto einsilbig und riss sich widerwillig von dem Anblick des Mädchens los. Langsam drehte er sich zu dem Mann. Er war heute überhaupt nicht zu Konversation aufgelegt. Schon gar nicht mit Gotan, dem er gerade siebentausendzweihundert Euro abgeliefert hatte.

„Das Übliche ist aber zu wenig. Dieser Mord ist nicht gut für meine Geschäfte mit dem Alten in Österreich“, äffte ihn Gotan nach. „Du bist nicht sehr einfallsreich.“

„Und wenn schon. Meine Gedanken sind bei meiner Tochter und der Kohle, die ich sparen muss.“

„Ich verstehe. Hast du eigentlich nur diese versiffte Lederjacke?“ Gotan klopfte mit der flachen Hand auf Artos abgewetzte Jacke. „Kauf dir mal etwas Neues.“ Gotan langte in seine Hosentasche und zog ein Bündel Euroscheine heraus. Aufreizend langsam zählte er einige Hundert-Euro-Scheine ab und stopfte sie Arto in die Brusttasche. „Geh in den Versace-Laden. Der gehört mir. Wenn du hier im Club für mich arbeitest, brauchst du etwas Glamouröses. Du solltest dir auch einen modernen Haarschnitt zulegen. Ich weiß, wovon ich rede. Mein Vater war Barbier.“ Angeberisch strich er sich über seinen exakt getrimmten Bart.

‚Es ist so was von erniedrigend‘, dachte Arto und zwang sich zu einem Lächeln. Am liebsten hätte er Gotan die Fresse poliert, aber er brauchte Geld und er brauchte jeden Job. Deshalb hielt er sich zurück und schwamm lieber auf der Mitleidswelle.

„Ich brauche Geld für eine Spenderniere. Nicht für ein beschissenes Versace-Sakko und eine neue Frisur.“

„Ich habe dir bereits die Dialysemaschine geschenkt. Das muss doch wohl reichen.“

„Das ist ein alter Kasten aus der Sowjetzeit. Das Blut

wird nicht mehr optimal gewaschen. Kalinka wird langsam vergiftet. Wenn sie bald keine neue Niere bekommt, erlebt sie den nächsten Frühling nicht mehr."

„Echt traurig, das Ganze", seufzte Gotan und überprüfte mit der Hand den Sitz seiner markanten Haartolle. „Vielleicht kann ich ja was für dich tun. Aber du musst mir auch einen kleinen Gefallen erweisen."

„Alles, was du willst."

„Meine Leute drüben in Linz haben mich informiert, dass die österreichische Polizei sich in den Fall einmischt. Ich will nicht, dass sie auf dumme Gedanken kommen und etwa hier aufkreuzen und meine Geschäfte hinterfragen. Hast du mich verstanden!"

„Aha, ja und? Was soll ich machen?" Arto rieb sich nervös die Hände und wischte sich den Schweiß von der Stirn.

„Du sollst mir die Polizei vom Leib halten. Ganz einfach."

„Wie stellst du dir das vor?"

„Was fragst du mich das? Lass dir etwas einfallen." Gotan klopfte gereizt auf den goldenen Handlauf der Galerie. „Jetzt muss ich mich um meine Gäste kümmern."

Mit einem arroganten Gesichtsausdruck tänzelte Gotan die Treppe nach unten, drehte sich noch einmal um und rief nach oben, sodass es alle hören konnten: „Und kauf dir was Ordentliches zum Anziehen. In diesen Klamotten kommst du hier nicht mehr herein."

„Du verdammter Wichser!", fluchte Arto leise vor sich hin und ging mit Wut im Herzen nach draußen. Vor dem Club lehnte er sich an eine Säule und zählte die Geldscheine, die ihm Gotan in die Jacke gestopft hatte. Es waren sechshundert Euro. Machte mit den achthundert vom Nachmittag tausendvierhundert. Dazu kamen die viertausend, die er selbst mit kleineren Geschäften verdient hatte.

„Fast sechstausend Euro“, flüsterte er. „Das ist doch schon etwas Motivation für Dr. Kepler, um Kalinka wieder ein Stück nach vorne zu reihen.“

Arto ging zu seinem Wagen und fuhr auf die Stadtautobahn, die Tallinn halbkreisförmig umschloss. Die Klinik lag ein wenig außerhalb in einem Hightech-Viertel der Stadt. Hier hatten sich IT-Firmen angesiedelt, denn Tallinn war so etwas wie das Silicon Valley des Nordens. Doch die Finanzkrise hatte Estland besonders hart erwischt und die Auswirkungen waren noch immer zu spüren. Viele der modernen Glasbauten standen leer und auf den Parkplätzen wucherte das Unkraut.

Er parkte seinen Wagen direkt vor dem Eingang der Klinik und ging hinein. Die Schwester am Empfang nickte ihm freundlich zu, sie kannte Arto von seinen häufigen Besuchen. Unzählige Male war er schon hier gewesen, oft mit der größten Hoffnung im Herzen, um dann grenzenlos enttäuscht wieder abzuziehen. Doch irgendwann musste das Schicksal auch für ihn und seine Kleine zum Positiven ausschlagen.

„Ich muss dringend mit Doktor Kepler sprechen“, sagte er zu der Schwester.

„Der Doktor ist in seinem Büro.“ Die Schwester schenkte Arto ein warmes Lächeln und drehte an einer schwarzen Haarlocke, die sich aus ihrer Schwesternhaube gelöst hatte. Doch Arto hatte keinen Kopf für einen kleinen Flirt, seine Gedanken waren bereits bei Doktor Kepler, den er wie so oft überzeugen musste.

„Setz dich“, sagte Kepler, als Arto das Büro betrat. Kepler war Chefarzt und Leiter der Chirurgie, außerdem organisierte er das Transplantationsmanagement. Mit einem Wort: Er war Herrscher über Leben und Tod.

„Was kann ich für dich tun?“

„Du weißt, warum ich hier bin“, antwortete Arto, dem die arrogante Art des Arztes wie immer auf die Nerven ging. „Ich habe mir online die Rangfolge angeschaut. Kalinkas Position hat sich um keinen Deut verbessert. Obwohl sie schon seit Monaten auf der Warteliste steht.“

„Was soll ich dazu sagen?“ Kepler machte eine betrübte Miene. „Spendernieren sind rar und kosten eine Menge Geld. Aber das weißt du bereits.“

„Vielleicht kannst du ja das Prozedere beschleunigen.“ Arto griff in seine Lederjacke und holte die Geldscheine hervor. „Du bekommst den zehnfachen Betrag, wenn du meine Tochter auf der Warteliste sofort ganz nach oben reihst.“

„Willst du mich bestechen?“ Kepler grinste ironisch und wippte mit seinem Stuhl so weit nach hinten, dass er an die Wand stieß. „Das sind doch nur Peanuts. Außerdem kostet eine Niere viel mehr, dazu kommen noch die Kosten für mich und natürlich für mein Team.“

„Spar dir das Gefasel. Ich weiß das alles.“ Arto seufzte laut auf. „Was ist das nur für eine ungerechte Welt.“

„Das ist der Kapitalismus“, antwortete Kepler ungerührt. „Wer reich ist, überlebt, wer arm ist, tja, der geht zugrunde.“

„Wenn meine Tochter stirbt, dann garantiere ich für nichts.“

„Beruhige dich“, erwiderte Kepler und stand auf. „Ich

mache dir einen Vorschlag. Dein Schicksal rührt mich. Für nochmals vierzigtausend Euro sind wir im Geschäft und deine Tochter rutscht auf der Warteliste auf Platz eins. Dann wird sie bald operiert."

„Woher soll ich vierzigtausend Euro nehmen?" Seufzend ließ sich Arto wieder zurück in den Sessel sinken und presste die Zeigefinger an seine Schläfen.

„Denk darüber nach. Irgendwo im Universum stirbt ein junger Mensch bei einem Verkehrsunfall und seine Leiche wird für Organentnahmen freigegeben. Die Niere macht sich auf den Weg nach Tallinn und ist bereit für deine Tochter. Dieses kleine Wunder kostet eben eine Stange Geld."

„O. K., ich kümmere mich darum." Arto wuchtete sich aus dem Sessel.

„Du musst dich aber beeilen. Kalinka spricht nicht mehr zu hundert Prozent auf die Dialyse an, das haben wir bei der letzten Untersuchung festgestellt. Du als Vater hast eine Verantwortung. Das Leben deiner Tochter liegt ganz in deinen Händen."

„Ich weiß", seufzte Arto. „Du bekommst das verfluchte Geld." Arto drehte sich um und ging zur Tür. „Ich schaffe das", murmelte er noch, als er hinaus auf den Korridor trat.

„Vergiss nicht! Die Lebensuhr deiner Tochter tickt", rief ihm Kepler hinterher.

Als Arto mit hängendem Kopf durch das Foyer schlurfte, hatte er das Gefühl, als würden sich die Probleme mittlerweile zu einem unüberwindlichen Gebirge vor ihm auftürmen. Der Himmel hatte aufgeklart und die tief stehende Sonne strahlte durch die riesigen Glaswände in das Foyer der Klinik. Arto griff in seine Tasche und setzte seine verspiegelte Sonnenbrille auf. Auf dem Parkplatz lehnte er sich an seinen Wagen und atmete tief durch.

Plötzlich kam ihm das blonde Mädchen aus dem Club wieder in den Sinn. Wahrscheinlich war es eine Touristin, die unbeschwert feierte. Irgendwie erinnerte ihn das Mädchen an seine Frau Mela und an glücklichere Zeiten.

8

Braun und Franka gingen über den gekiesten Vorplatz des Anwesens zu einem rechteckigen Betonbau, in dem sich der Schweinestall befand.

„Das ist ja ein starkes Kontrastprogramm", meinte Braun. „Von der Prinzessin-Villa direkt in den Schweinestall."

„Ich bin schon auf Helene gespannt", sagte Franka und schob ein großes Holztor auf. „Was sie wohl für ein Typ ist."

Das Innere des Stalls war mit großen Neonröhren, die von der Decke hingen, taghell erleuchtet und wirkte auf den ersten Blick sehr professionell. Es gab mit Eisengittern abgetrennte Kojen, in denen die grunzenden Eber im Kreis liefen. In einem großen Gehege standen dicht gedrängt Dutzende Muttertiere mit ihren quiekenden Ferkeln an einem blechernen Futtertrog und fraßen gierig eine undefinierbare Mischung aus Äpfeln, Speiseresten und Futtermehl. Über all dem lag ein intensiver Gestank nach Mist und fauligem Obst in der Luft, der das Atmen erschwerte. Mitten aus dieser wogenden Masse aus Borsten und schwarz-rosa gesprenkelter Haut ragte eine hagere, schwarz gekleidete Gestalt hervor, die sich auf eine Mistgabel stützte.

„Helene Hanstetten?“, rief Franka, die Mühe hatte, sich in dem Gegrunze und Gequieke verständlich zu machen.

„Wer will das wissen?“

„Wir sind von der Polizei. Es geht um den Mord an Ihrer Schwester Bea“, sagte Braun. „Können Sie kurz zu uns herauskommen?“

„Ich habe jetzt keine Zeit, muss die Schweine füttern“, entgegnete Helene und stieß zur Bestätigung die Mistgabel energisch in den Boden.

„Es dauert nur ein paar Minuten.“ Franka trat nahe an das Eisengatter heran und lehnte sich dagegen. „Wir unterstützen die Behörden in Tallinn bei der Aufklärung des Mordes.“

„Dann tun Sie Ihre Arbeit, ich mache meine.“

„O. K., wenn Sie nicht zu uns kommen, dann komme ich eben zu Ihnen“, brummte Braun und kletterte über das Gatter. Das unkooperative Verhalten dieser Frau ging ihm rasend auf die Nerven.

„Wissen Sie, dass Schweine gefährlich sind und auch Menschen fressen können?“, sagte Helene, die mit verschränkten Armen Braun beobachtete.

„Ich weiß. Aber Schweine sind nur gefährlich, wenn man Angst vor ihnen hat. Doch die habe ich nicht.“ Braun sprang in den Morast und stapfte zügig auf Helene zu. „Interessiert es Sie gar nicht, den Mörder Ihrer Schwester zu fassen?“, meinte Braun, als er vor Helene stand.

Sie war eine hagere, große Frau mit pechschwarzen

Haaren, über denen sie ein schwarzes Kopftuch trug. Das hochgeschlossene, schwarze Kleid war um die Taille mit einem Gürtel gerafft, der so eng war, dass sie kaum atmen konnte. Um den Hals trug sie einen schlichten Rosenkranz mit Holzperlen. Ihre Füße steckten in unförmigen Gummistiefeln. Sie war das genaue Gegenteil ihrer Schwester Bea.

„Bea hat in Sünde gelebt und ihr Tod ist die Strafe Gottes“, sagte Helene und bekreuzigte sich. Sie griff nach dem Rosenkranz und hielt das Kreuz wie eine Exorzistin Braun entgegen. „Ich habe neunundneunzigmal einen Rosenkranz für Bea gebetet. Aber der Herr zürnt noch immer mit ihr.“

„Er wird sich schon irgendwann wieder beruhigen“, knurrte Braun und klopfte einem Schwein auf den Rücken, das sich grunzend näherte.

„Spotten Sie nicht. Das ist Sünde.“ Helene beugte sich zu Braun und machte mit dem Daumen ein Kreuzzeichen vor seinem Gesicht.

„Lassen Sie diesen Unsinn“, sagte Braun unwirsch. „Erzählen Sie mir lieber etwas von Bea. Weshalb glauben Sie, dass sie sündig gelebt hat?“

„Bea hat jedem Mann schöne Augen gemacht. Sie wollte die Männer verführen.“

„Sie hat also mit ihrer Wirkung auf Männer geprahlt. Ist das richtig?“ Franka lehnte noch immer am Gatter und hatte in der Zwischenzeit ihr Tablet hervorgeholt.

„Nicht direkt.“ Das bleiche Gesicht von Helene wurde mit einem Mal flammend rot, und hektisch begann sie, mit der Mistgabel schmutziges Stroh umzuschichten. „Aber es war offensichtlich, dass sie unkeusche Gedanken hatte.“

„Das mit dem Männer-Verführen ist also nur eine Annahme von Ihnen?"

„Ja, aber eine richtige Annahme", antwortete Helene widerstrebend.

„Wie sah es mit Männerbekanntschaften in Tallinn aus?", fragte Braun weiter. „Hat Ihnen Bea darüber etwas erzählt? Sie waren ja der Muttersatz für sie."

„So war mein Leben, richtig erkannt. Ich musste die Mutter für meine Schwestern spielen. Bloß weil meine richtige Mutter mit ihrem Leben nicht zurechtkam und im Suff in die Hölle gefahren ist", brach es mit einem Mal aus Helene heraus. „Wenn es Gott nicht gegeben hätte, wäre ich jetzt wahrscheinlich ebenfalls Alkoholikerin."

„Da haben Sie ja noch einmal Glück gehabt", kommentierte Franka mit unbewegter Miene.

Braun kam auf die eigentliche Frage zurück. „Hatte Bea Freunde in Tallinn?"

„Nur oberflächliche Bekannte, hat sie mir einmal beim Skypen erzählt. Mit zwei Mädchen, die genauso verdorben waren wie sie, war sie in einer Gang."

„Das hat Ihr Vater auch schon erwähnt. Was war das für eine Gang? Hat Bea darüber gesprochen? Was machten die Mädchen denn so?"

„Na, was wohl? Sie haben sich unzüchtig verhalten."

„Das wissen Sie?", hakte Braun nach.

„Was sollen sie sonst gemacht haben? Das liegt auf der Hand, wenn drei gottlose Mädchen alleine in der Fremde sind."

„Haben Sie Bea in Tallinn besucht?" Während Franka diese Frage stellte, studierte sie interessiert ihr Tablet.

„Ja, ein Mal, aber das ist schon an die zwei Monate her.

Ich habe mir ihr Zimmer angesehen, und wir waren mit den Kindern am Strand. Wir haben nichts Besonderes geredet. Nur Belanglosigkeiten. Tallinn hat eine nette Altstadt. Aber Bea war mehr in dem Boheme-Viertel Kalamaja zwischen Altstadt und Hafen unterwegs. Und natürlich in der Surfer-Bar am Strand. Da habe ich mich nicht so recht wohlgefühlt. Deshalb bin ich bald wieder abgereist. Anschließend haben wir über Skype einige Male miteinander geredet. Bis vor zwei Wochen. Da war sie ja plötzlich nicht mehr erreichbar."

Braun wollte etwas sagen, doch Franka signalisierte ihm mit den Augen, dass sie noch nicht fertig war.

„Seit zwei Wochen hatten Sie also keinen Kontakt mehr zu Bea?"

„Das stimmt."

„Das hat Sie nicht beunruhigt?"

„Doch, aber was hätte ich denn tun sollen?" Mittlerweile hatten die Schweine den Futtertrog leer gefressen und begannen, unruhig zu werden. Die Ferkel wuselten zwischen Brauns Beinen umher und Muttertiere rieben ihre borstigen Flanken an seinen Hosenbeinen. „Die Tiere brauchen jetzt ihre Ruhe. Ihre Anwesenheit irritiert sie."

„So ein Quatsch. Schweine sind zutraulich wie Hunde. Sie mögen die Nähe von uns Menschen", widersprach Braun. „Haben Sie sich nicht Sorgen um Ihre kleine Schwester gemacht? Die so plötzlich abgetaucht ist. Nie den Gedanken gehabt, dass ihr etwas zugestoßen sein könnte?"

„Doch, deshalb habe ich auch für sie gebetet", erwiderte Helene und drehte nervös an den Holzperlen ihres Rosenkranzes.

„Dachten Sie vielleicht daran, selbst noch einmal nach

Tallinn zu fahren, um nach dem Rechten zu sehen?“ Franka blickte von ihrem Tablet auf.

„Ich sagte doch bereits, dass ich zuletzt keinen Kontakt mehr zu Bea hatte. Meine kleine Schwester war sehr eigenwillig.“ Nervös schubste Helene mit dem Fuß ein Ferkel beiseite. „Warum fragen Sie das alles?“

„Weil Sie lügen“, sagte Braun und deutete mit dem Finger auf das Tablet, das Franka in seine Richtung gedreht hatte.

„Das ist die Facebook-Seite von Bea“, sagte Franka. „Vor zwei Wochen war sie dort noch aktiv.“

„Ja und?“ Helene schüttelte verwirrt den Kopf.

„Bea hat damals ein Foto gepostet. Ich lese Ihnen kurz den Text vor.“ Sie drehte das Tablet wieder zu sich. „‚Sisters walk on the wild side‘ steht hier. Und auf dem Foto sind Sie und Bea zu sehen.“

„Das muss ein älteres Foto sein“, verteidigte sich Helene matt.

„Es gibt auch ein Datum und eine Standortbezeichnung: Las Vegas Club, Tallinn, Estonia.“

„Na gut, ich war kurz in Tallinn. Im Dom von Riga in Lettland gab es eine besondere Messe der Dornenschwestern. Da habe ich natürlich einen Abstecher nach Tallinn gemacht, um Bea zu besuchen. In dem sündigen Club habe ich ihren Freund gesehen.“

„Bea hatte also doch einen Freund“, hakte Braun schnell nach.

„Ich habe ihn nur flüchtig gesehen.“

„Können Sie ihn beschreiben? Wie sah er aus?“, fragte Braun weiter.

„Er war ein Typ wie Sie. Nur jünger und besser aussehend. Und er wirkte sehr männlich."

„Was verstehen Sie unter männlich?", fragte Braun.

„Unter seiner Jacke trug er eine Pistole. Vielleicht war er ein Jäger."

Reflexartig griff Helene nach dem Rosenkranz und umschloss das Kreuz mit ihrer Faust. Eine dicke Ader an ihrer Schläfe pulsierte und sie atmete heftig.

„Bea hat sich ja nichts aus der Jagd gemacht. Im Gegenteil, sie hat unsere Trophäen verabscheut. Aber Vater und ich, wir gehen gern auf die Pirsch."

„Auf wehrlose Tiere schießen machen nur Feiglinge. Das gibt einen Eintrag in Ihr Sündenregister."

„Gott unterscheidet zwischen Mensch und Tier", antwortete Helene schnippisch.

„Wie lange waren Sie mit Bea und ihrem Freund in dem Club?",

fragte Braun weiter.

„Nur kurz. Abends habe ich mich noch mit Pater Orion getroffen, der mich nach Tallinn begleitet hat. Wir sind dann betend durch die Altstadt gegangen. Am nächsten Tag sind wir abgereist. Bea habe ich nie wiedergesehen."

„Können Sie morgen nach Linz in die Polizeidirektion kommen? Dort werden wir eine Phantomzeichnung von Beas Freund anfertigen", sagte Braun. „Ich maile die Zeichnung dann an die Kollegen nach Tallinn."

„Natürlich." Helene nickte und griff nach der Visitenkarte, die ihr Braun hinhielt.

„Seien Sie bitte morgen pünktlich um zehn Uhr in unserem Kommissariat in Linz", sagte Braun zum Schluss. „Wir wollen doch so schnell wie möglich den Mörder Ihrer

Schwester finden. Gibt es sonst noch etwas, was Sie uns mitteilen wollen?“

„Ich habe alles gesagt. Gott ist mein Zeuge“, flüsterte Helene und streichelte einem Schwein den Rücken. „Jetzt muss ich wieder arbeiten.“ Mit verbissenem Gesicht begann sie den Mist umzustechen.

Braun bahnte sich seinen Weg durch die Tiere, stieg über das Gatter und klopfte sich den Schmutz von den Hosenbeinen. Wehmütig betrachtete er seine Boots.

„Verdammt, die sind jetzt voller Scheiße“, fluchte er leise vor sich hin.

„Wieso kennst du dich so gut mit Schweinen aus?“, fragte Franka, als sie zum Tor gingen.

„Weil ich jeden Tag damit zu tun habe“, antwortete Braun.

„Verstehe ich nicht.“

„Für mich sind Mörder Schweine. So einfach ist das.“

„Starke Ansage.“

„Was hältst du von dieser Familie?“, fragte Braun Franka, nachdem sie den Schweinestall verlassen hatten und sich frische Luft zufächelten. Franka, den Motorradhelm in der Hand, dachte kurz nach.

„Der Vater hat nur seine Geschäfte im Kopf und kein wirkliches Interesse an seinen Kindern. Die Schwester weiß mehr, als sie zugibt.“

„Wenn sie morgen wegen der Phantomzeichnung auftaucht, dann befragen wir sie noch einmal gründlich“, ergänzte Braun.

Als sich Braun auf den Rücksitz des Motorrads setzte, hatte er mit einem Mal das Gefühl, als würde er keine Luft mehr bekommen. Er krallte seine Finger in die seitlichen

Griffe und atmete tief durch. Sein Herz raste, und er merkte, wie ihm der Schweiß den Rücken hinunterlief. Das versteinerte Gesicht einer alten Frau mit einem Gewehr tauchte vor seinem geistigen Auge auf. Sie drückte den Abzug und Braun spürte die Kugel in seinem Körper.

In diesem Moment gab Franka Gas. Die Moto Guzzi schoss in die Dämmerung und Braun ließ die dunkle Erinnerung am Wegrand zurück.

9

Caro Betancourt bummelte mit den beiden Kindern durch das große Einkaufszentrum Foorum am Rande der Altstadt von Tallinn. Lieber wäre sie an den Strand gefahren, aber ihre Schützlinge wollten unbedingt mit den Gokarts eine Runde durch das Center drehen.

Caro war nicht gerne in Tallinn. Sie stammte aus dem französischen Charlesville in den Ardennen und hatte sich immer nach dem Süden gesehnt. Charlesville war ein Ort der Verzweiflung für ein sechzehnjähriges Mädchen ohne Schulabschluss, und auch alle ihre Freundinnen wollten nur so schnell wie möglich weg.

Als sie sich bei der Agentur für einen Job als Au-Pair-Mädchen bewarb, dachte sie an Städte wie Rom, Palma, Wien oder New York. Niemals wäre sie auf den Gedanken gekommen, dass es auch in Estland Familien gab, die ein Au-Pair brauchten. Aber nun war sie einmal hier gelandet und musste das Beste daraus machen. Ihr Vertrag lief für ein Jahr und bald hatte sie die Hälfte geschafft.

Caro zog ihr Smartphone aus der Tasche und versuchte erneut, ihre Freundin Zoe zu erreichen. Zoe war Au-Pair wie Caro und schon seit über einer Woche wie vom Erdboden verschwunden. Ihre Gastfamilie hatte zwar eine Vermisstenanzeige bei der Polizei aufgegeben, aber seither war nichts passiert. Und jetzt hatte man ihre andere Freundin Bea tot aufgefunden. Das war schrecklich, und am liebsten würde Caro auf der Stelle nach Hause fahren, aber ihre strenge Mutter duldete kein Aufgeben. Ob das Verschwinden von Zoe mit Beas Tod in Zusammenhang stand? Sie wusste es nicht, aber ein dumpfes Gefühl in ihrem Bauch bestätigte ihre Vermutung. Plötzlich sah sie auf ihre Armbanduhr und stellte fest, dass es schon spät war.

„Vite, vite, enfants", rief sie den Kindern zu. „Los, beeilt euch!" Der Vater der Kinder war mit einem IT-Service reich geworden und fast nie zu Hause. Solveig, die Mutter, hingegen war ein Fall für sich. Doch daran wollte Caro jetzt nicht denken. Die Eltern bestanden darauf, dass Caro mit den Kindern nur Französisch und Englisch redete.

„Dürfen wir noch eine letzte Runde drehen?"

„Ja, meinetwegen. Aber beeilt euch!"

„Merci!" Und weg waren sie.

Früher hatte Caro nichts mit Kindern anzufangen gewusst, aber jetzt waren ihr die beiden Kleinen ans Herz gewachsen. Vielleicht auch wegen Solveig. Caros Smartphone klingelte. Es war ihre Mutter, die beinahe jeden Tag anrief und mit gluckenhaften Belehrungen aufwartete, als wäre Caro noch ein kleines Mädchen.

„Nein, Maman, ich gehe nicht alleine abends an den Strand. Keine Angst, auch mit fremden Männern fahre ich nicht mit. Und ja, natürlich bleibe ich das ganze Jahr in Tallinn. Ich weiß, du warst immer eine Kämpferin. Das bin auch ich. Ich gebe niemals auf."

Als das Gespräch zu Ende war, seufzte Caro auf. Ihre Mutter behandelte sie einerseits noch immer wie ein kleines Kind, andererseits wollte sie, dass Caro wie eine Erwachsene ihre Ziele verfolgte und niemals kapitulierte.

Caro steckte das Smartphone ein und blickte umher. Keine Spur von den Kindern. Die Gokarts standen unbesetzt beim Eingang. Panik schwappte ihre Eingeweide hoch. Sie hatte doch nur kurz telefoniert. Da konnten die Kinder nicht einfach so verschwunden sein.

„Marie, Ana, wo seid ihr?"

Nichts. Einige Passanten drehten sich bereits nach ihr um, aber das war Caro gleichgültig.

„Haben Sie zwei kleine Kinder gesehen? Zwei Mädchen. Ungefähr so groß." Caro machte eine entsprechende Handbewegung. „Sie müssen hier irgendwo sein", fragte sie den Sicherheitsbediensteten, der gelangweilt neben dem Eingang an der Wand lehnte.

„Bei mir sind keine Kinder durch. Das wäre mir aufgefallen", brummte der Mann. „Vielleicht sind sie im Spielwarengeschäft oben."

„Danke. Ich werde gleich mal nachsehen."

Wieder nach oben. Sie hastete die Galerie entlang. Rempelte Passanten an. Raste in das Spielwarengeschäft.

„O Gott, warum gibt es hier so viele Abteilungen", stöhnte sie auf und lief von Gang zu Gang. Aber nirgends eine Spur von Marie und Ana.

Sie spürte, wie die Panik ihr Gehirn vernebelte. Hektisch lief sie aus dem Spielwarengeschäft zurück auf die Galerie. Beugte sich über die Brüstung. Ganz weit hinten, beim Lieferanteneingang, sah sie zwei Kinder. Das könnten die beiden sein, dachte sie. Zurück zum Lift. Sie drückte alle Knöpfe gleichzeitig, aber der Fahrstuhl brauchte eine Ewigkeit nach oben. So lange konnte sie nicht warten und nahm die Treppe. Keuchend erreichte sie das Erdgeschoss und versuchte, sich zu orientieren. Drehte sich im Kreis. Wo war bloß dieser verdammte Lieferanteneingang.

Endlich sah sie die große, grau gestrichene Schiebetür, die nur einen Spaltbreit offen stand. Aber weit genug, dass ein Kind durchschlüpfen konnte. Caro raste darauf zu. Hier in dem hinteren Teil des Einkaufscenters gab es keine Shops mehr, nur leere Kojen, in denen Kisten und Kartons gestapelt waren. Das trübe Licht einer defekten Neonröhre flackerte unruhig in die verlassenen Verkaufsflächen. Durch den Spalt der Schiebetür stach ein Sonnenstrahl wie eine Messerklinge in den düsteren Korridor.

„Suchst du deine Kinder?“

Caro stieß einen Schrei aus, als sie plötzlich eine Stimme hörte. Ein Mann trat aus einem der leeren Shops. Er trug eine verspiegelte Sonnenbrille, obwohl es hier fast völlig dunkel war. An den Händen hielt er Marie und Ana.

„Sieh mal, was wir bekommen haben!“ Marie hielt fröhlich den Becher mit einem Smoothie in die Höhe. „Ana hat echte Erdbeeren drinnen.“

„Wo seid ihr gewesen? Ich habe mir solche Sorgen gemacht.“ Caro ging in die Knie und drückte die beiden Kleinen fest an sich. Dann stand sie auf und drehte sich zu dem Mann. Er hatte blondes Haar und hohe Wangenknochen.

„Danke, dass Sie die Kinder gefunden haben“, sagte sie leise.

„Nicht der Rede wert.“ Der Mann schob die Sonnenbrille hoch und blickte Caro lange an. Seine Augen waren hell und wirkten auf Caro ein wenig müde.

„Du musst in Zukunft besser auf die Kleinen achten. Hier treibt sich viel Gesindel herum. Das ist besonders für ein hübsches Mädchen, wie du es bist, nicht ungefährlich.“

„Ich werde es mir merken.“ Caro lächelte schüchtern und spürte, wie sie rot im Gesicht wurde.

„Sind das deine Geschwister?“, fragte der Mann neugierig.

„Nein, ich bin das Au-Pair und komme aus Paris.“ Caro erwähnte immer, dass sie aus Paris sei, denn wer kannte schon ein Kaff wie Charlesville.

„Ach, deshalb hast du so einen hübschen Akzent“, sagte der Mann lächelnd. „Wie heißt du eigentlich?“

„Caro.“ Sie hielt dem Mann die Hand hin, der sie schüttelte. „Und Sie?“

„Warum bist du bei dem Wetter nicht am Strand?“ Der Mann ignorierte die Frage nach seinem Namen.

„Die Kinder wollten unbedingt Gokart fahren.“

„Musst du auch abends die Kinder hüten?“, fragte der Mann, während sie den Korridor entlanggingen, bis sie wieder in den beleuchteten Teil des Shoppingcenters gelangten.

„Nur unter der Woche, an den Wochenenden habe ich frei“, antwortete Caro und riskierte einen schnellen Blick auf den Mann. Wollte er sich etwa mit ihr verabreden? Er sah zwar interessant aus, war aber sicher doppelt so alt wie sie. „Warum fragen Sie?“

„Ach, nur so. Ich bin viel unterwegs am Wochenende. Vielleicht sieht man sich in dem einen oder anderen Club. Wohin gehst du denn an einem Samstagabend?“

„Ich mag Clubs eigentlich nicht so gerne“, antwortete Caro und zwirbelte nervös eine Strähne ihrer roten Haare. Sie war wirklich nicht geübt in diesen Flirtgesprächen.

„Hast du viele Freunde hier in Tallinn?“

„Nein. Es ist schrecklich hier! Gerade ist eine meiner Freundinnen ermordet worden. Sie haben sicher davon gehört.“

„Das tote Mädchen am Strand? Das war deine Freundin?“ Der Mann kniff überrascht die Augen zusammen und presste seine Zeigefinger an die Schläfen, als hätte er Kopfschmerzen. Mit einem Mal wirkte er hektisch und trat näher an Caro heran. „Stimmt das?“

„Ja, glauben Sie denn, ich lüge?“, erwiderte Caro verstimmt. Jetzt wurden ihr die Fragen des Mannes langsam unangenehm. Was wollte er bloß von ihr? „Ich habe Bea vorher zwei Wochen lang nicht gesehen. Ich dachte, sie ist abgereist.“

„Abgereist, ohne dir ein Wort zu sagen? Das wäre aber ganz schön gemein.“

„Wir haben uns gestritten, deshalb habe ich auch nicht weiter darüber nachgedacht.“

„Worüber habt ihr euch gestritten?“ Der Mann blickte sie interessiert an. Caro wollte gerade antworten, doch in diesem Moment klingelte sein Handy. Er drehte sich zur Seite und hörte aufmerksam zu. Caro bemerkte, dass er nervös mit dem Fuß auf den Boden klopfte. Jetzt ging er flüsternd in eine dunkle Ecke und gestikulierte wild mit seiner freien Hand. Caro war das alles nicht geheuer. Deshalb nutzte sie den

Moment, packte die Kinder bei der Hand und lief mit ihnen aus dem Shoppingcenter.

Erst an der Busstation blieb sie mit den Kleinen stehen und holte tief Luft. Während sie auf den Bus warteten, griff sie in ihre Handtasche und holte ein Foto hervor. Es zeigte drei Mädchen, die in die Kamera lächelten. Mit einem zärtlichen Blick berührte Caro das Foto und drehte es um. „Die Gucci-Gang in der Piraten-Bar“ hatte sie auf die Rückseite geschrieben.

10

Die Mordkommission Linz war schon seit Jahren in der Schwarzen Halle, einem ehemaligen Theaterbau direkt im Industriehafen untergebracht. Seit Jahren hieß es auch, dass bald ein neuer Gebäudekomplex gebaut würde, in dem alle Polizeidienststellen an einem Ort arbeiten könnten. Seit Jahren wurde auch darüber debattiert, welche Stelle die nötigen Budgetmittel für den Neubau aufbringen müsste. Die Jahre vergingen und alles blieb beim Alten.

Braun saß am nächsten Tag in dem neuen Besprechungsraum, dessen gesamte vordere Wand von einer künstlerischen Fotografie des Teams der Mordkommission eingenommen wurde. Noch immer vermisste er die durchhängenden Sofas der früheren Chill-out-Zone, die das kreative Denken seines Teams so beflügelt hatten. Aber die Planungskommission war unerbittlich gewesen und hatte auf dem neuen Besprechungsraum bestanden.

Gemeinsam mit Franka, Elena Kafka und seinem Team waren sie die bisherigen Fakten durchgegangen.

„Wie weit sind die Kollegen aus Tallinn?", fragte Braun, nachdem er und Franka die gestrige Befragung von Ulf Hanstetten und seiner Tochter Helene rekapituliert hatten.

„Bisher haben sie noch keine brauchbare Spur", sagte Timo, der mit den Behörden in Tallinn Kontakt aufgenommen hatte. „Das Opfer hat einige Tage im Wasser gelegen und wurde dann an Land gespült. Wobei die Strömung in eine andere Richtung geht. Es kann also durchaus sein, dass die Leiche absichtlich an diesem Ort abgelegt wurde."

Gedankenverloren griff Elena in die Tasche ihres Blazers und zog eine zerknautschte Schachtel Zigaretten hervor.

„Blöder Reflex", murmelte sie und steckte die Packung wieder ein. „Ich habe doch längst das Rauchen aufgegeben. Haben wir die Protokolle zur Befragung der Gastfamilie geschickt bekommen? Bea wohnte bei dem Geschäftspartner von Hanstetten. Wie ist gleich sein Name?"

„Gotan Danilowitsch." Franka rief die Mails auf ihrem Tablet ab. „Nein, ist noch nichts eingetroffen."

„Dann werden wir mal den Dienstweg abkürzen." Elena holte ihr Handy hervor und ließ sich mit dem „Kaitsepolitseiamet", dem Sicherheitspolizeiamt von Tallinn, verbinden. In lupenreinem Englisch brachte sie ihr Anliegen vor und wurde sofort weiterverbunden.

„Kann ich mit dem Beamten sprechen, der für den Mordfall Beate Hanstetten zuständig ist?" Elena legte das Handy auf den Tisch und aktivierte die Freisprecheinrichtung.

„Hallo, ich bin Yrsa Laurits, Kommissarin in der Abteilung Gewaltverbrechen. Einen Moment. Wir prüfen nur die Echtheit Ihrer Angaben bei der Vermittlung." Yrsa klang jung und engagiert.

„Wie machen Sie das? Rufen Sie mich zurück?"

„Das ist altmodisch. Wir machen das mit Tracking." Ein glockenhelles Lachen ertönte. „O. K., das geht in Ordnung", sagte Yrsa bereits nach wenigen Sekunden.

„Ist der zuständige Kommissar jetzt endlich zu sprechen?", fragte Elena schon leicht genervt und zog wieder ihre zerknautschte Zigarettenpackung hervor.

„Tut mir leid. Er ist gerade in der Gerichtsmedizin." Yrsas Stimme bekam einen betrübten Unterton.

„Richten Sie ihm bitte aus, er soll mich dringend zurückrufen. Und mailen Sie den Obduktionsbericht an uns", sagte Elena.

„Ich werde es ausrichten, kann aber nicht versprechen, ob er es dann auch macht. Wir haben zurzeit sehr viele dringende Fälle mit unseren eigenen Landsleuten. Es war ein Vergnügen, mit Österreich zu sprechen", verabschiedete sie sich fröhlich und trennte die Verbindung.

Elena steckte das Handy wieder ein und blickte nachdenklich in die Runde.

„Was meinen Sie?"

„Es gibt immer Koordinationsschwierigkeiten, wenn zwei Länder in einem Mordfall ermitteln", sagte Braun. Er wusste, wovon er sprach, denn er hatte vor längerer Zeit bei EUROPOL gearbeitet. Der Kompetenzdschungel zwischen den einzelnen Staaten war tatsächlich abenteuerlich.

„Wir brauchen unbedingt ein Ergebnis, sonst wird Hanstetten ziemlich ungemütlich", meinte Elena. „Er macht schon jetzt mächtig Druck auf allen Seiten."

„Na und?“ Braun trommelte mit den Fingern auf die Tischplatte. „Druck ist nichts Neues für uns. Das macht doch immer irgendein Wichtigtuer.“

„Aber diesmal ist es der Hauptsponsor des Polizeisportvereins“, schnaubte Elena und blickte Braun direkt an. „Ich weiß auch schon, wie wir Hanstetten beruhigen.“

„Ach, wie denn?“

„Sie fliegen morgen nach Tallinn und unterstützen die Kollegen vor Ort“, sagte Elena. „Ihre Exfrau war doch Finnin? Da verstehen sie ja auch ein bisschen Estnisch. Ist dieselbe ostseefinnische Sprachgruppe.“

„Ich dachte mir schon so etwas“, meinte Braun. „Aber mit welcher Begründung?“

„Eine österreichische Staatsbürgerin ist ermordet worden. Das reicht doch vollkommen“, erwiderte Elena. „Ich kümmere mich um die nötigen Genehmigungen.“ Elena stand auf und packte ihre Unterlagen zusammen. „Können Sie morgen starten?“

„Na klar, warum nicht?“ Braun zuckte mit den Schultern. Du kannst noch immer ablehnen, würde Kim wohl sagen. Aber es war ja nur für ein paar Tage, bis dieser Mordfall aufgeklärt war, dann würde sich alles ändern. „Morgen ist kein Problem“, sagte er deshalb auch.

„Gut. Ich lasse Ihnen einen Flug über Wien buchen.“

An der Tür drehte sich Elena noch einmal zu Braun um.

„Treffen wir uns heute Abend bei ihrem Freund Kemal. Da können wir die richtige Vorgangsweise mit den Beamten in Tallinn besprechen.“

„Muss man die dort oben etwa mit Samthandschuhen anfassen?“, fragte Braun ironisch.

„Nein, aber wir wollen alle keine Schwierigkeiten“,

erwiderte Elena. „Sie sind ja für Ihr eigenmächtiges Handeln bekannt, Braun."

„Ich werde mich ganz den estnischen Gepflogenheiten unterordnen", sagte Braun mit breitem Grinsen.

„Ich meine das im Ernst, Braun", erwiderte Elena. „In Estland gibt es keine Alleingänge."

„Ja, ich hab's verstanden."

Braun und Franka sahen Elena nach, die zügig durch den Flur ging und bereits wieder telefonierte.

„Warum ist Elena so an diesem Fall interessiert?", fragte Franka und reinigte dabei das Display ihres Tablets.

„Du hast doch gehört. Sie bangt um die Sponsorengelder für den Polizeisportverein. Hanstetten hat ja auch die Schießanlage der Polizei finanziert. Damit wir alle mit seinen Waffen schießen", erwiderte Braun. „Das ist immer die gleiche Scheiße. Wenn jemand Einfluss hat, wird alles in Bewegung gesetzt. Bei einem armen Schwein macht man nur das Nötigste."

„Das ist aber wieder deine Kapitalismuskritik, Braun", meinte Franka.

„Du redest wie Bruno", erwiderte Braun und dachte mit etwas Wehmut an seinen Ex-Kollegen Bruno Berger, der mittlerweile ein kleines Restaurant in Linz eröffnet hatte und ein glückliches Leben führte. „Sieh zu, dass du noch ein paar Details über Helene Hanstetten herausfindest. Glaubst du, dass sie mehr als der Glaube mit diesem Pater verbindet und deshalb nach Riga gefahren ist?"

„Das kannst du sie gleich selbst fragen", erwiderte Franka. „Da kommt sie gerade wegen der Phantomzeichnung."

„Scheiße, das habe ich völlig vergessen."

„Aber sie ist nicht alleine. Das ist doch ein alter Bekannter von dir?“

„Und ob. Das ist Jungwirth, der Rechtsanwalt. Ein komplettes Arschloch. Ich habe einmal seinen Sohn René an einen Gully gekettet, weil er meinen Jeep beschädigt hat. Seitdem kann er mich nicht ausstehen. Aber das beruht wohl auf Gegenseitigkeit.“

„Gibt es eigentlich einen Rechtsanwalt, den du leiden kannst, Braun?“ Franka zog amüsiert die Augenbrauen hoch.

„Nicht, dass ich wüsste“, sagte Braun und ging auf Helene zu.

„Danke, dass Sie sich Zeit genommen haben, Frau Hanstetten. Bevor wir mit der Phantomzeichnung beginnen, haben wir noch ein paar Fragen an Sie.“

„Das dachte ich mir. Deshalb habe ich auch meinen Rechtsanwalt Doktor Jungwirth als Stütze mitgenommen. Das geht doch in Ordnung?“, antwortete Helene. Sie war vollkommen ungeschminkt, trug ein ähnliches Kleid wie am Tag zuvor, hatte allerdings statt der Gummistiefel feste Bergschuhe an.

„Kein Problem. Wir hatten bereits das Vergnügen“, sagte Braun und nickte Jungwirth kurz zu.

„Chefinspektor Braun, ich bin nur als Zuhörer anwesend. Nehmen Sie das nicht persönlich, aber Ihre Methoden bei Befragungen sind ja hinlänglich bekannt.“

Braun erwiderte nichts darauf, sondern riss sich zusammen. ‚Einmal Arschloch, immer Arschloch‘, dachte er. Wozu seine Zeit mit derartigen Individuen vergeuden.

„Gehen wir in den Vernehmungsraum. Da haben wir

unsere Ruhe. Erzählen Sie mir mehr von Beas Freund", sagte er und wartete, bis sich alle gesetzt hatten.

„Das war kein richtiger Freund. Es war nur eine flüchtige Bekanntschaft, hat Bea mir erzählt."

„Aber sie hat sich mit ihm getroffen."

„Vielleicht ein- oder zweimal, soviel ich weiß. Der Mann war auch mehr als doppelt so alt. Sie hat ihn irgendwo in einem Einkaufszentrum kennengelernt. Dort ist sie mit beiden Jungs immer hingegangen, wenn das Wetter schlecht war. Aber so genau weiß ich das nicht mehr. Ich habe Bea jedenfalls gewarnt, es nicht so wild zu treiben. Auf Wollust folgt Strafe."

„Wie passen diese Drohungen eigentlich zu Ihrer katholischen Einstellung?", fragte Braun.

„Drohungen dienen dazu, die Menschen wieder auf den rechten Weg zu bringen. Sie sehen ja, was passiert ist", sagte Helene und umfasste dabei den Rosenkranz, den sie um den Hals trug. „Bea ist für ihr liederliches Leben bestraft worden." Helene wandte sich an Jungwirth. „Kann ich jetzt gehen? Ich will das Phantombild anfertigen lassen."

„Was ist eigentlich mit Ihren anderen drei Schwestern?"

„Magda und Anna studieren in London, und Theresa ist glücklich in der Schweiz verheiratet."

„Das heißt, nur Sie und Bea wohnen beziehungsweise wohnten auf dem Anwesen Ihres Vaters."

„So ist es. Bea war die Nachzüglerin, die ich unter meine Fittiche nahm. Ich hätte sie viel strenger erzogen, aber Papa war dagegen. Sie war sein Nesthäkchen."

„Was sind die Dornenschwestern eigentlich für eine Vereinigung?", fragte Braun. „Deswegen sind Sie doch extra nach Riga gefahren."

„Die Dornenschwestern wollen durch Schmerz näher bei Gott sein“, antwortete Helene. „Bei der Messe in Riga beteten wir auf nackten Knien auf dem Steinboden. Es war ein intensives Erlebnis.“

„In welcher Beziehung stehen Sie zu diesem Pater Orion? Haben Sie ein Verhältnis?“, fragte Braun ganz direkt.

„Also ich darf doch bitten! Diese Frage hat nichts mit dem Mordfall zu tun“, mischte sich Jungwirth ein. „Wenn es keine weiteren Fragen mehr gibt, Chefinspektor, dann würde ich mit meiner Mandantin jetzt gern zu dem Computerzeichner gehen.“

„Ja, machen Sie das.“

Braun wurde nicht recht schlau aus Helene Hanstetten, und er bereute, dass er Franka nicht zu der Befragung mitgenommen hatte. Nach einer halben Stunde hatte der Polizeigrafiker am Computer ein Phantombild erstellt. Es zeigte einen Mann zwischen dreißig und vierzig, der helle Haare hatte und eine Sonnenbrille trug.

„Er hatte immer diese Sonnenbrille auf“, entschuldigte sich Helene, „deshalb habe ich das auch dem Phantomzeichner gesagt.“

„Das geht schon in Ordnung.“

Braun sah Helene und ihrem Anwalt nach, als sie die Polizeidirektion verließen. Sein Handy klingelte. Es war sein Sohn Jimmy, der ihm freudig mitteilte, dass er ein tolles Haus zum Mieten gefunden hatte, und fragte, wann sie es gemeinsam besichtigen könnten. Braun stieg in seinen Jeep und fuhr mit gemischten Gefühlen nach Hause.

In seiner Wohnung angekommen, ging er zielstrebig in die Abstellkammer und holte seine alte Reisetasche hervor.

Als er gerade dabei war, seine weißen Shirts für die Reise abzuzählen und noch einen schwarzen Anzug einzupacken, stürmte Jimmy in das Zimmer. In der Hand hielt er eine Zeitschrift.

„Sieh mal, Tony. Hier ist das Haus mit Garten, von dem ich am Telefon gesprochen habe. Es liegt direkt an der Donau. Ist zwar ein wenig außerhalb, aber dafür ist die Miete günstig. Du …“ Jimmy stockte, als er die abgegriffene Reisetasche sah. „Was ist das? Verreist du?“

„Das ist dienstlich“, murmelte Braun.

„Aber du wolltest doch kürzertreten, das hast du Kim und mir versprochen.“

„Es ist nur ein kleiner Ausflug. Ich unterstütze Kollegen in Estland.“

„Fucking Osten! Estland, wo liegt denn das überhaupt genau? Irgendwo hinter dem Nordpol.“

„Es dauert doch nicht lange.“ Braun versuchte seinen Sohn zu beruhigen.

„Aber mit dem Haus, das müssen wir schnell entscheiden.“ Jimmy fuchtelte hektisch mit der Zeitung vor Brauns Gesicht herum. „Das ist ein Schnäppchen.“

„Wer soll denn in dem Haus überhaupt wohnen?“

„Na, wir beide und Kim. Im Garten habe ich dann genügend Platz, um den Bus herzurichten und alles für meine Streetfood-Auftritte vorzubereiten. Kemal hilft mir dabei.“ Jimmy hatte bei Lars, einem Streetfood-Koch, einen alten Citroën-Bus gesehen und Braun hatte sich breitschlagen lassen und Jimmy den Bus gekauft. Lars hatte auch Koch-Workshops in der ehemaligen Tabakfabrik in Linz veranstaltet. Jimmy war sofort Feuer und Flamme gewesen. Er hatte sich von Lars in die Geheimnisse des Biofood-

Cookings einweihen lassen. Seither kochte er leidenschaftlich gerne.

„Ich glaube nicht, dass Kim mit uns in einem Haus leben will", sagte Braun und schloss seine Reisetasche. „Ich treffe mich mit ihr bei Kemal, bevor ich abreise."

„Aber wir sind jetzt eine richtige Familie. So wie früher mit Mama", sagte Jimmy und machte ein verzweifeltes Gesicht. „Das wolltest du doch auch immer."

„Hör mal, Jimmy. Wir reden darüber, wenn ich wieder aus Estland zurück bin."

„Immer weichst du aus, wenn es um etwas Entscheidendes geht. Das Einzige, was dich wirklich interessiert, ist diese fucking Plattensammlung", motzte Jimmy und deutete auf Brauns zweitausend LPs. Dann knallte er das Magazin vor Braun auf den Boden und schlurfte aus dem Zimmer.

Ratlos stand Braun in der Mitte des Zimmers. Am liebsten wäre er Jimmy nachgegangen und hätte ihn umarmt. Aber wie immer hielt ihn der Zementbrocken in seinem Bauch zurück. „Das nächste Mal", murmelte er.

Der Schatten des Autobahnzubringers kroch durch das Fenster und legte sich über die Regale, in denen sein Leben in Vinyl-Rillen gepresst war. Zu jeder Platte gab es eine Story und nicht immer waren sie alle tragisch.

11

Es war ein Glücksfall, dass ich dieses Gebäude gefunden habe. Niemand erinnert sich mehr an das Schwimmbad der sowjetischen Marine. Mit dem Abzug der sowjetischen Truppen aus Estland ist es von der Landkarte verschwunden. Und trotzdem existiert es noch. Hier kann ich ungestört meine geheimen Wünsche und Sehnsüchte in die Wirklichkeit transportieren. Hier kann ich in Ruhe die einzelnen Punkte meines Plans abhaken. Denn ich habe eine Mission.

Zoe habe ich schon lange beobachtet, wie sie mit den Kindern durch das Foorum Center gegangen ist, den Kopf immer über ihr Smartphone gebeugt. Zoe trug ein enges Top und kurze Shorts. Ihre Arme und Beine waren leicht gebräunt und durchtrainiert. Ihr ganzer Körper verströmte eine jungfräuliche Härte, so als würde er nur darauf warten, von mir gezähmt zu werden. Später trafen wir uns öfter. Doch sie beachtete mich nicht weiter, sondern hatte nur Augen für den einen.

„Gefällt er dir?“, fragte ich ganz nebenbei.

„Ja, doch sehr“, antwortete Zoe. Sie wurde rot im Gesicht und senkte schnell den Blick.

„Wie schön“, sagte ich und verabschiedete mich. Kurz darauf traf ich sie wieder. Wir gingen zum Hafen und sie erzählte mir alles. Ich kaufte ihr einen Aperol und wartete, bis die K.-o.-Tropfen wirkten.

Jetzt hängt Zoe kopfüber in dem halb vollen Wasserbecken. Ihre gefesselten Beine sind durch ein Seil mit einer Winde verbunden. Früher hat man damit die Bahnen für die Kampfschwimmer aufgerollt. So kann ich Zoe ohne große Mühe hochziehen und wieder hinunterlassen. Ich habe die Winde so fixiert, dass sich Zoe mit den Armen wie bei einem Handstand am Beckenboden abstützen kann. In dieser Position bringt sie ihren Kopf aus dem Wasser. Aber das ist anstrengend.

„Ich kann nicht mehr. Lass mich bitte frei“, bettelt Zoe mit matter Stimme. Ihre Oberarme beginnen zu zittern. Gleich wird sie einen Muskelkrampf bekommen.

„Erinnere dich an das Wettkampfschwimmen. Dort ist es genauso. Wenn die Armmuskeln Schwäche zeigen, wird man unmerklich langsamer und verliert die Führung. Hier verliert man sein Leben.“

Heute ist wieder ein guter Tag zum Schreiben: Linus, mein Therapeut, hat gesagt, wenn das Gefühl des Ertrinkens überhandnimmt, soll ich alles aufschreiben. Aber ich weiß etwas Besseres. Mit einem Satz springe ich in das Becken und wate auf Zoe zu. Drücke ihren Kopf unter Wasser, um mich zu erinnern. Das ist meine Art von Therapie.

Es ist ein strahlender Sommertag vor achtzehn Jahren. Der blaue Himmel wölbt sich über einem spiegelglatten Meer. Das Meer und der Himmel berühren sich am Horizont. Immer wieder klatscht mein kleiner Bruder in die Hände. Er ist aufgedreht und bewirft mich mit Sand. Tanzt umher und versucht, ein Rad zu schlagen. Ich zeige ihm, wie das geht.

Mama sitzt im Sand und fächelt sich mit ihrem großen Strohhut frische Luft zu. Sie trägt ein weißes Hemd von Papa, um keinen Sonnenbrand zu bekommen. Vor sich hat sie ein Badetuch ausgebreitet. Darauf liegt ein Plastiksegelboot. Der Schokokuchen daneben ist schon halb zerronnen. Aber das stört uns nicht. Denn wir sind glücklich. Es ist der Geburtstag meines kleinen Bruders. Er ist viele Jahre jünger als ich. Ich habe für ihn eine Sandburg gebaut. Oben drauf kommt die estnische Flagge. Wir sind aufgeregt, denn gleich gehen wir segeln.

„Wo bleibt Papa?“, frage ich.

„Der hat zu tun.“ Ein Schatten streicht über das Gesicht von Mama. Sie wischt sich mit dem Handrücken die Augen.

„Wieder mit Malis? Bist du deswegen traurig?“

„Aber nein, mein Schatz“, antwortet Mama fröhlich. „Wir segeln einfach ohne Papa.“

Heute weiß ich, dass mit dieser Entscheidung das Verhängnis seinen Lauf nahm.

An mehr will ich mich nicht erinnern. Ich hebe meine Hände und Zoes Kopf schnellt aus dem Wasser.

„Atme“, sage ich.

Ich wate zurück zu der rostigen Leiter und steige hoch. Gehe nach hinten zu den Umkleidekabinen, die leer und verlassen sind. Die halbhohen Türen schlagen im Wind auf und zu. Auf dem Boden liegen noch vermoderte Badeanzüge mit kyrillischen Buchstaben. Ein Tisch steht in einer Ecke. Darauf liegt ein Nadelkissen. Daneben eine Rolle mit schwarzem Faden. Ich setze mich an den Tisch. Greife nach Nadel und Faden. Kneife ein Auge zusammen, um den Faden durch das Nadelöhr zu schieben. Das schaffe ich erst nach dem dritten Versuch.

„Hilfe!" Der Schrei verendet in einem leisen Blubbern. Langsam stehe ich auf und gehe zum Becken. Nadel und Faden habe ich bei mir. Die Arme von Zoe sind eingeknickt und ihr Kopf ist unter Wasser gesunken. Noch einmal stemmt sie sich hoch. Ihre blonden Haare sind wie dünne Rattenschwänze über das Gesicht geklatscht. Die Haut ist von hektischen roten Flecken überzogen. Sie reißt den Mund auf und holt tief Luft. Ihre Augen sind geschlossen, so als würde sie versuchen, den Horror auszublenden. Doch das werde ich bald ändern. Ihr sich in Panik aufbäumender Körper erinnert mich an einen Fisch im Todeskampf.

Langsam ziehe ich Zoe mit der Winde aus dem Wasser. Ihr Körper schlägt gegen den Beckenrand. Ich stelle mich hinter sie und biege ihre Arme auf den Rücken. Zoe ist geschwächt und wehrt sich nicht. Es ist einfach, ihre Hände mit Kabelbinder zu fixieren.

„Was machst du?", fragt Zoe ängstlich, als ich sie auf den Rücken drehe.

„Du wirst es gleich sehen."

„Was ist das?", fragt Zoe.

„Eine Nadel."

Ich halte die Nadel knapp vor Zoes Gesicht. Der

schwarze Faden bewegt sich unter ihren hektischen Atemstößen.

„Du musst den Kopf ruhig halten. Sonst trifft dich die Nadel ins Auge."

„Ich kann nicht. Ich habe solche Angst."

„So ist es gut."

Ich setze mich hinter Zoe auf den Boden. Ihr Kopf liegt zwischen meinen Oberschenkeln. Ihre Augen sind nach oben verdreht. Sie will wissen. was passiert. Wieder sieht sie die Nadel. Versucht den Kopf zu bewegen. Aber ich fixiere ihn mit meinen Schenkeln. Beuge mich über Zoe. Die Nadelspitze zittert leicht, als ich mich ihrem Auge nähere.

„Wenn du mir die Nadel in die Augen stößt, bin ich blind", haucht Zoe. Sie steht unter Schock.

„Nein. Du wirst nicht blind. Im Gegenteil. Du wirst ewig sehen. Ich öffne nur deine Augenlider und nähe sie fest."

12

Braun war schlechter Laune, als er seinen alten Jeep vor dem Anatolu Grill parkte. Der Streit mit seinem Sohn Jimmy ging ihm ziemlich an die Nieren, denn er wusste aus Erfahrung, dass Jimmy ein labiler Charakter war. Da konnte es leicht passieren, dass er wieder in schlechte Kreise abrutschte. Aber was sollte er tun? Jimmy hatte diese fixe Idee von einer Familie, die ihm Braun nicht ausreden konnte. Das hing wahrscheinlich mit der Scheidung zusammen. Aber irgendwann musste auch Jimmy akzeptieren, dass Braun ein eigenes Leben führen wollte.

Mit diesen bleischweren Gedanken im Kopf kletterte Braun aus seinem Wagen. An einem der Stehtische auf der Mole sah er bereits eine Gestalt lehnen, die ihm den Rücken zukehrte. Es war Kim und seine Laune besserte sich schlagartig.

„Hallo, Braun, was gibt es denn so Wichtiges zu besprechen?“, fragte Kim mit ihrer rauchigen Stimme, die Braun immer aufs Neue sexy fand. „Geht es um das Haus an der Donau? Jimmy hat mir die Bilder gezeigt.“ Kim machte eine Pause und nahm einen Schluck Bier. „Du weißt, dass ich nicht für die Zukunft plane.“

„Alles klar.“ Braun winkte Kemal, der auch sofort mit einer Dose Miguel-Bier zu ihm kam.

„Braun, dein Sohn wird bald mein Geschäftspartner“, sagte Kemal, während er die Bierdose auf den Tisch stellte. „Wir expandieren mit einem Streetfood-Konzept.“

„Können wir darüber nicht später reden?“, unterbrach Braun ihn. „Ich habe mit Kim etwas zu besprechen.“

„Verzeihung, ich wollte euch Turteltäubchen nicht stören“, entschuldigte sich Kemal und verschwand.

„Die Idee mit dem Haus stammt von Jimmy. Nicht von mir“, nahm er den Faden wieder auf. „Ich habe mich deswegen heute mit ihm gestritten. Jimmy will unbedingt, dass wir als Familie unter einem Dach leben.“

„Das will ich im Grunde auch. Aber nicht in meinem Zustand. Ich möchte mich nicht zu sehr an euch beide gewöhnen“, sagte Kim nachdenklich und griff sich an den Kopf.

„Willst du darüber reden?“, fragte Braun und spürte einen Stich in seinem Herzen. Kim litt an einem Gehirntumor, den sie mit Chemo und Operationen in Schach hielt.

„Nein, ich will im Moment nicht daran erinnert werden“, sagte Kim bestimmt und trank ihr Bier aus. „Weshalb wolltest du mich sprechen?“

„Ich muss für ein paar Tage nach Tallinn fliegen. Es gibt dort oben einen Mordfall, bei dem ich als Berater hinzugezogen wurde. Wir müssen unsere gemeinsame Reise nach Mallorca etwas verschieben.“

„Beeil dich mit deiner Heimkehr. Ich weiß nie, ob ich am nächsten Morgen noch bewusst aufwache“, meinte Kim düster. Sie stieß sich von dem Stehtisch ab und ging zu dem Verkaufscontainer. „Ich hole uns noch zwei Bier.“

Nachdenklich blickte Braun hinaus auf die Donau. Die schwarzen Wellen schwappten gegen die Mole. Frachtschiffe und Ausflugsboote mit blinkenden Girlanden glitten geräuschlos an ihm vorbei. Von einem der Schiffe wehte lautes Gelächter zu ihnen herüber.

Der charakteristische Motorenklang eines Sportwagens war plötzlich in seinem Rücken zu hören. Braun drehte den Kopf und sah den bronzefarbenen Porsche mit den amerikanischen Stoßstangen. Die Beifahrertür wurde aufgerissen und Samira sprang aus dem Wagen.

„Tony, schön, dich zu sehen“, rief Samira schon von Weitem und rannte auf ihn zu. Samira war ein syrisches Waisenkind, das Elena adoptiert hatte. Braun hatte Samira im Zuge einer Mordermittlung in Tschechien kennengelernt und das zehnjährige Mädchen aus einer üblen Situation gerettet. Deshalb freute sich das Kind immer, wenn sie Braun sah.

Im nächsten Moment stieg auch Elena Kafka aus.

„Samira wollte Sie unbedingt sehen“, sagte Elena. Sie gab Kim die Hand, die gerade mit zwei Bierdosen zurückkam. Sie unterhielten sich eine Weile über Samira und die behutsame Integration in der Schule. Dann nahm Elena Braun zur Seite.

„Wir müssen noch kurz etwas besprechen“, sagte Elena und warf dabei einen Blick auf Kim.

„Ich sehe mir mit Samira die Schiffe an.“ Kim nahm Samira an der Hand und beide gingen an der Mole entlang.

„Ich wollte nicht in der Schwarzen Halle darüber reden, Braun“, begann Elena.

„Worum geht es?“ Braun öffnete eine Bierdose und hielt sie Elena auffordernd hin.

„Danke, das kann ich jetzt gut gebrauchen.“ Elena nahm einen großen Schluck. „Ich habe vertrauliche Informationen, dass man im Außenministerium größtes Interesse daran hat, dass die Hanstetten AG bei der Untersuchung auf keinen Fall erwähnt wird.“

„Was hat diese Firma denn zu verbergen?“, fragte Braun. Insgeheim gratulierte er sich zu seinem Bauchgefühl. Schon bei dem kurzen Gespräch mit Ulf Hanstetten war ihm die Verbindung nach Russland unangenehm aufgestoßen.

„Natürlich nichts. Alle Exporte laufen korrekt ab, das wurde mir vom Außenministerium versichert. Aber Waffenhandel ist eben ein gefährliches Geschäftsfeld, bei dem man sensibel und mit Fingerspitzengefühl vorgehen muss.“ Elena kramte in ihrer Handtasche herum und zog eine Zigarettenpackung hervor. Sie klopfte eine Kippe aus der Schachtel und steckte sie in den Mund.

„Rauchen Sie wieder, Elena?“, fragte Braun.

„Nein, ich mag nur das Gefühl, eine Kippe zwischen den Lippen zu spüren.“

„Sonst noch etwas?“, fragte Braun.

Elena zog einen Schnellhefter aus ihrer Handtasche.

„Das sind Unterlagen über die Geschäfte der Hanstetten AG in Tallinn. Es gibt auch ein kurzes Dossier über Hanstettens Geschäftspartner Gotan Danilowitsch.“

„Scheint ein umtriebiger Mensch zu sein“, meinte Braun nach einem kurzen Blick in die Akte. „Großimporteur für Designklamotten, Clubbesitzer und Generalvertreter für Jagdwaffen aus der EU. Das heißt, dieser Danilowitsch ist eine große Nummer in Estland."

„Das stimmt und er hat auch beste Kontakte nach Österreich. Deshalb will man im Außenministerium, dass Sie sich ausschließlich um den Mordfall kümmern."

„Ich kümmere mich ja immer nur um Mord. Die Nebenschauplätze interessieren mich nicht", sagte Braun und öffnete eine neue Bierdose.

„Sie wissen schon, was ich meine. Danilowitsch ist der Schlüssel zu Russland, sollten die Sanktionen wieder aufgehoben werden. Ohne ihn geht gar nichts."

„Da agieren die Arschkriecher in Wien ja wieder mit vorauseilendem Gehorsam", meinte Braun mit einem Anflug von Zynismus.

„Das habe ich jetzt überhört."

„Ich werde mir die Unterlagen im Flugzeug durchlesen", sagte Braun und legte den Schnellhefter auf die Tischplatte.

„Im Flugzeug sollten Sie Ihre Sprachkenntnisse wieder auffrischen. Ich habe Ihnen ja gesagt, dass Estnisch wie Finnisch klingt. Und das haben Sie von Ihrer finnischen Exfrau gelernt."

„Daran will ich jetzt überhaupt nicht erinnert werden", murmelte Braun. „Ich verstehe zwar Finnisch, kann es aber kaum sprechen."

„Sie werden das schon schaffen, Braun", meinte Elena und klopfte ihm aufmunternd auf den Handrücken. „Hallo, mein Schatz", rief sie plötzlich und ging in die Knie. Samira kam auf sie zu und zeigte Elena auf ihrem Handy ein Foto von Kim vor einem Containerschiff.

„Sieh mal, das Bild habe ich gemacht. Kim sieht wirklich toll darauf aus."

„Lass mal sehen!" Braun nahm das Handy und betrachtete das Foto. Kims blonde Haare wehten im Wind und ihre grünen Katzenaugen leuchteten. Ihr Lächeln wirkte glücklich. Niemand wäre bei diesem Foto auf den Gedanken gekommen, dass in Kims Kopf etwas wütete, was sie selbst als das „weiße Rauschen" bezeichnete.

„Braun, hast du dich in dein Handy verliebt?" Kims dunkle Stimme riss ihn aus seinen Gedanken.

„Du siehst toll aus", sagte er spontan und hielt Kim das Handy hin.

„Ich fühle mich auch gut und lebe für den Augenblick."

„Das ist eine gute Einstellung", gab ihr Elena recht. „Wir machen uns auf den Weg. Samira muss ins Bett, morgen ist Schule. Halten Sie mich über den Fall auf dem Laufenden, Braun."

Elena nahm Samira an der Hand und beide stiegen in den Porsche. Elena wendete den Wagen und gab Gas.

„Elena ist meiner Meinung", meinte Kim. „Wenn man die Zukunft im Auge hat, verliert man das Jetzt aus dem Blick."

„Wo man hinsieht, nur kluge Frauen", meinte Braun und beugte sich über den Stehtisch. Sein Gesicht war nahe bei Kim und er konnte ihr Parfüm riechen. Unverwandt blickte ihn Kim an und schob sich weiter vor. Ihre Lippen berührten die von Braun und der Kuss war lang und innig.

„Behalte mich so in Erinnerung", flüsterte Kim, als sie sich voneinander lösten. „Vielleicht gibt es bald nur noch die Vergangenheit."

13

Franka lief durch eine staubige Straße, die links und rechts von windschiefen Bretterverschlägen gesäumt war. Plötzlich hielt sie inne und blickte an sich hinunter. Sie war barfuß, trug einen zerschlissenen Samtrock und hatte bunte Bänder in ihre hüftlangen Haare geknüpft. Franka kniff die Augen zusammen und dachte angestrengt nach. Sie hatte sich doch erst kürzlich die Haare geschnitten und würde niemals mehr einen langen Rock tragen. Was stimmte hier nicht?

Aus einer der Wellblechhütten hörte sie ein summendes Geräusch. Neugierig ging sie darauf zu. Das Geräusch wurde lauter, und als sie eintreten wollte, standen plötzlich zwei Polizisten vor ihr.

„Stehen bleiben! Du bist eine illegale Roma!“

„Ich bin Österreicherin!“ Franka schrie laut auf und schreckte aus diesem Albtraum hoch. Sie lag schweißgebadet in ihrem Bett und das Handy auf ihrem Nachttisch klingelte unentwegt.

„Hallo?“, meldete sie sich schlaftrunken.

„Braun hier. Du musst mir einen Gefallen tun.“

„O Mann, weißt du eigentlich, wie spät es ist?“

„Ich bin bereits am Flughafen und auf dem Weg nach Tallinn.“

„Was soll ich für dich tun?“ Franka wusste, dass es zwecklos war, ihren Chef auf später zu vertrösten. Wenn Braun sich etwas in den Kopf gesetzt hatte, dann wollte er sofort ein Ergebnis.

„Ich brauche alle verfügbaren Informationen über Ulf Hanstetten und seine Waffengeschäfte. In der Nacht ist mir der Gedanke gekommen, dass Gotan Danilowitsch, der Partner von Hanstetten in Estland, dessen Tochter vielleicht als Druckmittel verwendet hat. Möglicherweise wurde sie entführt. Dann ist die Sache aus dem Ruder gelaufen und ihr Mord war ein Unfall.“

„Das klingt logisch. Ich besorge dir die Informationen“, erwiderte Franka und wunderte sich über Brauns Hektik.

„Ich meine wirklich alle Informationen“, wiederholte Braun und betonte das Wort „alle“. Ehe Franka noch etwas sagen konnte, hatte er bereits aufgelegt.

Franka verstand auch so, was er meinte. Braun wollte natürlich Dinge wissen, die mit herkömmlicher Recherche nicht zu erfahren waren. Diese Informationen musste man sich auf andere Weise besorgen. Und für diesen Job war nur ein Mann qualifiziert: Jan Faber.

Franka warf einen Blick auf die Uhr. Es war noch ziemlich früh. Sie zog sich an und schlich sich leise aus der Wohnung. Tara schlief tief und fest auf dem breiten Ausziehsofa neben Dimitru. Beide boten ein Bild des Friedens. ‚Vielleicht sollte ich Tara ihr Leben einfach so lassen, wie sie es will‘, dachte sie bei diesem entspannten Anblick. Sacht schloss sie die Eingangstür hinter sich. Im Hinterhof parkte die Nero Guzzi. Sie schob das Motorrad hinaus auf die Straße. Es war still und die Sonne tauchte gerade hinter den Häusern auf. Franka stieg auf und klappte das Visier ihres Helms herunter. Dann gab sie Gas und schoss die Straße entlang. Der Motor brüllte auf und sie legte sich in die Kurve. Kein Verkehr um diese Zeit. Sie beschleunigte erneut und fuhr auf die Stadtautobahn. Der Fahrtwind zerrte ungeduldig an ihrer Lederjacke und das Gefühl der Freiheit war überwältigend. Am liebsten wäre sie ewig so weitergefahren, doch dann kam die Ausfahrt zum Stadtzentrum. Kurz darauf erreichte sie das ehemalige Elektrogeschäft, in dessen Keller Jan sein Loft hatte.

Jan war früher Creative Director von internationalen Werbeagenturen gewesen, ehe er einen Mord auf sich nahm, um seinen Geliebten zu decken. Auf der Flucht vor der Polizei war Jan von einem Dach gestürzt und hatte sich zwei Wirbel gebrochen. Seit damals saß er im Rollstuhl. Braun hatte nie an Jans Schuld geglaubt und ihn oft im Gefängnis besucht. Als Jans Ex-Geliebter auf dem Sterbebett den Mord gestand, war Jan rehabilitiert. Seither arbeitete er für Braun, wenn offizielle Ermittlungen an ihre Grenzen stießen oder Informationen auf andere Weise beschafft werden mussten.

Franka fuhr mit dem Lift nach unten und stand dann vor der großen Eisentür, die Jans Loft versperrte.

„Ich bin’s, Franka“, sagte sie in die Kamera, die oben in der Ecke angebracht war. Sofort ertönte ein metallenes Surren und die Tür schwang auf.

„Franka Morgen, die klügste und hübscheste Polizistin

von ganz Linz, wenn nicht sogar von ganz Österreich“, begrüßte sie Jan und fuhr mit seinem Rollstuhl schnell auf sie zu. Er hatte seine langen, grauen Haare zu einem modischen Dutt hochgedreht und unter dem verschwitzten T-Shirt zeichneten sich seine Muskeln ab.

Franka spürte, wie sie rot wurde.

„Übertreib mal nicht“, wiegelte sie mit einem kleinen Lächeln ab.

„Der neue Haarschnitt steht dir ausgezeichnet. Da kommt dein hübsches Gesicht viel besser zur Geltung.“ Jan ließ sich nicht abbringen. „Was gibt es so Dringendes, dass du mich schon so früh am Morgen aufsuchst?“

„Braun ist auf dem Weg nach Tallinn. Du sollst für uns ein paar Informationen beschaffen“, sagte Franka. „Deswegen bin ich hier.“

„O. K.“ Jan rollte zurück in die Mitte des Lofts, wo ein balinesisches Himmelbett stand, das dort wie ein Fremdkörper wirkte. Neben dem Bett baumelten Seile und Ringe von der Decke. „Ich war gerade beim Trainieren“, meinte Jan. „Noch gebe ich die Hoffnung nicht auf, wieder auf zwei Beinen stehen zu können. Deswegen trainiere ich täglich meine Beinmuskeln.“

„Du gefällst mir auch so.“ Franka, die wusste, dass Jan Mitleid wegen seiner Behinderung hasste, lachte.

„Ach Franka, ich sage dir, wenn ich nicht schwul wäre, würde ich mich glatt in dich verlieben.“

„Tja, wenn …“, meinte Franka mit einem angedeuteten Lächeln und drehte sich zu den zahlreichen Monitoren an der Wand. Es war jedes Mal das Gleiche, wenn sie Jan besuchte. Immer spürte sie ein Kribbeln im Bauch, das auch nicht weniger wurde, wenn er über seine Männerbekanntschaften erzählte.

„Du sollst die Hanstetten AG unter die Lupe nehmen", sagte sie dann und wurde ernst. „Braun unterstützt in Tallinn das Team zur Mordermittlung im Fall Bea Hanstetten."

„Richtig, Bea, die jüngste Tochter von Ulf Hanstetten, wurde dort oben ermordet. Ich habe davon im Kripo-Netz gelesen. Ihr glaubt, der Mord hat etwas mit Hanstettens Geschäften zu tun?"

„Vielleicht hat man die Tochter als Druckmittel für die Waffengeschäfte von Ulf Hanstetten verwendet. Das ist aber nur eine Vermutung."

„Könnte was dran sein." Jan runzelte die Stirn und aktivierte einige Dateien auf seinem Computer. „Dann sehen wir uns einmal die Hanstetten AG an."

Jan surfte durch verschiedene Websites, Geschäftsberichte und Zahlenkolonnen. Der Unternehmer Ulf Hanstetten war sehr stark im sozialen Bereich tätig. Auf den Videos, die sich Franka und Jan ansahen, redete er in druckreifen Sätzen, sprach von Visionen und der sozialen Funktion, die der Konzern gerade in Österreich hatte. Bei der Eröffnung eines Kulturzentrums, das er in Tallinn finanziert hatte, trat er zum ersten Mal mit Gotan Danilowitsch gemeinsam auf. Neben Danilowitsch wirkte Hanstetten grau und farblos. Danilowitsch war mittelgroß, hatte einen schwarzen, exakt getrimmten Bart und einen modischen Haarschnitt. Er trug kein Sakko, sondern ein weißes Hemd mit schwarzen Hosenträgern, wahrscheinlich sein Markenzeichen.

„Sieht der aber gut aus“, meinte Jan mit Kennerblick und deutete auf Danilowitsch.

„Er kommt sicher aus reichem Haus“, sagte Franka, der gelackte Männer ein Gräuel waren, mit bissigem Tonfall.

„Irrtum, sein Vater war einfacher Friseur in St. Petersburg. Danilowitsch ist Este mit russischem Hintergrund.“

„Ach, deshalb der präzise Haarschnitt“, ätzte Franka weiter.

„Kommen wir zu den ernsten Dingen. Das war die Oberfläche. Jetzt wollen wir einmal sehen, ob Hanstetten ein Bad Ass ist“, meinte Jan und drehte sich zu Franka. „Machst du uns einen Kaffee?“

„Ich wusste gar nicht, dass du so ein Macho bist“, antwortete Franka verwundert.

„Du willst sicher nicht wissen, wie ich jetzt an die Daten komme.“ Jan zwinkerte ihr verschwörerisch zu, denn er arbeitete bei seinen Recherchen nicht immer mit legalen Mitteln.

Während Franka zu der stylishen Espressomaschine in der Küchenzeile ging und zwei Kaffee herausließ, hörte sie, wie Jan wie wild in die Tastatur tippte. Das war ein gutes Zeichen.

„Sieh mal einer an.“ Jan lehnte sich zurück und strich sich seinen weißen Bart. „Danilowitsch hat von der Hanstetten AG für Estland 300.000 Jagdgewehre und 200.000 Schnellfeuerwaffen geordert.“

„Das ist eine große Menge.“ Franka stellte den Kaffee auf ein zierliches Goldtischchen mit Flamingobeinen.

„Kann man so sagen. Wenn man bedenkt, dass Estland nur 1,3 Millionen Einwohner hat, dann ist das ziemlich viel. Mehr als zwanzig Prozent der Bevölkerung besitzen also ein Jagdgewehr von Hanstetten. Und jeder zweite Este hat eine österreichische Schnellfeuerwaffe. Sind ein schwer bewaffnetes Volk, diese Esten."

„Diese Daten gelangen aber nicht an die Öffentlichkeit", mutmaßte Franka.

„Natürlich nicht. Denn das hätte ja sicher zu einer parlamentarischen Anfrage geführt. Und die Presse hätte Wind davon bekommen. So wurde die Ausfuhr nach Estland stillschweigend bewilligt. Was dort weiter mit den Waffen passiert, interessiert unsere Politiker nicht mehr. Das ist dann Sache der Esten."

„Dann kann es sein, dass die Waffen nach Russland gelangen? Auf irgendeine Weise umgeht man die EU-Sanktionen gegen Russland?" Franka schwirrte der Kopf, als sie die Zahlen sah. Vielleicht stießen sie hier in ein Wespennest, das sich bis in die höchsten politischen Kreise erstreckte. Da war es nicht ausgeschlossen, dass Bea Hanstetten zwischen die Fronten geraten war.

„Diese Erkenntnisse werfen ein anderes Licht auf die Mordermittlung. Ich speichere die Daten in einer Cloud, wer weiß, ob wir sie nicht später einmal dringend brauchen", sagte Jan.

„Gute Idee", meinte Franka. „Manchmal ist alles anders, als man zunächst glaubt."

„Ich muss noch meine digitalen Spuren verwischen", sagte Jan und drehte sich wieder zu seinem Computer. „O verdammt", murmelte er. „Da hat sich eine Antihacker-Software aktiviert."

„Was bedeutet das?", fragte Franka besorgt.

„Damit kann man wahrscheinlich die IP-Adresse und den Standort des Computers lokalisieren“, antwortete Jan. „Aber vielleicht haben wir Glück.“ Er griff nach dem Stromkabel und zog es aus der Steckdose. „Old-School-Technik“, meinte er, während der Bildschirm erlosch. „Ohne Strom ist der Computer jetzt unsichtbar.“

14

Braun fühlte sich wie gerädert, als er aus der kleinen Maschine kletterte. Der Flug von Wien nach Tallinn verlief turbulent, und er war heilfroh, als der Flieger endlich zur Landung ansetzte. Mit seiner Reisetasche in der Hand ging er über das Rollfeld. Der Himmel war blau, doch es streifte ein kühler Wind über das Flugfeld.

Als er in die Ankunftshalle trat, war er überrascht von dem verspielten Design, das das Gebäude, im Gegensatz zu anderen meist öden Flughafenhallen, in etwas Besonderes verwandelte. Es gab einen stylishen Pingpong-Tisch, an dem sich die wartenden Passagiere die Zeit vertreiben konnten. Einzelne Gates waren wie Dünen oder Wälder gestaltet und erlaubten täuschend echte 3-D-Fotos. Die Relax-Bereiche wirkten wie psychedelische Lounges und die lang gezogene Bar hätte in jeden Nachtclub gepasst. Mit einem Lächeln im Gesicht steuerte Braun darauf zu. Als Erstes würde er sich nach diesem turbulenten Flug ein großes Bier genehmigen, später seine Kontaktperson bei der Polizei in Tallinn anrufen.

„Ein Bier bitte“, bestellte er auf Englisch.

„Kommt sofort“, war die Antwort der Kellnerin mit lupenreiner Aussprache.

Braun stellte seine Tasche auf den Boden und setzte sich an einen Tisch, der aus einem alten Reisekoffer gemacht war.

„Hier ein Saku Original“, sagte die junge Kellnerin, deren Lächeln ebenso leuchtete wie das blaue Logo auf der Flasche. Als sie die Flasche hinstellte, fiel Braun auf, dass sie eine alte Schallplatte als Tablett verwendete.

„Vinylplatten als Tabletts. Das ist eine originelle Idee“, meinte Braun und blickte neugierig auf das Label. „Eine sehr gute Musikwahl. The Breeders – ich habe dieses Album auch zu Hause.“

„Cool, ‚Last Splash‘ ist eine meiner Lieblingsplatten von den Breeders. Letztes Jahr hat die Band in Originalbesetzung hier in Kalamaja gespielt.“

„Ich habe sie schon mal in den Neunzigerjahren gesehen“, sagte Braun.

„Mann, so alt schaust du gar nicht aus.“

„Na ja, ein paar Jahre mehr als du habe ich schon auf dem Buckel.“

„Bei Männern ist es wie mit Wein. Je älter, desto besser“, erwiderte die junge Kellnerin lachend, während sie zur Bar zurückging.

„You made my day!“, rief ihr Braun hinterher und nahm einen kräftigen Schluck Bier.

In diesem Moment streifte ein Mann knapp an ihm

vorbei und beinahe hätte Braun das Bier über sein schwarzes Sakko geschüttet.

„Tut mir leid", murmelte der Mann.

„Schon gut", sagte Braun, ohne besonders auf den Mann zu achten. Er prostete der Kellnerin zu. „Ich dachte nicht, dass man in Tallinn so gutes Bier bekommt."

„Wir sind berühmt für unsere Starkbiere", antwortete die Kellnerin vom Tresen her. „Wenn du noch eins probieren willst, einfach winken."

„Vielleicht später."

Entspannt lehnte sich Braun zurück und blickte aus den bodentiefen Fenstern hinaus in die Landschaft. Der Flughafen lag am Meer, von einem kleinen Birkenwäldchen und dem Strand nur durch die Autobahn getrennt. Diese konnte man über eine schmale Fußgängerbrücke vom Flughafen aus überqueren und war sofort am Ufer.

Braun ließ den Blick schweifen und sah einen Mann über die Brücke gehen. Es war der Typ, der ihn zuvor angerempelt hatte. Wahrscheinlich handelte es sich auch um einen Passagier, denn er trug eine Reisetasche in der Hand. Aber irgendetwas stimmte nicht an dem Mann. Braun stand auf und trat ans Fenster. Die Reisetasche kam ihm bekannt vor. Er drehte sich zum Tisch, wo er vorhin seine Tasche abgestellt hatte. Aber sie war nicht mehr da.

„Scheiße!", zischte Braun und wandte sich um. „Der Kerl hat meine Reisetasche geklaut", rief er einer Frau vom Bodenpersonal zu, die gerade an ihm vorbeiging. „Da ist er!" Braun deutete zu der Brücke. „Wie komme ich am schnellsten dorthin?"

„Es gibt einen Notausgang. Kommen Sie mit. Hier entlang." Die Frau zog ihre ID-Card hervor und lief vor

Braun durch einen Korridor. „Es tut mir leid. Diebstähle sind nicht typisch für Estland. Wir sind ein sicheres Land."

„Sie können ja nichts dafür."

Vor einer schmalen Glastür blieb sie stehen und öffnete sie mit ihrer ID-Card. Braun trat auf eine kleine Metallplattform, von der ein schmaler Steg an der Außenwand der Abflughalle entlangführte.

„Über den Gitterweg kommen Sie sofort zu der Brücke. Hoffentlich haben Sie Glück."

„Danke", sagte Braun und sprintete los. Das Metallgitter zitterte unter den schnellen Tritten seiner Stiefel. Der Dieb stieg gerade langsam die Wendeltreppe auf der anderen Seite nach unten, als er Braun bemerkte. Sofort verdoppelte er sein Tempo, sprang über die letzten Stufen hinunter in den Sand und begann zu laufen.

‚Dich kriege ich, Bürschchen', dachte Braun und lief schneller. Die Brücke spannte sich in einem Bogen über die Autobahn. Braun erschien es endlos lange, ehe er die andere Seite erreicht hatte. Der Dieb war in der Zwischenzeit bis zu einem Birkenwäldchen gekommen und verschwand gerade zwischen den schmalen Bäumen. Als Braun von der Wendeltreppe hinunter in den Sand sprang, war der Dieb nirgends mehr zu sehen. Doch seine Fußabdrücke waren deutlich zu erkennen und Braun konnte ihnen mühelos folgen. Ein starker Wind vom Meer blies ihm ins Gesicht, und er hatte Mühe, Tempo zu machen. Als Braun das Birkenwäldchen erreichte, stoppte er für einen kurzen Augenblick.

‚Nicht blindlings in eine Falle laufen', dachte er.

Unwillkürlich tastete er nach seiner Glock. Aber er hatte die Waffe in Linz zurücklassen müssen. Ausländische Polizisten durften nur unbewaffnet in Estland ermitteln. Konzentriert blickte er umher. Die Baumstämme waren dünn und als Versteck nicht geeignet. Ein überraschender Angriff von dieser Seite war demnach ziemlich unwahrscheinlich. Also weiter den Spuren hinterher. Braun fühlte sich wie bei einem Cross-Marathon, die er früher gerne gelaufen war. Über Bodenwellen surfen, tief hängenden Ästen ausweichen, überraschende Haken schlagen, über Gräben springen. Er spürte, wie sein Atem gleichmäßiger wurde, und er zog das Tempo an.

Plötzlich war der Wald zu Ende. Es war, als hätte man eine unsichtbare Linie gezogen: bis hierher und nicht weiter. Vor Braun öffnete sich eine weite Dünenlandschaft mit einer lang gezogenen Bucht, an deren Ende die Skyline von Tallinn zu erkennen war. Weit vorn sah Braun den Dieb als dunklen Punkt, der sich auf einen Parkplatz zubewegte. Das Sonnenlicht spiegelte sich in den Scheiben eines Wagens und schoss Leuchtblitze bis zu Braun zurück.

Plötzlich tauchte eine zweite Gestalt zwischen den Dünen auf. Es war ein Mann mit einer verspiegelten Sonnenbrille. Auch der Dieb bemerkte den Mann und schlug einen Haken. Doch der Mann hatte anscheinend damit gerechnet und schnitt ihm den Weg ab. Mit einer schnellen Handbewegung riss er dem Dieb die Tasche aus der Hand und verpasste ihm einen Tritt in den Hintern. Der Dieb stolperte über die Dünen und erreichte den Parkplatz.

„Halten Sie ihn fest!“, rief Braun. „Der Kerl hat meine Tasche gestohlen!“

„Schon gut!“ Der Mann mit der Sonnenbrille hob beruhigend die Hand und ging langsam auf Braun zu. „Sie sind ein toller Läufer."

„Und beinahe hätte ich den Kerl erwischt", sagte Braun. Er beugte sich nach vorn, stützte sich mit beiden Händen an den Oberschenkeln ab und atmete tief durch. Von der Düne aus sah er, wie der Dieb in einen zerbeulten Wagen stieg, den Motor startete und verschwand. „Na, wenigstens hat mich dieses Arschloch zum Morgensport animiert. Und ich habe das Bier rausgeschwitzt", meinte Braun lakonisch und wischte sich den Schweiß von der Stirn.

„Hier, Ihre Tasche. Ich bin sicher, dass nichts fehlt." Der Mann beugte sich nach unten und hob Brauns Reisetasche auf.

„Schade, dass Sie den Dieb nicht festgehalten haben. Ich hätte ihm gerne die Meinung gesagt." Braun klopfte den Sand von seiner Tasche.

„Wozu denn? Das ist doch nur ein Kleinkrimineller, der niemandem etwas tut. Er arbeitet mit der Kellnerin am Flughafen zusammen. Sie lenkt die Gäste ab und er klaut. Funktioniert ganz gut, wie man bei Ihnen ja soeben gesehen hat."

„Scheiße. Und ich dachte, sie flirtet mit mir, weil ich so cool bin", meinte Braun mit einem schiefen Grinsen.

„Tja, so kann man sich täuschen", antwortete der Mann.

„Aber jetzt mal ernst", sagte Braun und schlug einen sachlichen Ton an. „Woher wissen Sie das alles?"

Unauffällig blickte er umher. Auf dem Parkplatz stand nur noch ein Wagen.

„Sie sind doch nicht zufällig hier", sagte Braun dann

und blickte den Mann scharf an. „Wie heißen Sie? Was haben Sie mit dem Dieb und seiner Komplizin zu tun?“

„Ich? Nichts, ich kenne die beiden nur schon eine ganze Zeit.“ Der Mann zuckte mit den Schultern. Braun bemerkte, dass dessen Lederjacke an der Schulter einen langen Riss hatte und die Sneakers abgewetzt waren. Dann schwieg der Mann und malte mit seinem Turnschuh verschlungene Kreise in den Sand.

„Sehr gesprächig scheinen Sie ja nicht zu sein.“ Braun packte seine Tasche. Er gab es auf, dem Mann Informationen aus der Nase zu ziehen. Hauptsache, er hatte sein Reisegepäck wieder. Er wollte sich schon umdrehen, um über den Strand zurück zum Flughafen zu gehen, doch dann überlegte er es sich anders.

„Ist das Ihr Wagen dort?“, fragte er den Mann. „Sie können mir einen Gefallen tun und mich zurück zum Flughafen fahren.“

„Das geht nicht. Wir werden erwartet.“ Der Mann schob die verspiegelte Sonnenbrille in seine blonden Haare. Mit seinen hellen Augen betrachtete er Braun und ein angedeutetes Lächeln huschte über sein gut geschnittenes Gesicht.

„Was soll dieser mystische Scheiß?“, fragte Braun genervt. Die Situation begann langsam, anstrengend zu werden.

„Das heißt im Klartext, dass ich hier bin, um Sie abzuholen, Kommissar Braun.“

„Kommissar gibt’s bei uns nicht. Ich bin Chefinspektor“, antwortete Braun spontan, konnte aber seine Verwirrung nicht verhehlen. „Ich bin vielleicht ein wenig begriffsstutzig. Sie sollen mich abholen?“

„So ist es."

„Ich glaube Ihnen kein Wort. Dann wären Sie ja am Flughafen gewesen."

„Das war ich auch. Aber ich habe gesehen, wie Katja, die Kellnerin, mit Ihnen geflirtet hat. Dann bemerkte ich Katjas Komplizen auf der Brücke. Deshalb bin ich hier zum Parkplatz gefahren, um den Kerl in Empfang zu nehmen und auf Sie zu warten. Hat ja wunderbar funktioniert."

„Wie heißen Sie?" Braun trat einen Schritt zurück und musterte den Mann von oben bis unten.

„Ich bin Kommissar Arto Kaukonen. Ich leite die Ermittlungen im Mordfall Bea Hanstetten."

15

Arto lenkte seinen Wagen durch den Verkehr, der an Dichte zunahm, je näher sie dem Zentrum von Tallinn kamen. Kurz vor dem Fährhafen gerieten sie in einen Stau, und Arto musste sich sehr zusammenreißen, um nicht das Blaulicht zu aktivieren. Aber er wollte, dass der österreichische Polizist Braun einen positiven und gelassenen Eindruck von ihm bekam.

„Nochmals, damit ich das auch verstehe", fragte Braun zum wiederholten Mal. „Du lässt kleine Gauner einfach laufen, damit sie dir einen Gefallen tun."

„Richtig!" Arto nickte zustimmend und suchte auf dem altmodischen Autoradio einen Sender. „Katja gibt mir dafür Tipps, wenn irgendwelche Drogendeals am Flughafen abgewickelt werden. Eine Hand wäscht eben die andere."

„Ist im Grunde eine coole Strategie", sagte Braun nachdenklich. „Auf diese Weise hast du die Kontrolle sowohl über die Diebe als auch über die Dealer."

„Nicht wahr? So weiß ich immer, was passiert." Arto

warf Braun einen schnellen Blick zu. Hatte er ihn damit wirklich beeindruckt? Aber Brauns Miene verriet nicht, was er im Moment dachte, und Arto widmete sich wieder dem Autoradio. Endlich hatte er den gewünschten Sender gefunden und Slowdive spielten sich gerade durch eine Liveversion von „Golden Hair“.

„Oh, Slowdive“, meinte Braun und wippte mit seinen Boots zur Musik.

„Das ist die Sendung von DJ Frederik“, sagte Arto und deutete auf das Radio. „Frederik ist einer der besten DJs der Stadt. Er war ganz begeistert, als er gehört hat, dass du nach Tallinn kommst.“

„Was zum Teufel ist an mir so besonders, dass es einen DJ begeistert? Und wieso posaunst du überall herum, dass ich in Tallinn ermittle?“, fragte Braun mit einem verärgerten Unterton.

„Diese Info hat Frederik nicht von mir bekommen. Er wusste es bereits. Es gibt immer jemanden im Polizeipräsidium, der eine Gehaltsaufbesserung braucht und dafür mit kleinen Gefälligkeiten herausrückt.“

Arto drehte sich zu Braun.

„Frederik rief mich an, um die Echtheit der Meldung zu überprüfen. Ich sagte: Ja, der berühmte Tony Braun ermittelt in Tallinn. Aber kein Sterbenswörtchen an die Öffentlichkeit.“

„Und du glaubst wirklich, dass sich dieser Frederik daran hält? Mann, wie naiv bist du denn?“

„Aber sicher. Ich habe ihm dafür auch ein Interview mit dir versprochen“, erwiderte Arto und grinste breit. Er verriet Braun natürlich nicht, dass er dieses Interview an den Sender verkauft hatte. Zwar nicht für sehr viel Geld, aber auch das bedeutete wieder ein kleines Stückchen Hoffnung für Kalinkas Leben.

„Vergiss es“, flüsterte Braun.

Ohne die Geschwindigkeit zu verringern, fuhr Arto über das Kopfsteinpflaster der Altstadt, bis sie auf einen Platz kamen, der von mittelalterlichen Häusern gesäumt war. Vor einem düsteren Bürgerhaus bremste Arto den Wagen ab.

„Da sind wir. Das gerichtsmedizinische Institut von Tallinn. Komm, man erwartet uns bereits.“

Beide stiegen aus und Arto hielt seine ID-Card an einen Scanner. Dann drückte er das große Holztor auf. Gemeinsam mit Braun trat er in eine dunkle, offene Halle, die in einen kleinen Innenhof mündete.

„Bob hat sein Reich im hinteren Trakt“, sagte Arto und ging zügig über das Kopfsteinpflaster. Vor einer Stahltür blieb er stehen und hielt wieder seine ID-Card gegen den Scanner. „Ich frage mich oft, warum das alles so abgesichert ist“, meinte er. „Was will man bei den Toten bloß stehlen?“

Das Innere des Gebäudes stand in krassem Gegensatz zu der verwitterten Fassade. Die Wände waren hell gestrichen. Moderne Stühle und Tische in schwedischem Design standen in kleinen Nischen. Dünne Stehlampen verbreiteten ein warmes Licht. Nur die zahlreichen Überwachungskameras in den oberen Ecken der Räumlichkeit signalisierten, dass es sich um ein amtliches Gebäude handelte.

„Schickes Design, nicht wahr?“, meinte Arto stolz, als sie durch einen breiten Korridor gingen. „Ich finde, Bob hat einen der schönsten Arbeitsplätze der Stadt.“

„Was soll an einer Gerichtsmedizin denn schön sein?“,

erwiderte Braun. „Hier gibt es nur Leichen, die gewaltsam aus dem Leben gerissen wurden. Dahinter stehen Schicksale, die nie wieder das Wort Schönheit erleben werden."

„Das hast du aber vortrefflich formuliert." Ein korpulenter Mann mit einer weißen Plastikschürze um den Leib tauchte aus einer Tür vor ihnen auf. In der Hand hielt er ein blutiges Messer, mit dem er auf Braun deutete.

„Da hörst du es, Arto. Dieser Mann ist Kommissar und Philosoph. In Österreich und Tschechien bewundert man seine ungewöhnlichen Methoden, mit denen er seine Mordfälle löst. Das beginnt bereits, wenn er einen Tatort betritt."

„Was macht er denn?", fragte Arto interessiert.

„Er redet mit den Toten", erwiderte der Mann.

„Sie können ruhig direkt mit mir reden, noch bin ich nicht tot", meinte Braun und rieb sich seinen grau gesprenkelten Bart.

„Ha, guter Witz. Ich bin Ilmar Bobulaitis, der Gerichtsmediziner, aber alle Welt nennt mich Bob." Er streckte Braun seine riesige Pranke entgegen. „Hier duzen wir uns übrigens alle."

„Ich bin ganz einfach Braun."

„Dann wollen wir uns das Mädchen einmal ansehen, Braun." Bob machte eine einladende Handbewegung und führte sie zu einer Stahltür. Mit der Hand machte er eine Wischbewegung und die Tür öffnete sich lautlos.

Kühle Luft schlug ihnen entgegen und Arto nahm die Sonnenbrille ab. Er hasste diese Termine in der Gerichtsmedizin. Die Leichen auf den Stahltischen machten den Tod so real. Jedes Mal musste er an Kalinka denken. Auch seine Tochter würde sterben, wenn sie nicht rechtzeitig eine Spenderniere bekam. Aber so weit musste es nicht kommen.

Dafür würde er schon sorgen. Gestresst presste er die Finger an seine Schläfen.

„Hast du ein Problem mit Leichen?“, fragte Braun. Arto spürte den prüfenden Blick, mit dem Braun ihn maß.

„Ist nicht so mein Lieblingsort hier“, meinte er entschuldigend.

„Wo habt ihr Bea Hanstetten eigentlich gefunden?“, fragte Braun, während er sich die weißen Gummihandschuhe überstreifte. Dann ging er langsam um die Tote herum und betrachtete ihren Körper von verschiedenen Blickwinkeln aus.

„Am Strand bei der alten Sowjetfestung. Die Strömung hat sie an Land gespült.“

„Sie trieb wohl einige Zeit im Wasser“, murmelte Braun.

„Stimmt. Wie kommst du darauf?“

„Fische und Krebse warten, bis sich ein Körper im Wasser absenkt. Erst dann beginnen sie, ihn zu zerlegen. Die Verletzungen hier stammen davon.“ Braun deutete auf eine große klaffende Wunde an Beas Oberschenkel. Fast zärtlich streifte Braun darüber, wie wenn ihm die Verletzung ihre Geschichte erzählen würde.

Arto spürte, wie die Luft plötzlich wie elektrisch aufgeladen war. Nahm Braun tatsächlich Kontakt mit den Toten auf oder bildete er sich das nur ein?

„Was ist mit ihren Augen geschehen?“ Braun beugte sich zu dem Gesicht der Toten.

„Die Fische haben wahrscheinlich einen Augapfel verspeist. Der andere Glaskörper ist hier.“ Bob deutete auf eine kleine Metallschale. „Kinder haben die Leiche gefunden und den Glaskörper für eine Murmel gehalten.

Ein Junge hat das Auge stolz seinem Vater gezeigt. Der hat einen Schock erlitten." Bob lachte kurz auf. „Die Lider des Mädchens sind übrigens nach oben festgenäht worden. Sehr abscheulich", sagte Bob. Er griff in eine Schale und hielt einen dünnen, schwarzen Faden in der Hand.

„Ist an dem Faden etwas Besonderes?" Braun drehte sich zu Arto.

„Leider nein. Es ist ein russisches Militärprodukt, das sich im Salzwasser nicht zersetzt. Große Mengen davon gibt es überall zu kaufen."

„Wurde sie vergewaltigt?"

„Wahrscheinlich, aber das lässt sich nicht mehr mit Bestimmtheit feststellen. Fakt ist, dass ihr Unterleib schwere Verletzungen aufweist. Teile davon können aber auch vom Meer und den Krebsen stammen, wie du richtig erkannt hast, Braun."

„Im Bericht steht, dass sie ertrunken ist", sagte Braun ungewöhnlich leise. „In ihren Lungen war Wasser. Habt ihr eine Vermutung, wo sie ertrunken ist?"

„Es handelt sich mit ziemlicher Sicherheit um Salzwasser. Jemand hat sich an dem armen Mädchen vergangen, es wahrscheinlich vergewaltigt, gefesselt und dann ins Meer geworfen." Arto hielt sich kurz die Hand auf die Stirn. Verdammt, heute machte ihm der Anblick der Leiche mächtig zu schaffen. Er wollte nichts wie weg. Einfach heim zu Kalinka. Zu Hause wartete sein todkrankes Kind, das ihn brauchte. „Es geht um die Lebenden, nicht um die Toten", flüsterte er.

„Führst du Selbstgespräche? Es geht immer um die Opfer", antwortete Braun, ohne im Geringsten über die unpassende Bemerkung von Arto überrascht zu sein, und blickte ihn unverwandt an. „Die Täter müssen gefasst und die Verbrechen gesühnt werden."

„Natürlich hast du recht", krächzte Arto und biss sich auf die Lippen. Brauns sezierender Blick war unerträglich, es schien ihm, als könne Braun bis in sein Innerstes dringen und würde ihn durchschauen. Was würde er wohl dort finden? Chaos, Tod und Finsternis.

„Machen wir weiter."

Braun neigte sich nach vorn, und Arto kam es vor, als würde Braun seinen Kopf auf die Brust der Leiche legen. Unwillkürlich hielt er den Atem an. Die Uhr an der Wand tickte leise. Sonst war nichts zu hören, nur das gleichmäßige Atmen von Braun, der noch immer über die Tote gebeugt war.

„Ich denke, wir haben es mit einem Täter zu tun, der eine Mission hat", sagte Braun plötzlich und richtete sich wieder auf. „Ich glaube, es ist erst der Anfang."

„Was soll das heißen?" Arto schüttelte den Kopf. „Was für eine Mission?"

„Das würde mich jetzt auch interessieren", meinte Bob neugierig.

„Was sehen wir hier?", fragte Braun und stellte sich neben den Kopf der toten Bea.

„Ja, was denn?", fragte Arto. „Ein verstümmeltes Gesicht ohne Augen mit einem hässlichen Haarschnitt."

„Genau! Das ist es." Braun hob Beas Kopf ein wenig an. „Seht ihr diese Strähne am Hinterkopf? Und den winzigen Schnitt in der Kopfhaut daneben?", fragte er und hielt ein dünnes Haarbüschel zwischen seinen Fingern.

„Verdammt. Der Mörder hat Bea die Haare geschnitten." Arto starrte mit offenem Mund auf Braun. Der Mann war genial. Er hatte sofort erkannt, dass jemand dem Mädchen brutal die Haare abgeschnitten hatte. Es stimmte also, was man sich über Braun erzählte. Er kommunizierte mit den Opfern.

„Was schließt du daraus?“, fragte Arto atemlos.

„Dass wir es nicht mit einem bloßen Vergewaltiger zu tun haben, der sein Opfer dann tötet. Nein, unser Mörder handelt nach einem vorgegebenen Plan. Und dazu gehört, dass er seinen Opfern die Haare schneidet.“

„Du redest immer von Opfern“, mischte sich Bob ein. „Glaubst du, dass es noch mehr tote Mädchen gibt?“

„Ich bin davon überzeugt“, antwortete Braun. „Unser Mörder steht erst am Anfang. Wahrscheinlich wird er das Töten perfektionieren.“

Braun trommelte mit den Fingerspitzen auf die Stahlplatte. „Was ist deine Theorie, Arto?“, fragte er unvermittelt und Arto zuckte zusammen.

„Ich denke, die hochgenähten Augenlider sind die Signatur des Killers. Die abgeschnittenen Haare dienen nur zum Erniedrigen der Opfer.“

„Wie kommst du darauf?“ Wieder trat Braun nahe an Arto heran. Arto hatte das Gefühl, als würden Brauns Gedanken durch jede einzelne seiner Poren dringen.

„Die abgeschnittenen Haare ergeben für mich keinen Sinn“, sagte Arto selbstbewusst und blickte Braun herausfordernd an.

„Für den Killer schon.“ Braun klopfte Arto aufmunternd auf die Schulter. „Du musst dich in das Gehirn des Mörders versetzen. Die abgeschnittenen Haare gehören zu seinem Ritual. Irgendetwas aus seiner Vergangenheit hat damit zu tun.“

Braun wandte sich Bob zu.

„Danke, dass du dir Zeit für mich genommen hast, Bob", sagte Braun. „Genug gesehen. Wir brechen auf."

„Halt, zuvor müssen wir noch gemeinsam ein Bier trinken." Bob lächelte breit und ging zu einem gläsernen Eisschrank, in dem Organe und Körperteile in verschweißten Boxen gelagert waren. „Irgendwo habe ich noch ein paar Dosen", murmelte Bob und wurde fündig. Mit drei Dosen Miguel-Bier in der Hand richtete er sich wieder auf. „Das ist doch deine Lieblingsmarke, stimmt's, Braun?"

„Woher wisst ihr das?", fragte Braun überrascht und ließ ein breites Grinsen aufblitzen. Mit einem Zischen öffnete er seine Dose. „Auf gute Zusammenarbeit." Braun klackte seine Dose mit denen von Arto und Bob zusammen und nahm einen kräftigen Schluck.

„Wie kommt man in Tallinn an spanisches Miguel-Bier?", fragte Braun, nachdem er seine Dose geleert hatte.

„Das musst du Arto fragen. Er hat so seine Beziehungen", meinte Bob vieldeutig.

„Ich dachte mir schon so etwas."

„Na, übertreib mal nicht, Bob."

Arto schob die Augenbrauen in die Höhe und machte Bob ein schnelles Zeichen, die Klappe zu halten. Bob war redselig und plauderte gerne Dinge aus, die besser ungesagt blieben.

Denn er musste vor Braun nicht breittreten, dass Arto bei Alkoholschmugglern gerne ein Auge zudrückte. Nicht weil er auf Alkohol stand, sondern einfach weil die Schmuggler versuchten, die neuerdings verstärkt auftretenden Crystal-Meth-Dealer aus Tallinn zu vertreiben, derentwegen es unter den Junkies schon mehrere Tote gegeben hatte. Da konnte man großzügig über ein paar Paletten geschmuggelten Alkohols hinwegsehen.

„Das war echt beeindruckend“, sagte Arto, als sie draußen in ihren Wagen stiegen.

„Was meinst du?“

„Wie du das mit den Haaren erkannt hast. Selbst ich habe mir nichts dabei gedacht.“

„Es sind immer die unauffälligen Auffälligkeiten, die uns auf die richtige Spur bringen“, meinte Braun. „Und irgendwann macht unser Killer den einen entscheidenden Fehler. Dann schlagen wir zu.“

„Das stimmt.“ Arto nickte bekräftigend.

Braun war sicher ein Gegner, vor dem sich jeder Killer in Acht nehmen musste.

16

Die Mordkommission von Tallinn war in einer ehemaligen sowjetischen Kaserne untergebracht, die durch ihre erschütternde Hässlichkeit schon wieder interessant wirkte. Dem grauen, zweistöckigen Plattenbau hatte man einen gläsernen Würfel auf das Dach gesetzt, der für Pressekonferenzen und Vorträge genutzt wurde, wie Arto Braun erklärte.

Arto parkte den Wagen direkt vor dem Haupteingang und beide stiegen aus. Als Braun seine Reisetasche packte, winkte Arto ab.

„Die kannst du ruhig im Auto lassen. Ich bringe dich natürlich später in dein Hotel."

„Ist das weit von hier?"

„Nein! Liegt auf der anderen Seite der Stadt."

Arto sprintete die Treppe nach oben und hielt sein Gesicht an eine gläserne Scheibe.

„Iris-Scanner", sagte er mit einem stolzen Unterton.

„Ihr seid ja mächtig mit Hightech ausgerüstet", meinte Braun anerkennend.

„Tallinn ist das Silicon Valley des Nordens", antwortete Arto.

„Diese Story habe ich doch schon mal gehört", erwiderte Braun.

Wie auch das Gebäude der Gerichtsmedizin war das Innere des Plattenbaus komplett modernisiert worden. Man hatte die Zwischenwände herausgerissen und einen riesigen Raum geschaffen, in dem in unregelmäßigen Abständen Glasboxen standen. Das Großraumbüro stand in krassem Gegensatz zu der improvisierten Schwarzen Halle der Mordkommission Linz. Hier war alles auf dem neuesten Stand der Technik und erinnerte Braun an ein futuristisches Labor. Braun war sich allerdings nicht sicher, ob ihm dieses Hightechbüro auf Dauer gefallen würde.

„Wir sitzen in Lab 09."

Braun folgte Arto, der mit eiligen Schritten zwischen den einzelnen Glasboxen entlangging. Als sie die Nummer 09 erreicht hatten, hob Arto die Hand und wischte über das Glas. Lautlos öffnete sich eine Tür und sie traten ein. Zwei graue Schreibtische und ein Besprechungstisch waren das einzige Mobiliar. Dazu eine Glastafel, auf die man Informationen schicken konnte. Ein Mann und eine hübsche junge Frau mit braunen Zöpfen saßen an einem der Schreibtische. Beide standen sofort auf, als Braun eintrat.

„Hallo, mein Name ist Nils Brams", stellte sich der Mann vor. „Ich bin für die IT zuständig."

„Ich heiße Yrsa Laurits", sagte sie mit einem sympathischen Lächeln. „Sie sind also der berühmte Tony Braun, von dem unglaublich viele Storys im Intranet kursieren."

„Gut, dass ich davon nichts mitbekomme“, brummte Braun, dem jede Art von Popularität unangenehm war. Er erledigte einfach seinen Job und eignete sich nicht zum Star.

„Wir waren in der Gerichtsmedizin und Braun hat eine interessante Entdeckung gemacht.“ Arto erzählte Yrsa und Nils von den abgeschnittenen Haaren und Brauns Vermutung, dass sie mit weiteren Morden rechnen mussten.

„Das passt zu einer Anzeige, auf die ich heute Morgen gestoßen bin“, meinte Nils. „Arto hat mir aufgetragen, nach verschwundenen Mädchen in ähnlichem Alter zu suchen, und ich habe etwas gefunden.“ Nils tippte einen Befehl in seinen Computer und auf der Glaswand tauchte das Bild eines jungen blonden Mädchens auf.

„Das ist Zoe Jensen“, sagte Nils und setzte sich auf die Ecke des Schreibtischs. „Sie ist seit einer Woche abgängig. Erst vor einigen Tagen hat die Familie, bei der sie arbeitet, eine Vermisstenanzeige aufgegeben.“

„Sie arbeitet bei einer Familie. Ist sie auch ein Au-Pair-Mädchen?“, fragte Braun. Das war ein weiteres Puzzleteil, das man nicht ignorieren konnte.

„Das kann natürlich auch ein Zufall sein“, wandte Yrsa ein. „Es gibt viele Au-Pairs in Estland. Vielleicht ist sie nur mit einem reichen Russen abgehauen. Das hatten wir doch schon öfter.“

„Kann sein. Trotzdem sollten wir der Sache nachgehen“, widersprach Nils. „Wie siehst du das, Arto?“

„Du hast recht. Wir sollten uns den Fall näher ansehen“, meinte Arto nachdenklich. „Jetzt erinnere ich mich wieder“, sagte er dann plötzlich und schlug sich mit der flachen Hand auf die Stirn. „Vor Kurzem habe ich zufällig mit einem jungen Mädchen gesprochen, das angeblich eine

bestimmten Schema. Er lässt sich bis zu zwei Wochen Zeit, ehe er seine Opfer tötet."

„Du glaubst, unser Mörder hat auch die verschwundene Zoe Jensen in seiner Gewalt?", fragte Arto.

„Gehen wir einmal davon aus. Wir brauchen uns doch bloß die Fotos anzusehen." Braun ging zu der Glaswand und schob die Bilder von Bea und Zoe nebeneinander. „Sie sind derselbe Typ. Beide blond und circa sechzehn Jahre alt. Wie sieht Caro aus?"

„Da muss ich dich leider enttäuschen, Braun. Caro hat rote Haare", erwiderte Arto.

„Dann ist die Tätigkeit als Au-Pair das verbindende Element. Eine Woche ist bereits verstrichen. Wenn wir Pech haben, finden wir bald die Leiche von Zoe. Die Agentur dieser Mädchen hat doch sicher ihre Namen und Adressen gespeichert."

„Das kann Yrsa für uns herausfinden. Was schlägst du jetzt vor?", fragte Arto, der sich auffallend zurückhielt. Es gab kein Kompetenzgerangel wie sonst bei unterschiedlichen Dienststellen. Hier in Tallinn waren alle kooperativ und schienen nichts dabei zu finden, dass Braun die Initiative ergriff. Der ideale Ort also für einen Polizisten mit ausgeprägtem Individualismus.

„Wir müssen zunächst die letzten Tage von Bea Hanstetten rekonstruieren. Wo sie in ihrer Freizeit war, mit wem sie sich getroffen hat. Bea hatte angeblich einen Freund. Das hat ihre Schwester Helene gesagt. Sie hat Bea hier besucht und ihn gesehen. Wir haben nach ihren Angaben ein Phantombild erstellt und bereits an euch gemailt", sagte Braun.

„Das Phantombild ist hier." Yrsa schickte die Computerzeichnung auf die Glastafel.

„Ein Typ mit Sonnenbrille?", sagte Arto skeptisch. „Ist ja nicht sehr aufschlussreich."

„Trotzdem kann es von Nutzen sein", meinte Braun. Auch er fand die Zeichnung nicht aussagekräftig. Unwillkürlich blickte er zu Arto. Wenn man sich ihn mit Sonnenbrille vorstellte, dann war da eine gewisse Ähnlichkeit. Aber das Gesicht passte genauso gut zu hundert anderen Esten.

„Konzentrieren wir uns zunächst auf diese Caro. Wenn sie eine Freundin von Zoe Jensen war, dann hilft uns das auch bei der Suche nach Zoe weiter. Und vielleicht weiß die Agentur, für welche Familie Caro arbeitet."

„Ich kümmere mich darum", sagte Yrsa. Das kann aber etwas dauern. In der Zwischenzeit entwerfe ich ein statistisches Profil unseres Täters."

Yrsa setzte sich wieder an ihren Computer und öffnete verschiedene Programme.

„Sehr gute Idee", pflichtete ihr Braun bei, obwohl er sich unter einem statistischen Profil nicht sehr viel vorstellen konnte. Aber er wollte Yrsas Enthusiasmus nicht bremsen. Für ihn war wie immer das Bauchgefühl entscheidend.

„Hast du schon zu Abend gegessen?", fragte Arto.

„Nein. Habe ich vollkommen vergessen. Ist alles so spannend bei euch." Erst jetzt wurde Braun bewusst, dass er seit dem Morgen kaum etwas zu sich genommen hatte. Gestern Abend war er beim Anatolu Grill gewesen und hatte Bier getrunken. Auf dem Flug nach Tallinn gab es nur ein kleines Brötchen und sonst nichts zu essen. Den ganzen Vormittag hatten sie in der Gerichtsmedizin verbracht und den Rest des Tages in der Polizeidirektion. Ja, er hatte einen Riesenhunger.

„Für eine Kleinigkeit habe ich sicher noch Zeit. Aber dann muss ich ins Hotel. Ich will schließlich morgen wieder topfit sein."

„Yrsa, wir haben doch den Lachs, den wir bei der Russenparty beschlagnahmt haben."

„Na klar! Ist vorne im Kühlschrank." Yrsa streckte die Hand in eine Richtung aus, ohne den Blick von ihrem Computer zu lösen.

„Du magst doch Lachs?", fragte Arto.

„Natürlich", meinte Braun mit einem breiten Grinsen. Irgendwie gefiel ihm der entspannte Umgang mit den Gesetzen, dachte er. Aber das durfte man in Linz natürlich nicht laut aussprechen.

Nur bei Arto war er sich noch nicht im Klaren, ob dieser nicht eine Spur zu weit ging. Sein Bauchgefühl sagte ihm, dass Arto etwas zu verbergen hatte. Aber er konnte dieses Gefühl nicht konkret fassen, es war mehr eine Ahnung.

„Ich will morgen mit diesem Gotan Danilowitsch reden", sagte Braun. „Vielleicht kann er uns etwas über den Freund von Bea sagen."

„Wieso willst du mit Danilowitsch sprechen?", fragte Arto überrascht. „Ich habe ihn schon befragt. Steht alles im Protokoll."

„Ich mache mir gerne selbst ein Bild", erwiderte Braun. „Wenn du nichts dagegen hast."

„Nein, natürlich nicht. Aber es ist komplette Zeitverschwendung. Der Mann weiß von nichts. Bea Hanstetten war nur das Au-Pair seiner Kinder, mehr nicht."

„Braun hat sicher recht. Vielleicht hängt der Mord von Bea mit den dunklen Geschäften von Danilowitsch zusammen. Unsere Drogenabteilung hat ihn schon lange im Visier“, meinte Yrsa selbstbewusst.

„Na, siehst du. Yrsa gibt mir recht. Und der Besuch dauert ja nicht lange.“

„O. K., aber nur in meiner Begleitung“, meinte Arto und presste seine Zeigefinger an die Schläfen.

„Hast du eigentlich öfter Kopfschmerzen?“, fragte Braun, der die Handbewegung mitbekommen hatte.

„Geht schon wieder“, wiegelte Arto ab. „Ich hole jetzt den Lachs.“

„Nennen dich alle immer nur Braun?“, fragte Yrsa.

„Ja, das hat sich über die Jahre so eingebürgert.“

„Das finde ich cool. Klingt wie aus einem amerikanischen Film noir.“

Arto kam mit den Lachsbrötchen zurück. Er schob mit dem Sneaker eine Schublade an seinem Schreibtisch auf und holte zwei Dosen San-Miguel-Bier heraus. Braun blickte ihn überrascht an, doch Arto lächelte nur unergründlich.

„Die sind für dich. Ein Geschenk des Hauses. Du kannst sie in Ruhe abends trinken.“

„Wäre aber nicht nötig gewesen“, meinte Braun. Er stellte die Bierdosen neben sich auf den Schreibtisch und biss herzhaft in sein Lachsbrötchen.

„Schmeckt fantastisch“, meinte er und hätte sich jetzt gerne einen Schluck Bier gegönnt. Aber er hielt sich vor den neuen Kollegen zurück.

„Ich bringe dich ins Hotel. Du siehst müde aus“,

meinte Arto. „Morgen können wir sofort zu Danilowitsch fahren, wenn du möchtest."

„Dann los." Braun verschlang die letzten Reste seines Lachsbrötchens und steckte die beiden Bierdosen in seine Sakkotaschen, ehe er Arto folgte. Der Tapetenwechsel wirkte sich positiv auf sein Gemüt aus. Eine neue Umgebung, neue Kollegen und ein brisanter Fall, das waren die Zutaten, die er liebte. Er spürte, wie das Adrenalin durch seine Venen schoss. Jetzt ging es nicht mehr nur um ein Opfer, sondern ein zweites Mädchen wurde vermisst. Und Brauns Bauchgefühl sagte ihm, dass Zoes Verschwinden mit diesem Fall zu tun hatte.

„Da wären wir. Das ist dein Hotel."

Arto bremste den Wagen vor einem hübsch restaurierten mittelalterlichen Bürgerhaus ab. Über dem Eingangsportal hing ein Schild mit dem hochtrabenden Namen „Hotel Tallinn Plaza".

„Es gab leider kein anderes freies Hotel", entschuldigte sich Arto. „Wir haben einen Kongress in der Stadt."

„Wieso? Sieht doch schön aus, das Hotel", meinte Braun, als er seine Reisetasche vom Rücksitz nahm.

„Lass dich überraschen." Arto lächelte und hob grüßend die Hand. „Ich hole dich morgen früh ab."

„Alles klar."

Braun öffnete das breite Portal und blieb überrascht stehen. Er trat nicht in eine große Empfangshalle, sondern in einen niedrigen Bretterverschlag. Zementsäcke lehnten an den Wänden und das einzige Möbelstück war ein winziger Schreibtisch in der hinteren Ecke, auf dem ein Computer stand. Ein gebeugter alter Mann erhob sich, als er Braun bemerkte.

„Du musst der Kommissar aus Österreich sein“, sagte er und griff nach Brauns Reisetasche. „Herzlich willkommen.“

„Was ist das für ein Hotel?“, fragte Braun. „Es sieht eher aus wie auf einer Baustelle.“

„Das Gebäude wird gerade umgebaut. Aber durch die Wirtschaftskrise sind wir seit neun Jahren ein wenig im Verzug. Doch der Hotelbetrieb funktioniert reibungslos.“

„Das ist auch das Wichtigste“, brummte Braun und wartete, bis seine Daten in den Computer getippt waren.

„Hier, dein Schlüssel“, sagte der Mann.

Braun nahm seine Tasche und ging durch eine Holztür hinaus in den Hinterhof.

„Das darf doch nicht wahr sein!“, rief er und blieb mit offenem Mund stehen. Auf dem Platz standen dicht gedrängt und übereinandergestapelt mehrere Dutzend Container. Jeder Container hatte zwei Türen mit Nummern darauf. Das waren die Zimmer des Hotels. Außer der historischen Fassade zur Straße hin hatte man den Rest des Hauses abgerissen. Die Vorderfront wurde mit riesigen Stahlträgern abgestützt und in die leeren Fensterhöhlen hatte man Vorhänge genagelt. Das ganze Gebäude war nur eine billige Attrappe.

17

Gotan Danilowitsch war wütend. Schon wieder hatte ihm einer seiner Informanten mitgeteilt, dass ein Mädchen in seinem Club an einer Überdosis Crystal Meth gestorben war. Das war schlecht fürs Geschäft. Die Kunden wurden unsicher und suchten sich andere Drogen. Stiegen auf Heroin um, das die Albaner vertickten, die offensiv auf den Markt drängten. Aber Gotan wollte keinen Bandenkrieg beginnen. Ihn interessierten nur die Geschäfte, die er in Ruhe abwickeln konnte.

Es hatte lange gedauert, bis er sich seine heutige Position erarbeitet hatte. Nach außen hin war er ein erfolgreicher Geschäftsmann und endlich reich. Nicht so wie sein Vater, der für einen Hungerlohn anderen Männern die Haare geschnitten hatte. Mit Grauen erinnerte sich Gotan zurück an die Zeit, als er als kleiner Junge mit dem Besen in der Hand in dem erbärmlichen Verschlag auf dem Boden herumrutschte und abgeschnittene Haare aufkehrte. Er sah seinen Vater vor sich, der sich servil vor den Kunden bis zum Boden verneigte nur wegen ein paar Kopeken Trinkgeld. Diese Vergangenheit hatte er wie einen alten mottenzerfressenen Mantel abgeworfen. Das Einzige, was ihn noch daran erinnerte, war sein exakt gestutzter Bart.

Während er drüber nachdachte, ging er mit schnellen Schritten durch die Lagerhalle, in deren geheimen Kellerräumen sich ein kleines Meth-Labor befand. Zwei russische Chemiker arbeiteten hier in aller Ruhe an der Entwicklung der Droge. Beide waren arbeitslose Wissenschaftler, die hochwertiges Crystal Meth herstellten. Eine falsche Dosierung würde ihnen nie passieren. Nein, der Fehler musste woanders liegen.

„Erzähle mir noch einmal, was genau mit dem Mädchen passiert ist", forderte Gotan den Dealer auf, aus dessen Bezirk die überdurchschnittlich vielen Drogentoten stammten. Gotan stand vor einem großen Spiegel und überprüfte den Sitz seiner Frisur. Ein Mann mit einem perfekten Haarschnitt ist immer eine imposante Erscheinung, hatte sein Vater gesagt. Da war etwas Wahres dran. Während er redete, beobachtete er den Mann eingehend. Der Dealer war spindeldürr und schlecht rasiert. Er hatte Pickel, und als er den Mund öffnete, bemerkte Gotan, dass dem Mann mehrere Zähne fehlten. Es war offensichtlich, dass der Dealer selbst ein Meth-Konsument war. Obwohl Gotan das seinen Leuten ausdrücklich verboten hatte. Im Grunde hatte er es nicht nötig, Crystal Meth zu produzieren, denn er hatte jede Menge Geld. Aber tief in seinem Inneren hatte Gotan Angst, dass er so arm wie sein Vater sterben könnte, deshalb ergriff er jede Gelegenheit, um Geld zu verdienen. Nein, arm wollte er auf keinen Fall mehr werden.

„Die Kleine erlitt einen Herzinfarkt." Der Dealer

machte ein betrübtes Gesicht. „Ich verstehe nicht, wie das passieren konnte. Wahrscheinlich hat sie zusätzlich noch Aufputschmittel genommen."

„In deinem Bezirk sind schon sechs Kunden gestorben. Zwei davon in meinem Club. Das wirft ein schlechtes Licht auf mich und gibt mir zu denken", sagte Gotan ruhig. In dem fahlen Licht, das von einer Neonröhre in die Halle geworfen wurde, leuchtete sein weißes Hemd. Es war fleckenlos und perfekt gebügelt.

„Das ist schlimm", meinte der Dealer ohne besonderes Interesse. „Tut mir leid."

„Wo sind die Säckchen, die du diese Woche bekommen hast? Los, gib her", forderte Gotan den Dealer auf.

„Einen Moment." Der Dealer schlüpfte aus einem seiner hässlichen Cowboystiefel und drehte den Absatz zur Seite. In dem Hohlraum versteckte er die Kristalle in kleinen Plastiktütchen. „Hier ist der Rest. Alles andere habe ich bereits verkauft." Umständlich schlüpfte der Dealer wieder in seinen Stiefel. „Das Zeug ist genau so, wie du es mir gegeben hast."

„Interessant. Ich habe auch von einem Kunden eine Probe erhalten und überprüfen lassen", sagte Gotan und winkte einem der Chemiker. In seinem weißen Kittel und mit der randlosen Brille wirkte der Mann auf den ersten Blick wie ein seriöser Wissenschaftler.

„Ich habe die Probe analysiert und festgestellt, dass es die zehnfache Dosis Speed beinhaltet. Das führt zu einer vermehrten Ausschüttung von Dopamin und kann so einen Herzstillstand verursachen."

„Ich verstehe überhaupt nichts", murmelte der Dealer

nervös und führte mit seinen Stiefeln einen hektischen Tanz auf dem Betonboden auf.

„Vereinfacht ausgedrückt heißt das: Du betrügst mich, du kleine Ratte“, sagte Gotan ruhig und ging auf den Dealer zu. Er packte den Mann am Genick und zog ihn ganz nahe zu sich heran. „Du hast mein hochwertiges Meth mit Speed gestreckt, damit du mehr Kohle machst.“

„Aber das würde ich nie tun“, jammerte der Dealer und versuchte sich vergeblich aus der Umklammerung zu lösen. „Da war vielleicht eine falsche Probe dabei.“

„Ach, meinst du? Na, wenn das so ist, dann können wir deinen Stoff ruhig bei deiner kleinen Freundin Natascha ausprobieren.“

Gotan gab seinem Bodyguard ein Zeichen, und der ging zu einem Holzverschlag, der mitten in der Halle stand. Der Securitymann öffnete die Tür und zerrte eine hagere, junge Frau in Leggins und schmutzigem Kapuzenshirt heraus. Die Frau schlug mit den Armen um sich, hatte aber gegen den Bodyguard keine Chance.

„Wieso hältst du Natascha hier gefangen? Was soll das!“, fragte der Dealer überrascht. „Bitte, lass Natascha in Ruhe. Sie hat damit nichts zu tun“, bettelte er.

„Halt die Klappe!“ Gotan verpasste ihm eine Ohrfeige und drehte sich zu dem Chemiker im weißen Mantel. „Wie soll sie es probieren?“

„Sie soll es rauchen“, meinte der Chemiker und schüttete einige Kristalle in den runden Kopf einer eleganten Glaspfeife. Die Pfeife hielt er dann über einen Bunsenbrenner und wartete, bis die Kristalle schmolzen. Dann hielt er Natascha auffordernd das Mundstück entgegen.

„Los, inhaliere das Zeug“, befahl Gotan.

„Ich, ich will nicht. Ich bin doch schon längere Zeit clean", stammelte die junge Frau. „Bitte nicht."

„Lass sie in Ruhe. Sie kann doch nichts dafür", heulte der Dealer.

„Vielleicht lasse ich sie gehen. Aber nur, wenn du die Wahrheit sagst", meinte Gotan und krempelte die Ärmel seines weißen Hemdes hoch.

‚Wieso muss ich mich mit diesen Existenzen beschäftigen', dachte er. ‚Eigentlich müsste ich in größeren Dimensionen denken. Die EU-Sanktionen gegen Russland waren ein Jackpot, den ich mir nicht entgehen lasse. Dann kann ich das Geschäft mit Crystal Meth aufgeben. Bald würde eine große Lieferung Waffen im Wert von mehreren Millionen hier über die Grenze nach Russland gelangen. Aber jetzt heißt es, Schaden begrenzen und nicht die Polizei auf sich aufmerksam machen.'

„Also, was hast du mir zu sagen?", fragte er den Dealer zum zweiten Mal.

„Du hast recht. Ich habe den Stoff etwas gestreckt. Die Therapie für Natascha kostet eben eine Menge Geld. Verdammt, es tut mir leid."

„Tja, aber jetzt hast du den richtigen Zeitpunkt für eine Entschuldigung verpasst. Mit diesem Betrug hast du auch deine Freundin ins Unglück gestürzt." Gotan seufzte. „So leid es mir tut, aber ich muss ein Exempel statuieren."

„Aber warum? Ich verspreche dir, es nie wieder zu tun. Ich arbeite auch umsonst, bis der Schaden gutgemacht ist."

„Darum geht es nicht."

„Worum dann?"

„Es geht um Respekt. Du wolltest mich für dumm verkaufen. Das ist jetzt die Strafe für deine Respektlosigkeit.“ Gotan zog einen dünnen, silbernen Stift aus seiner Brusttasche. Lächelnd ging er auf Natascha zu und steckte ihr blitzschnell den Stift ins Ohr. Die junge Frau schrie gellend auf und zuckte zurück. „Du sollst jetzt auf der Stelle inhalieren, sonst stoße ich dir den Stift bis ins Hirn.“

„O. K., ich mach's“, heulte sie und griff sich an das Ohr, aus dem ein dünner Blutfaden quoll. Zaghaft inhalierte sie und begann zu husten.

„Tiefer inhalieren. Viel tiefer und öfter.“

„Ja, ja. Ich bemühe mich.“

Mit tiefen Atemzügen sog Natascha das Crystal Meth ein. Einmal, zweimal. Beim dritten Mal wurden ihre Augen glasig, und auf ihrem Gesicht breiteten sich rote Flecke aus, die wie ein Ausschlag aussahen. Nataschas Atem ging pfeifend und Schweiß stand auf ihrer Stirn.

„Fest inhalieren“, befahl Gotan unnachgiebig und drückte den Stift stärker in Nataschas Ohr.

„Gleich“, krächzte Natascha. Ihre Hände begannen zu zittern und sie konnte die Pfeife nicht mehr halten.

„Hilf ihr“, sagte Gotan und nickte seinem Bodyguard zu.

Dieser hielt die Pfeife gerade, damit Natascha an dem Mundstück ziehen konnte.

Plötzlich wurde Natascha kreidebleich und ihre Beine knickten ein. Gotan zog den Stift aus ihrem Ohr und trat zurück. Mit verschränkten Armen stand er über Natascha gebeugt und betrachtete sie interessiert, als wäre sie ein exotisches Tier. Nataschas Lippen liefen blau an und Schaum trat aus ihrem Mund. Ihre Finger verkrümmten sich zu Krallen, und sie versuchte, das Kapuzenshirt aufzureißen.

„Mein Gott, so helft ihr doch. Sie braucht einen Arzt. Sonst stirbt sie!“, rief ihr Freund.

Der Dealer wollte sich auf Gotan stürzen, doch dessen Bodyguard trat dazwischen und beförderte ihn mit einem Stoß zu Boden.

„Er soll zusehen, wie seine Freundin stirbt“, sagte Gotan leise.

Der Bodyguard packte den Dealer am Kragen und fixierte ihn mit einem Nackengriff. Dann drehte er ihn zu der mit dem Tod ringenden Natascha. „Schau genau hin. So ist es auch meinen Kunden ergangen“, meinte Gotan und tätschelte die Wange des Dealers. „Atemnot und Herzstillstand. Die klassischen Symptome für gepanschtes Crystal Meth.“

Natascha krümmte sich auf dem Steinboden und schlug hektisch mit den Armen um sich. Ihre Augen waren so weit nach oben gedreht, dass nur noch das Weiße sichtbar war. Noch einmal bäumte sie sich auf, dann sank sie auf dem Beton zusammen, ihr Gesicht sackte in eine schillernde Pfütze.

„Du hast Natascha umgebracht. Du bist ein Monster“, heulte der Dealer. „Sie konnte doch nichts dafür.“

„Das stimmt“, pflichtete ihm Gotan bei. „Natascha ist sozusagen ein Kollateralschaden.“ Er nickte dem Bodyguard zu. „Lass ihn los.“

Der Bodyguard lockerte den Griff und der Dealer kroch auf die tote Natascha zu. Zärtlich legte er ihren Kopf auf seine Knie und schluchzte leise vor sich hin.

Gotan betrachtete ihn mitleidig, während er ein Fussel von seinem Hemd schnippte. Wie weit war er doch von diesem Abschaum entfernt. Er stand auf dem Gipfel, während der Dealer und seine tote Freundin in der Gosse wateten. Doch der Dealer hatte es gewagt, ihn zu betrügen. Gotan wusste, dass diese Ratte es wieder tun würde. Er war wie ein Krebsgeschwür, das man entfernen musste.

Im Grunde ging es immer um Respekt. Respekt den Kunden gegenüber, die sein Crystal Meth kauften. Aber auch Respekt vor ihm als dem Boss, der seinen Angestellten ein Einkommen sicherte. So lautete das ungeschriebene Gesetz.

„Du kannst gehen“, sagte Gotan und streckte dem Dealer die Hand entgegen.

Ungläubig starrte der dünne Mann auf Gotans ausgestreckte Hand. Dann griff er danach und ließ sich von Gotan hochziehen.

„Ich hoffe, das ist dir eine Lehre“, meinte Gotan und legte dem Dealer die Hand auf die Schulter.

„Ja, es ist mir eine Lehre“, hauchte der Dealer und verstummte. Verstört glotzte er an seinem Oberkörper hinab. Auf seinem T-Shirt bildete sich ein roter Fleck, der schnell größer wurde. Mit offenem Mund stierte er auf das Messer, das in seinem Bauch steckte.

„Was hast du gemacht?“

„Ich habe dir eine Lektion erteilt.“

Mit einer schnellen Handbewegung drehte Gotan das Messer noch einmal in der Wunde herum. Als er es aus dem Bauch des Dealers herauszog, gab die Klinge ein schmatzendes Geräusch von sich.

„Pass auf, dass du nicht alles blutig machst.“ Gotan ging zu einer Kiste und griff nach einem weichen Lappen. Damit reinigte er sein Messer, ehe er es zusammenklappte und in seine Hosentasche steckte.

„Wenn er tot ist, dann versenkt ihn und seine Freundin draußen im Meer“, sagte Gotan zu seinem Bodyguard. „Und sorge dafür, dass hier drinnen alles sauber gemacht wird.“

Angeekelt wendete er sich von dem Abschaum ab und zog ein goldenes Zigarettenetui hervor. Während der Deckel aufschnappte, überdachte Gotan die weitere Vorgehensweise. Bis er einen Ersatz für den Dealer gefunden hatte, verging sicher eine Woche. Das bedeutete einen Verdienstausfall von mindestens fünf Tagen. Aber das war es wert gewesen. Er hatte ein Exempel statuiert, und keiner seiner Angestellten traute sich jetzt mehr, das Meth zu strecken. Zufrieden trat er durch eine schmale Tür nach draußen auf die betonierte Fläche. Sie grenzte an den Kanal, der die Altstadt von den Lagerhäusern trennte.

Gerade als sich Gotan eine Zigarette anzündete, sah er auf der anderen Seite des Kanals eine Gestalt stehen, die zu ihm herüberblickte. Im Mondlicht erkannte er, dass es ein Mann in einem schwarzen Anzug war. Obwohl es Sommer war, trug der Mann feste Boots. Gotan hob grüßend die Hand und der Mann nickte zurück. Für den Bruchteil einer Sekunde hatte Gotan das Gefühl, jemandem gegenüberzustehen, der ihm ebenbürtig war, und er senkte den Blick. Plötzlich bemerkte er, dass ein Blutfleck sein weißes Hemd beschmutzte. Schnell schnippte er seine Zigarettenkippe in den Kanal und verschwand wieder im Lagerhaus.

18

Braun hörte einen Schrei und sah, wie kurz darauf ein Mann aus einem Lagerhaus auf der anderen Seite des Kanals trat. Der Mann war mittelgroß und rauchte eine Zigarette. Er trug ein weißes Hemd und hatte einen exakt getrimmten schwarzen Vollbart. Als der Mann Braun bemerkte, hob er reflexartig den Arm, so als würde er grüßen. Braun deutete ein Nicken an. Im Mondlicht hatte es den Anschein, als wäre das Hemd des Mannes fleckig, was nicht zu seiner gepflegten Erscheinung passte. Als Braun genauer hinsah, hatte sich der Mann jedoch bereits umgedreht und verschwand wieder in dem Lagerhaus.

Langsam ging Braun zurück zu seinem Hotel. Er hatte noch einen kurzen Spaziergang durch die Stadt gemacht und war an dem Kanal gelandet. Nachdem er einige Male falsch abgebogen war, fand er doch den richtigen Weg und stand vor der falschen Fassade. Als er eintrat, saß an dem winzigen Schreibtisch nicht mehr der alte Mann, sondern eine junge Frau.

„Ich bin Lotti, die Nachtportierin", sagte sie und begrüßte Braun mit einem strahlenden Lächeln. Lotti war vielleicht fünfundzwanzig Jahre alt und hatte riesige blaue Augen und kurze, blonde Haare. Sie trug ein übergroßes, weißes Herrenhemd, schwarze Leggins und rote Sneakers. Arto hatte den Fehler gemacht, bei der telefonischen Reservierung des Zimmers Braun als Polizisten anzukündigen. Das fand Lotti unglaublich spannend und deshalb löcherte sie Braun jetzt auch mit unzähligen Fragen.

„Bist du beruflich hier, Kommissar Braun? Geht es um die tote Österreicherin, die am Strand gefunden wurde? Hast du schon eine heiße Spur?", fragte sie ganz aufgeregt.

„Ich darf dazu nichts sagen", erwiderte Braun einsilbig. „Ich bin übrigens Chefinspektor und nicht Kommissar", korrigierte er Lotti.

„Ich werde es mir merken, Kommissar Braun."

„Am besten, du sagst einfach Braun zu mir." Es war zwecklos. Für die Menschen hier in Tallinn war er Kommissar.

„Ich verstehe", antwortete Lotti und nickte artig wie ein Schulmädchen. „Ich habe übrigens eine Information für dich", sagte sie verschwörerisch.

„Was für eine Information?", fragte Braun und runzelte die Stirn.

„Jemand erwartet dich bereits im Salon."

„Ihr habt hier in dieser Bruchbude einen Salon?"

„Warum sollen wir keinen Salon haben, bloß weil unser Hotel umgebaut wird", sagte Lotti gekränkt. „Container Nummer drei ist der Blaue Salon."

„Du hast recht. Das war dumm von mir“, entschuldigte sich Braun.

„Schon vergessen. Aber jetzt musst du los. Du darfst deinen Besuch nicht so lange warten lassen. Das ist unhöflich“, meinte Lotti eifrig.

„Wer erwartet mich denn im Blauen Salon?“, wollte Braun dann aber doch wissen.

„Lass dich überraschen!“, sagte Lotti und lächelte geheimnisvoll.

„Na, dann wollen wir mal.“

Braun ging an Lotti vorbei und durch eine Holztür hinaus in den Hinterhof. Container Nummer drei bestand aus zwei Boxen, die man zu einem großen Raum miteinander verbunden hatte. Als Braun die Tür öffnete, sah er zunächst nur dunkelblaue Wände, die von lichtblauen Lavalampen schwach beleuchtet wurden. In dem Raum befanden sich mehrere blaue Sofas und Lesesessel, und an einer Wand stand ein ebenfalls blau gestrichenes Regal, in dem blau eingebundene Bücher gestapelt waren. Auf Braun machte dieser Raum einen obsessiven Eindruck, und er fühlte sich augenblicklich unwohl.

„So geht es jedem, der hier hereinkommt“, hörte Braun plötzlich eine männliche Stimme aus dem Hintergrund. „Das Blau stürzt sich wie eine Springflut auf dich, und du glaubst, in der Farbe zu ertrinken. Da hat Lotti ein wenig übertrieben mit ihrer Vorliebe für Blau.“

Ein Mann, der auf einem Sofa im Dunkeln gesessen hatte, erhob sich. Aus der Entfernung wirkte er mit seinen silbergrauen Haaren und der schwarzen Hornbrille wie ein älterer Mann, doch beim Näherkommen blickte Braun in ein frisches junges Gesicht.

„DJ Frederik, ich bin ein Fan der ersten Stunde von deiner Talkshow."

„Freut mich", sagte Braun und gab Frederik die Hand. Jetzt erinnerte er sich wieder an die Bemerkung von Arto, dass dieser DJ ein Interview mit ihm machen wollte. Das hatte er komplett vergessen.

„Tony Braun, der Leiter der Mordkommission Linz, der als Nighthawk eine exzentrische Talkshow im Radio moderiert. Endlich lerne ich dich persönlich kennen", redete Frederik munter weiter.

„So ungewöhnlich ist meine Talkshow gar nicht", brummte Braun und betrachtete sein Gegenüber. Frederik war groß und schlank, wirkte in seinem Adidas-Trainingsanzug wie ein drahtiger Marathonläufer. Er hatte ein blasses Gesicht und ein einnehmendes Lächeln. Das einzig Irritierende waren seine silbergrauen Haare. „Wo hast du meine Talkshow denn gehört?"

„Im Stream natürlich. Jemand hat mich bei einer Radio Music Convention darauf aufmerksam gemacht: ‚Braun ist bei der Mordkommission und macht keine normale Talkshow. Seine Sendung heißt ‚Talk ohne Limits' und da haben auch schon Serienkiller angerufen.' Das hat mich natürlich neugierig gemacht. Und so bin ich auf dich gestoßen."

Frederik beugte sich interessiert vor.

„Stimmt das mit den Serienkillern?", fragte er.

„Ist schon vorgekommen", meinte Braun lapidar, fühlte sich aber doch geschmeichelt. Nie hätte er gedacht, dass seine Talkshow in Estland gehört wurde. „Ein Kollege hier aus Estland hat von einem Interview gesprochen, das du mit mir machen willst."

„Du meinst Arto. Ja, der ist ziemlich geschäftstüchtig." Frederik lachte.

„Wieso?"

„Er hat mir gleich eine ordentliche Summe abgeknöpft für das Exklusivinterview mit dir."

Braun schwieg und schüttelte nur den Kopf. Aus Arto wurde er einfach nicht schlau. Der Mann hatte überall seine Finger im Spiel. Und langsam glaubte er, dass Arto mehr Kleinkrimineller als Polizist war.

„Was also willst du wissen?", fragte er Frederik.

„Mich interessiert vor allem, wie du die Leute dazu bringst, dir ihre Geheimnisse anzuvertrauen. Und das Ganze auch noch live."

„Das ist ein interessantes Thema", meinte Braun. Frederik war anscheinend keiner dieser oberflächlichen Interviewer, sondern jemand, der sich Gedanken über seine Gespräche machte.

„Na, dann fangen wir an."

Frederik legte sein Smartphone auf die Tischplatte und schaltete die Aufnahmefunktion ein. „Ist es okay, wenn ich unsere Unterhaltung aufnehme?"

„Ich habe kein Problem damit, aber beeile dich. Es ist schon sehr spät und morgen wird ein anstrengender Tag."

„Sind Tony Braun und Nighthawk ein und dieselbe Person oder gibt es da Unterschiede? Bist du vielleicht eine gespaltene Persönlichkeit?", fragte Frederik absichtlich provokant.

„In meinem Job als Polizist bin ich natürlich jemand anderer als in meiner Talkshow. Aber in beiden Fällen stehe ich auf der Seite des Rechts. Deshalb bezeichne ich mich nicht als gespaltene Person."

„Dein Talk ohne Limits hat im Internet Kultstatus. Wie kommt es dazu? Was ist dein Geheimnis?"

„Das Geheimnis meiner Sendung ist, dass ich mich nicht verstelle. Die Anrufer können reden, worüber sie wollen. Ich werte nicht, sondern versuche ihnen dann zu helfen. Auf diese Weise ist es auch schon vorgekommen, dass ich jemandem das Leben gerettet habe."

„In deiner Sendung öffnen sich die Menschen, reden über ihre Probleme. Wie schaffst du das?"

„Weil ich zuhören kann. Außerdem auf mein Bauchgefühl vertraue und ehrliche Antworten gebe. Diese Authentizität spüren die Hörer."

So ging es noch eine Weile mit dem Frage-Antwort-Spiel weiter. Als das Interview fertig war, stand Frederik auf und schüttelte Braun überschwänglich die Hand.

„Willst du die Tage mal um Mitternacht den ‚Talk ohne Limits' von meinem Studio in Tallinn aus gestalten?", fragte Frederik spontan.

„Aus Estland?" Braun runzelte skeptisch die Stirn. „Wie soll das funktionieren? Die Leute verstehen mich doch nicht."

„Wieso, du redest einfach Englisch so wie jetzt. Englisch ist unsere zweite Amtssprache."

„Ich dachte, das ist Russisch?"

„O Gott, nein. Kein Mensch will mehr Russisch sprechen. Wir können die Russen nicht ausstehen." Frederik lachte. „Also, was ist?"

„Ja, warum denn nicht", sagte Braun. Frederiks Enthusiasmus war ansteckend, und Braun fand die Idee reizvoll, in einer fremden Stadt auf fremde Seelen zu stoßen und über fremde Geheimnisse zu reden.

„Dann sehen wir uns gleich morgen um Mitternacht. Zur Stunde des Wolfs“, fügte Frederik noch hinzu, während er sein Smartphone in seinen Rucksack schob und zur Tür ging.

„Was meinst du mit ‚Stunde des Wolfs‘?“, fragte Braun.

„Zwischen Mitternacht und ein Uhr morgens gehen in Estland die Wölfe auf die Jagd und töten Menschen und Tiere.“

„Klingt nach einer alten Sage.“

„In jeder Überlieferung der Vorfahren steckt ein Körnchen Wahrheit“, meinte Frederik und verließ den Container. Das Mondlicht überzog die Rückseite der Fassade mit einem bleichen Schimmer und die Schatten in den leeren Fensterhöhlen schienen sich plötzlich zu bewegen. Doch es waren nur Tauben, die dort oben ihre Nistplätze hatten.

Nachdem Braun sich von Frederik verabschiedet hatte, ging er zurück in seinen Container und legte sich auf das Bett. Er griff nach einer Bierdose und öffnete sie. Während er einen kräftigen Schluck trank, ließ er den Blick durch das Zimmer schweifen. An der seitlichen Wand hing ein naiv gepinseltes Gemälde, das ein Segelboot im Sturm darstellte. Auf dem runden Tisch stand eine Vase in Form eines Fischkutters mit Seidenblumen im Schornstein. Die Stehlampe hatte einen segelförmigen Schirm. Jemand hatte beim Einrichten anscheinend ein ziemliches Faible für Schiffe gehabt.

Auf dem Boden stand noch immer Brauns Reisetasche. Er hatte keine Lust gehabt, seine Klamotten auszuräumen. Der Reißverschluss war offen und die Mappe mit den Unterlagen von Elena ragte ein wenig heraus. Mit einem Satz war Braun aus dem Bett und griff nach der Mappe. Als

Erstes gab es einen Bericht über die Hanstetten AG, dann ein Foto von Bea, das an ihren Lebenslauf angeheftet war. Zuletzt waren da noch die Protokolle der Polizei von Tallinn, der Obduktionsbericht und einige Tatortfotos. Langsam blätterte Braun die Unterlagen durch und versuchte sich zu erinnern. Der Obduktionsbericht hatte ganz oben gelegen. Da war er sich sicher. Ob er seine Reisetasche geschlossen hatte, wusste er nicht mehr mit Bestimmtheit. Es konnte daher gut möglich sein, dass jemand in seiner Abwesenheit die Unterlagen durchgesehen hatte. Er musste in Zukunft einfach besser aufpassen.

Als er das Licht löschte, warf er noch einen Blick durch das Fenster neben der Tür. Plötzlich sah er eine Gestalt in einem flatternden weißen Hemd an seinem Container vorbeihuschen. Es war Lotti, die Kopfhörer trug und zu einer unhörbaren Musik in dem mondhellen Hof tanzte.

19

Franka saß am nächsten Tag in der Schwarzen Halle und dachte angestrengt nach. Nach ihrem gestrigen Besuch bei Jan deutete vieles darauf hin, dass der Mord an Bea Hanstetten vielleicht etwas mit den geheimen Geschäften der Hanstetten AG in Estland zu tun haben könnte. Natürlich war es bloß eine Vermutung, aber trotzdem wollte sie der Sache nachgehen. Sie musste noch heute mit Braun über die neuen Informationen reden. Aber sie konnte ihm natürlich keine Mail schicken, das wäre viel zu riskant. Schließlich hatte sich Jan die Informationen illegal besorgt. Im Moment vermisste sie das Pingpong-Brainstorming mit Braun, wenn eine Theorie hin und her flog, um von der nächsten abgelöst zu werden.

„Hat Jan etwas Neues herausbekommen?", fragte ihr junger Kollege Timo neugierig, der gerade zwischen den Schreibtischen in dem Großraumbüro auftauchte.

„Worüber denn?" Franka stellte sich unwissend.

„Na, im Zusammenhang mit dem Mordfall oben in

Tallinn. Du hast gestern doch von einer möglichen Querverbindung zu den Geschäften der Hanstetten AG gesprochen."

„Er arbeitet noch daran. Bisher haben wir nur das Übliche gefunden", wich Franka der Frage aus. Sie wollte auf gar keinen Fall Timo in die Angelegenheit mit hineinziehen. Aber sie musste mit Braun darüber sprechen. Deshalb griff sie nach ihrem Handy und ging nach draußen.

„Braun, ich höre." Brauns Stimme klang verzerrt aus dem Lautsprecher. Dazwischen dröhnte eine merkwürdige Hintergrundmusik, die das Verstehen zusätzlich erschwerte.

„Braun, kannst du bitte deine Musik abdrehen."

„Ich dachte, du magst diesen Sound am Morgen", erwiderte Braun.

„Ist mir zu anstrengend", sagte Franka bestimmt. Endlich war es still und Franka konnte in Ruhe weiterreden.

„Ich war gestern bei Jan. Er hat da eine interessante Sache im Netz entdeckt, die vielleicht etwas mit dem Mord an Bea Hanstetten zu tun haben könnte."

„Leg los."

„Von der Hanstetten AG ging eine große Waffenlieferung nach Estland. Das Interessante daran ist, dass die Waffen nicht in den offiziellen Ausfuhrpapieren aufscheinen, sondern nur in einem geheimen Dokument."

„Das ist in der Tat sehr ungewöhnlich", gab ihr Braun recht. „Glaubst du, dass es sich um einen illegalen Waffendeal mit Estland handelt?", fragte Franka.

„Ich denke da ein bisschen weiter", erwiderte Braun. „Der Partner von Ulf Hanstetten in Estland ist russischer

Abstammung. Könnte gut sein, dass die Waffen geheim nach Russland gelangen sollen."

„Um so die Sanktionen der EU gegen Russland zu unterlaufen", ergänzte Franka. „Es gibt nur ein kleines Problem", sagte sie nach einem kurzen Zögern.

„Ach, und welches?"

„Jan hat sich die Daten auf nicht legale Weise besorgt. Ich kann sie deshalb nicht verwenden", sagte Franka.

„Ich treffe heute diesen Gotan Danilowitsch. Mal schauen, was das für ein Typ ist."

„Was soll ich in der Zwischenzeit tun?"

„Du unternimmst in diesem Fall gar nichts", sagte Braun.

„Mann, das ist jetzt nicht dein Ernst."

Franka hasste es, wenn sie zur Untätigkeit verurteilt war. Am liebsten wäre sie zu Elena Kafka gegangen und hätte ihr die neuen Erkenntnisse präsentiert. Aber dann hätte sie sofort eine interne Ermittlung am Hals gehabt und das wirkte sich sicher nicht positiv auf ihre weitere Karriere aus.

„Nochmals, Franka. Du hältst dich aus der Sache heraus. Das ist viel zu gefährlich. Außerdem fehlen uns die Beweise. Für uns hat die Mordaufklärung höchste Priorität. Wenn wir dabei auch einen illegalen Waffendeal auffliegen lassen, umso besser."

„Glaubst du, dass es einen Zusammenhang mit dem Mord an Bea gibt?", fragte sie.

„Es gibt keinen offensichtlichen Grund, dass jemand Bea wegen der Geschäfte der Hanstetten AG ermordet hat. Deshalb schließe ich ein Motiv in dieser Richtung fürs Erste aus", antwortete Braun.

Freundin der verschwundenen Zoe ist. Auch sie ist ein Au-Pair. Das passt doch wunderbar zusammen."

„Hast du den Namen und die Adresse dieser Freundin?", fragte Braun.

„Leider nur den Vornamen. Sie heißt Caro. Ich habe sie im Foorum getroffen."

„Das ist ein Shoppingcenter am Rand der Altstadt", ergänzte Yrsa. „Dort trifft man irgendwann auf jeden, besonders wenn das Wetter schlecht ist."

„Wie können wir diese Caro finden?", fragte er Arto.

„Das wird schwierig. Ich habe die beiden kleinen Kinder ihrer Gastfamilie aufgegabelt und bin so mit Caro ins Gespräch gekommen. Ehe ich sie nach ihrem Nachnamen und ihrer Adresse fragen konnte, war sie auch schon wieder weg."

„Das heißt, wir haben nur den Namen Caro, aber nichts weiter", murmelte Braun enttäuscht. „Gibt es ein Verzeichnis der Au-Pairs hier in Estland?", wandte er sich an Yrsa.

„Nein, das würde zu weit führen. Dann wären wir ja ein richtiger Überwachungsstaat. Und das wollen wir auf gar keinen Fall sein. Das haben wir unter der russischen Besatzung jahrzehntelang gehabt."

„Du bist doch gar nicht so alt, dass du das so richtig mitbekommen hast", meinte Braun.

„Aber ich kenne unsere Geschichte und daraus müssen wir Esten lernen", antwortete Yrsa.

„Bea Hanstetten war vierzehn Tage verschwunden, bevor ihre Leiche gefunden wurde, das hat ihre Gastfamilie bestätigt. Ich denke, unser Mörder arbeitet nach einem

„O.K., das war auch schon alles“, sagte Franka. „Wie sind übrigens die Kollegen in Estland?“

„Tja, der zuständige Kommissar Arto Kaukonen ist ganz in Ordnung“, meinte Braun ausweichend.

„Was heißt ganz in Ordnung?“, fragte Franka. „Stimmt was nicht mit ihm?“

„Ich bin mir darüber noch nicht im Klaren“, sagte Braun. „Ich muss jetzt Schluss machen. Arto kommt mich abholen.“

Gerade als Franka Braun sagen wollte, dass sie seine unkonventionelle Vorgehensweise vermisste, trennte Braun ohne Verabschiedung die Verbindung. Franka war wieder allein in ihrem schwarzen Universum des Verbrechens.

20

Die Villa von Gotan Danilowitsch hatte früher einmal dem Leibarzt von Zar Nikolaus dem Ersten gehört. Es war ein verspieltes Holzhaus mit Erkern und Türmchen. Eine breite Holztreppe führte zum Strand, den man über einen ebenfalls hölzernen Steg bequem erreichen konnte.

„Es ist vergeudete Zeit", sagte Arto, als sie auf der Straße parkten, um über den Strand auf das Grundstück zu gelangen. „Gotan Danilowitsch wird nichts Neues zu dem Fall beitragen. Er war zur Tatzeit auch gar nicht in Tallinn."

„Du klingst fast wie sein Anwalt, Arto. Ich habe ihn noch gar nicht verdächtigt", sagte Braun. Sein Gefühl, dass etwas mit Arto nicht stimmte, hatte sich am Morgen verstärkt. Arto wirkte hektisch und fahrig, presste immer weder die Fingerspitzen an seine Schläfen und murmelte „Alles wird gut" vor sich hin.

„Ich wollte nur darauf hinweisen, dass die Befragung

nichts bringen wird", meinte Arto kurz angebunden und öffnete ein niedriges Holztor. Über den breiten Plankenweg gingen sie auf die Villa zu. Plötzlich tauchte wie aus dem Nichts ein Mann in einem glitzernden, schwarzen Trainingsanzug auf und platzierte sich mit vor der Brust verschränkten Armen auf der Treppe. Einen Teil seines Gesichts bedeckte eine Spinnennetz-Tätowierung.

„Was wollt ihr?", fragte er mit finsterer Miene.

„Tut mir leid, dich zu stören", antwortete Arto fahrig. „Wir möchten gerne mit Gotan Danilowitsch reden."

„Worum geht es?" Der Bodyguard machte keinerlei Anstalten, zur Seite zu gehen.

„Wir haben nur noch ein paar Fragen wegen des toten Au-Pair-Mädchens."

„Verpisst euch!"

Braun atmete tief durch. Egal ob in Österreich oder jetzt hier, immer gab es Typen, die Ärger machten. So wie dieser. Er befand sich zwar in einem fremden Land, tat aber nur seine Arbeit. Und Braun hielt überhaupt nichts von Leuten, die sich einfach nur groß aufspielten.

„Hast du nicht gehört? Wir sind die Polizei und wollen mit Gotan Danilowitsch sprechen. Oder sollen wir ihn ins Polizeipräsidium vorladen?", mischte sich jetzt Braun in das Gerede ein.

„Vorladen? Sag, spinnst du? Unser Boss lädt dich gleich vor!" Der Bodyguard lachte laut auf und schubste Braun von der Treppe weg.

„Das reicht jetzt." Braun trat einen Schritt nach vorn. Der Bodyguard stand drei Stufen höher und war auf Brauns Hände konzentriert. Doch Braun bückte sich und fasste blitzschnell den Knöchel des Mannes. Ruckartig riss er ihn hoch, der Mann fiel und krachte mit dem Kopf auf die Treppe. Ehe er sich hochrappeln konnte, stand Braun schon vor ihm und packte seinen Fuß.

„Ruhig bleiben, sonst breche ich dir den Knöchel, Spiderman“, zischte er.

„Braun, mach keinen Stress“, sagte Arto und tippte Braun auf die Schulter. „Wir wollen nur mit Gotan reden. Mehr nicht“, wandte er sich an den Leibwächter.

Auch Braun entspannte sich wieder, er trat einige Schritte zurück und ließ den Bodyguard aufstehen.

„Das hat ein Nachspiel“, fluchte der Spinnenmann. „Du hast mich tätlich angegriffen.“

„Es war Notwehr“, mischte sich Arto ein. „Ich habe es ganz deutlich gesehen.“

„Was ist los? Wozu die ganze Aufregung?“

Ein Mann in einem weißen Hemd und einer schwarzen Hose, an deren Seiten Hosenträger baumelten, trat auf die Veranda und breitete die Arme aus. „Arto, bring doch deinen Kollegen nach oben. Es geht sicher um unser ermordetes Au-Pair-Mädchen. Ich bin Gotan Danilowitsch.“

Er machte eine einladende Handbewegung und stieß mit einem Schwung die Terrassentüren auf. Obwohl der Salon große Fenster hatte, wirkte er düster. Das lag an den schweren dunklen Möbeln und den zahlreichen Ikonen, die an den Wänden hingen und dem Raum eine erdrückende Atmosphäre verliehen.

„Meine Frau ist sehr religiös“, sagte Gotan, der das überraschte Gesicht von Braun bemerkte. „Sie hat fast für jeden Tag einen Heiligen an der Wand hängen.“

Mit einem Seufzer ließ sich Gotan auf eine breite Chaiselongue fallen und winkte seinem Bodyguard.

„Bring uns mein frisches Quellwasser." Dann drehte er sich zu Braun und Arto.

„Arto hat mir gar nicht gesagt, dass sich jetzt auch die österreichische Polizei für das tote Mädchen interessiert", sagte Gotan und beugte sich vor. „Wie gefällt es Ihnen hier in Tallinn?"

„Ich bin nicht auf Urlaub hier", brummte Braun und betrachtete Gotan, der sich seinen schwarzen Bart strich. Braun war sich nicht sicher, hatte aber den Eindruck, als wäre Gotan jener Mann gewesen, den er gestern Abend am Kanal gesehen hatte.

„Natürlich nicht. Was möchten Sie wissen?", sagte Gotan und betrachtete seine sauber manikürten Fingernägel. „Ich habe allerdings Arto schon alles gesagt, was ich weiß. Das stimmt doch, Arto?", sagte Gotan zu Arto, der verlegen nickte. Für Braun war es offensichtlich, dass sich Arto und Gotan kannten. Und diese Bekanntschaft hatte sicher mit den dubiosen Geschäften von Arto zu tun, denn sonst wäre er nicht den ganzen Morgen über so nervös gewesen.

„In welcher Beziehung standen Sie zu Bea Hanstetten?", fragte Braun.

„Beziehung? Bea war das Au-Pair meiner Jungs. Das ist auch schon alles."

„Kann es sein, dass Ihre Konkurrenz etwas mit dem Tod von Bea zu tun hat?" Braun achtete genau auf die Reaktion von Gotan, aber er zeigte keinerlei Regung, hatte sich meisterlich unter Kontrolle.

„Der Handel mit Waffen ist immer gefährlich, aber

dann würde man wohl eher meine Jungs entführen als ein wertloses Au-Pair-Mädchen“, meinte Gotan zynisch.

„Immerhin war Bea die Tochter Ihres vermögenden Geschäftspartners Ulf Hanstetten.“

„Trotzdem ist das ausgeschlossen“, sagte Gotan dezidiert.

„O. K., andere Frage: Waren Freunde von ihr mal hier in dieser Villa?“, wechselte Braun das Thema.

„Ja, zwei andere Mädchen waren manchmal hier. Dann ging es ziemlich hoch her.“

„Kannten Sie diese beiden Mädchen gut?“

„Kennen ist zu viel gesagt.“ Gotan spielte mit seinen Hosenträgern und ließ den Gummi vor und zurück schnalzen. „Sie waren eben Freundinnen von Bea. Da haben wir ab und zu gemeinsam einen Drink auf der Terrasse genommen. Aber das habe ich dir bereits alles gesagt, Arto.“

„Von den Mädchen haben wir nicht geredet“, widersprach Arto und blickte zu Boden.

„Na, dann habe ich mich wohl getäuscht.“

„Waren auch andere Gäste dabei? Zum Beispiel Geschäftspartner oder Kunden?“, fragte Braun.

„Ja, sicher, wir sind ein gastfreundliches Haus.“

„Wer waren diese Kunden?“

„An deren Namen kann ich mich nicht mehr erinnern.“

Gotan blickte gelangweilt von Arto zu Braun. Brauns Bauchgefühl sagte ihm, dass zwischen Gotan und den Mädchen mehr gewesen war als nur unverfängliche Drinks auf der Terrasse.

„Wissen Sie, was mich verwundert?“, sagte er und ließ Gotan nicht aus den Augen.

„Nein, aber Sie werden es mir gleich sagen.“

„Sie feiern eine Party hier und kennen nicht einmal die Namen der Gäste, die Sie einladen."

„Das kann passieren, wenn man zu viel Wodka trinkt." Gotan lächelte süffisant.

„Das war auch schon alles", sagte Braun, der merkte, dass er bei Gotan so nicht mehr weiterkommen würde. Aber es war gut, dass er ihn persönlich kennengelernt hatte. Braun hatte schon oft mit dieser Sorte Mensch zu tun gehabt. Menschen, die glauben, sich mit Geld alles kaufen zu können. Für die es keine moralischen Schranken gab – Menschen, die sich für Gott hielten.

„Können wir uns das Zimmer von Bea anschauen?", fragte er, während er aufstand.

„Aber natürlich können Sie das Zimmer sehen", sagte Gotan und wirkte zum ersten Mal irritiert.

In diesem Moment erschien der Bodyguard mit einem Tablett, auf dem eine mit Eis beschlagene Kristallflasche und drei Gläser standen. „Aber zuvor genehmigen wir uns noch ein Glas pures Wasser aus dem Himalaya." Gotan schnippte mit den Fingern und der Bodyguard füllte die Gläser.

„Trinken wir auf Ihren erfolgreichen Aufenthalt in unserem schönen Estland", sagte Gotan zu Braun.

„Die Zeiten haben sich auch geändert. Früher gab es doch immer Wodka bei den Russen. Ich finde, wir sollten auf das Glück trinken. Das Glück, das uns hilft, den Mörder von Bea zu finden."

„Auch gut", meinte Gotan und leerte sein Glas auf ex. „Jetzt zeigt Ihnen Oleg Beas Zimmer. Wenn Sie mich brauchen, ich bin hier."

Durch eine große Schiebetür gingen Braun und Arto

hinter Oleg, dem Bodyguard, nach draußen in einen Korridor. Auch hier waren die Wände mit Ikonen vollgehängt. Unter einigen der Bilder standen kleine Gefäße mit Räucherstäbchen, die einen süßlichen Geruch verströmten und das Atmen erschwerten. „Kannten Sie Bea?“, fragte Braun den Bodyguard, während sie durch den Korridor gingen.

„Halt bloß die Fresse, du Arschloch“, murmelte der Bodyguard auf Estnisch.

„Was hat er gesagt?“ Braun blickte Arto fragend an.

„Er meinte, dass er sie nur vom Sehen kannte“, übersetzte Arto, ohne mit der Wimper zu zucken.

„Du lügst!“

„Wieso denn? Ich dachte, du kannst kein Estnisch?“ Arto machte ein verblüfftes Gesicht.

„Meine Exfrau war Finnin. Deshalb verstehe ich auch ein wenig Estnisch“, erwiderte Braun. „Also überlege dir in Zukunft, ob du mich belügst.“

Vor einer schmalen Tür blieb der Bodyguard stehen.

„Da ist es.“

Braun öffnete die Tür und beide traten ein.

„Oleg, bleib draußen“, sagte Arto und schob den Bodyguard zurück.

Das Zimmer von Bea war groß und hell. Vom Fenster aus sah man nur Sand und dahinter ein wenig Himmel. Der ständige Wind hatte eine Sanddüne vor dem Fenster aufgetürmt, und niemand hatte Lust gehabt, den angetriebenen Sand wegzuschaufeln. Es gab ein Bett, einen Schrank und einen Schreibtisch mit einem Stuhl davor. In zwei Ecken standen hochwertige Bluetooth-Lautsprecher auf dem Boden. An den Wänden hingen Poster der finnischen

Metal-Band Nightwish und der schwedischen Gothic-Musikerin Anna von Hausswolff.

„Hast du das Zimmer von Bea nicht durchsucht, nachdem die Leiche gefunden wurde?“, fragte Braun.

„Doch, aber nur oberflächlich. Es bestand keine Notwendigkeit.“

„Was heißt keine Notwendigkeit?“, sagte Braun genervt. „Hier kann es durchaus einen Hinweis auf ihren Mörder geben.“

„Mir ist nichts aufgefallen.“

„Dann lass mich jetzt allein.“ Braun hielt Arto zurück, der weiter in das Zimmer hineingehen wollte. „Ich möchte zunächst die Atmosphäre des Raumes auf mich wirken lassen.“

Blitzschnell scannte Braun das Zimmer. Der erste Eindruck war immer der entscheidende. Ehe sich das Auge an den Raum gewöhnt, entdeckt man viele Dinge, die nicht zusammenpassen. So war es auch hier.

„Der Schreibtisch sieht irgendwie merkwürdig aus.“ Braun blickte zu Arto, doch dieser zuckte nur verständnislos mit den Schultern. „Hast du ihn bei der Durchsuchung verstellt?“

„Nein, wieso? Der stand direkt an der Wand, so wie jetzt eben.“

„Stimmt, aber er steht schräg zu den beiden Soundboxen in den Ecken.“ Braun wies auf die Designlautsprecher.

„Ich kann dir jetzt nicht folgen, Braun. Was willst du damit sagen?“

„Wenn Bea so an ihrem Schreibtisch saß, wurde der Klang verfälscht.“

„Bist du noch bei Trost, Braun? Ich habe ja viel über deine exzentrischen Ermittlungen gehört, aber das ist komplett abgedreht."

„Sehen wir einmal nach, ob ich recht habe", antwortete Braun ungerührt. „Wenn sich jemand so teure Boxen leistet, dann will er auch den Klang erleben." Er ging auf den Schreibtisch zu und rückte ihn von der Wand ab, stellte ihn so, dass der Sound direkt von beiden Seiten darauf treffen würde. „So steht er richtig."

„Bist du jetzt Interior-Designer oder was?", fragte Arto ratlos.

„Nein, ich ermittle." Braun deutete auf die Wand, von der er den Schreibtisch abgerückt hatte. „Siehst du jetzt, was ich meine? Der Schreibtisch sollte das hier verbergen." Er deutete auf eine blinde Steckdose, die mit einem Deckel verschlossen war. Auf den ersten Blick war sie nicht zu erkennen. „Mal sehen, was wir dahinter entdecken."

Braun riss den Deckel herunter und langte in die Öffnung. Schnell wurde er fündig. Er zog eine Plastiktüte und einen zusammengeknüllten Flyer hervor. „Was mag das wohl sein?", fragte Braun und hielt das Plastiktütchen gegen das Licht. „Ich tippe auf Crystal Meth."

„Du hast recht. Es sind Kristalle", meinte Arto, als er das Tütchen ebenfalls überprüft hatte. „Verdammt, das Mädchen war ein Junkie."

„Oder sie dealte mit dem Zeugs", murmelte Braun. „Ich frage mich nur, warum sie auch diesen Flyer versteckt hat."

„Zeig mal her." Arto nahm Braun den Flyer aus der Hand und studierte die Schrift. „Das ist eine Surfer-Bar drunten am Strand. Ich war schon einmal dort. Ist ein angesagter Jugendtreff."

„Soso, Bea interessierte sich also fürs Surfen. Aber da steckt noch etwas anderes dahinter. Sonst würde sie den Flyer nicht an einem sicheren Ort aufbewahren. Vielleicht findet sie in der Strandbar ihre Kunden oder ihren Dealer."

„Da könnte etwas dran sein", meinte Arto.

Braun ging zum Schrank und öffnete die Tür. Vorsichtig schob er die wenigen Kleider und Blusen zur Seite. Auf dem Boden standen Schuhe und eine abgenutzte Pappschachtel. Braun öffnete den Deckel und stieß einen leisen Pfiff aus.

„Was ist?", fragte Arto.

„Sieh dir das einmal an." Braun drehte sich um und hielt Arto einen durchsichtigen BH und ein Höschen entgegen. „Der Slip hat an der richtigen Stelle einen Schlitz."

„Ja, das habe ich schon gesehen. Was gefällt dir daran nicht, Braun?"

„Mir gefällt nicht, dass überall noch die Etiketten daran hängen."

„Na, sie wird die Wäsche eben neu gekauft haben und ist nicht mehr dazu gekommen, sie zu tragen", schlussfolgerte Arto.

„Oder jemand hat ihr diese Reizwäsche geschenkt und Bea fand das zu aufdringlich. Yrsa soll bei der Boutique nachfragen, wer das gekauft hat."

„Werde ich ihr sagen." Arto nickte zustimmend.

„Ich glaube, mehr finden wir hier nicht." Braun wandte sich zum Gehen.

Mit dem Säckchen Crystal Meth und der Schachtel voll Reizwäsche gingen Braun und Arto wieder zurück in den Salon. Gotan saß jetzt mit seinen zwei kleinen Jungen auf der Couch, und alle drei spielten ein brutales Video-Game, das auf dem riesigen Flachbildschirm lief.

„Das haben wir im Zimmer von Bea gefunden", sagte Braun und hielt Gotan die Plastiktüte mit dem Crystal Meth entgegen. „Haben Sie davon gewusst?"

„Darum war sie also immer so gut drauf", meinte Gotan ohne sonderliches Interesse. „Nein, ich hatte keine Ahnung, dass sie dieses Zeugs nimmt."

„Papi, das ist doch das Geschenk, das du Bea gegeben hast", rief plötzlich einer der Jungs aufgeregt und deutete auf die Schachtel, aus der ein schwarzer Slip lugte.

„Halt bloß den Mund!" Gotan gab seinem Sohn eine Kopfnuss und drehte sich zu Braun. „Der Junge redet nur Blödsinn. Die Videospiele machen ihn ganz meschugge."

„Haben Sie Bea diese Reizwäsche geschenkt?", fragte Braun. „Musste sie die vor Ihnen tragen?"

„Arto, was will dieser fremde Polizist mit seinen Fragen? Sehe ich so aus, als wäre ich pervers? Bin ich etwa verdächtig?", beschwerte sich Gotan.

„Das ist keine Antwort auf meine Frage." Braun ließ sich nicht beirren.

„Was soll der Unfug! Nein, ich habe Bea keine Reizwäsche geschenkt", sagte Gotan mit einem finsteren Blick zu Braun.

„Schockiert Sie das gar nicht, dass Ihr Au-Pair vielleicht Drogen genommen hat?", wollte Braun wissen.

„Die Jungs hatten ihren Spaß mit Bea. An ihrer Arbeit gab es nichts auszusetzen. Was sie in ihrer Freizeit gemacht hat, war schließlich ihr Problem. Sonst noch Fragen?"

„Nein, das war's für den Moment", sagte Braun. Ehe er

hinausging, drehte er sich noch einmal zu Gotan um. „Wo ist eigentlich Ihre Frau? Ich habe sie nicht gesehen."

„Meine Frau ist zur Kur in der Schweiz. Das war alles zu viel für ihre zartbesaitete Seele. Sie kommt zurück, wenn wir ein neues Au-Pair haben."

Als Braun und Arto schon auf der Terrasse standen, rief ihnen Gotan noch hinterher: „Wir sehen uns heute Abend um zehn Uhr im Las Vegas Club, Arto. Und sei pünktlich."

Überrascht warf Braun Arto einen Blick zu, doch dieser winkte mit der Hand ab.

„Es ist nicht so, wie du denkst, Braun."

„Wie denke ich denn?"

„Du glaubst, ich nehme Kohle von Gotan."

„Und tust du es?"

„Ja, verdammt. Ich arbeite aber dafür. Ich bin abends der Türsteher im Club und sorge auch drinnen für Ordnung. Dafür werde ich bezahlt. Das ist mein zweiter Job. Von dem Gehalt als Kommissar kann ich schließlich nicht leben. Yrsa zum Beispiel fährt nachts Taxi. Hier muss jeder sehen, wie er über die Runden kommt."

„Das hättest du mir schon früher sagen müssen. Dann musst du doch Bea im Club gesehen haben."

„Nein, sie wäre mir sicher aufgefallen", sagte Arto. „Ich bin auch nicht jeden Tag dort."

„Ist klar. Aber du bist in diesem Fall nicht objektiv."

„Wie kommst du darauf?"

„Weil dich Gotan bezahlt. Deshalb warst du auch so nervös und wolltest nicht, dass ich ihm auf den Zahn fühle."

„Ich bin objektiv", flüsterte Arto und hielt sich wieder die Finger an die Schläfen. „Alles wird gut."

„Was hast du gesagt?“

„Nichts weiter. Ich bin nur enttäuscht, dass du mir nicht traust, Braun.“

„Das war nicht so gemeint, Arto“, lenkte Braun ein. „Mir geht es bloß darum, einen Mord aufzuklären. Alles andere ist mir scheißegal.“

21

Zoe liegt ohnmächtig auf den Fliesen oberhalb des Schwimmbeckens. Ihre Augen sind so weit nach oben gedreht, dass nur noch der weiße Augapfel sichtbar ist. Das Blut rund um die hochgenähten Lider ist bereits verkrustet.

Ihre blonden Haare sind noch immer nass. Aufgefächert wie die Strahlen einer Sonne kringeln sie sich auf den Fliesen. Ich knie neben ihr und streiche ihr über die Wange. Zuerst zart, dann bestimmter. Zum Schluss schlage ich ganz fest zu. Zoe erwacht aus ihrer Ohnmacht und schreit laut auf. Sie sieht mich und der Horror ist wieder präsent.

Wie ein hilfloses Insekt schlängelt sie sich auf dem Rücken weiter weg und wimmert leise vor sich hin. Ich hocke noch immer auf dem Boden und sehe ihr dabei zu. Zoe glaubt, dass sie fliehen kann, ohne dass ich sie aufhalte.

Eine Weile lasse ich sie in dem Glauben. Jetzt hat Zoe die Eingangstür erreicht. Langsam zieht sie sich an der

Wand hoch. Die Glasscheiben sind geborsten und die Sprünge laufen wie ein Spinnennetz über das Glas. Auch ich bin eine Spinne, die Zoe in ihrem Netz gefangen hat. Jetzt aber habe ich genug von ihren Fluchtversuchen.

Zoe versucht gerade, den Türgriff zu erreichen, als ich an der Winde drehe. Das Seil, mit dem ihre Beine zusammengebunden sind, strafft sich. Zoe stemmt die Fersen in den Boden, doch sie kann den Zug nicht aufhalten, sondern rutscht unerbittlich näher und näher. Mit einem leisen Aufstöhnen fällt sie über den Rand des Beckens hinunter in das Wasser. Ich stehe hinter ihr, als sie sich wieder aufrichtet. Fasse sie im Genick. Der Angriff ist so überraschend, dass sie sofort in die Knie geht. Erfüllt von traurigen Erinnerungen drücke ich ihr Gesicht unter Wasser.

Achtzehn Jahre früher … Mama verstaut das Tuch und die Kuchenreste in ihrem Bastkorb. Mein kleiner Bruder zappelt aufgeregt umher und schwingt sein Plastiksegelboot durch die Luft. Mamas Gesicht unter dem breitkrempigen Strohhut wirkt eingefallen. Als sie bemerkt, dass ich sie beobachte, lächelt sie zart.

„Hoffentlich hält das Wetter“, meint sie und deutet zum Horizont. „Sonst können wir nicht hinausfahren.“

Am Ende der Welt treibt sich eine dünne Wolkenbank herum, die aber noch harmlos aussieht.

„Ich will aber segeln“, mault mein Bruder und zieht einen Schmollmund.

„Aber natürlich segeln wir“, beruhigt ihn Mama.

„Soll ich vielleicht Papa holen?“, frage ich.

„Nein, den brauchen wir nicht. Du bist stark genug und kannst das Segel setzen. Heute ist unser Tag."

„Warum ist Malis nicht mit?", redet mein Bruder dazwischen.

„Malis ist bei Papa geblieben", antworte ich. „Warum eigentlich?"

„Malis ist euer Au-Pair-Mädchen. Papa ist freundlich, damit sie immer nett zu euch ist", erwidert Mama, ohne mich anzusehen.

„Was ist ein Au-Pair-Mädchen?", will mein Bruder wissen.

„Ein Au-Pair-Mädchen lebt bei ihrer Gastfamilie im Ausland und unterstützt sie bei der Kinderbetreuung und leichter Hausarbeit", erklärt es Mama.

„Sind wir ihre Gastfamilie?", fragt mein Bruder weiter.

„Ja, das sind wir." Mama nimmt den Strohhut ab und schüttelt den Kopf.

Ihr Haar ist brünett und leuchtet in der Sonne. Der Wind weht ihr eine Strähne ins Gesicht. Ich verstehe nicht, warum Papa das Blond von Malis so schön findet. Mir gefällt die Haarfarbe von Mama besser.

„Ich mag deine Haare", sage ich und springe hoch, um mit der Hand darüberzustreichen. „Nicht diese ausgebleichten Strähnen von Malis, die aussehen wie verdörrtes Gras."

Die Schrecken der Vergangenheit haben mit diesen Haaren zu tun.

Zoe hört auf, sich unter Wasser zu bewegen. Ich reiße sie am Nacken hoch. Schlage ihr auf den Rücken. Sie erbricht einen Schwall Wasser. Jetzt erst bemerkt sie, dass ich eine Schere in der Hand halte.

„Was machst du da?“, fragt Zoe und zuckt panisch zurück.

Ich antworte nicht, sondern lasse die Schere klappern. Auf und zu. Auf und zu. Mit jedem Mal kommen die Spitzen näher an Zoes Gesicht heran. Sie beginnt zu wimmern. Ihre hochgenähten Augenlider machen ihren Blick gespenstisch.

Ich greife nach einer Strähne ihres Haars. Reiße daran. Die Schere ist lang und spitz. Langsam schneide ich ihr die Haarsträhne ab. Dann noch eine. Lasse sie in das Wasser gleiten.

Zoe schreit laut wie ein Tier. Wirft den Kopf hin und her. Wir stehen bis zu den Hüften im Wasser. Verzweifelt versucht sie, ihre Hände freizubekommen. Schürft sich die Handgelenke blutig auf. Aber es gelingt ihr nicht.

„Du brauchst keine Haare mehr“, sage ich und schneide eine weitere Strähne ab. Dann noch eine. Ich schneide und schneide. Immer näher an den Schädel heran. Zoe schreit weiter und schlägt mit dem Kopf vor und zurück. Die Spitze der Schere ritzt ihre Kopfhaut. Blut beginnt zu fließen.

„Hilfe!“ Ruckartig reißt sie den Kopf nach oben. Die Schere ratscht über ihre Kopfhaut. Teilt die Haut. Blut rinnt über Zoes Hinterkopf.

Ich rücke ein Stückchen von Zoe ab, um sie im Ganzen betrachten zu können. Noch sind einige Strähnen übrig geblieben. Jetzt sieht Zoe aus, als würde sie an einer schweren Krankheit leiden. Jetzt ist sie nicht mehr das hübsche Mädchen, das ihm den Kopf verdreht. Das ihn ständig umgarnt, wenn sie spielerisch ihre blonden Haare nach hinten wirft. Ihm zulächelt. Jetzt ist sie hässlich und er würde sie keines Blickes würdigen. Er würde sie gar nicht bemerken und alles wäre anders. Zoe hätte eine Zukunft und müsste nicht sterben.

22

Kim starrte auf die Kernspin-Aufnahme, die Doktor Huber an die Leuchtwand geheftet hatte. Es war eine von oben gemachte Aufnahme ihres Kopfes, und Kim fand, dass ihr Gehirn wie eine Walnuss aussah.

„Der schwarze Schatten auf der rechten Seite ist der Tumor?“, fragte sie den Arzt, obwohl sie es genau wusste.

„Ja, das ist die Geschwulst und sie hat sich etwas ausgebreitet.“ Huber schüttelte überrascht den Kopf. „Im Grunde dürfte ich gar nicht mehr mit Ihnen reden.“

„Wieso nicht? Der Tumor ist doch nicht ansteckend.“

„Das meine ich nicht. Sie müssten schon längst tot sein. Ich verstehe das nicht“, sagte Huber ratlos.

„Soll ich mich jetzt umbringen, damit Sie es verstehen?“, schoss Kim giftig zurück, riss sich dann aber sofort wieder zusammen. „Tut mir leid.“

„Nein, nein, die Bemerkung war dumm von mir. Aber Sie sind einfach ein Phänomen.“

„Ich weiß. Jeden Morgen stehe ich auf und wundere mich, dass ich noch am Leben bin.“ Kim strich sich die blonden Haare aus dem Gesicht.

„Soll ich Sie noch einmal für eine Chemotherapie anmelden?“, fragte Huber vorsichtig.

„Nein, danke. Das letzte Mal hat mir gereicht.“ Kim schüttelte wild den Kopf und zerstrubbelte ihre Mähne. „Es ist ein angenehmes Gefühl, wenn die eigenen Haare durch die Luft fliegen.“

„Ich verstehe. Bei der letzten Bestrahlung haben Sie alle Haare verloren. Aber jetzt gibt es neue Behandlungsmöglichkeiten.“

„Ich sagte Nein. Jetzt fühle ich mich o. k. Ich nehme brav meine Tabletten, um den Kopfschmerz auszuhalten. Mehr Gift will ich nicht zu mir nehmen.“

„Was ist mit dem ‚weißen Rauschen‘? Kehrt es manchmal zurück?“

„Bisher kam es nur ein einziges Mal“, sagte Kim und dachte nach. Das weiße Rauschen war ein plötzlich auftretender rasender Kopfschmerz, der mit einem Brausen in den Ohren begann und sich wie eine Bildstörung über beide Augen legte. „Ich glaube, Samsa ist es bei mir zu langweilig geworden“, sagte sie mit einem leisen Lächeln.

„Samsa?“ Der Arzt blickte sie skeptisch an. „Ach richtig. So nennen Sie ja diesen Kopfschmerz, der Sie an das schabende Geräusch eines Käfers erinnert. So wie in der Erzählung …“

Den Rest des Satzes ließ Huber in der Luft hängen.

„Wie in der Erzählung ‚Die Verwandlung‘ von Franz Kafka“, ergänzte Kim.

„Richtig, die meinte ich.“

„Was soll ich weiter machen?“, fragte Kim und setzte sich wieder auf den beigen Lederstuhl vor dem Schreibtisch.

„Nichts. Genießen Sie einfach jeden Tag. Es kann Ihr letzter sein. Muten Sie sich keine schwierigen Aufgaben zu. Denken Sie nicht zu viel über Ihre Krankheit nach und seien Sie sparsam mit Ihrer Energie.“

„Wenn das alles so einfach wäre. Vor ein paar Tagen habe ich einem Mann zum ersten Mal gesagt, dass ich ihn liebe.“

„Das ist doch schön“, meinte der Arzt und rückte seine Brille zurecht. „Es ist ein gutes Gefühl, wenn man in Ihrem Zustand lieben kann, und es unterstützt Ihr Immunsystem.“

„Aber jetzt habe ich Angst vor dem Tod. Dieses Gefühl hatte ich früher nicht, als ich noch gesund war. Da war es mir egal, ob ich heute oder morgen sterbe. Ich fürchtete mich vor nichts und habe oft sinnlos in den Tag gelebt. Ich dachte immer: Wenn der Tod an die Tür klopft, dann öffne ich einfach nicht. Doch jetzt ist diese Vorstellung ein Horror. Der Tod klopft an, und ich bin zu schwach, um die Tür zuzudrücken. Er stößt sie auf und beendet mein Leben.“

Kim dachte an Braun und die Tage, die sie vor einiger Zeit in Venedig verbracht hatten. Zum ersten Mal seit Langem war sie richtig glücklich gewesen, und sie hatte auch das Gefühl gehabt, dass Braun glücklich war. Braun, der einsame Jäger für die Gerechtigkeit, hatte mit einem Mal Zukunftspläne für sie beide geschmiedet, obwohl er über ihren Gesundheitszustand Bescheid wusste.

„Tja, da kann ich Ihnen leider nicht helfen. Ich bin nur Mediziner und kein Therapeut.“ Huber setzte eine mitfühlende Miene auf. „Ich kann Ihnen aber Tabletten gegen Depressionen verschreiben."

„Danke. Darauf kann ich verzichten. Bei Stimmungsschwankungen rauche ich lieber einen Joint", antwortete Kim.

„Da haben Sie recht, ist sicher gesünder", nickte Huber. „Aber passen Sie auf, von wem Sie das Marihuana kaufen. Es ist viel schlechte Ware in Umlauf."

„Ich hole es mir immer aus Tschechien. Dort wird nichts verschnitten", sagte Kim. In Tschechien war der Verkauf und Besitz von Marihuana legal, deshalb gab es auch keine schlechte Ware und die Preise waren moderat. Mit Braun war sie einige Male dort gewesen und sie hatte sich einen kleinen Vorrat für zu Hause angelegt.

„Kommen Sie in drei Monaten wieder für eine neue MRT", sagte Huber und stand auf.

„Only lovers left alive", zitierte Kim einen Filmtitel und lächelte ebenfalls. Zumindest gelang ihr das für einen kurzen Moment.

Mit den Unterlagen in der Tasche ging Kim aus der Praxis. Draußen schien die Sonne und ein milder Wind wehte durch die Straße. Als Kim auf den Parkplatz kam, wo sie ihren Mini abgestellt hatte, sah sie eine schlaksige Person, die mit verschränkten Armen vorn am Kühler lehnte. Aus der Entfernung wirkte die Gestalt wie eine jüngere und hübschere Ausgabe von Braun. Es war sein Sohn Jimmy.

„Hallo, Jimmy, was machst du denn hier?", fragte Kim erstaunt.

„Ich habe deinen Wagen hier parken gesehen und dachte, ich warte auf dich", sagte Jimmy und gab Kim links und rechts ein Küsschen auf die Wangen. „Sieh mal, ich habe den Prospekt von dem Haus dabei." Jimmy griff in seine Umhängetasche und zog einen zusammengerollten Prospekt hervor. „Dieses Haus ist ideal", meinte er. „Es liegt direkt an der Donau und kostet nicht die Welt."

„Hast du nicht mit Braun bereits darüber gesprochen?", fragte Kim.

„Ach, du kennst doch Tony", sagte Jimmy mit einer abwehrenden Handbewegung. „Er war gestresst wegen dem Fall oben in Estland. Da konnte man nicht ordentlich mit ihm reden. Aber du bist sicher vernünftiger."

„Du willst also, dass Braun dieses Haus mietet?" Prüfend ließ sie den Blick über Jimmy gleiten. Jimmy sah mit seinen bald neunzehn Jahren gut aus. Er war groß und dünn und trug seine schwarzen, langen Haare zu einem Dutt oben auf dem Kopf zusammengedreht. Er hatte im letzten Jahr eine erstaunliche Entwicklung durchlaufen und sich prächtig herausgemacht. Davor war er in kriminelle Kreise geraten und hatte mehrmals knapp vor dem Totalabsturz gestanden. Dann war seine Freundin gestorben und das hatte aus dem Jungen einen Mann gemacht. Jetzt musste Kim darauf achten, Jimmy nicht zu enttäuschen.

„Hör mal zu, Jimmy", begann sie und setzte sich eine Sonnenbrille auf. „Wir können nicht über Brauns Kopf hinweg bestimmen. Das verstehst du doch?"

„Warum denn nicht?", widersprach Jimmy. „Er frisst dir aus der Hand."

„Das ist eine scheußliche Formulierung." Kim drehte sich zur Seite. „Glaubst du etwa, ich würde mit deinem Vater zusammen sein, wenn er mein Schoßhündchen wäre?"

„Entschuldige, Kim", beeilte sich Jimmy, zu relativieren.

„Ich habe das nicht so gemeint. Ich dachte nur, dass du ihn sicher leichter überreden könntest, das Haus zu mieten.“

„Was ist das überhaupt für ein Haus?“, sagte Kim. „Los, zeig schon her.“

Sie nahm den Prospekt und betrachtete die Bilder. Das Haus sah wirklich sehr idyllisch aus. Eine große Terrasse mit Blick direkt auf den Fluss, Obstbäume im Garten und mehrere große Zimmer mit riesigen Fenstern zur Donau.

„Stimmt, das Haus sieht toll aus“, sagte sie und gab Jimmy den Prospekt zurück. „Aber ich kann nicht ohne Braun entscheiden.“

„Wir können es uns doch mal unverbindlich ansehen.“ Jimmy ließ nicht locker.

„Wie willst du das Haus denn ansehen? Über den Zaun steigen oder was?“, fragte Kim.

„Aber nein, ich treffe die Maklerin dort“, meinte Jimmy grinsend.

„Du hast eine Maklerin zu dem Haus bestellt?“, wunderte sich Kim.

„Ja, in einer halben Stunde ist Besichtigungstermin. Wir müssen uns beeilen.“

„Hör mal, das ist aber ganz schön frech von dir“, meinte Kim und stieß Jimmy mit dem Ellbogen in die Seite. „Na gut, dann sehen wir uns das Haus einmal an.“

‚Warum tue ich das?‘, dachte Kim, während sie mit Jimmy in ihr Auto stieg. ‚Ich will keine Pläne für die Zukunft schmieden – oder doch?‘

„Du machst so ein trauriges Gesicht“, sagte Jimmy, als sie mit dem Mini aus der Stadt hinausfuhren.

„Ich denke über ein Buchprojekt nach“, log Kim, um Jimmy nicht die Freude zu verderben.

Sie fuhren eine Weile auf einer schnurgeraden Straße an der Donau entlang.

„Hier musst du rechts abbiegen." Jimmy deutete mit der Hand zu einer schmalen Straße, die in einem scharfen Knick steil bis zum Flussufer hinunterführte. „Da ist es", rief er und hüpfte aufgeregt auf seinem Sitz auf und nieder. „Du kannst am Wegrand hinter dem Wagen der Maklerin parken."

Eilig stieg Jimmy aus und Kim folgte ihm. Sie schirmte ihre Augen mit der Hand ab, um gegen das grelle Sonnenlicht etwas zu erkennen. Ja, das Haus war wirklich schön gelegen. Durch ein Spalier mit Obstbäumen gelangte man auf eine kleine Wiese, die sanft zum Wasser hin abfiel. Die Terrasse stand auf Stelzen und ragte beinahe in den Fluss hinein. Das Untergeschoss war aus massivem Stein und die beiden Stockwerke darüber aus Holz. Über eine schmale Steintreppe gelangte man zu dem Haupteingang. Die Maklerin pries die Vorteile an, doch die Worte rauschten an Kim vorbei. Zum Glück erhielt die Maklerin einen Anruf und Jimmy und sie konnten sich das Haus allein ansehen.

Das Innere des ersten Stocks war ein einziges großes Zimmer, das sich zur Terrasse hin öffnete. Sonnenlicht flutete den Raum und der Blick auf die vorbeiziehenden Donauschiffe war spektakulär. Kim spürte einen Kloß im Hals und das Pochen an ihren Schläfen wurde stärker. Daran war nur dieses verdammte Haus schuld. Es war so schön und ideal für ein gemeinsames Leben mit Braun.

Wie ein kleiner Junge rannte Jimmy durch alle Räume, öffnete Fenster, klopfte gegen die Wände und redete davon, wie er die Zimmer einrichten würde.

‚Ob Braun in seiner Jugend auch so dynamisch gewesen

ist?', dachte sie. Die vielen grässlichen Morde, mit denen er sich befassen musste, hatten seine Persönlichkeit sicher verändert, und die raue Schale seiner Seele wurde immer härter.

Kim verdrängte die Gedanken, denn sie spürte, dass ihre Kopfschmerzen wieder stärker wurden, und setzte sich auf die Treppe, die in den oberen Stock führte.

„Na, habe ich dir zu viel versprochen?“, fragte Jimmy.

„Wie? Was?“ Kim schreckte hoch und verzog den Mund zu einem Lächeln. „Ja, das Haus ist wirklich sehr schön.“

„Dann wirst du Tony davon überzeugen, dass wir es mieten oder noch besser kaufen?“

„Aber wir haben doch gar nicht so viel Geld“, sagte Kim.

„Ach, das kriegen wir schon hin. In zwanzig Jahren ist alles abbezahlt“, meinte Jimmy unbekümmert.

„In zwanzig Jahren?“ Kim atmete tief durch, dann stand sie langsam auf. Sollte sie Jimmy sagen, dass sie in zwanzig Jahren höchstwahrscheinlich bereits tot war? Dass sie vielleicht sogar dieses Jahr nicht überleben würde? Nein, das ging den Jungen nichts an. Das war eine Sache zwischen ihr und Braun. Trotzdem musste sie jetzt eine Entscheidung treffen.

„Aber natürlich können wir das Haus auch langfristig mieten“, insistierte Jimmy. „Wir leben hier wie eine richtige Familie. Tony wird das sicher auch gefallen.“

„Ich habe Kopfschmerzen, Jimmy. Können wir wieder gehen?“, sagte Kim erschöpft.

„Willst du dir nicht das obere Stockwerk und den Garten ansehen?“

„Nein, Jimmy. Das will ich nicht.“ Kim presste die

Handballen an ihre Schläfen. Sie kannte dieses Pochen. Immer wenn der Kopfschmerz unerträglich wurde, kehrte das weiße Rauschen zurück.

„Ich werde mit Braun weder hier noch irgendwo anders zusammenleben. Das wird niemals möglich sein.“

23

Eine Sturmmöwe war auf dem Glaswürfel der Polizeidirektion gelandet und blickte durch die Dachfenster neugierig in das Innere. Von ihrem Standort aus konnte sie vier Personen sehen, die an einem Tisch saßen und heftig diskutierten. Eine Unmenge von Papieren, Fotos und Ordnern lagen vor ihnen und auf einer Glaswand liefen abwechselnd Videos von verschiedenen Überwachungskameras.

„Was ist das für ein Vogel?", fragte Braun und deutete nach oben. Nach ihrem Besuch bei Gotan Danilowitsch waren er und Arto wieder in die Polizeidirektion zurückgekehrt.

„Das ist eine Sturmmöwe. Die kommen in die Stadt geflogen, wenn sich draußen auf dem Meer ein Sturm zusammenbraut", erklärte ihm Yrsa.

„Aber es ist doch blauer Himmel."

„Am Meer kann sich das Wetter immer ganz schnell ändern."

„So wie alles im Leben“, gab sich Braun philosophisch und widmete sich dann wieder seinen Unterlagen. Arto und Nils hatten alle verfügbaren Informationen gesammelt, um die letzten Tage von Bea Hanstetten zu rekonstruieren. Yrsa entwarf dazu ein Zeitraster, das sie neben die Videos auf die Glaswand projizierte.

„Bea ist nach ihrem Besuch in der Strandbar noch in der Stadt gewesen“, rekapitulierte Arto. „Es gibt einige Aufnahmen von Überwachungskameras.“

Yrsa öffnete ein Fenster auf ihrem Computer und streamte die Videos auf die große Tafel. Schemenhaft sah man Bea durch die engen Straßen der Altstadt flanieren. Aber auf den Videos war nichts Auffälliges zu entdecken.

„Was haben wir sonst noch?“, fragte Braun. „Hat die Suche nach ihrem Freund schon etwas ergeben? Hat jemand den Mann auf dem Phantombild erkannt?“

„Wir haben das Phantombild durch unsere Online-Kanäle veröffentlicht. Aber bisher leider ohne Resonanz“, meinte Yrsa. „Die Computerzeichnung ist auch sehr unpräzise. So sehen eine ganze Menge junger Männer in Tallinn aus.“

„Stimmt. Da hast du sicher recht“, meinte Braun und schaute von der Phantomskizze zu Arto. „Das könntest auch du sein“, meinte er dann.

„Wie Yrsa ja gesagt hat, es könnte fast jeder sein“, brummte Arto. „Die Zeugin war wohl nicht sehr brauchbar.“

„Das war Helene, die Schwester von Bea. Die beiden Frauen waren im Las Vegas Club. Dort hat Helene den Freund von Bea kurz gesehen. Du hast sie nicht bemerkt?“, sagte Braun und warf Arto einen Blick zu.

„Sind mir nicht aufgefallen. Eine junge Frau wie Bea wäre mir nicht entgangen."

„Ich habe da noch etwas Interessantes auf den Überwachungskameras gefunden." Nils spielte das File auf die Glaswand. Das Logo des „Las Vegas Clubs" tauchte kurz auf, dann sah man Bea am Eingang stehen und mit jemandem reden. Braun stellte sich vor die Glaswand.

„Fahr einmal ungefähr drei Sekunden zurück", sagte er zu Nils und trat noch näher an die Wand heran. „Und jetzt Stopp!" Mit seiner Nasenspitze berührte Braun beinahe die Glaswand.

„Was siehst du?", fragte Yrsa.

„Kannst du den Ausschnitt vergrößern?"

„Ich kann das Bild nicht noch weiter aufblasen. Dann kann man nichts mehr erkennen", meinte Nils.

„Bea unterhält sich mit jemandem. Aber die Gestalt steht im Schatten." Braun klopfte mit den Fingerspitzen auf die Glaswand. „Scheiße, sonst hätten wir einen Zeugen, der sie an ihrem letzten Abend gesehen hat."

„Das war an meinem freien Tag", meinte Arto. „Da macht Oleg mit dem Spinnentattoo die Tür."

„Vielleicht gibt es auch Kameras in dem Las Vegas Club", warf Nils ein.

„Nein, drinnen befinden sich keine. Nur für die Toiletten und den Hintereingang", sagte Arto.

„Scheiße", murmelte Braun und drehte sich zu Arto. „Dir ist Bea also nie aufgefallen? Denk genau nach. Ein hübsches Mädchen aus Österreich. So viele davon gibt es doch sicher nicht in Tallinn."

„Worauf willst du hinaus, Braun? Ich kann nicht jedes Mädchen kennen. Nur zu deiner Information: Im Sommer gibt es verdammt viele ausländische Mädchen in dem Club. Tallinn ist nicht mehr der finstere Ostblock, sondern eine moderne, pulsierende, junge Stadt."

„Da hat Arto recht", verteidigte ihn jetzt auch Yrsa. „Es kommen Hunderte von Touristen jeden Tag mit den Fähren aus Schweden und Finnland."

„Dort gibt es dann immer tolle Strandpartys", ergänzte Nils.

„Strandpartys?", hakte Braun nach. „Wo genau finden die denn statt?"

„Na, meistens im Piraat Süda bei den sowjetischen Militäranlagen", antwortete Nils.

„Das wäre eine Gemeinsamkeit, wenn auch Bea dort gewesen ist", meinte Arto nachdenklich. „Der Flyer, den wir im Zimmer von Bea gefunden haben, war ja eine Ankündigung von Piraat Süda, erinnerst du dich noch, Braun?"

„Ich weiß. Ist diese Surferbar Piraat Süda wirklich so cool, wie ihr sagt?", fragte Braun in die Runde.

„Ja, der Ort ist ziemlich angesagt. Es gibt jedes Wochenende einen internationalen DJ-Set. Ich habe dort wirklich tolle Acts gesehen", meinte Nils und seine Augen leuchteten.

„Dann sehen wir uns diese Strandbar gleich an", sagte Braun und wollte aufstehen.

„Da müssen wir nachmittags hin. Jetzt gibt es dort nur viele Touristen, aber keine Kids", sagte Arto.

„O. K., ganz wie ihr meint." Braun griff nach einer Wasserflasche, die auf dem Tisch stand, und goss sich ein Glas ein.

„Was ist eigentlich mit dem Alibi von Gotan Danilowitsch?", fragte Yrsa.

„Habe ich überprüft. Er war nachweislich in St. Petersburg." Nils schickte den Screenshot eines Flugschalters auf den Bildschirm. „Das ist der Flug nach St. Petersburg. Gotan hat gerade eingecheckt."

„Scheiße. Wäre auch zu schön gewesen", fluchte Braun.

„Jemand hat Bea noch vor einer Galerie in der Altstadt auf ihrem Fahrrad gesehen."

„Was ist mit dem Fahrrad?"

„Das Fahrrad ist auch verschwunden."

„Das habt ihr alles an einem Tag herausgefunden?", meinte Braun anerkennend.

„Wir sind zwar schnell, aber so schnell auch wieder nicht." Nils lachte. „Die Befragungen stammen von den Kollegen aus der Vermisstenstelle, nachdem man Bea als abgängig gemeldet hat."

„Wäre vielleicht ganz gut, wenn wir selbst die Befragung noch einmal durchführen."

„Du glaubst, sie haben etwas übersehen?" Arto runzelte skeptisch die Brauen.

„Nein, die Kollegen machen ihren Job sicher ordentlich, aber ich will das Feeling einfangen, versteht ihr? Da stellt man schnell fest, ob jemand lügt oder nicht. Was gibt es Neues über die vermisste Zoe Jensen?"

Braun drehte sich zu der Glaswand und betrachtete die Bilder der beiden Mädchen. Eines war tot, das andere seit ein paar Tagen verschwunden. Beide Mädchen arbeiteten als Au-Pair bei wohlhabenden Familien. Und es gab noch ein drittes Au-Pair-Mädchen, von dem sie aber im Moment nur den Vornamen Caro kannten.

„Zoe ist wie vom Erdboden verschwunden. Die Familie können wir nicht befragen, denn die sind mit den Kindern nach Stockholm zurückgekehrt. Die Eltern haben bereits mit der schwedischen Polizei geredet, aber sie waren ja nur selten in Tallinn und wissen so gut wie nichts über Tagesablauf oder Bekanntenkreis des Mädchens."

„Wir haben also nichts über diese Zoe."

„Glaubst du, dass Zoe auch diesem Killer in die Hände gefallen ist?", hörte er die Stimme von Yrsa hinter sich.

„Ich mache mir keine falschen Hoffnungen. Alles spricht für einen durchorganisierten Killer, der es auf Au-Pair-Mädchen abgesehen hat. Außer dem Schattenbild vor dem ‚Las Vegas Club' gibt es keine Aufnahme, die Bea mit irgendeiner anderen Person zeigt", sagte Braun. Er stellte sich direkt vor den Screenshot, den Nils von dem Eingang zum Club gemacht hatte. Doch sosehr er sich auch anstrengte, er konnte nichts erkennen. Der Killer war eine Schattengestalt, die nur ans Licht trat, um zu töten.

24

Caro schreckte aus dem Halbschlaf hoch. Draußen war es bereits hell und eines der Kinder hatte zu weinen begonnen. Hastig schlüpfte sie in ihre Jogginghose und ging barfuß hinüber in das Kinderzimmer. Marie schlief tief und fest, während Ana, ihre jüngere Schwester, in ihrem Bett saß und weinte.

„Hast du schlecht geträumt?“, fragte Caro und drückte das kleine Mädchen an sich.

„Mama ist hereingekommen“, flüsterte das Mädchen.

„Das hast du dir nur eingebildet“, beruhigte Caro das Mädchen. „Komm, ich mach uns Frühstück, während ihr euch anzieht.“

Sie ging zu dem Bett von Marie und schüttelte das Kind sanft. „Marie, aufstehen.“

„Nein, ich will schlafen.“ Marie wälzte sich im Bett umher und zog sich die Decke über den Kopf.

„Los jetzt, ihr müsst in den Kindergarten“, sagte Caro

und riss Marie spielerisch die Decke weg. Dann kniff sie das Mädchen so lange in die Seite, bis Marie zu kichern begann.

„Aufhören. Das kitzelt so“, gluckste Marie und sprang aus dem Bett.

Nachdem die beiden Mädchen gewaschen und angezogen waren, ging Caro mit ihnen nach unten in den Wohnbereich. In der Küche hatte sie bereits das Frühstück für die Kleinen vorbereitet. Das Haus war ein moderner Quader und lag in Hallvasti am Strand. Durch die großen Fenster konnte man das Meer sehen und die majestätischen Seeadler, die auf der Suche nach Beute über dem Wasser kreisten.

Caro verteilte gerade die Müslischalen für die beiden Mädchen, als die Küchentür aufging. Solveig, die Mutter der beiden Mädchen, blieb auf der Schwelle stehen und blickte verwirrt umher. Solveig Steinberg war eine fünfunddreißig Jahre alte Schwedin und sehr gut aussehend, trotz ihrer Krankheit. Ihr Mann, der Este Jonas, war einer der Gründer von Skyeye und an Spotlife beteiligt. Die Steinbergs waren unglaublich reich, aber bodenständig geblieben. Alle Welt beneidete sie um ihr glückliches Familienleben, das in vielen Homestorys breitgetreten wurde. Jonas war seit längerer Zeit in New York, um den Spotlife-Börsengang zu begleiten. An diesem Morgen sah Solveig ziemlich verschlafen aus. Ihr dunkles Haar war zerstrubbelt und sie hatte die Hände in den Taschen ihrer weißen Latzhose vergraben.

„Was machst du den Kindern zum Frühstück, Caro?“, fragte Solveig und deutete auf die Schalen.

„Müsli mit Beeren, wie immer“, antwortete Caro und beobachtete Solveig, die jetzt langsam zu dem großen Tisch ging, an dem ihre beiden Töchter saßen. Marie und Ana schwiegen und starrten mit großen Augen auf ihre Mutter.

„Solveig, nimm bitte die Hände aus den Taschen“, sagte Caro und bemühte sich, in einem ruhigen Tonfall zu sprechen.

Aber Solveig reagierte nicht, sondern ging weiter auf den Tisch zu.

„Solveig, bleib stehen!“ Caro trat von der Arbeitsplatte weg und stellte sich schnell zwischen Solveig und den Tisch. „Zeige mir deine Hände“, sagte sie erneut, diesmal mit Nachdruck.

„Ist ja schon gut. Reg dich nicht auf, du kleines Au-Pair-Mädchen. Wie dumm und hässlich ihr doch alle seid.“ Solveig zog die Hände aus den Taschen ihrer Latzhose und streckte Caro die Fäuste entgegen.

„Was ist das?“, fragte Caro, denn Solveig hatte etwas in ihrer Faust versteckt. „Mach bitte die Hand auf.“

„Aber gerne doch!“ Gehorsam öffnete Solveig ihre Hand und Caro griff schnell nach der spitzen Schere. Außerhalb der Reichweite von Solveig legte sie die Schere auf den Tisch.

„Was hat Mama da?“, fragte Marie neugierig.

„Nichts, meine Kleine, Mama wollte sich nur die Nägel schneiden“, antwortete Caro beruhigend. „Jetzt esst in Ruhe euer Müsli.“

Für einen kurzen Moment hatte Caro Solveig aus den Augen gelassen. Als sie sich zu ihr drehte, stand Solveig vor dem Herd und drückte auf einen Sensor. Sofort wurde eine Herdplatte aktiviert und leuchtete rot. Solveig streckte ihre Hand aus und hielt sie knapp über die heiße Herdplatte.

„Mir ist kalt. In diesem Sommer wird es überhaupt

nicht mehr warm“, murmelte sie. „Hier drinnen ist alles aus Eis.“ Mit der Faust schlug sie sich auf die Brust. „Ich spüre gar nichts von der Hitze. Woran das wohl liegt?“ Dann senkte sie ihre andere Hand noch tiefer über die Herdplatte.

„Solveig, hör sofort auf damit. Du verbrennst dir doch die Handfläche!“, warnte Caro sie.

„Ich glaube nicht, dass ich meine Hand noch oft gebrauchen werde“, antwortete Solveig vieldeutig.

„Rede keinen Unsinn.“ Caro trat neben Solveig und tippte auf den Sensor, um den Herd auszuschalten. „Reiß dich bitte vor den Kindern zusammen“, zischte Caro.

„Ich bin doch ganz brav“, sagte Solveig gehorsam und öffnete gedankenverloren die Schubladen. Dabei summte sie ein Lied und raufte sich unentwegt die Haare. Während sie in den verschiedenen Laden herumkramte, ließ Caro sie keinen Augenblick aus den Augen. Solveig legte Kochlöffel, Flaschenöffner und Essstäbchen zu einem Muster auf die Arbeitsplatte. Dann schob sie die Lade mit einer wütenden Handbewegung zu und öffnete die nächste. Sie holte mehrere Pfannen hervor und stapelte sie auf der Arbeitsplatte.

„Ich mache jetzt Rühreier“, sagte Solveig.

„Tu das“, antwortete Caro.

Ana und Marie saßen noch immer schweigend am Tisch und beobachteten gespannt ihre Mutter.

„Was hat Mama denn schon wieder? Ist sie böse?“, fragte die sechsjährige Marie, der das Verhalten ihrer Mutter ein wenig seltsam vorkam.

„Nein, eure Mutter ist nur ein bisschen krank“, sagte Caro.

„Ich bin nicht krank“, widersprach Solveig. „Sondern nur unendlich müde.“ Wieder öffnete sie eine Lade.

Caro hörte ein metallenes Geräusch und drehte sich schnell zu Solveig um. Aber es war bereits zu spät. Solveig hatte ein Steakmesser herausgezogen und richtete es auf Caro.

„Du bist nur das Au-Pair-Mädchen“, zischte Solveig. „Also misch dich nicht in Familienangelegenheiten ein.“

„Doch, ich muss mich darum kümmern. Jonas hat es mir aufgetragen“, erwiderte Caro.

„Soso, Jonas hat dir das befohlen. Was ist, fickst du mit ihm, seit ich schwanger wurde?“

„Das ist doch Unsinn. Ich bin erst ein halbes Jahr hier.“

„Dann treibst du es eben erst ein halbes Jahr mit ihm. Die Kinder sind an allem schuld. Wenn sie endlich weg sind, dann wird alles gut.“

„Ana und Marie können nichts dafür“, flüsterte Caro. „Das spielt sich alles nur in deinem Kopf ab.“

„Trotzdem müssen die Kinder verschwinden.“ Wie in Zeitlupe hob Solveig das Messer. „Ich will, dass es wie früher ist.“

„Das wird es ganz bestimmt. Aber jetzt leg das Messer wieder hin“, sagte Caro leise.

„Ich muss es aber tun“, wisperte Solveig. „Ich kann nicht anders.“ Sie drehte sich zu Caro. Die Klinge funkelte, als Solveig damit über ihre Handfläche fuhr. Blut quoll aus der Wunde, doch Solveig achtete nicht weiter darauf.

„Leg das Messer zurück. Du hast dich verletzt, Solveig.“ Caro versuchte, ihrer Stimme einen festen Klang zu geben, obwohl ihr das Herz bis zum Hals schlug. „Ich habe gesagt, du sollst das Messer zurücklegen.“

Solveig starrte Caro mit ihren dunklen Augen lange an.

„Nein. Die Verletzung ist nichts im Vergleich zu der Wunde hier in meinem Herzen.“ Solveig schlug sich mit der Faust gegen die Brust. „Ich muss es tun.“

„Was?“

„Ich muss die Kinder umbringen.“

„Das wirst du nicht tun.“

„Doch. Wenn es keine Kinder mehr gibt, ist alles wie früher. Geh mir aus dem Weg, du wirst mich nicht daran hindern.“ Solveig hob langsam die Hand mit dem Messer. Caros Puls raste. ‚Wo bleibt bloß die Pflegerin?‘, dachte sie. ‚Sie müsste schon längst hier sein.‘

„Solveig, bitte sei vernünftig!“

„Ich kann nicht.“ Solveigs Hand mit dem Messer zitterte, aber noch immer hielt sie den Griff fest umklammert, bereit, sofort zuzustechen. „Ich muss die Kinder töten.“

In Caros Kopf überschlugen sich die Gedanken. Solveig hatte sicher ihre Tabletten am Morgen nicht genommen, sonst wäre sie nicht in diesem Zustand. Die Pflegerin tauchte nicht auf, also was sollte ein sechzehnjähriges Mädchen bloß machen? Einfach davonlaufen. Doch dann dachte Caro an die Kinder, die wie versteinert an dem Tisch saßen und sie anstierten. Nein, sie durfte nicht weglaufen und Marie und Ana ihrem Schicksal überlassen. Sie musste handeln. Wie hatte Jonas einmal zu ihr gesagt? Wenn Solveig durchdreht, lenke ich sie mit banalen Dingen ab. Das würde sie jetzt auch versuchen.

„Brauchst du das Messer für die Rühreier?“, fragte Caro mit einem naiven Unterton in der Stimme. „Damit kannst du doch gar nichts anfangen.“

Es war, als würde Solveig aus einer tiefen Bewusstlosigkeit erwachen. Zum ersten Mal hielt sie dem Blick von Caro stand.

„Stimmt, damit kann ich nichts anfangen. Ich brauche das Messer nicht", sagte sie und legte es seufzend zurück auf die Arbeitsplatte. „Ich brauche Eier und einen Kochlöffel aus Holz."

Caro öffnete die Kühlschranktür und nahm eine Schachtel mit Eiern heraus.

„Hier hast du deine Eier."

„Ich weiß nicht, was mit mir los ist", murmelte Solveig und stützte sich mit beiden Händen an der Arbeitsplatte ab. „Oben im Badezimmer habe ich die Schere gefunden. Ich habe sie in die Hand genommen und es hat sich so richtig angefühlt."

„Was hast du dir dabei gedacht?"

„Dass ich die Kinder töten muss."

In diesem Moment ging die Tür auf und eine untersetzte Frau lief atemlos in die Küche. Es war Dolores, die Pflegerin von Solveig.

„Tut mir leid, wenn ich zu spät bin. Aber der blöde Wagen ist einfach nicht angesprungen", schnaufte Dolores und wischte sich mit dem Handrücken den Schweiß von der Stirn.

„Sie haben gestern eine Schere oben im Bad liegen lassen", zischte Caro.

„Das tut mir leid, hat sie sich verletzt?", fragte Dolores und machte ein betroffenes Gesicht.

„Sie wollte die Kinder umbringen. Und sie wird es wieder probieren, wenn Sie nicht besser aufpassen."

25

Unweit des Szeneviertels Kalamaja befanden sich die ehemaligen sowjetischen Militäranlagen direkt am Meer. Ein Großteil der Anlage war verfallen, doch vor einigen der Betonmauern hatte man einen breiten Streifen Sand aufgeschüttet und zu einer Badebucht umfunktioniert. Auf diesem Gelände, das von ausrangierten Gefechtstürmen und rostigen Kanonenrohren pittoresk umrahmt war, befand sich auch die Strandbar Piraat Süda, Piratenherz. Das Piratenherz war der beliebte Treffpunkt der Jugend von Tallinn und wurde von Bloggern als Hotspot angepriesen.

Arto parkte seinen Wagen vor den hoch aufragenden Festungsmauern, die mit bunten Graffiti vollgesprayt waren.

„Hier soll eine Strandbar sein?“, wunderte sich Braun, denn vom Meer war weit und breit nichts zu sehen. Überall gab es nur Beton und Schrott.

„Der Strand liegt hinter dieser Mauer“, sagte Arto und deutete auf den von Regen und Wind geschwärzten Beton.

„Und wie sollen wir dorthin kommen?“

„Es gibt jede Menge Öffnungen, die in die Festungsmauer geschlagen wurden“, sagte Arto.

Langsam gingen sie an der Mauer entlang, bis sie zu einer riesigen kreisrunden Öffnung kamen.

„An dieser Stelle können wir durch. Früher war hier die Kläranlage der Stadt. Durch das Loch führte ein Rohr und alle Fäkalien flutschten ins Wasser. Jetzt wird alles biologisch abgebaut und das Meerwasser ist absolut sauber.“

Das ehemalige Abflussrohr war ungefähr hundert Meter lang und erst jetzt konnte Braun die Dimension der Festungsmauer erkennen. Es war ein Betonklotz von hundert Meter Durchmesser, der zwanzig Meter in die Höhe ragte.

„Kann man denn nicht mit dem Auto direkt an den Strand fahren?“, wunderte sich Braun.

„Das dürfen nur Besitzer eines Liegeplatzes, denn weiter vorne gibt es einen kleinen Yachthafen“, klärte ihn Arto auf.

„Wie überall hat auch hier die besitzende Klasse die Privilegien“, ätzte Braun.

„So ist das nicht. Die Liegeplätze werden in einer Lotterie vergeben. Jeder hat die gleichen Chancen.“

„Klingt wie im Märchen.“

Als sie auf der anderen Seite ankamen, konnte Braun den aufgeschütteten Strand und das Meer dahinter sehen. Ein Fischkutter schaukelte im Wasser. Surfboards lagen im Sand und die Liegestühle hoben sich wohltuend bunt von der düsteren Festungsmauer ab. Und dann erblickte Braun die Piratenflagge der Strandbar mit dem roten Herz. Die Bar hatte ein Strohdach und einen bis zum Wasser reichenden Tresen.

„Man kann auch mit dem Boot kommen.“ Arto deutete zu dem Fischkutter. „Das ist ein Touristenboot. Aber das braucht viel länger. Es muss ja um die ganze Bucht herumfahren.“

Als Braun und Arto die Bar erreichten, hatten sich erst wenige Gäste eingefunden, und bis auf einen Tisch, an dem einige Surfer saßen, war alles leer. Mit seiner schwarzen Hose und den Boots kam sich Braun ein wenig deplatziert vor, als er durch den Sand zum Tresen ging und zwei Bier bestellte. Dann nahm er die Fotos von Bea und Zoe aus seiner Sakkotasche und fragte:

„Kennen Sie diese Mädchen?“

„Wer will das wissen?“, sagte der Barkeeper, ein junger Mann mit Pferdeschwanz und Tätowierungen auf den Armen.

„Wir sind von der Kripo Tallinn und jetzt antworte gefälligst“, mischte sich Arto ein und schob seinen Ausweis auf den Tresen.

„Die Polizei war erst gestern mit dem Boot hier. Die Typen haben alle Gäste kontrolliert“, sagte der Barkeeper. „Hat sich das nicht bis zu euch rumgesprochen?“

Bei dem Wort „Polizei“ horchten die Surfer am Nebentisch auf. Es waren braun gebrannte, junge Männer in Shorts und Tanktops.

„Hallo, die verfickten Bullen sind hier!“, rief einer von ihnen.

„Was hat der Junge gesagt?“ Irritiert blickte Braun zu Arto.

„Nichts Böses, der hat uns nur begrüßt.“

„Vergiss nicht, dass ich ein paar Brocken verstehe. Und

das glaubst du doch selber nicht, wenn du die freche Miene des Jungen gesehen hast“, meinte Braun. Dann widmete er sich wieder dem Barkeeper. „Also, haben Sie diese beiden Mädchen hier schon mal gesehen?“

„Ja, die waren öfter hier. Waren aber meistens zu dritt.“ Der Barkeeper nickte. „Sie hingen mit den Surfern herum. Fragen Sie mal Mika.“

Braun drehte sich zu dem jungen Mann, der ihm zuvor etwas zugerufen hatte. Der Wind blies mit einem Mal heftiger und die Plastiktotenköpfe, die auf Stangen im Sand steckten, wippten vor und zurück.

„Eine gute Idee“, meinte Braun und stieß sich von der Bar ab. Er nahm die Fotos von Bea und Zoe und ging auf den Tisch zu. Die jungen Männer verschränkten die Arme vor der Brust und beobachteten ihn interessiert.

„Was willst du, Bulle? Soll ich dir einen blasen?“, fragte Mika. Braun wunderte sich über die geballte Aggression, die ihm entgegenschlug. Weshalb hatten diese jungen Männer einen derartigen Hass auf Polizisten? Aber er war kein Psychologe und wollte sich auch nicht um die Befindlichkeiten dieser Idioten kümmern.

„Dieses Mädchen ist tot, das andere seit ein paar Tagen verschwunden“, sagte Braun und knallte die Fotos vor Mika auf den Tisch. „Schon mal gesehen?“

„Bist du taub, Mann? Wir wollen nichts mit der Polizei zu tun haben. Das haben wir doch deutlich zum Ausdruck gebracht“, sagte Mika. Er war ein junger Mann mit dunklem Haar und einem lächerlichen Spitzbart, und er sprach ausgezeichnet Englisch mit einem leicht britischen Akzent. Braun tippte darauf, dass er eine bessere Schule besucht hatte. Er wirkte feminin und hatte manikürte Hände. Vielleicht musste er sich deshalb wie ein Arschloch benehmen. Mika schnippte die Bilder vom Tisch. Ein Windstoß trieb sie über den Sand.

„Die Mädchen heißen Bea und Zoe", sagte Braun und blickte den Fotos hinterher, die über den Sand tanzten. „Bea ist tot, aber das wisst ihr ja sicher schon aus den Medien. Bei Zoe besteht noch die Hoffnung, dass wir sie lebend finden. Wir gehen davon aus, dass sie vielleicht zurzeit von einem durchgeknallten Typen gefangen gehalten wird."

„Verpiss dich!", zischte Mika und strich sich den affigen Spitzbart. „Du bist ein Scheißausländer und hast hier überhaupt nichts zu melden. Mach einen Abgang."

Nachdenklich blickte Braun auf die Fotos, die sich im Wind drehten. Bea sah erwartungsvoll drein. Zoe blickte direkt in die Kamera und hatte das ganze Leben noch vor sich. Für einen kurzen Augenblick schien es Braun, als würde Zoe ihn mit ihren blauen Augen anstarren und um Hilfe bitten. Dieser Mika kannte Zoe näher. Das hatte Braun sofort an dem Blick erkannt, mit dem der Junge auf das Mädchenbild reagiert hatte. Aber Mika war nicht kooperativ, sondern musste den großen Macker spielen.

Wenn Mika redete, dann hatten sie vielleicht einen Anhaltspunkt und Zoe noch eine winzige Chance. Doch der machte nicht die geringsten Anstalten, ihm weiterzuhelfen. Braun warf einen schnellen Blick zu Arto. Dieser verstand sofort, was Braun vorhatte, und nickte zustimmend. Braun musste innerlich grinsen. Arto war vielleicht doch ganz in Ordnung. Er kapierte, dass Braun jetzt mit anderen Mitteln vorgehen musste.

Braun hatte schon öfter eine derartige Situation mit Jugendlichen erlebt. In der Gruppe fühlte sich Mika stark, aber allein war er wahrscheinlich ein erbärmliches Weichei. Braun lehnte sich über den Tisch, bis er beinahe mit Mika zusammenstieß.

„Noch einmal: Was hast du mit Zoe geredet und wann hast du sie zum letzten Mal gesehen?"

Mika schob den Kopf nach hinten und grinste höhnisch.

„Fick dich!"

Blitzschnell streckte Braun die Hand aus, packte Mika an seinem Spitzbart und riss ihn nach unten. Mika knallte mit dem Gesicht auf die Tischplatte und Blut schoss aus seiner Nase. Der Angriff kam so schnell, dass Mika völlig überrumpelt war und keinerlei Gegenwehr zustande brachte. Braun zog ihn an seinem Bärtchen hoch und zerrte ihn zum Strand. Dort warf er Mika wie einen Müllsack in den Sand.

„Heb die Fotos auf!"

„Was soll das?" Mika wollte sich aufrappeln, doch Braun versetzte ihm einen Tritt in den Hintern.

„Mann, spinnst du!", kreischte Mika mit weinerlicher Stimme.

„Du sollst die Fotos aufheben, habe ich gesagt."

„Ja, ja, mache ich ja", jammerte Mika und kroch durch den Sand. Er nahm die Bilder und hielt sie Braun hin. „Na, zufrieden, Bulle?"

„Nicht ganz. Was weißt du über Zoe?", sagte Braun und packte Mika am Bund seiner Shorts. „Rede."

„Aufhören. Bist du verrückt!", kreischte Mika und

versuchte aufzustehen. Doch Braun drückte ihn zu Boden und schleppte ihn zum Wasser.

„Los, helft mir. Macht den Bullen fertig", rief Mika und schlug mit den Armen um sich.

Arto hatte sich in der Zwischenzeit direkt vor den Tisch gestellt und schob warnend seine Sonnenbrille hoch.

„Bleibt ganz ruhig sitzen, Jungs", sagte er und tippte auf den Kolben seiner Pistole, die im Schulterhalfter steckte.

Eine Welle schwappte über Mikas Kopf und er schluckte Salzwasser. Hustend wollte er sich aufrichten, doch Braun drückte ihn unter Wasser.

„Hast du dich jetzt ein wenig abgekühlt?", fragte Braun, als er Mika endlich am Genick hochzog.

„Ist ja gut, Mann", keuchte Mika. „Du brauchst doch nicht gleich so wütend zu werden."

„Du hast mich noch nicht richtig wütend erlebt", sagte Braun leise. „Das hier ist bloß die Kindergartenversion. Sprechen wir über Zoe."

„Bea, Zoe und Caro wollten surfen lernen. Wir haben sie ein paarmal mitgenommen. Aber Zoe hatte zu viel Schiss vor den Wellen." Mika drehte den Kopf zur Seite. „Es ist vielleicht eine Woche her, da sind Zoe und Caro zum letzten Mal hier gewesen. Sie waren ein wenig nervös, weil ihre Freundin Bea schon wochenlang nichts mehr von sich hat hören lassen."

„Was war dann? Los, rede schon." Braun zog Mika erneut an seinem Kinnbart. „Weiter. Lass dir nicht jedes Wort aus der Nase ziehen!"

„Mehr gibt's dazu nicht zu sagen. Doch, halt, da fällt mir noch was ein. Bea und Zoe sind zu einem Hochleistungskurs gegangen."

„Was für ein Hochleistungskurs?", fragte Braun. Wenn Mika wusste, in welchen Kurs die Mädchen gegangen waren, dann gab es so vielleicht die Chance, Caro zu identifizieren.

„War diese Caro auch dabei?", fragte er weiter.

„Caro? Kann mich nicht erinnern."

Mika setzte sich in den Sand und strich sich die nassen Haare aus dem Gesicht.

„Los, weiter, du hast von einem Kurs gesprochen", trieb Braun ihn zur Eile an.

„Ich glaube, sie besuchten den Leistungsschwimmkurs im Olympiahallenbad. Die Girls haben für irgendeine Meisterschaft trainiert. Sie haben sich gegenseitig angestachelt. Wollten Hochleistungssport machen und so weiter."

„Verstehst du, was er meint?" Braun drehte sich zu Arto um, der das Gespräch mit ausdrucksloser Miene mitverfolgt hatte.

„Ja, das Olympiaschwimmbad kenne ich. Dort trainieren die Profis."

„Die Mädchen haben alleine trainiert?", wandte sich Braun wieder an Mika.

„Zoe hat ein paarmal von einem Thorstein, dem Trainer, gesprochen. Irgendwie machte sie den Eindruck, als wäre sie in ihn verknallt. Das hat mich ziemlich gewurmt."

„Wie kommst du darauf?"

„Na, ihre ganze Körpersprache. Sie wurde ganz rot, wenn sie den Namen aussprach. Mehr weiß ich wirklich nicht. Mein Ehrenwort! Und jetzt lass mich bitte los!"

„O. K., verschwinde!" Braun stand auf und klopfte sich den Sand von seiner schwarzen Hose. Verärgert betrachtete er seine Boots. Das Salzwasser hatte weiße Ränder auf dem schwarzen Leder hinterlassen.

„Fahren wir gleich in diese Olympiahalle", sagte er zu Arto.

„Ja, das ist das Beste." Arto wollte noch etwas sagen, doch in diesem Augenblick klingelte sein Handy.

„Was ist los?", fragte Arto, und seine Miene verfinsterte sich, während er zuhörte.

„Was sagst du da?", brüllte Arto in das Handy und alle Farbe wich aus seinem Gesicht.

„Wo ist sie jetzt?" Wieder hörte Arto zu und sein Blick irrte verzweifelt umher.

„Ich bin sofort da!"

Arto trennte die Verbindung und sah Braun verwirrt an.

„Ich muss sofort los. Ein Notfall." Reflexartig presste er die Zeigefinger gegen die Schläfen und murmelte vor sich hin. „Das ist nicht das Ende. Es ist der Anfang. Glaub mir, alles wird gut."

„Mit wem redest du da?"

„Nichts, es ist absolut nichts", sagte Arto und lächelte gequält.

„Warte, ich will mir noch die Namen der Surfer aufschreiben", sagte Braun und holte sein Handy aus der Tasche. Doch Arto zog ihn am Arm.

„Komm schon, Braun, ich habe keine Zeit mehr für diesen Blödsinn."

„Was ist denn los mit dir?", wunderte sich Braun und rannte hinter Arto her, der bereits durch die Röhre in der Festungsmauer hetzte.

„Nichts, was dich betrifft. Ich setze dich bei deinem Hotel ab."

„Wolltest du nicht noch mit mir in diese Olympiahalle fahren?“

„Verdammt, Braun, die Olympiahalle ist mir im Moment scheißegal. Jetzt geht es um Leben und Tod.“

26

Schwarze Gedanken kreisten durch Artos Kopf und setzten sich wie Krähen in seinem Denken fest. Nachdem er Braun bei seinem Hotel abgesetzt hatte, fuhr er mit Blaulicht die Paldiskii entlang. Vor dem Haupteingang des West Tallinn Central Hospitals kam er mit quietschenden Reifen zum Stehen. Die Klinik war ein moderner Glasbau, der in einem kleinen Park neben der Straße lag.

„Polizei! Wo ist die Notaufnahme?“, rief er beim Hineinlaufen der Frau am Empfang zu.

„Den Flur entlang nach hinten.“ Die Frau deutete auf einen hell erleuchteten Korridor.

Arto hastete durch den Gang, touchierte Krankenbetten und erschreckte Patienten, die sich ängstlich an die Wand drückten.

Vor einer großen Flügeltür saß eine alte, schwarz gekleidete Frau mit Kopftuch.

„Arto!“ Sie winkte ihn mit ihren durch Gicht verkrüppelten Fingern zu sich.

„Tanja, was ist passiert?“

Arto blieb vor der alten Frau stehen und atmete tief durch. Tanja war die Pflegerin seiner Tochter Kalinka. Wobei Pflegerin ein wenig hoch gegriffen war. Tanja war Rentnerin und verdiente sich ein paar Euro dazu, indem sie an Kalinkas Bett saß und sich um sie kümmerte.

„Ich war kurz bei der Nachbarin zum Telefonieren“, sagte Tanja mit brüchiger Stimme. „Als ich wieder zurückkam, war Kalinka plötzlich bewusstlos. Ich habe sie an der Schulter gerüttelt, aber sie rührte sich nicht. Ich war so verzweifelt.“

„Warum hast du nicht sofort die Rettung angerufen?“ Arto spürte, wie die Welt um ihn herum langsam zerbröckelte. Sein ganzes Leben war auf Sand gebaut. Er hatte seine Tochter im Stich gelassen. Hatte die Verantwortung auf eine alte Frau geschoben, obwohl es seine Pflicht gewesen wäre, bei Kalinka zu sein. „Alles wird gut.“ Diese drei Worte waren doch nur hohle Phrasen. Nichts würde gut werden. Vielleicht lag Kalinka bereits im Koma und würde nie wieder erwachen.

„Ich wollte sofort nach nebenan, aber die Nachbarn, sie haben mir das Telefon nicht mehr gegeben. Es wäre zu teuer, wenn ich ständig von ihrem Apparat aus telefoniere. Deshalb musste ich zum Zeitungsladen hinunterlaufen.“

„Du kannst nichts dafür“, beruhigte Arto die alte Frau. „Das ist das Ende!“

„Was hast du gesagt?“

„Nichts.“

‚Denk positiv‘, flüsterte es in seinem Kopf. ‚Es ist ein

Anfang.‘ So motivierte er sich selbst und hatte endlich die Kraft, aufzustehen und die Flügeltüren zur Intensivstation aufzustoßen.

„Arto, da darfst du nicht hinein“, rief ihm Tanja hinterher, doch er winkte ab.

„Polizei“, sagte er zu einem Pfleger, der gerade vorbeikam. Arto hielt ihm seinen Ausweis direkt vors Gesicht. „Ein zehnjähriges Mädchen wurde vor Kurzem eingeliefert. Sie liegt wahrscheinlich im Koma. Wo kann ich sie finden?“

„Das Mädchen ist hier in die Intensivstation gebracht worden und hängt im Augenblick an der Dialysemaschine.“

„Wo ist die Abteilung?“

„Den Gang entlang, dann die zweite Tür links“, sagte der Pfleger. „Was ist mit dem Kind?“

„Dieses Kind braucht mich.“

Er drehte sich um und ging den Korridor entlang. Stellte sich vor, dass Kalinka ihn lächelnd begrüßte. Dass sie plötzlich gesund war. Aus dem Bett sprang. Ihn umarmte. „Alles wird gut.“

Als er vor der Tür stand, zögerte er kurz. Verlor sich für Sekunden in der Wunschvorstellung, dass es Kalinka gut ging. Dann drückte er entschlossen die Klinke und trat ein. Er sah ein verchromtes Bett mit verwirrend vielen technischen Geräten rundum. Eine Dialysemaschine summte einschläfernd, und die Schwester, die an dem Bett saß, schreckte hoch, als wäre sie gerade aufgewacht.

„Sie dürfen hier nicht sein“, sagte sie und stand auf.

„Ich bin der Vater. Ich muss meiner Tochter beistehen.“ Die Schwester nickte verständnisvoll und Arto trat an das Bett. Das Gesicht von Kalinka war schneeweiß und er hörte keinen Atem. Panisch warf er einen schnellen Blick auf den

Monitor, sah, dass ihr Puls regelmäßig schlug, und beruhigte sich ein wenig.

„Kalinka, mein Schatz“, flüsterte er und beugte sich über sie. Mit der Hand strich er über die kalten Wangen seiner Tochter und spürte, dass ihm die Tränen in die Augen traten.

„Du musst jetzt bitte wieder gehen“, hörte er die Krankenschwester leise hinter sich sprechen. „Deine Tochter hat sicher gespürt, dass du bei ihr warst.“

„Einen Moment noch! Bitte!“, murmelte Arto und konzentrierte sich wieder auf seine Tochter. Wie lange noch würde es dauern, bis endlich eine Spenderniere eintraf, die für Kalinka passte?

„Du brauchst keine Angst zu haben, Kalinka“, flüsterte er und streichelte die Hand seiner Tochter. „Papa ist bei dir. Ich verspreche dir, alles wird gut. Du kannst dich auf mich verlassen.“

„Arto Kaukonen, bitte verlasse sofort die Intensivstation!“

Arto drehte sich langsam um, als er die Stimme von Doktor Kepler hörte.

„Sie stirbt doch nicht?“, fragte er mit zitternder Stimme.

„Nein, aber ihr Zustand ist kritisch. Wenn sie nicht bald eine neue Niere erhält, können wir nichts mehr für sie tun“, sagte Kepler ohne einen Funken Mitgefühl in der Stimme.

„Wenn Kalinka stirbt, dann habe ich nichts mehr, wofür ich …“ Arto brach ab, erhob sich langsam und blieb vor Kepler stehen. „Bitte sorge dafür, dass sie endlich eine neue Niere bekommt.“

„Ich tue alles, was in meiner Macht steht.“ Kepler klopfte Arto gönnerhaft auf die Schulter.

„Ihr Zustand verschlechtert sich. Ich bin am Verzweifeln.“ Arto strich sich mit den Händen über das Gesicht. „Ich habe dir doch mittlerweile so viel Geld gezahlt. Da muss Kalinka ganz vorne auf der Liste sein.“

„Das ist sie auch. Wir warten nur auf eine geeignete Niere“, sagte Kepler, wich jedoch Artos Blick aus.

‚Etwas stimmt hier nicht‘, dachte Arto. ‚Kepler kann mir nicht in die Augen sehen. Warum lügt er mich an?‘

„Wann kann Kalinka mit der Niere rechnen?“, fragte er und bemühte sich, neutral zu klingen.

„Das kann morgen sein oder in zwei Wochen. Du musst dich gedulden.“ Kepler beugte sich zu Kalinka hinunter. „Ich mache jetzt schnell einige Tests mit ihr. Warte bitte in der Zwischenzeit in meinem Büro. Dort besprechen wir dann alles Weitere.“

Mit hängendem Kopf ging Arto zurück auf den menschenleeren Korridor. Hinter den Flügeltüren sah er die schwarzen Umrisse von Tanja durch das Milchglas schimmern. Er überlegte, ob er sich zu ihr setzen sollte, ging aber dann doch gleich in das Büro von Kepler. Drinnen gab es ein Bücherregal, einen Schreibtisch, auf dem ein Computer stand, und zwei Besucherstühle. Plötzlich hatte er eine Idee.

„Es ist nicht das Ende. Es ist ein Anfang“, flüsterte er und trat hinter den Schreibtisch, um den Computer zu aktivieren.

„Ein Passwort, das dachte ich mir.“ Suchend blickte er sich um. Auf dem Schreibtisch stand ein Foto von Keplers Familie. Hübsche Frau, aufgeweckter Junge und treuherzig schauender Retriever, der eine rote Schleife um den Hals trug. An den Wänden zwei gerahmte Bilder, die Kepler mit dem Hund zeigten. In der Hand hielt er eine Urkunde und der Hund trug eine Plakette an seinem Halsband. Arto fuhr sich mit den Fingerspitzen an die Schläfen. Die Zeit lief ihm davon. Aber in dem Computer gab es die Spenderliste, das wusste er von seinen früheren Besuchen bei Kepler.

„Es ist absurd. Kalinkas Leben hängt an einem Passwort."

Denk nach! Was siehst du? Den Hund, ich sehe überall den Hund! Arto griff nach dem Bilderrahmen und bog die kleinen Nägel auf, die den rückwärtigen Deckel hielten. Jetzt sah er die Rückseite des Fotos. „Der zweite Geburtstag von Rufus zur Heide", las er. Schnell schob er den Deckel wieder in den Rahmen und stellte das Foto zurück. Tippte „Rufus" in das Feld für das Passwort.

„Alles wird gut!" Mehrere Fenster poppten auf. Arto verschaffte sich blitzschnell einen Überblick.

„Da ist ja die Liste", murmelte er. „Kalinka Kaukonen, Nummer zwei."

„An erster Stelle steht Annegrit Tamm", sagte Arto leise zu sich selbst. Er überlegte, woher er den Namen kannte, und plötzlich fiel es ihm ein. „Das ist doch die Politikerin von der Fortschrittspartei."

Eine Politikerin hatte seiner Tochter den ersten Platz streitig gemacht. Wegen dieser Frau würde seine Tochter vielleicht sterben. Arto spürte, wie sein Herz bis zum Hals schlug. Er presste die Finger gegen die Schläfen, doch die finsteren Gedanken, die sich seiner bemächtigten, waren nicht zum Schweigen zu bringen. Als er Schritte auf dem Gang hörte, fuhr er den Computer herunter und setzte sich auf einen der Besucherstühle.

„Ich habe leider nicht viel Zeit", entschuldigte sich Kepler.

„Kein Problem. Du wolltest mich doch über den aktuellen Gesundheitsstand von Kalinka informieren."

„Sie braucht eine permanente Blutwäsche, denn einige ihrer anderen Organe sind schon in Mitleidenschaft gezogen."

„Wie stehen die Chancen? Ich habe dir doch schon eine Menge Geld bezahlt, damit sie in der Transplantationsliste ganz oben steht."

„Ihre Chancen stehen nicht schlecht. Aber wenn wir keine Niere für sie bekommen, dann bin auch ich machtlos."

Kepler erhob sich von seinem Sessel und streckte Arto die Hand entgegen.

„Kopf hoch, Arto. Wir tun alles, damit deine Kleine wieder ganz gesund wird. Ich halte dich auf dem Laufenden. Aber jetzt habe ich zu tun."

‚Warum belügst du mich?', dachte Arto traurig. ‚Die Familienministerin ist an der ersten Stelle. Dann erst kommt Kalinka.'

Am liebsten hätte Arto dem Arzt ins Gesicht geschrien, dass er ein verdammter Lügner war. Doch er wusste, dass sich Kepler in der stärkeren Position befand. Ohne Keplers Unterstützung würde Kalinka wahrscheinlich sterben. Darum war es besser, jetzt den Mund zu halten. Irgendwann würde er schon noch Gelegenheit haben, um Kepler die Meinung zu sagen. Deshalb nickte er bloß und verließ grußlos das Büro.

„Was ist mit meiner kleinen Kalinka?", bestürmte ihn Tanja sofort, als er die Flügeltür aufstieß.

„Es geht ihr schon besser", murmelte Arto. „Danke, dass du hier gewartet hast." Er drückte Tanja einen Kuss auf die Stirn. Im Foyer lag eine zerfledderte Zeitschrift auf einem Besuchersessel. Im Vorbeigehen warf Arto einen Blick darauf. Die Zeitschrift war bei der Klatschspalte aufgeschlagen, auf der mehrere Fotos zu sehen waren. Arto stutzte bei einem Namen und griff nach der Zeitschrift. Er sah eine rundliche Frau mit einem fröhlichen Lachen. Ihre grauen Haare hatte sie zu einem Bauernkranz geflochten. Darunter stand „Annegrit Tamm bei der Eröffnung der digitalen Kinderbücherei".

Wie in Trance starrte Arto auf das Foto. ‚Das also ist die Frau, wegen der Kalinka vielleicht sterben wird', dachte er und konnte seinen Blick nicht von dem Gesicht lösen. Vorsichtig riss er die Seite aus dem Journal und faltete das Blatt so zusammen, dass er das Gesicht von Annegrit nicht knickte. Dann steckte er das Papier in die Tasche seiner Lederjacke und ging über den Parkplatz hinaus zu seinem Wagen. Eine uniformierte Kollegin von der Streifenpolizei war gerade dabei, ein Strafmandat hinter den Scheibenwischer zu stecken.

„Hallo, Arto", sagte sie und nickte ihm zu. „Tut mir leid. Du stehst im Halteverbot. Ich brauche heute aber noch ein paar Strafmandate, sonst falle ich in der Bewertung zurück", sagte sie und zuckte entschuldigend mit den Schultern. „Ich hoffe, du verstehst das."

„Ich kann dich gut verstehen", meinte Arto. „Heutzutage sind Ranglisten das halbe Leben, und man muss alles dafür tun, um an die erste Stelle zu kommen."

27

Wenn man zu viel Salzwasser trinkt, dann trocknet man innerlich aus. Das Salz entzieht dem Körper die Flüssigkeit und man bekommt noch mehr Durst. Auch unsere Nieren müssen mit Hochdruck arbeiten, um das überschüssige Natriumchlorid wieder auszuscheiden. Dabei kommt es sehr häufig zu Nierenversagen.

Das alles flüstere ich Zoe ins Ohr, als ich ihr einen Trichter in den Mund stecke. Jetzt habe ich ihren Widerstand gebrochen, denn sie wehrt sich nur noch ganz sanft.

„Trink", sage ich leise. „Das wird dir guttun."

Das Meerwasser rinnt ungehindert in ihre Kehle. Zoe verschluckt sich, beginnt zu röcheln. Mit irren Augen starrt sie mich hilflos an. Ihr Blick ist erfüllt von Todesahnung. Immer wieder verdreht sie ihre Augäpfel. Es muss entsetzlich sein, wenn einem bei vollem Bewusstsein die Augenlider nach oben genäht werden. Zoe weiß, dass sie die stille

Dunkelheit mit geschlossenen Augen niemals mehr finden wird. Hier ist alles gleißend hell und strahlend. Es ist eine weiße Hölle. Zoes Augen sind rot wie Blut. Reflexartig will sie blinzeln, aber das ist nicht mehr möglich. Sie verzieht das Gesicht, um zu weinen, aber ihre Tränen sind versiegt.

Wieder greife ich nach dem Trichter und stecke ihr das Rohr in den Hals. Dann schütte ich so viel Salzwasser hinein, bis Zoe hustet und sich übergibt. Ich tauche meine Fingerspitzen in das Salzwasser und sehe zu, wie die salzigen Tropfen auf ihre Pupillen fallen. Zoe zuckt zusammen und bäumt sich auf. Mit einer schwachen Bewegung versucht sie, den Kopf zur Seite zu drehen, aber das ist nur noch der matte Widerstand eines todgeweihten Mädchens.

„Ich hatte immer Angst vor dem Wasser“, beginne ich zu erzählen und hocke mich neben Zoe. „Die unendliche Weite des Meeres flößte mir Respekt ein. Wenn ich bis zu den Knien im Wasser stand und am Ufer entlangwatete, musste ich immer an die Untiefen weit draußen denken. An die Ungeheuer, die dort lauern würden. Komm, du musst nicht immer liegen.“

Ich helfe Zoe dabei, sich aufzurichten. Jetzt kniet sie vor dem Kübel mit dem Salzwasser. Ohne Vorwarnung packe ich ihren Kopf und stecke ihn in den Eimer.

Sofort überfällt mich die Erinnerung und ich werde wieder achtzehn Jahre zurückgeworfen. Wir sind auf dem Boot und fahren aus dem Hafen. Noch knattert der Motor und stinkt nach Diesel. Erst auf offener See hissen wir das Segel. Meine Beklemmung wächst, je weiter wir hinausfahren.

„Pass auf das Funkgerät auf“, sagt Mama und drückt mir das klobige Teil in die Hand. „Damit können wir Papa erreichen, und er kann uns warnen, falls das Wetter umschlägt.“

„Wir haben doch ein Handy“, sage ich.

„Aber hier keinen Empfang“, belehrt mich Mama. „Und jetzt hilf mir, die Segel zu hissen.“

Die weißen Segel blähen sich im Wind. Mein kleiner Bruder kreischt vor Vergnügen. Sein kleiner Kopf versinkt beinahe in der großen, roten Schwimmweste.

„Warum hast du keine Schwimmweste an?“, frage ich Mama.

„Die trägt dein Bruder. Wir haben nur zwei an Bord.“

„Willst du meine haben?“

„Nein, Schatz, das ist lieb von dir.“

Mama hält ihr Gesicht in die Sonne. Die Meeresoberfläche spiegelt wie Glas. Der Wind ist sanft. Das Boot gleitet lautlos über das Wasser. Eine Sturmmöwe fliegt knapp über uns dahin.

„Hier draußen kann man alle Sorgen vergessen“, seufzt Mama. Zum ersten Mal wirkt sie glücklich.

Mein Bruder hockt neben der Kajüte auf dem Boden und bindet eine dünne Nylonschnur an den Bug seines Plastiksegelbootes. Vorsichtig tapst er an die Reling und wirft das kleine Segelboot über Bord.

„Es schwimmt“, gluckst er und patscht die kleinen Hände zusammen.

„Willst du das Steuer übernehmen?“, fragt mich Mama plötzlich.

„Darf ich?“ Ich bin überrascht. Bei Papa durfte ich das nie. Zu gefährlich, hat er immer gesagt.

„Du suchst dir einen Punkt am Horizont. Den steuerst du an“, sagt Mama.

„Dann fahre ich zu der schwarzen Wolke.“ Ich drehe an dem Steuerrad, um das Boot in Position zu bringen. Die Segel knattern, als ich kreuze. Doch plötzlich blähen sie sich auf und das Boot legt sich schnittig in den auffrischenden Wind. Jetzt fliegen wir auf den dunklen Horizont zu. Dort, wo das Verhängnis lauert.

Zoes kahler Schädel taucht langsam wieder aus dem Kübel auf. Kraftlos sinkt sie auf den Rücken. Sie wimmert leise. Ich schneide die Kabelbinder durch, damit sie die Flasche halten kann, die ich ihr hinhalte.

„Trink“, sage ich, doch sie dreht den Kopf zur Seite.

„Du sollst trinken!“, befehle ich und drücke ihr den Flaschenhals fest an den Mund. Zoe presst die Lippen zusammen.

„So geht das nicht!“ Genervt binde ich ihre Hände wieder zusammen. Stoße den gläsernen Flaschenhals fest gegen ihre Schneidezähne. Ein Stück Zahn splittert ab, ehe Zoe den Mund öffnet und trinkt. Sie prustet und schluckt, röchelt, als würde sie ersticken, doch ich bin unnachgiebig. Immer tiefer stoße ich ihr den Flaschenhals in den Rachen. Flute sie mit Salzwasser.

„So fühlt man sich, wenn man hilflos in der stürmischen See treibt. Die riesigen Wellen brechen über einen herein und man ertrinkt in Salzwasser.“

Erst als Zoe Blut und Galle erbricht und ihr Körper unter Krämpfen zuckt, höre ich damit auf. Jetzt packe ich Zoe an den Beinen und ziehe sie wieder in das Becken. Das Wasser, das aus den großen Rohren in das Schwimmbad fließt, rauscht beruhigend.

„Bitte nicht“, flüstert Zoe. Wieder versucht sie, eine Hand aus der Schlinge zu ziehen. Beißt sich ein Stück Haut aus dem Handgelenk. Doch das hilft nichts.

Zoe kann mir nicht entkommen. Denn gemeinsam haben wir noch viel vor.

28

Am frühen Morgen hatte Arto an die Tür von Brauns Containerzimmer geklopft, um ihn zum Besuch der Schwimmhallen abzuholen. Arto sah ziemlich fertig aus und hatte dunkle Ringe unter den Augen. Trotzdem redete er über die Schwimmhallen, als wären sie das bedeutendste Bauwerk seit den Pyramiden, dachte Braun.

„Das Olympiazentrum in Tallinn-Pirita wurde extra für die olympischen Sommerspiele 1980 in Moskau errichtet."

„Wusste gar nicht, dass in Estland ein Teil dieser olympischen Spiele ausgetragen wurde", sagte Braun zu Arto und zeigte auf die Tafel am Eingang des Sportzentrums.

„Die Segelwettbewerbe wurden hier durchgeführt. Idealer Wind und beste Bedingungen. Deswegen gibt es auch so viele Segler und Windsurfer hier."

„Was war gestern eigentlich mit dir los?", fragte er dann, als sie die lang gezogene Treppe zu der Schwimmhalle hochgingen. „Was hatte das zu bedeuten: Es geht um Leben und Tod?“

„Ach, nichts weiter“, wiegelte Arto sofort ab. „Ich habe nur ein wenig überreagiert. Meine Freundin macht zur Zeit Schwierigkeiten.“

„Wie heißt sie denn?“, fragte Braun.

„Wer?“

„Na, die Freundin von dir. Du wirst doch ihren Namen wissen?“ Braun warf einen prüfenden Blick auf Arto. Dieser wirkte fahrig und nicht ganz bei der Sache. Artos Gesicht war eingefallen und die Sorgenfalten auf seiner Stirn traten stark hervor. Etwas stimmte nicht mit seinem jungen Kollegen. Das sagte Braun sein Bauchgefühl, und das hatte ihn noch nie im Stich gelassen.

„Ach so. Tanja. Sie heißt Tanja.“

„Yrsa hat mir erzählt, dass du eine Tochter hast.“

„Ja, ich habe eine Tochter. Sie heißt Kalinka. Wie alle Kinder geht sie zur Schule und nachmittags passt meine Freundin Tanja auf sie auf. Willst du sonst noch etwas wissen? Wird das jetzt ein Verhör über mein Privatleben?“

„Reg dich nicht auf. Ich wollte nur Small Talk halten“, lenkte Braun ein.

In diesem Moment waren sie an der Schwimmhalle angekommen, einem neu errichteten, lang gestreckten Designgebäude aus Glas und Beton. Links und rechts vom Haupteingang waren Fresken in den Beton eingelassen, die von der Geschichte Estlands erzählten.

Im Foyer roch es intensiv nach Chlor, Hautöl und Duschgel. Arto steuerte auf den Empfang zu, hinter dem ein Mann in weißem Polo saß.

„Wir sind von der Kripo Tallinn“, sagte Arto und hielt

ihm den Ausweis entgegen. „Welcher Trainer betreut hier einen Hochleistungsschwimmkurs?", fragte er.

„Ach, du meinst das Bootcamp." Der Mann lehnte sich zurück und verschränkte die Hände im Nacken. „Das ist ein absolutes Novum. Dabei lernen die Schwimmer unter härtesten Bedingungen, im Wasser zu überleben. Wollt ihr das auch versuchen?" Er warf einen zweifelnden Blick auf Braun.

„Nein, mit meinem Bauchansatz wäre das keine so gute Idee", entgegnete Braun.

„Kannst du uns jetzt den Namen des Trainers sagen?", erwiderte Arto. „Es geht nur um eine Auskunft", ergänzte er.

„Thorstein Johannson leitet den Hochleistungsschwimmkurs. Er müsste um diese Uhrzeit eigentlich draußen bei den Wettkampfbecken sein."

„Danke", sagte Arto, und beide gingen zu dem Sperrkreuz, an dem ein rotes Licht blinkte.

„Stopp! So könnt ihr nicht hier durch." Der Mann deutete mit einem missbilligenden Blick auf Brauns Boots. „Die müssen hierbleiben."

„Was soll das? Muss ich in Strümpfen gehen?"

„Nein, du bekommst Badeschuhe." Der Mann deutete auf eine Vitrine mit weißen Plastikschlappen. „Fünfzehn Euro", meinte er dann lächelnd.

„Sie sind aber ganz schön geschäftstüchtig", murrte Braun, während er die fünfzehn Euro zahlte und seine Boots in einem Schuhschrank verwahrte.

„Dafür kannst du die Schlappen auch am Strand tragen. Die Investition macht sich also bezahlt", rief ihnen der Mann nach.

Das Kampfsportbecken lag in einem lichtdurchfluteten Würfel und war von den anderen Becken und Kinderrutschen durch eine durchlöcherte Betonwand getrennt, die aussah, als hätte man Kanonenkugeln auf sie geschossen. Auf Braun wirkte sie wie ein Kriegsrelikt. Aber das war eben modernes Design. Damit konnte Braun nicht viel anfangen.

„Der Bau ist von Rem Koolhaas", sagte Arto, der Brauns skeptischen Blick bemerkt hatte.

„Muss man den kennen?", war Brauns lapidare Antwort. „Aber da vorne, das ist sicher der Trainer. Das wenigstens erkenne ich." Er deutete zu den Startsockeln, neben denen ein großer, blonder Mann stand, der eine Trillerpfeife an einer Schnur um den Hals trug.

„Bist du Thorstein?", fragte Arto den Mann, als sie am Becken entlanggingen.

„Ja, was kann ich für euch tun?", fragte Thorstein mit einem freundlichen Lächeln. Erwartungsvoll blickte er sie an. „Seid ihr vom Wettkampfkomitee?", fragte er.

„Wie kommst du darauf?", erwiderte Arto.

„Na, schwarzer Anzug und weiße Badeschlappen", meinte Thorstein grinsend und deutete auf Braun. „Leider sind zwei meiner Spitzenschwimmerinnen nicht hier."

„Wir sind von keinem Komitee", unterbrach ihn Braun. „Wir sind von der Polizei und untersuchen den Mord an Bea Hanstetten."

„Und wir ermitteln auch im Fall der verschwundenen Zoe Jensen", ergänzte Arto.

„Das ist eine schlimme Sache mit Bea. Ach, deshalb seid ihr gekommen." Das Lächeln in Thorsteins Gesicht erlosch und seine Miene verdüsterte sich. „Ich wusste gar nicht, dass Zoe auch verschwunden ist", sagte er überrascht.

„Aber sie muss doch schon seit über einer Woche nicht mehr beim Training gewesen sein. Ist dir das nicht merkwürdig vorgekommen?“, fragte Arto.

„Doch, aber die Mädchen kommen und gehen. Da habe ich mir nichts dabei gedacht.“ Die Stimme von Thorstein klang plötzlich anders. Nicht mehr selbstbewusst, sondern betont gleichgültig. Braun warf einen schnellen Blick auf den Mann. Thorstein hatte die Hände in den Hosentaschen seiner Shorts und bemühte sich, unbeteiligt dreinzublicken. Doch seine Augenlider flatterten.

„Wir haben erfahren, dass auch ein anderes Mädchen immer mit den beiden trainiert hat. Ihr Name ist Caro.“

„Caro? Hm, müsste ich eigentlich kennen“, wich Thorstein aus.

„Sie ist sehr hübsch und hat rote Haare“, sagte Arto. „Wir sind auf der Suche nach ihr.“

„Ach, du meinst das Mädchen mit dem französischen Akzent.“ Thorstein lächelte gequält. „Sie kommt morgen zum Training. Hat heute abgesagt, weil sie erkältet ist.“

„Hat sie bei Ihnen angerufen?“, fragte Braun.

„Nein, sie hat mir eine Nachricht geschickt. Ich habe die SMS sofort gelöscht“, erwiderte Thorstein.

„Warum?“, hakte Braun nach.

„Alte Gewohnheit. Damit der Speicher nicht zu voll wird.“

„Zeigst du uns einmal dein Handy?“ Arto streckte bereits die Hand aus.

„Mein Handy? Ja, wieso denn? Glaubst du mir etwa nicht?“

„Dein Handy, bitte“, sagte Arto und schnippte mit den Fingern.

„Das habe ich in meinem Spind. Ich kann es holen, wenn es so wichtig ist.“

„Ich begleite dich“, sagte Arto.

„Das ist nicht nötig“, erwiderte Thorstein und fuhr sich nervös über den Mund.

„Gehen wir.“ Arto legte Thorstein die Hand auf die Schulter und schob ihn vor sich her.

Braun wollte ihnen folgen, als er eine junge Frau bemerkte, die gerade aus dem Wasser stieg. Auch sie hatte ihn gesehen und winkte ihm zu, während sie ihre orange Schwimmweste abstreifte. Es war die Nachtportierin seines Hotels. Aber Braun konnte sich nicht mehr an ihren Namen erinnern.

„Hallo, Braun, wie geht es dir? Willst du auch schwimmen lernen?“, fragte sie ihn und lächelte strahlend.

Als Braun dieses Lächeln sah, fiel ihm auch der Name wieder ein. Ja, die junge Frau hieß Lotti.

„Nein, schwimmen kann ich gerade noch. Ich sehe mich bloß um“, erwiderte er ausweichend.

„Ich bin fast jede Woche hier“, sagte Lotti und drückte das Wasser aus ihren strohblonden Haaren. „Damit bekämpfe ich meine Angst.“

„Wovor fürchtest du dich denn?“, fragte Braun erstaunt.

„Vor dem Wasser.“ Lotti kicherte, als hätte sie einen besonders originellen Scherz gemacht. „Ich will überhaupt nicht ins Wasser. Muss mich dazu zwingen.“

„Interessant“, sagte Braun. Niemals hätte er gedacht, dass Lotti sich vor Wasser fürchtete. Egal, aber wenn sie schon einmal hier war, konnte er sie auch zu Bea und Zoe befragen.

„Sag, hast du die beiden Mädchen hier gesehen?“, fragte er und zog die Fotos von Bea und Zoe aus seinem Sakko.

„Ist eine davon das ermordete österreichische Mädchen?“, fragte sie und ließ ihren Finger über den Fotos kreisen.

„Ja, das ist Bea Hanstetten. Also, hast du die Mädchen hier gesehen?“

„Natürlich. Sie haben mit Thorstein trainiert. Warum fragst du? Was ist denn mit dem anderen Mädchen? Ist es auch ermordet worden?“

„Wie kommst du darauf?“

„Du zeigst mir ihr Foto und das eines ermordeten Mädchens. Da kommt man doch auf diesen Gedanken.“

„Das wissen wir leider nicht. Wann hast du sie zuletzt gesehen? Denk gründlich nach. Es könnte wichtig sein.“

„Anfang letzter Woche habe ich die da gesehen.“ Lotti tippte auf das Bild von Zoe.

„Ist sie nur geschwommen oder hat sie sich auch mit wem unterhalten?“

„Sie ist ganz eng mit Thorstein. Auf mich machte es jedenfalls den Eindruck“, sagte Lotti. „Er hat den Arm um sie gelegt und sie fest an sich gedrückt. Einmal haben sie sich in der Umkleide auch geküsst.“

Braun wollte noch etwas fragen, doch gerade kamen Arto und Thorstein zurück.

„Danke für die Informationen, Lotti.“

„Nichts zu danken, Braun. Wenn du etwas brauchst, du weißt ja, wo du mich findest.“ Wieder lächelte Lotti ihn strahlend an und entfernte sich in Richtung Kinderbecken.

Als Arto näher kam, plumpste sie gerade unbeholfen in das niedrige Becken und setzte sich auf den Boden.

„Deine erste Eroberung hier in Tallinn?“, fragte Arto spöttisch, wurde aber sofort wieder ernst. „Es stimmt, Thorstein hat die SMS gelöscht.“

„Der Provider kann uns aber sicher eine Liste der Nummern der eingehenden SMS geben“, meinte Braun und warf einen Blick auf Thorstein, der mit vor der Brust verschränkten Armen neben ihnen stand.

„Wie war denn Ihre Beziehung zu Zoe Jensen?“, fragte er Thorstein.

„Es war eine Beziehung zwischen Trainer und Schwimmerin, mehr nicht, wenn Sie das meinen“, erwiderte Thorstein patzig.

„Nicht vielleicht ein wenig mehr?“

„Nein. Ich hätte sie nie angerührt. Das Mädchen war doch erst sechzehn.“

„Wieso war?“, fragte Arto.

„Na, Zoe ist verschwunden und Bea tot. Da habe ich einfach angenommen, dass … Ach, verflixt. Es ist mir so herausgerutscht.“

Thorstein griff nach seiner Trillerpfeife und drehte sie nervös zwischen seinen Fingern. Sie hing an einer schwarzen Schnur um Thorsteins Hals, die an einer Stelle mit schwarzem Faden ausgebessert worden war.

„Woher haben Sie den schwarzen Faden, mit dem Sie die Pfeifenschnur ausgebessert haben?“, fragte Braun.

„Hier in Estland duzen wir uns alle“, sagte Thorstein.

„Ich weiß. Ich bin aber aus Österreich. Deshalb antworten Sie bitte auf meine Frage“, ließ sich Braun nicht aus der Ruhe bringen.

„Ich weiß nicht. Es ist irgendein Faden“, antwortete Thorstein sichtlich irritiert.

„Haben Sie den Rest noch zu Hause?"

„Kann sein. Ich bin mir nicht sicher."

„Pack deinen Kram zusammen. Wir fahren in deine Wohnung", sagte Arto und fasste Thorstein am Arm.

„Was? Ihr glaubt doch nicht, dass ich etwas mit dem Tod von Bea zu tun habe?"

„Wir glauben gar nichts", erwiderte Arto kühl. „Du sollst uns einfach ein paar Fragen beantworten."

Während sie nach draußen gingen, dachte Braun nach. Thorstein kannte alle drei Mädchen. Es gab eine Zeugin, die gesehen hatte, wie er Zoe küsste. Aber warum hätte er Bea ermorden sollen? Und ihr rituell die Haare schneiden und die Augenlider hochnähen? Das ergab keinen Sinn. Außer Thorstein hätte eine geheime Obsession, von der sie noch nichts ahnten.

29

Franka parkte ihre Nero Guzzi am Straßenrand und blickte auf das brach liegende Feld mit den heruntergekommenen Wohnwagen. Das rote Zirkuszelt leuchtete in der Sonne und zwei Pferde grasten neben einem alten Truck. Zwischen zwei Bäumen war ein Seil gespannt, auf dem ein Artist mit einer Stange balancierte. Zwei Jongleure warfen sich gegenseitig Bälle zu, und eine Frau übte mit einem Hund Rückwärtslaufen.

Das also war die Welt, in der ihre Schwester Tara in Zukunft leben wollte. Tara fand es toll, in einem Mini-Zirkus die Eintrittskarten abzureißen und durch ganz Europa zu fahren. Das hatte sie Franka am Abend bei einem heftigen Streit erzählt.

Jetzt lagen ihre Pläne offen auf dem Tisch. Wenn der Zirkus weiterzog, würde Tara mit dabei sein. Und natürlich auch ihr kleiner Sohn Dimitru. Im Grunde müsste Franka froh sein, endlich ihre Wohnung wieder für sich zu haben, aber insgeheim hatte sie sich an Tara und Dimitru gewöhnt und fürchtete sich bereits wieder vor dem Alleinsein. Darüber redete sie natürlich nicht mit Tara, sondern brachte ausschließlich rationale Einwände vor.

„Das Projekt Roma-Zirkus ist zum Scheitern verurteilt. Niemand will heutzutage einen Zirkus sehen. Alle Welt streamt, schaut TV-Serien oder spielt die neuesten Games." Noch immer schwirrten in Frankas Gedanken die Argumente umher, die sie ihrer Schwester an den Kopf warf. Tara hatte nicht darauf reagiert, sondern war beleidigt mit Dimitru in ihr Zimmer gegangen. Als Franka heute Morgen joggen ging, schliefen beide noch. Doch als sie zurückkam, waren Tara, Dimitru und der kleine, rote Koffer verschwunden.

„Was soll ich nur tun? Sie ist meine Schwester. Einer von uns beiden muss doch vernünftig sein", fragte sie sich selbst. Franka nahm den Helm ab und raufte sich die kurzen, schwarzen Haare. Sollte sie Tara zur Rede stellen und nochmals mit den Gefahren und Risiken eines Zirkuslebens konfrontieren? Das würde nichts nützen. Ganz im Gegenteil. Tara hatte einen Dickschädel und die Fronten würden sich bloß verhärten.

Nachdenklich stieg sie von ihrer Maschine und ging über das Feld auf die Wohnwagen zu. Ein junger Mann, der als Pirat Jack Sparrow gerade das Verschlucken von Säbeln probte, sah sie und stoppte sein Training.

„Es gibt keine Vorstellung am Vormittag", rief er Franka zu.

„Ich will mich nur von jemandem verabschieden", antwortete sie.

„Du bist sicher die Schwester von Tara, stimmt's?", sagte der junge Mann und kam freundlich auf Franka zu.

„Ja, wieso weißt du das?“

„Du siehst ihr trotz deiner kurzen Haare ziemlich ähnlich. Beide seid ihr ausgesprochen hübsche junge Frauen.“

„Danke“, antwortete Franka spröde. Noch immer konnte sie mit Komplimenten nicht sonderlich gut umgehen. „Wo finde ich denn Tara?“

„Die ist in dem Wohnwagen von Joaquin. Der steht dort drüben.“ Der junge Mann deutete zu einem silbernen Wohnwagen mit etlichen Dellen und Roststellen an der Seite.

Als Franka vor dem Wohnwagen stand, zögerte sie zunächst, klopfte aber dann doch an die Tür. Kurz darauf wurde geöffnet und Tara steckte den Kopf heraus.

„Was willst du?“, fragte Tara misstrauisch. Sie hatte sich bunte Bänder in ihre langen Haare geflochten und trug eine lila Samtjacke. Auf Franka wirkte sie wie eine orientalische Prinzessin.

„Ich will mich nur von dir und Dimitru verabschieden“, antwortete Franka.

„Meinst du das ernst?“ Tara runzelte ungläubig die Stirn. „Ich dachte, du lässt mich mit einem Polizeiaufgebot abholen.“

„Rede keinen Blödsinn. Außerdem bist du volljährig und es ist deine freie Entscheidung. Ich habe dir nur Tipps gegeben. Aber entscheiden musst du“, antwortete Franka und spürte, dass der Kloß in ihrem Hals größer wurde. Es war alles so deprimierend. Sie spürte, dass Tara in ihr Unglück lief, aber sie konnte sie nicht davon abhalten. Der Zirkus war nicht überlebensfähig, das konnte sie mit einem Blick erkennen. Da brauchte man nicht Wirtschaft studiert zu haben. Aber durfte sie dem Glück ihrer jüngeren Schwester im Weg stehen?

„Ich habe mir alles gründlich überlegt." Tara begann zu reden und Franka verscheuchte ihre negativen Gedanken. „Ich habe mein ganzes Leben in einer Romasiedlung verbracht. Dort habe ich die alten Mythen und die Großzügigkeit unseres Volkes gelernt. Und ich bin stolz auf meine Herkunft. Du lebst von klein auf in einer gänzlich anderen Welt. Ich kann nicht einfach den Schalter umlegen und mich in deine Gesellschaft integrieren."

„Ich verstehe dich." Franka lächelte gequält und fuhr sich mit dem Handrücken über die Augen. ‚Jetzt bloß keine Abschiedsszene machen', dachte sie und riss sich zusammen. „Wo ist Dimitru? Ich will mich auch von ihm verabschieden."

„Dimitru ist mit Joaquin in die Werkstatt gefahren. Der Wagen braucht ein neues Rücklicht."

„Schade. Wann brecht ihr eure Zelt ab?", fragte sie dann. „Vielleicht schaffe ich es am Abend noch, Dimitru Auf Wiedersehen zu sagen. Er ist mir so ans Herz gewachsen."

„Abends sind wir schon weg. Wenn Joaquin zurückkommt, brechen wir auf. Nächste Woche wird das neue Programm einstudiert."

„Was ist dann anders als jetzt?"

„Wir entwickeln einen magischen Zirkus, der auf den alten Mythen der Roma basiert. Es gibt Hexen und Zauberer, Wahrsager und mystische Tänze. Das ist etwas ganz Neues. Wir filmen unsere Aufführungen und promoten sie auf Facebook. Damit erreichen wir eine völlig neue Zielgruppe."

„Wow!“ Mehr brachte Franka nicht heraus. Ihre Schwester Tara redete wie ein Marketingprofi. Und sie hatte immer gedacht, dass Tara faul und an allem desinteressiert sei. Wie hatte sie sich getäuscht.

„Ich bin so stolz auf dich“, flüsterte Franka und umarmte ihre Schwester. Sie hatte sich nie mit ihrer Schwester beschäftigt. Aber jetzt war es zu spät dafür. Eine Welle der Trauer durchflutete sie und sie musste heftig schlucken. „Du kannst immer zu mir zurückkommen. Ich bin deine große Schwester und lasse dich nicht im Stich.“

„Ich weiß und ich bin dir auch dankbar für alles.“ Plötzlich begann Tara zu schluchzen. „Ich kann nicht anders, folge doch nur dem Schlag meines Herzens.“

Mit diesen Worten riss sie sich von Franka los.

„Du musst jetzt gehen. Es gibt noch viel zu tun. Ich liebe dich, große Schwester“, flüsterte sie und schlug Franka die Tür vor der Nase zu.

Franka blieb noch einige Sekunden lang vor dem Wohnwagen stehen, ehe sie wieder zu ihrem Motorrad zurückging. Gerade als sie den Helm aufsetzen wollte, klingelte ihr Handy. Es war Timo.

„Was gibt's denn?“, fragte sie.

„Wo bleibst du?“, flüsterte Timo ins Telefon.

„Warum redest du so leise?“

„Schmidt von der internen Abteilung ist hier. Er fragt nach dem Passwort für deinen Computer.“

„Was will denn die Interne von mir?“ Franka spürte, wie sich ihre Nackenhaare aufstellten. Eine interne Ermittlung gegen sie, was hatte das zu bedeuten?

„Ich glaube, es geht um einen Datenhack, den du angeordnet haben sollst. Die Datenprofis von Schmidt sind schon auf dem Weg zu Jan Faber, um das zu überprüfen. Habt ihr Mist gebaut?"

„Blödsinn, wir haben nichts Illegales gemacht. Ich habe keine Ahnung, wie Schmidt da auf mich und Jan kommt", antwortete Franka. „Ich habe keinen blassen Schimmer, worum es geht." Aber das war gelogen. Natürlich wusste sie, worum es ging.

„Was soll ich Schmidt jetzt sagen?", fragte Timo.

„Sag, dass du mich nicht erreicht hast", gab ihm Franka den Rat. „Ich bin gleich in der Schwarzen Halle und rede selbst mit ihm."

Hastig beendete sie das Gespräch und dachte angestrengt nach. Die IT-Profis der internen Ermittlungsabteilung machten sich auf den Weg zu Jan. Sie musste Jan sofort warnen und er musste blitzschnell alle Spuren auf seinem Computer verwischen. Er musste eine Fake-Recherche anlegen, die sich mit ihrem Bericht deckte. Schnell wählte sie Jans Nummer.

„Jan, du bist in Schwierigkeiten", sagte sie, ohne sich mit einer Begrüßung aufzuhalten, als er sich meldete.

„Was ist? Ich verstehe dich so schlecht, Franka." Die Stimme von Jan war weit entfernt und wurde übertönt von Knistern und Rauschen.

„Jan, wo bist du? Die Verbindung ist voll daneben!", brüllte Franka in ihr Handy.

„Was ist los? Ich trainiere mit Ferdi am alten Industriehafen."

„Industriehafen?" Hatte sie richtig gehört? Jan trainierte mit seinem Freund Ferdinand. „Ich komme vorbei. Dann erkläre ich dir alles."

„Was?“ Wieder nur dieses Rauschen, dann ein plötzlicher Knall und laute Schreie aus dem Lautsprecher.

„Jan, was ist los?“ Franka schüttelte ihr Handy, als ob dadurch die Verbindung besser würde. „Jan, rede mit mir!“ Aber aus dem Lautsprecher kam nur ein gleichmäßiges Knacken. Franka glaubte, entfernt eine Stimme zu hören, gefolgt von einem lauten Krachen. Es hörte sich an, als hätte jemand das Handy mit einem Stiefel zertrümmert. Dann folgte eine tödliche Stille.

30

Gotan beugte sich über sein Tablet und beobachtete gespannt die Szene. Soeben hatte einer seiner Mitarbeiter ein Handy mit dem Absatz seines Stiefels zertreten. Ein zweiter Mann filmte die Szene mit seinem Smartphone und nur wenig zeitverzögert flimmerten die Bilder über Gotans Bildschirm.

„Ein Wunder moderner Technik. Ich sitze in Tallinn und beobachte meine Männer in Linz", murmelte Gotan und konzentrierte sich wieder auf das Display. Er setzte Kopfhörer auf, um auch den Ton live zu genießen. Er hatte drei seiner Mitarbeiter, die für eine seiner Firmen in Tschechien arbeiteten, nach Österreich beordert, damit eventuell kopierte Files aus der Datenbank der Hanstetten AG vernichtet wurden. Ulf Hanstetten hatte ihn informiert, dass jemand die Datenbanken gehackt hatte. Doch die installierte Antihacker-Software hatte den Urheber identifiziert. Es war ein Computer in Linz und dieser befand sich im Loft von Jan Faber. Deshalb waren seine Männer jetzt dort. Denn Faber hatte sicher eine Kopie der Files in einer Cloud gelagert.

Es war ein glücklicher Zufall, dass Faber mit seinem jungen Freund in einem verlassenen Areal am Hafen trainierte. Dort überraschten sie die beiden und konnten in aller Ruhe ihre Befragung durchführen.

„Wo hast du die Daten der Hanstetten AG gespeichert?“, fragte sein Mitarbeiter den IT-Spezialisten Jan Faber und zog ihn an seinem langen Zopf nach hinten. „Wenn du nicht antwortest, dann geht es deinem Freund schlecht.“

Jetzt schwenkte die Kamera zur Seite und Gotan sah einen jungen, hübschen Mann mit nacktem Oberkörper, der von zwei Männern an den Rand der Mole gezerrt wurde.

„Wenn du weiter schweigst, dann wird dein Freund leiden müssen“, hörte Gotan die Stimme seines Mitarbeiters aus dem Off.

„Ich weiß nicht, wovon du sprichst.“ Die Stimme des Mannes im Rollstuhl klang fest. Gotan hatte das Gefühl, als wäre sich Faber der Ernsthaftigkeit seiner Lage nicht bewusst. Wahrscheinlich musste man ihm das drastisch vor Augen führen.

„Nehmt euch seinen Freund vor“, gab Gotan über sein Mikro eine Anweisung. Verärgert schüttelte er den Kopf. In Wirklichkeit hasste er rohe Gewalt. Wenn er mit seinen Söhnen mit dem Segelboot hinaus aufs Meer fuhr, dann war er ein liebender Vater. Und ihm fiel ein, dass er sich ein neues Au-Pair-Mädchen für seine Kinder suchen musste. Vielleicht eine Balletttänzerin? Er war eben ein Mann, der die schönen Künste liebte und sogar zu Ballettaufführungen ging. Allerdings nicht wegen der Darbietungen, sondern weil die begabte Primaballerina es ihm angetan hatte.

Gotans Mitarbeiter hatten in der Zwischenzeit ein altes Handtuch in das schmutzige Wasser der Donau getaucht. Jetzt packten sie den jungen Mann und rissen ihn zu Boden. Drehten ihn auf den Rücken und fesselten Arme und Beine an eiserne Ringe, die aus dem Beton ragten.

„Du sagst uns sofort, wo sich die kopierte Datenbank befindet", hörte Gotan wieder die Stimme aus dem Off.

„Ich habe keine Ahnung, was du meinst." Jetzt klang die Stimme von Jan Faber nicht mehr selbstsicher. Gotan hörte ein leises Zittern heraus. „Ich habe nichts kopiert. Das ist doch überhaupt nicht erlaubt."

„Nicht erlaubt", höhnte Gotans Mitarbeiter. „Du hast den Server der Hanstetten AG gehackt. Und willst uns erzählen, du hättest keine Kopie der Daten gemacht, weil das nicht erlaubt ist. So ein Schwachsinn."

„Fangt endlich mit dem Jungen an. Ich habe nicht mehr so viel Zeit", sagte Gotan kurz und knapp. Er warf einen Blick auf seine Patek-Philippe-Armbanduhr. Zum Abendessen war er mit dem Wirtschaftsminister verabredet, also mussten sich seine Leute beeilen. „Macht schon, ich habe noch eine Menge zu tun."

Sein Mitarbeiter nahm das nasse Handtuch und legte es dem jungen Mann auf das Gesicht. Der Mann begann sofort zu husten. Ein anderer von Gotans Mitarbeitern hockte sich daneben auf den Boden. In der Hand hielt er eine große Wasserflasche, mit der er ständig Wasser auf das Handtuch goss. Der junge Mann bäumte sich auf, versuchte, aus seinen Fesseln zu schlüpfen, aber es war zwecklos. Unter dem Handtuch war dumpfes Husten und panikartiges Atmen zu hören.

„Wie heißt dein Freund eigentlich?“, hörte Gotan die Stimme seines Mitarbeiters.

„Ferdinand“, ächzte Jan Faber. „Lasst ihn in Ruhe. Er kann doch nichts dafür. Macht das mit mir, aber lasst ihn gehen.“

„Keine Sorge. Das Waterboarding deines Freundes dient nur dazu, dir den Ernst der Lage zu verdeutlichen. Wie du siehst, liegt sein Kopf ein wenig niedriger als der restliche Körper. Dadurch gelangt kein Wasser in den Hals und die Lungen. Es ist trotzdem ein Gefühl, als würde er ertrinken. Wenn wir das lange genug machen, wird er allerdings psychische Schäden davontragen, außer du bist uns endlich behilflich.“

„Es gibt keine Kopie der Daten“, wiederholte Jan Faber eigensinnig. „Weshalb hätte ich eine Kopie machen sollen? Es war nur eine einfache Recherche.“

„Du gibst also zu, dass du die Datenbank gehackt hast?“, fragte der Mitarbeiter.

„Nein, ich habe mir nur die Geschäftsberichte angesehen und die Umsatzprognosen. Das ist alles völlig legal für jedermann einsehbar.“

„Weitermachen!“ Gotan strich sich über seinen sorgfältig getrimmten Vollbart. ‚Manche Leute lernen einfach nicht dazu‘, dachte er.

Noch immer lag das Handtuch auf dem Gesicht von Ferdinand. Immer wieder schüttete ein Mitarbeiter mit stoischer Miene Wasser auf den Stoff. Ferdinand wehrte sich nicht mehr, aber sein Körper begann unkontrolliert zu zucken.

„Halt!“, rief Faber. „Ich gebe euch das Passwort für die Cloud.“

„Ich höre!“ Gotans Mitarbeiter zog ein Tablet aus seinem Rucksack und aktivierte es. Langsam tippte er die Nummern ein, die ihm Faber ansagte. Als sich ein Fenster öffnete, scrollte er sich durch den Inhalt und nickte dann bestätigend.

„Was ist?“, fragte Gotan durch sein Mikro.

„Es sind die richtigen Daten.“

„Sofort löschen!“, befahl Gotan.

„Erledigt.“

„Jetzt habt ihr, was ihr wollt. Lasst Ferdinand frei.“ Die Stimme von Faber war nur noch ein heiseres Krächzen. Es war die Stimme eines Verlierers. Aber er würde noch weit mehr verlieren. Gotan lächelte böse.

Das Handtuch lag noch immer auf dem Gesicht von Ferdinand. Ein Mann ging zur Mole und tauchte einen Kübel in das Brackwasser. Ohne Vorwarnung schüttete er dann den ganzen Eimer über das Handtuch. Ferdinands Körper wurde wieder von Krämpfen geschüttelt und sein Rücken drückte sich in einem Bogen nach oben. Unter dem Handtuch klang sein Husten wie das Bellen eines sterbenden Hundes. Ferdinands gefesselte Hände schwollen an, die Finger verkrümmten sich zu Krallen. Gotan hätte es nicht gewundert, wenn plötzlich die Haut aufgeplatzt wäre. Aber dann riss der Mann das Handtuch von Ferdinands Kopf. Ferdinand schnappte nach Luft, spuckte, bäumte sich auf und sank schlaff zusammen.

„Nein!“ Aus dem Off klang die Stimme von Jan Faber wie eine Sirene, lang gezogen und schrill. Dann folgte ein knirschendes Geräusch, als Faber Gotans Mitarbeiter zur

Seite stieß und mit seinem Rollstuhl zu seinem Freund fuhr, der zitternd auf dem Boden lag. In der Sonne glänzte das schmierige Handtuch neben dem Gesicht von Ferdinand wie ein edler Stoff.

Jetzt hatte Faber seinen Freund erreicht. Die Männer in ihren Jeans und Poloshirts standen mit verschränkten Armen da und grinsten.

„Was habt ihr mit Ferdi gemacht?" Faber stemmte sich aus seinem Rollstuhl und fiel nach vorn auf den Beton. Schlug sich die Nase auf. Robbte über den Boden zu seinem Freund. Die Männer begannen zu lachen. Einer von ihnen trat Faber mit dem Schuh so lange auf den Arm, bis das Knacken der brechenden Knochen zu hören war. Ein anderer versetzte Faber einen Tritt in die Seite, zog ihn an den Haaren hoch, um ihn dann wie ein Stück Dreck wieder auf den Boden zu schleudern. All das ließ Faber ohne Gegenwehr mit sich geschehen. Er hatte nur Augen für seinen Freund. Ächzend kroch er an Ferdinands Seite. Strich mit der unversehrten Hand beruhigend über das verzerrte Gesicht seines Freundes, der stoßweise atmete und leise wimmerte.

„Ihr Schweine habt ihn fast umgebracht." Faber wälzte sich auf den Rücken und ballte die Faust.

„Er wird nicht mehr lange leben, wenn du auch nur ein Sterbenswörtchen von unserem Besuch erwähnst. Ist das klar?"

„O. K." Faber nickte. Sein linker Arm hing wie leblos nach unten. Auf Gotan wirkte er wie ein gebrochener Mann. „Ich habe verstanden."

Langsam schob sich Faber zu seinem Rollstuhl, zog sich an einem Arm an der seitlichen Stütze hoch und setzte sich hinein. Erschöpft ließ er den Kopf sinken, seine langen, grauen Haare fielen ihm über sein Gesicht.

„Dieser Mann hat seine Lektion gelernt. Das war gute Arbeit. Ihr könnt jetzt verschwinden“, sagte Gotan und schaltete das Display ab.

So konnte er nicht sehen, dass einer seiner Männer hinter Fabers Rollstuhl trat und ihm einen Tritt versetzte. Der Stuhl rollte zum Rand der Mole und neigte sich leicht nach vorn. Faber gab keinen Laut von sich. Wie in Zeitlupe kippte der Rollstuhl immer weiter nach vorn, bis er schließlich gänzlich vom Boden abhob und Faber kopfüber in die Donau fiel. Noch einmal drehte sich der Rollstuhl, ein Rad tauchte auf und Fabers Haare breiteten sich wie ein Spinnennetz auf der Wasseroberfläche aus. Ein Ausflugsschiff fuhr vorbei und die Wellen klatschten leise an die Mole. Von ferne war das Geräusch eines Motorrades zu hören, das rasch näher kam.

31

Braun saß in seinem Containerzimmer und versuchte, ein Skype-Gespräch mit Kim herzustellen. Aber die Verbindung war zu schwach und brach immer wieder zusammen.

„Scheiße! Ich dachte, Estland hat das am besten ausgebaute Internet des Nordens", fluchte er und nahm sein Smartphone. Er ging nach draußen ins Freie und setzte sich auf die Stufen vor seinem Container. Noch immer war es hell, obwohl es schon Abend war. Kurz rekapitulierte er den Besuch gestern in der Wohnung des Schwimmtrainers. Sie hatten außer dem schwarzen Faden zunächst nichts Belastendes gefunden. Dieses Produkt konnte man in jedem Supermarkt im Baltikum kaufen. Als Braun den Computer von Thorstein überprüfen wollte, hatte dieser allerdings höflich, aber bestimmt abgelehnt. Das sei nur mit einem richterlichen Beschluss möglich, hatte Thorstein argumentiert. Also waren sie unverrichteter Dinge wieder abgezogen. Arto war pessimistisch gewesen, was einen richterlichen

Durchsuchungsbefehl betraf. Die Beweislage war einfach zu dünn, das musste auch Braun zugeben.

Die Fake-Fassade des Hotels warf einen langen Schatten über die Containerreihen und Braun fröstelte leicht. Aber hier draußen hatte er wenigstens einen besseren Empfang und die Skype-Verbindung funktionierte. Nervös fuhr er sich durch die Haare und versuchte, ein gewinnendes Lächeln aufzusetzen.

„Du siehst aber gut aus", war das Erste, was er spontan sagte, als Kims Gesicht auf dem Display auftauchte. „Ich meine wirklich gut."

„Braun, wird das jetzt eine Liebeserklärung?", fragte Kim ironisch und lächelte geschmeichelt. „Aber du siehst auch ganz passabel aus. Liegt das an dem fehlenden Bier oder ist es das abendliche Licht, das deine Falten glättet und die grauen Stellen in deinem Bart verschwinden lässt?"

„Keine Angst! Gutes Bier habe ich hier genügend", erwiderte Braun und musste grinsen. „Es wird wahrscheinlich am Licht liegen."

„Ich habe gestern mit Jimmy ein Haus besichtigt", sagte Kim. „Dein Sohn will unbedingt, dass wir zusammenziehen. Das ist eine fixe Idee von ihm."

„Ich weiß, damit ist er mir auch schon in den Ohren gelegen." Braun runzelte die Stirn. „Was hast du zu ihm gesagt?"

„Dass es nicht geht und wir drei nicht zusammenleben können."

„Mehr nicht?"

„Ja, was soll ich ihm denn sonst sagen? Etwa, dass ich nicht einmal für die nächste Woche planen kann, weil ich jederzeit sterben könnte?"

„Nein, das wäre kontraproduktiv“, murmelte Braun und spürte, wie sich seine Brust zusammenzog. Manchmal war er ein Meister im Verdrängen. Bei Kim wollte er einfach nicht wahrhaben, dass ihre Beziehung ein Ablaufdatum hatte. Er bildete sich ein, es könnte ewig so weitergehen.

„Aber irgendwann müssen wir es ihm erklären. Es wäre sonst ein totaler Schock, wenn du eines Tages einfach …“

„Wenn ich einfach sterbe, wolltest du sagen“, vervollständigte Kim den Satz. „Stimmt, das wäre nicht gut. Überhaupt, wo er schon in jungen Jahren mehrmals mit dem Tod konfrontiert wurde.“

„Ja, er hat viel durchgemacht, mein Junge.“ Braun dachte an den Albtraum zurück, als er den zwölfjährigen Jimmy aus lauter Gedankenlosigkeit mit zu einem Tatort nahm. Zwei Dealer hatten sich gegenseitig das Hirn weggepustet. Das war ein traumatisches Erlebnis für seinen Sohn und auch für seine damalige Frau Margot gewesen. Sie reichte daraufhin die Scheidung ein und wollte das alleinige Sorgerecht für Jimmy. Darüber führten sie einen erbitterten Streit. Daran wollte Braun aber nicht denken. Das war Vergangenheit. Auch nicht daran, dass er die Leiche von Jimmys Freundin Vesna gefunden hatte, die von einem Irren gekillt worden war.

„Wenn ich zurück bin, reden wir gemeinsam mit Jimmy“, sagte Braun und räusperte sich. „Wir setzen uns zusammen und besprechen das Ganze sachlich wie vernünftige Menschen.“

„Kannst du sachlich über das Thema Sterben reden?“, fragte Kim zweifelnd.

„Na klar, in meinem Job habe ich fast jeden Tag mit

dieser Thematik zu tun“, antwortete Braun und biss sich im gleichen Augenblick auf die Zunge. Verdammt, das war eine ziemlich blöde Antwort gewesen.

„Ach, dann betrachtest du mich also als Teil deines Jobs, wenn wir über meine verdammte Krankheit sprechen?“, redete sich Kim in Rage.

„Nein, so habe ich das doch nicht gemeint. Warum gehst du sofort so in die Luft?“, wunderte er sich.

„Weil ich nicht sterben will“, flüsterte Kim und ihre grünen Katzenaugen funkelten traurig. „Ich kann mir einfach nicht vorstellen, dein Gesicht nicht mehr zu sehen. Mich nie mehr über eine deiner blöden Antworten zu ärgern. Dich niemals mehr zu küssen.“ Kim verstummte und fuhr sich durch die Haare. „Peinliche Sentimentalität“, murmelte sie und räusperte sich. „Was gibt's Neues bei deinem Fall?“, fragte sie dann gefasst und setzte sich aufrecht.

„Wir machen Fortschritte. Wenn ich zurückkomme, dann sehe ich mir mit Jimmy das Haus an. Es dauert nicht mehr lange.“ Braun ging nicht auf Kims Gefühlsausbruch ein, obwohl es auch ihm so unwirklich erschien, dass sie eines Tages nicht mehr hier sein würde.

„Oh, dann seid ihr schon weitergekommen?“

„Kim, darüber darf ich nicht sprechen, aber ja, vielleicht können wir den Fall bald abschließen.“ Braun dachte an Thorstein, den Schwimmlehrer, und sein Bauchgefühl sagte ihm noch immer, dass Thorstein auf seiner Liste der Verdächtigen ganz oben rangierte. Thorstein kannte die Mädchen, er hatte offensichtlich eine Affäre mit Zoe gehabt.

„Warum willst du dir eigentlich das Haus ansehen? Die

Miete kostet eine Menge Geld“, kam Kim wieder auf das vorherige Thema zu sprechen.

„Weil ich finde, dass wir uns vom Schicksal nicht so unterdrücken lassen dürfen. Scheiß drauf, was die Ärzte sagen. Wir leben im Hier und Jetzt. Wenn uns das Haus gefällt, dann mieten wir es einfach.“

Es gefiel ihm selbst, was er eben gesagt hatte. Vielleicht hatten sie doch noch eine Chance, vielleicht gelang es ihnen, das Schicksal hinters Licht zu führen.

„Du klingst so positiv, Braun, du solltest Motivationstrainer werden oder Guru“, erwiderte Kim lächelnd und ihre Augen blitzten kurz auf.

Da war sie wieder, die Magie, die ihn so an Kim faszinierte. Dieser verführerische Blick, dieses anziehende Lachen und die raue Stimme. Dieses hübsche Gesicht mit den hohen Wangenknochen und den schräg stehenden Augen. Er konnte einfach den Blick nicht von ihr lassen.

„Braun, warum starrst du mich denn so an?“

„Tu ich das?“

„Ja, und jetzt sag bloß nicht, dass du den grässlichen Pickel auf meiner Stirn entdeckt hast und dich davon nicht losreißen kannst.“

„Du hältst mich für einen Pickelfetischisten? Vielleicht hast du recht.“

„Ich wusste schon immer, dass du pervers bist.“

„Dann mach dich auf die perversen Highlights gefasst, wenn ich wieder zurück bin.“

„Ich freue mich schon darauf.“

„Kannst du bitte Jimmy ausrichten, dass wir uns das Haus nach meiner Rückkehr ansehen?“, sagte Braun. „Ich möchte, dass du es ihm sagst. Bei mir glaubt er nur, ich will ihn damit ruhigstellen."

„Mein Gott, was seid ihr nur für Männer." Mit gespieltem Unverständnis verdrehte Kim die Augen.

Sie redeten noch eine Weile weiter, dann verzog Kim plötzlich das Gesicht.

„Braun, ich muss meine Tabletten nehmen. Vor lauter Reden habe ich das völlig vergessen. Es flimmert schon alles vor meinen Augen."

Mit einem Mal war die Wirklichkeit wieder da. Die gnadenlose Realität, die ihn daran erinnerte, dass niemand seinem Schicksal entfliehen konnte.

„Ist o. k., Kim. Alles wird gut. Skypen wir morgen wieder." Braun wollte noch etwas sagen, doch Kim hatte schon die Verbindung getrennt. Nachdenklich starrte er auf sein Handy, als ihn eine Stimme aus seinem Grübeln riss.

„Warum sitzt du hier auf den Stufen?"

Braun schreckte hoch. Lotti stand vor ihm und strahlte ihn an.

„Du siehst so traurig aus. Darf ich dich auf ein Bier einladen?", sagte sie und zog ein Tuch aus ihren blonden Haaren.

„Musst du denn nicht arbeiten?"

„Es ist heute nicht viel los."

„Auf ein Bier? Ja, warum denn nicht." Langsam stand Braun auf und steckte sein Smartphone ein.

„Mit wem hast du gerade gesprochen? Du siehst so aufgewühlt aus", fragte Lotti und schüttelte ihre Haare aus.

„Das war meine Freundin", meinte Braun einsilbig. Es war das erste Mal, dass er Kim Fremden gegenüber als seine Freundin bezeichnete.

„Habt ihr euch gestritten?"

„Nein, wieso?"

„Weil du so traurig dreingesehen hast."

„Hör mal, Lotti. Ich finde dich sympathisch, aber ich will nicht über mein Privatleben reden", antwortete Braun.

„Ich wollte nicht aufdringlich sein", erwiderte Lotti kleinlaut. „Du interessierst mich eben."

Wortlos gingen sie zu dem Bretterverschlag, in dem die Rezeption und eine einfache Bar untergebracht waren. Lotti holte zwei Bier aus einem kleinen Eisschrank. Sie stießen mit den Flaschen an und nahmen einen kräftigen Schluck.

„Erzähl mir ein wenig von dir", sagte Braun. „Warum arbeitest du als Nachtportier in diesem merkwürdigen Hotel?"

„Ich habe das Hotel geerbt und ich liebe die Stille der Nacht. Wenn die Welt für kurze Zeit den Atem anhält und Vergangenheit, Gegenwart und Zukunft eins werden. Da fühle ich mich wohl."

„Hast du keine Freunde, mit denen du abends etwas unternimmst?"

„Nein, ich mache mir nicht so viel aus Freundschaft. Was ist das schon? Zwischen Mann und Frau kann es nicht funktionieren. Da steht immer der Sex dazwischen. Und bei Frauen gibt es die Rivalität. Da bin ich lieber alleine. Hier mit meinen Büchern und astronomischen Tabellen."

„Du interessierst dich für Astronomie?", fragte Braun überrascht.

„Astronomie ist meine große Leidenschaft. Ich will Astronomin werden und absolviere ein Fernstudium."

„Das ist aber sehr interessant. Musst du mir mal in

Ruhe etwas darüber erzählen. Aber jetzt habe ich keine Zeit mehr“, meinte Braun.

„Warum denn nicht?“

„Ich muss heute eine Sendung für Frederik moderieren. Gleich kommt mein Taxi“, sagte Braun nach einem Blick auf die Uhr.

„Du bist aber auch cool“, sagte Lotti und prostete Braun zu.

„Wieso?“

„Weil du so tolle Dinge machst. Du moderierst im Radio und suchst einen Killer. Das ist schon aufregend. Vielleicht können wir uns morgen Abend über Astronomie und die Mörderjagd unterhalten.“

„Wenn ich morgen noch hier bin“, meinte Braun.

„Warum? Ich dachte, du bist hier, um einen Mörder zu fangen?“, fragte Lotti verwundert.

„Es kann sein, dass wir ihn demnächst fassen.“

32

Franka hatte eine böse Vorahnung, als sie in die Straße zum alten Containerhafen einbog. Die Verbindung zu Jan war plötzlich abgebrochen, und sie spürte, dass er in Schwierigkeiten steckte. Ein schwarzer SUV kam ihr mit rasender Geschwindigkeit entgegen, und Franka konnte nur mit Mühe ausweichen.

„So eine Rücksichtslosigkeit!“, rief sie dem Geländewagen hinterher und rollte dann auf ihrer Nero Guzzi langsam in den alten Containerhafen.

„Jan, wo bist du?“, rief sie. Doch alles, was sie vernahm, war das leise Plätschern der Wellen an der Mole. Sie bockte die Maschine auf und hängte den Helm an den Lenker.

„Jan?“

Nichts. Die Sonne stand bereits tief, und Franka schirmte ihre Augen mit der Hand ab, um etwas zu erkennen. Ein rostiger Container versperrte ihr die Sicht. Franka ging langsam um den Container herum und auf die Mole zu. Plötzlich sah sie eine Gestalt auf dem Boden liegen. Es war ein durchtrainierter Mann, der nur eine Sporthose trug. Als sie näher trat, bemerkte sie, dass er an Armen und Beinen gefesselt und am Boden fixiert war. Und jetzt erkannte sie auch den Mann. Es war Ferdinand, der Freund von Jan.

„Wo ist Jan?", rief sie. Sie rüttelte ihn an den Schultern, doch Ferdinand blickte nur apathisch ins Leere. Franka beugte sich über ihn und spürte seinen unregelmäßigen Puls. Sie zog ihr Handy aus der Lederjacke und wählte den Notruf.

„Inspektor Morgen hier. Ich habe einen Notfall am alten Containerhafen. Ein Schwerverletzter."

Sie steckte das Handy wieder in ihre Tasche und sprang auf. Wo war Jan nur geblieben?

„Jan! Wo bist du?" Nichts, nur das Rauschen der Wellen.

„Hier!", hörte sie plötzlich Jans Stimme.

Franka lief bis zum Rand der Mole. Jan hielt sich mit der rechten Hand an einem dünnen Eisenrohr fest, das quer aus dem Beton ragte. Das Rohr knackte und bog sich bereits unter seinem Gewicht. Franka erkannte sofort, dass es nicht mehr lange halten würde. Jan blutete aus einer Wunde am Kopf und sein linker Arm hing kraftlos ins Wasser. Er hatte die Augen geschlossen und seine Halsmuskeln zuckten unter der Anstrengung.

„Jan, bitte halte durch! Gleich kommt Hilfe!", rief sie.

„Franka, wie geht's Ferdi? Kümmere dich um ihn!" Jans Stimme klang erschöpft.

„Ferdi ist am Leben. Er schafft das und du auch", versuchte sie Jan zu motivieren. Während sie sprach, knickte das Rohr mit einem lauten Geräusch nach unten ab. Verzweifelt versuchte Jan sich zu halten, doch er rutschte unerbittlich immer weiter ins Wasser.

„Franka, ich glaube, ich kann mich nicht mehr lange halten.“ Jan biss die Zähne zusammen und umklammerte das Rohr.

„Nicht aufgeben! Gleich kommt Hilfe“, sagte Franka und drehte sich um. ‚Wo bleiben nur der Krankenwagen und die Kollegen?‘, dachte sie.

Doch in diesem Moment riss das Rohr aus der Betonverankerung. Jans Kopf verschwand unter Wasser. Sekunden später tauchte er auch schon wieder auf und paddelte auf die Mole zu.

„Jan, kannst du dich noch über Wasser halten?“ Franka beugte sich nach unten und streckte die Hand aus. Jan machte sich lang, konnte aber ihre Hand nicht erreichen. Er versuchte, sich an dem glitschigen Beton festzuhalten, rutschte aber immer wieder ab. Die Wunde an seinem Kopf blutete stärker und Jans Gesicht war kalkweiß.

„Du darfst jetzt nicht schlappmachen.“ Hektisch blickte Franka nach unten und entdeckte an der Betonmauer einen eisernen Ring zum Vertäuen der Boote.

„Erwischst du den Ring?“

Jan bäumte sich auf, schaffte es aber nicht, sondern sackte zurück in die Fluten.

„Franka, ich kann mich nicht mehr halten.“ Jan trieb rücklings auf dem Wasser. „In meinem Kopf dreht sich alles. Mein linker Arm schmerzt furchtbar. Er ist gebrochen.“ Jan paddelte kraftloser und immer öfter tauchte sein Kopf unter Wasser.

„Jan, bitte durchhalten!“

Plötzlich begriff Franka, dass Jan ertrinken würde, wenn

sie nicht sofort etwas tat. Sie riss sich die Lederjacke vom Körper und schlüpfte aus ihren Boots. Legte die Pistole auf den Boden und trat an den Rand der Mole. Wieder tauchte Jans Kopf auf, und mit einer müden Handbewegung drehte er sich im Kreis, ehe er erneut in den Fluten versank.

‚Spring! Du musst ins Wasser springen! Nur du kannst Jan jetzt noch retten!‘, versuchte Franka sich zu motivieren. Aber die grauenvolle Angst vor dem Wasser war stärker. Jetzt war sie wieder das pummelige zehnjährige Mädchen, das im Freibad plötzlich von den Jungs umringt wurde.

„Na, du fettes Zigeunerkind. Kannst wohl nicht schwimmen? Lernt man das bei euch im Müll nicht?“, höhnten die Jungs.

Ehe Franka weglaufen konnte, hatten sie zwei der Jungen gepackt und warfen sie ins Schwimmbecken. Sofort ging sie unter, konnte aber paddelnd wieder an die Oberfläche kommen. Ihr Herz schlug wie verrückt und sie schluckte eine Menge Wasser. Dann sprangen die Jungen ins Wasser und drückten sie nach unten. Sie brach in Panik aus und begann, unter Wasser laut zu schreien. Schluckte so noch mehr von dem ätzenden Chlor. Glaubte zu sterben und sank auf den Boden des Beckens. Sie hatte keine Ahnung, wer sie rettete, doch als sie die Augen aufschlug, lag sie am Beckenrand, umringt von schaulustigen Badegästen. Der Bademeister fuhr ihr mit einem Holzstück in den Mund und sie erbrach einen Schwall ekliges Chlorwasser.

„Na bitte, geht doch wieder!“ Der Bademeister half Franka auf die zittrigen Beine. „Das nächste Mal darfst du aber nicht ins tiefe Becken gehen, wenn du noch nicht schwimmen kannst“, ermahnte er sie. Auf Betreiben ihrer Eltern hatte

Franka einen Schwimmkurs besucht, war aber danach nie wieder geschwommen.

Das alles ging ihr jetzt durch den Kopf, als sie an der Mole stand.

‚Spring, du musst springen! Jan stirbt, wenn du nichts unternimmst. Du musst es wagen und deine Angst überwinden!' Franka schloss die Augen und presste die Lippen zusammen. Atmete ein letztes Mal tief durch. Sprang von der Mole, klatschte in das kalte Wasser, ging sofort unter, spürte die Panik, die hochkroch. Sie strampelte mit den Beinen, bekam den Kopf aus dem Wasser, sah Jans Hand und paddelte darauf zu.

„Jan, ich bin hier!", keuchte sie, schluckte Wasser, packte Jans Hand und zog ihn hoch. Jan hatte die Augen verdreht, war bewusstlos und hing schwer auf Frankas Körper. Sie erinnerte sich an die Rettungsgriffe, die sie bei der Polizei gelernt hatte.

‚Beide werden wir sterben, einfach elendig ersaufen, wenn nicht bald Hilfe kommt', dachte sie und hielt sich mit eiserner Disziplin über Wasser. Plötzlich tauchten die Gesichter von zwei Polizisten am Rand der Mole auf.

„Wir holen Sie rauf!"

„Zuerst den Mann hier. Er ist querschnittgelähmt und schwer verletzt."

„Geht klar."

Einer der Polizisten warf einen Rettungsring ins Wasser. Franka schwamm darauf zu und krallte sich mit einer Hand daran fest. Kurz darauf wurde ein Rettungsgurt zu ihr nach unten gelassen.

„Binden Sie den Gurt um den Verletzten“, sagte einer der Polizisten. „Wir ziehen ihn hoch.“

„O. K., mache ich.“

Mit letzter Kraft schlang sie den Gurt um Jans Brust und gab den Männern oben ein Zeichen. Dann legte sie erschöpft die Arme um den Rettungsring und wartete, bis die Polizisten Jan nach oben gezogen hatten. Als der Rettungsgurt erneut nach unten gelassen wurde, befestigte sie ihn unter ihren Achseln und wurde selbst langsam hochgehievt. Oben angekommen wollte sie aufstehen, doch ihre Beine knickten ein und sie ging in die Knie.

„Ich brauche noch ein paar Sekunden“, keuchte sie und rollte auf den Rücken. Notärzte tauchten auf und Jan wurde auf einer Trage weggebracht. Endlich spürte Franka wieder ein wenig Leben in sich und richtete sich auf.

Neben den beiden Krankenwagen stand der bronzefarbene Porsche von Elena Kafka. Die Polizeipräsidentin lehnte am Kühler und sprach mit dem Einsatzteam. Als sie sah, dass Franka aufstand und ansprechbar war, kam sie schnell auf sie zu.

„Was ist hier passiert?“

„Ich habe keine Ahnung“, murmelte Franka. „Ferdi lag gefesselt auf dem Boden. Jan trieb verletzt in der Donau. Mehr weiß ich nicht.“

„Wer ist Ferdi?“, fragte Elena.

„Ferdinand ist der Freund von Jan. Er wurde gefoltert, damit Jan etwas preisgibt, denke ich jedenfalls.“

„Stimmt, das sieht nach einer gezielten Aktion aus“, murmelte Elena. „Waterboarding bei dem einen Mann, um den anderen dazu zu bringen, etwas auszusagen. Aber was sollte Faber so Wichtiges mitzuteilen haben?“ Elena blickte

Franka fragend an. „Irgendeine Idee? Sie arbeiten doch mit Braun an dem Mordfall in Tallinn. Vielleicht hat dieser Überfall damit zu tun? Was denken Sie?"

„Ich habe wirklich keine Ahnung." Franka atmete tief durch und schlang die Arme um ihren Oberkörper. Die Sonne war bereits untergegangen und sie begann zu frösteln.

„Fahren Sie nach Hause und ziehen Sie sich um, morgen können wir das alles in der Schwarzen Halle besprechen", meinte Elena. „Und gut gemacht! Sie haben Faber das Leben gerettet. Ich wusste gar nicht, dass Sie so gut schwimmen können", sagte Elena und überlegte. „Vielleicht haben Sie Lust, mit mir gemeinsam einmal die Woche im Hallenbad eine Stunde Wettkampfschwimmen zu machen. Würde mich freuen."

„Klingt gut", antwortete Franka, obwohl sie sich nicht vorstellen konnte, jemals wieder einen Fuß in ein Becken zu stecken. „Ich denke darüber nach."

33

Caro spazierte durch die engen Gassen der Altstadt von Tallinn. Es war einer der wenigen Abende, an denen sie freihatte. Die beiden kleinen Mädchen schliefen, und die Pflegerin hatte Solveig eine Spritze verpasst und wachte an ihrem Bett. Es konnte also nichts passieren.

Wieder hatte Caro vergeblich versucht, Zoe zu erreichen, und sie begann sich ernsthaft Sorgen zu machen. Jemand drückte ihr einen Flyer in die Hand. Zerstreut warf sie einen Blick darauf. Es war Werbung für einen DJ im Las Vegas Club. Caro war nur selten in dem Club, die Atmosphäre behagte ihr nicht sonderlich. Viel lieber war sie im „Piraat Süda" am Strand, da fühlte sie sich zu Haus. Aber heute Nacht legte ein internationaler DJ auf, das machte sie neugierig.

Vor dem Las Vegas Club hatte sich bereits eine lange Warteschlange gebildet. Der Türsteher kam ihr irgendwie bekannt vor. Er trug eine verspiegelte Sonnenbrille und wirkte cool. Als Caro jedoch näher kam, wusste sie, woher sie ihn kannte. Der Mann hatte ihr zwar geholfen, die Kinder im Einkaufszentrum wiederzufinden, aber etwas an ihm hatte sie misstrauisch gemacht.

Jetzt hatte auch der Mann Caro entdeckt und winkte ihr zu.

„Hey, komm sofort her!“, rief er laut über die Wartenden hinweg. Caro fand, dass seine Stimme einen militärischen Unterton hatte. Hastig drehte sie sich um und lief schnell in eine andere Richtung.

„Stopp, so warte doch. Ich muss mit dir reden!“, hörte sie die selbstbewusste Stimme hinter ihrem Rücken. Was wollte er bloß von ihr? Caro begann zu laufen und verschwand in einer engen Seitenstraße. Zu spät bemerkte sie, dass sie in eine Sackgasse geraten war. Nervös trippelte sie an den abbröckelnden Häuserfassaden entlang. Plötzlich musste sie an ihre beiden Freundinnen denken: Bea, die man tot am Strand gefunden hatte, und Zoe, die verschwunden war. Böse Bilder gingen ihr durch den Kopf und ihr Herz schlug heftig.

Vor einem großen Gebäude mit Kuppeldach stand ein Mann und rauchte eine Zigarre. Er trug ein weißes Hemd und Hosenträger. Sein schwarzer Bart war perfekt getrimmt und auf den ersten Blick wirkte er wie ein Fotomodell. Als Caro jedoch näher kam, erkannte sie ihn. Es war der Russe Gotan, bei dem Bea als Au-Pair gearbeitet hatte. Sie hatte Bea einige Male auf dem Anwesen besucht und war ihm dabei zufällig begegnet. Mehr als ein paar flüchtige Worte hatten sie nicht miteinander gewechselt.

„Bist du nicht Caro?“, fragte Gotan, denn auch er hatte sie erkannt.

„Ja, wir kennen uns über Bea“, antwortete Caro höflich.

„Was machst du hier?“, fragte Gotan.

„Ich gehe spazieren“, antwortete Caro und fuhr sich nervös durch die Haare.

„Hier in einer Sackgasse?“ Gotan hob amüsiert die Augenbrauen.

„Blödsinn.“ Caro spürte, wie sie rot wurde. „Ich wollte dem Türsteher vom Las Vegas Club nicht begegnen.“

„Ach, warum denn nicht?“, fragte Gotan erstaunt.

„Er hat mich in einem Einkaufszentrum angesprochen. Und jetzt schon wieder. Ich glaube, der will mich anmachen.“

„Stimmt, er ist ein beschissener Typ“, gab ihr Gotan recht.

„Kennst du ihn?“

„Ja, aber keine Angst. Er ist ein kompletter Loser, der nichts auf die Reihe kriegt. Wolltest du in den Club?“, fragte Gotan weiter.

„Der DJ von heute Abend interessiert mich sehr“, antwortete Caro. Sie zog den Flyer aus ihrer Tasche und streckte ihn Gotan entgegen.

„Ah, Joe7! Den habe ich für unser Programm gebucht“, sagte Gotan.

„Echt? Hätte ich mir gar nicht gedacht, dass du dich für diese Art von Musik interessierst. Ich meine in deinem Alter.“

„Wie? Findest du mich so alt?“ Gotan lachte herzhaft.

Mit seinem breiten Lächeln wirkte er auf Caro wesentlich attraktiver als mit der ernsten Miene, die er immer zur Schau trug. Aber das sagte sie ihm natürlich nicht.

„Nein, du siehst für dein Alter noch ganz gut aus. Es wundert mich nur wegen deines Musikgeschmacks."

Gotan sah Caro prüfend an und schien nachzudenken.

„Willst du den DJ vielleicht hautnah erleben?", fragte er dann.

„Ja, klar doch."

„Dann komm mit!" Gotan drehte sich um und öffnete eine schwarze Stahltür an der Rückseite des Gebäudes.

„Wo gehen wir hin?", fragte Caro zögerlich.

„Na, in den Las Vegas Club. Da wolltest du doch hin", erwiderte Gotan. „Das ist der private Hintereingang."

„Oh, wie cool!", sagte Caro überrascht. „Wieso kannst du hier ein und aus gehen?"

„Das ist mein Club. Er gehört mir." Gotan winkte mit der Hand. „Komm, du brauchst auch keine Angst vor meinem Türsteher zu haben. Wenn er dich blöde anredet, dann werfe ich ihn einfach raus."

Caro folgte Gotan über eine schmale Treppe nach oben. Auch dort war eine schwarze Eisentür, über der ein gelbes Licht brannte. Gotan tippte einen Code in ein Display an der Wand und mit einem leisen Klacken sprang die Tür auf.

Als Caro durch die Öffnung ging, wurde sie von einer dumpfen Bassline überrollt, die sich in ihren Magen grub und sie hochhob zu den gleißenden Lichtern, die auf einer riesigen Videowall zuckten.

„Wow!", sagte sie und riss die Augen auf. Von hier war der Sound gigantisch, Töne und Geräusche umspülten ihren Körper, und sie konnte gar nicht anders, als im Takt mitzuwippen.

„Ist doch megageil, das von hier oben zu erleben",

meinte Gotan und fasste Caro am Arm. „Ich habe noch etwas für dich, damit wirst du eins mit der Musik."

„Wie meinst du das?", rief ihm Caro ins Ohr.

„Du bist dann die Musik."

„Das hast du schön gesagt."

Gotan hockte sich an einen niedrigen Tisch und zog eine kleine Plastiktüte aus seiner Hosentasche.

„Komm her zu mir, Kleine." Er winkte Caro heran und schüttete ein feines Pulver auf die Tischplatte. Gotan teilte es sorgfältig in zwei messerscharfe Linien.

„Das musst du probieren. Etwas ganz Feines", sagte er lächelnd.

„Was ist das?", fragte Caro skeptisch. Sie wollte auf gar keinen Fall Drogen nehmen. Bea und Zoe hatten sie deswegen oft ausgelacht, wenn sie einen Joint rauchten und Caro dankend ablehnte.

„Das ist Meth", antwortete Gotan.

„Crystal Meth?" Caro hatte von der zerstörerischen Wirkung der Droge gehört. „Das ist nichts für mich. Viel zu gefährlich."

„Nein, das ist nur Meth. Ohne die zerstörerischen Kristalle. Oder siehst du hier welche?", fragte Gotan und deutete auf die Linien.

„Ich glaube dir. Nein, aber ich will keine Drogen."

„Schade, dann kannst du die Musik auch nicht richtig genießen." Gotan erhob sich und blickte Caro abschätzend an. „Ich glaube, es ist besser, du gehst wieder. Du bist zu jung für diesen Sound."

„Ich will doch nur Joe7 live erleben."

„Hast du mich nicht verstanden? Das ist nichts für

kleine Mädchen. Du bist zu wenig cool. Tut mir leid.“ Gotan zuckte mit den Schultern.

Caro spürte, wie ihr die Tränen in die Augen stiegen. Verflixt, war sie wirklich so uncool? Sie stammte eben aus einem spießigen Kaff in den Ardennen und das hatte Spuren in ihrem Selbstbewusstsein hinterlassen. Das merkte sie jetzt. Für alles war sie zu feige.

„O. K., gib her“, sagte sie nach einer kurzen Nachdenkpause und hockte sich neben Gotan. Sie nahm ihm das Silberröhrchen aus der Hand und schniefte das Meth hoch. Erst die eine Linie, dann die zweite.

Es war, als hätte der Blitz in ihrem Hirn eingeschlagen. Die Musik begann mit einem Mal zu leuchten, farbige Töne flossen aus dem DJ-Pult bis zu ihr, der Sound umarmte sie und trug sie nach oben, bis sie die Decke streifte und über den Tanzenden schwebte. Dann surfte sie auf der violetten Welle der Beats wieder zurück auf die Galerie. Zurück zu Gotan, der sie mit einem zufriedenen Lächeln beobachtete.

„Na, habe ich dir zu viel versprochen?“

„Das ist genial!“, kreischte Caro und schlang ihre Arme um Gotans Hals. „Du bist so cool.“ Euphorisch drückte sie ihm einen Kuss auf den Mund. „Ich habe noch nie Musik so intensiv erlebt.“

Sie riss sich von Gotan los und wollte über das Geländer der Galerie nach unten auf die Tanzenden fliegen. Doch Gotan hielt sie im letzten Augenblick zurück.

„Immer langsam“, ermahnte er sie. „Nimm doch lieber die Treppe.“

Vom hämmernden Rhythmus der Musik getragen, tanzte Caro nach unten, die Gäste machten ihr bereitwillig Platz und sie wurde eins mit der Musik. Ihre Bewegungen lösten sich auf, flossen nach oben zu Joe7, wurden von ihm mit seinen Plattendecks wieder in Musik verwandelt und flossen zu ihr zurück. So tanzte sie eine Zeit lang und die Euphorie wollte kein Ende nehmen.

Mit einem Mal sah sie den Türsteher mit der dunklen Sonnenbrille, der wie ein Schlachtschiff durch die Menge pflügte. Er kam näher und immer näher. Caro schickte bunte Musikblitze in seine Richtung, doch der Mann ließ sich nicht aufhalten. Unerbittlich schob er sich näher an sie heran, und sie dachte in Panik daran, dass er sie töten würde, wenn er sie erreichte.

Caro wirbelte herum und ließ sich angetrieben von der Musik durch die Menge gleiten. Das Gesicht einer Frau strahlte sie an und Caro küsste sie auf beide Wangen.

Sie verlor die junge Frau aus den Augen und ließ sich zu Boden gleiten. Geduckt schob sie sich dann an den Rand der Tanzfläche, kroch auf allen vieren durch eine Absperrung und befand sich mit einem Mal in einem schwarzen Korridor, dessen Ende sie nur noch verschwommen wahrnahm. Plötzlich fühlte sie sich wie ausgetrocknet, ihr Hals war kratzig und das Schlucken fiel ihr schwer. Der Sound wurde plötzlich bleiern und hämmerte in ihren Schädel und die Farben zogen sich zurück und verwandelten sich in schmutzig graue Schlieren. Mit dröhnenden Kopfschmerzen tastete sich Caro nach unten zu den Toiletten. Hastig ging sie zu einem der Waschbecken und drehte den Hahn auf. Nachdem sie minutenlang das schal schmeckende Wasser getrunken hatte, wurde ihr schlecht und sie musste in den Abfluss kotzen. Mit einem lauten Stöhnen hob sie den Kopf und erschrak, als sie ihr Gesicht im Spiegel erblickte. Mit den tellergroßen Pupillen sah sie aus wie eine Eule und hatte nichts Menschliches mehr an sich. Panisch drehte sie sich um und hockte sich auf den Fliesenboden. Mit zittrigen Fingern öffnete sie ihre kleine Handtasche und leerte den Inhalt auf den Boden. Sie war sich sicher, dass sie Solveigs Beruhigungstabletten mitgenommen hatte, konnte sie aber nicht finden. Stattdessen entdeckte sie das Foto der „Gucci-Gang", wie sich Bea, Zoe und sie genannt hatten. Jemand hatte sie im „Piraat Süda" am Meer fotografiert. Wie benommen stierte Caro auf das Foto, dann streckte sie die Hand nach ihrem Kajalstift auf dem Boden aus. Sie malte ein großes X über das Gesicht von Bea, dann eines über das von Zoe.

Caro sah ihr Handy auf dem Boden. Das Display leuchtete, und sie griff danach, drückte wahllos auf die Apps. Musik war zu hören. Sie kannte den Titel: „Sky and Sand". Dann die beruhigende Stimme eines Mannes, die sie aufforderte, die App zu aktivieren, um zu sprechen, live in die Welt hinaus.

„Ich weiß nicht, wo ich bin. Es ist ein Club", sagte sie und musste sich räuspern. „Alle sind tot, nur ich bin noch am Leben."

„Wer ist tot?", fragte die Stimme ruhig weiter.

„Die Mädchen der Gucci-Gang", flüsterte Caro.

„Was soll das denn sein, diese Gucci-Gang?", fragte der Mann skeptisch. „Erkläre mir das genauer."

„Das ist eine Textzeile aus einem Rap-Song von Jessi, der uns gut gefällt", antwortete Caro.

„O. K., habe ich kapiert, jetzt erzähle mir einmal alles in Ruhe."

Ehe Caro antworten konnte, wurde die Tür zur Toilette aufgerissen und Musik schwappte herein. Vor Schreck ließ

Caro das Smartphone fallen. Hektisch kroch sie über den Boden und versuchte, ihre Habseligkeiten wieder in die Handtasche zu stopfen. Jemand stand hinter ihr und beobachtete sie. War es der Mann mit der verspiegelten Sonnenbrille? Sie wusste es nicht. Eine Hand griff nach dem Smartphone und warf es in die Toilette. Danach wurde die Wasserspülung gezogen. Das Geräusch klang wie Metall, und kleine Eisensplitter drangen in den Kopf von Caro. Sie hielt sich beide Hände an die Schläfen und verzerrte das Gesicht. Außerhalb ihres Gesichtsfelds war ein Rascheln zu hören, das ihr durch Mark und Bein ging. Das Geräusch nahm an Intensität zu und plötzlich wurde ihr eine Plastiktüte über den Kopf gezogen. ‚Was ist das für ein blöder Scherz!', dachte Caro und versuchte vergeblich, die Tüte von ihrem Kopf zu reißen. Das Letzte, woran sie sich erinnern konnte, war das Foto der Gucci-Gang mit den durchgestrichenen Gesichtern von Bea und Zoe. Jetzt würde jemand auch ihr Gesicht durchstreichen.

34

Die Nacht war sternenklar, als das Taxi vor dem Hotel anhielt. Braun öffnete die Tür und setzte sich auf den Beifahrersitz.

„Hallo, Braun“, begrüßte ihn eine bekannte Stimme und überrascht drehte er sich zu der Fahrerin.

„Yrsa. Was machst du denn hier?“

„Nachts fahre ich Taxi.“

„Ach ja, richtig. Arto hat mir so etwas erzählt. Verdient ihr hier bei der Polizei wirklich so wenig?“, fragte er. Das Gehalt der österreichischen Polizisten war zwar auch nicht üppig, aber niemand musste einen Zweitjob annehmen, um über die Runden zu kommen.

„Die Mieten in Tallinn steigen ständig, da kann man sich bald keine Wohnung mehr leisten“, sagte Yrsa und fuhr los.

„Aber wenn du nachts Taxi fährst, dann bist du doch fast nie zu Hause“, wunderte sich Braun.

„Ach, das ist egal. Auf mich wartet ja sowieso niemand.

Und das Taxifahren entspannt mich. Ist besser, als daheim irgendwelchen düsteren Gedanken nachzuhängen."

„Da hast du recht", stimmte Braun Yrsa zu.

„Voilà", sagte Yrsa nach einer Weile und stoppte das Taxi vor dem Gebäude, in dem das Studio von DJ Frederik untergebracht war. Braun war ziemlich beeindruckt, als das weitläufige Gebäude mit dem mächtigen Sendeturm vor ihnen auftauchte.

„Ich wünsche dir noch viele lukrative Fuhren", sagte Braun und verabschiedete sich von Yrsa.

„Der Sendeturm stammt aus der Sowjetzeit", sagte Frederik, der Braun bereits an der Eingangstür erwartete. „Damit hat man die Finnen auf der anderen Seite des Meeres abgehört. Jetzt ist der Turm leider außer Betrieb."

„Das ist ja alles sehr imposant. Welche Firmen sind außer dir hier angesiedelt?"

„Ich habe das gesamte Areal gepachtet. Neben dem Internetradio soll hier bald ein Kunstzentrum entstehen. Aber wir sind noch am Anfang. Durch die Wirtschaftskrise wurden uns leider die Mittel gekürzt."

„Das Gelände ist ja riesig", meinte Braun. „War das früher die Rundfunkstation für ganz Estland?"

„Nur für den Großraum Tallinn. Es gab hier auch ein Sportzentrum, aber das existiert schon lange nicht mehr", gab ihm Frederik zur Auskunft, während sie in die dunkle Eingangshalle gingen.

„Moment, ich mache Licht", sagte Frederik und drückte einen mächtigen Hebel neben der Tür nach unten. Sofort flammten Hunderte Spots auf und verwandelten die gewölbte Decke in einen Sternenhimmel.

„Ist beeindruckend, nicht wahr?", meinte Frederik stolz.

„Das Studio liegt dort." Frederik ging zu einer großen, mit rotem Leder gepolsterten Tür. Dahinter befand sich ein riesiger fensterloser Raum, der vom Boden bis zur Decke mit unterschiedlich angeordneten Holzpaneelen ausgekleidet war. Auch über die Decke schoben sich geschwungene Hölzer, die an die Rückenflossen von Haien erinnerten.

„Hier wurden Live-Sendungen aufgenommen. Die Akustik ist perfekt. Und es dringen keine Außengeräusche herein", meinte Frederik und klopfte gegen ein Holzpaneel. „Das sind unterschiedliche Hölzer, die den Klang weitertragen. Ein geniales Konzept."

„Das alles stammt aus der Sowjetzeit?", fragte Braun.

„Die Sowjets ließen sich ihre Propagandasendungen eben einiges kosten. Und hier ist auch schon dein Platz." Frederik deutete auf einen mit grünem Filz bezogenen Tisch, auf dem ein Mikrofon stand. Daran hing ein Paar Kopfhörer.

„Interessant, ich war noch nie in einem derartig großen Studio. Wo ist eigentlich das Mischpult?", fragte Braun und blickte sich um.

„Dort hinter den Scheiben. Es gibt ein altes 32-Spur-Mischpult, aber ich habe eine kleine digitale Anlage, von der aus ich sende. Das läuft alles vollautomatisch ab. Ich müsste gar nicht dabei sein", sagte Frederik. Er blickte auf die Uhr, die hinter einer Glasscheibe an der Wand hing. „Zehn Minuten vor Mitternacht. Willst du noch etwas trinken?"

„Ja, ein Bier wäre nicht schlecht, damit ich mich einstimmen kann." Braun sah sich weiter um. Mit seiner

Holzverkleidung wirkte das Studio pompös und er kam sich angesichts der Dimensionen richtig winzig vor.

„Bist du nervös?", fragte Frederik, der gerade mit einer Dose Bier hereinkam.

„Nein, ich bin nur gespannt, welche schrägen Typen es in Tallinn gibt, die sich während der Sendung melden, oder ob überhaupt jemand anruft", antwortete Braun und nahm einen Schluck Bier. „Hast du eine Songliste für mich?"

„Die ist da drauf." Frederik gab Braun ein iPad. „Es funktioniert mit Bluetooth. Du tippst auf den Song und er ist on air. Ich habe heute übrigens den ganzen Tag die Werbetrommel für dich gerührt", meinte Frederik. „Die Sendung wird sicher eine große Resonanz haben."

„O. K., dann starten wir."

Frederik ging nach nebenan und Braun setzte die Kopfhörer auf. Langsam fiel die Anspannung von ihm ab, und er wurde von Braun, dem Leiter der Mordkommission Linz, zu Nighthawk, dem Host, der verlorenen Seelen einen Weg durch die Nacht ihrer Gedanken zeigt. Um Punkt Mitternacht ertönte die Erkennungsmelodie, und Braun spielte den ersten Song, eine bombastische Eröffnungsnummer von Villeneuve, den er zu seinen Lieblingssängern zählte. Als der Song langsam zu Ende ging, schickte ihm Frederik den ersten Anrufer auf das iPad. Braun drückte auf das Display, und die aufgebrachte Stimme eines Mannes ertönte, der von Braun wissen wollte, warum die Polizei von Estland ausgerechnet einen österreichischen Polizisten zur Mordaufklärung brauchte. Braun gelang es, den Mann mit einer gezielten Frage in eine gänzlich andere Richtung zu lotsen. Und plötzlich legte der Anrufer überrascht auf.

Braun spielte „Sky and Sand“ von Paul Kalkbrenner, dann hatte er bereits den nächsten Anrufer in der Leitung. Es war eine Frau mit einer jungen Stimme. Sie wirkte wie in Panik.

„Ich weiß nicht, wo ich bin. Es ist ein Club“, sagte die junge Frau und räusperte sich. „Alle sind tot, nur ich bin noch am Leben.“

„Wer ist tot?“, fragte Braun ruhig. Wahrscheinlich war die Anruferin komplett zugedröhnt und bildete sich das alles bloß ein.

„Die Mädchen der Gucci-Gang“, flüsterte die Anruferin.

„Was soll das denn sein, diese Gucci-Gang?“, fragte Braun skeptisch. „Erklär mir das genauer.“

„Das ist eine Textzeile aus einem Rap-Song von Jessi, der uns gut gefällt“, antwortete die Anruferin.

„O. K., habe ich kapiert, jetzt erzähle mir einmal alles in Ruhe.“

Doch die Anruferin antwortete nicht mehr. Alles, was Braun hörte, war ein Rauschen, dann wurde die Verbindung getrennt.

„Jetzt hat sie wohl der Mut verlassen“, meinte Braun und drückte den nächsten Anrufer in die Leitung.

„Was machst du, wenn ich jetzt einen Mord gestehe?“, fragte ein Mann mit dunkler Stimme.

„Ich höre mir deine Story an und rate dir dann, dich der Polizei zu stellen“, erwiderte Braun gelassen und nahm einen Schluck Bier. Der Mann klang unecht, wollte ihn wahrscheinlich nur provozieren.

„Wen hast du denn umgebracht?“, fragte er weiter.

„Das ist schon lange her. Es war noch während der Sowjetzeit“, sagte der Anrufer langsam. „Es war ein Spitzel.

Ich habe ihn verraten. Wahrscheinlich haben die Sowjets ihn dann umgebracht. Also bin ich schuld an seinem Tod. Ich bin sein Mörder."

„Wenn du nicht sicher weißt, was mit diesem Spitzel passiert ist, dann bist du auch nicht für seinen Tod verantwortlich." Braun machte eine kurze Pause und trank einen Schluck Bier. „Warum erzählst du das ausgerechnet jetzt mir?"

„Weil du neutral bist. Du bist unbelastet. Hast nichts mit der damaligen schwarzen Ära zu tun."

„Stimmt, ich habe keine Ahnung von damals. Trotzdem finde ich, dass du darüber mit einem Anwalt reden solltest", ließ Braun nicht locker.

„Ich rede lieber mit dir", sagte der Anrufer. „Jetzt fühle ich mich richtig erleichtert. Danke, dass du mir zugehört hast." Im nächsten Moment verschwand die Stimme, und Braun schickte „Was it a dream" von Marissa Nadler in den Äther.

Er sprach noch mit drei weiteren Anrufern, dann erschien auf seinem iPad ein Signal, das ihm anzeigte, dass die Sendezeit vorüber war.

„Das war's für diese Nacht. Nighthawk aus Tallinn meldet sich ab. Den nächsten ‚Talk ohne Limits' gibt's wieder aus Österreich."

Braun ließ noch Anna von Hausswolff als Abspannmusik laufen und streckte sich. Während er den letzten Schluck Bier trank, wippte er zu dem düsteren Sound mit den Füßen. Immer wieder hatte er die Stimme des zugedröhnten Mädchens im Ohr, das von einer Mädels-Gang geredet hatte. Etwas an diesem kurzen Gespräch kam ihm bekannt vor, aber er wusste nicht, was es war. Er warf einen

Blick zu den großen Glasscheiben des Technikraums, konnte aber Frederik dahinter nicht erkennen. Als die letzten Klänge verhallt waren, stand er auf und ging durch das riesige Studio nach hinten. Als er in den Technikraum eintrat, war Frederik nirgends zu sehen. Über dem Mischpult brannte ein trübes Licht, ein aufgeklappter Laptop stand auf der Konsole und ein Stuhl davor. Von irgendwo hörte er das Rauschen einer Toilettenspülung, dann kam Frederik herein.

„War eine tolle Sendung, Braun", meinte Frederik anerkennend. „Besonders die Story des Mannes, der einen Spitzel verraten hat, brachte eine Menge Reaktionen."

Frederik deutete auf den Laptop, auf dem noch immer Statements zur Sendung eintrudelten.

„Mir hat es auch Spaß gemacht. Ich bin dann mal weg", sagte Braun. „War ein anstrengender Tag heute." Er zog sein Handy heraus und sah, dass Arto mehrmals versucht hatte, ihn zu erreichen. Er drückte die Taste der Rückruffunktion.

„Arto, was gibt es so Dringendes, dass du mich mitten in der Nacht anrufst?", fragte Braun.

„Ich habe das Mädchen Caro gesehen", sagte Arto atemlos.

„Wo?", fragte Braun.

„Im Las Vegas Club. Ich wollte zu ihr, habe sie aber dann auf der Tanzfläche aus den Augen verloren. Deshalb habe ich auch sofort bei dir angerufen."

„Ich war gerade auf Sendung mit meinem Talkradio für Frederik", antwortete Braun. Plötzlich fiel ihm wieder ein, dass die Anruferin von einem Club gesprochen hatte. Vielleicht war diese Anruferin Caro gewesen?

„Bei mir hat sich eine junge Frau gemeldet, die von

einem Club und einer Mädchen-Gang geredet hat. Das könnte Caro gewesen sein."

„Hast du gefragt, wo sie ist?"

„Nein, denn sie hat plötzlich aufgelegt", sagte Braun. „Ihr müsst sofort den Club durchsuchen. Wir dürfen diese Chance nicht ungenutzt verstreichen lassen."

„Geht klar, Braun. Ich erledige das", erwiderte Arto. „ich sehe mich im Club um. Ist ja mein zweites Zuhause", meinte er noch mit einem leicht bitteren Unterton und trennte die Verbindung.

„Ist etwas passiert?", fragte Frederik neugierig. Er setzte seine Brille auf und sah Braun interessiert an.

„Kannst du dich an die Anruferin nach ungefähr zwanzig Minuten Sendung erinnern?", fragte Braun.

„Ist mir jetzt nicht wirklich präsent, denn ich war mehr auf den Spitzel-Anrufer konzentriert. Was ist damit?"

„Hast du die Sendung aufgezeichnet?", fragte Braun, ohne auf Frederiks Frage einzugehen.

„Nein, wir haben uns an das Prinzip deiner Sendung gehalten. Jeder kann gefahrlos alles sagen, denn die Gespräche werden nicht aufgezeichnet."

„Scheiße. Das stimmt, du hast natürlich alles richtig gemacht. Schade, ich hätte dieses Gespräch gerne nochmals gehört."

„Tut mir leid." Frederik zuckte bedauernd mit den Schultern. „Hat die Anruferin etwas mit dem aktuellen Mordfall zu tun?"

„Sorry, du verstehst, dass ich darüber nicht reden darf."

„Tja, da kann man nichts machen. Versprich mir, dass du mich als Ersten mit Infos versorgst, wenn ihr etwas herausbekommt. Ich rufe dir jetzt ein Taxi."

„Bleibst du noch hier?“, fragte Braun.

„Ja, denn ich habe noch eine Menge zu tun.“

Während Braun auf das Taxi wartete, hörte er immer und immer wieder die panische Stimme des Mädchens in seinem Kopf.

„Alle sind tot, nur ich bin noch am Leben.“

35

Arto konnte am frühen Morgen nur mit Mühe die Augen offen halten. Die ganze Nacht hatte er keinen Schlaf gefunden und überlegt, ob es keine andere Möglichkeit gab. Aber dann war Arto immer wieder hochgeschreckt, wenn Kalinka vor Schmerz zu wimmern begann, und er wusste, dass er es tun musste.

Jetzt lehnte er an einer vergilbten Anzeigentafel, die neben der Schnellbahnhaltestelle im Hafenbezirk von Tallinn stand. Der Morgennebel schlich wie ein Dieb vom Meer her in die Stadt und legte sich über Häuser und Menschen, die sich schemenhaft wie Geister durch das Grau bewegten.

Der Nebel war perfekt für Artos Plan. Dann sah er Annegrit aus dem Grau auftauchen. So wie alle Politiker von Estland lehnte auch sie es ab, mit einem Dienstwagen zu fahren oder sich von einem Bodyguard begleiten zu lassen. Stattdessen gab sie sich volksnah und fuhr mit der Schnellbahn. Arto drückte sich hinter die Anzeigentafel und beobachtete sie. Annegrit ging an ihm vorbei, ohne ihn zu bemerken. Sie stand jetzt direkt an der Rampe und blickte unentwegt auf ihr Smartphone, das sie in der rechten Hand hielt. Wahrscheinlich studierte sie die aktuellen Nachrichten und eingehende Meldungen, denn als Politikerin hatte sie einen Rund-um-die-Uhr-Job. Sie trug ein formelles Kostüm und Schuhe mit höheren Absätzen. Über die Schulter hatte Annegrit eine Jutetasche aus heimischer Produktion hängen. Der digitale Fahrplan leuchtete aus dem Grau hervor. Die Schnellbahn müsste in fünf Minuten eintreffen.

Arto lehnte sich mit dem Rücken an die Anzeigentafel und atmete tief durch. Noch einmal spielte er in Gedanken das Szenario durch:

Der Triebwagen fährt mit hoher Geschwindigkeit die gerade Strecke vom Hafen bis hierher. Erst bei der Station verlangsamt er das Tempo. Kurz bevor der Fahrer die Zuggarnitur abbremst, tritt Arto nach vorn. Annegrit steht mit dem Rücken zu ihm und Arto stößt sie ohne große Anstrengung von der Rampe. Der Überraschungseffekt ist perfekt. Vor Schreck lässt Annegrit ihr Smartphone fallen und taumelt nach vorn. Sie versucht noch, das Gleichgewicht zu halten. Verzweifelt rudert sie mit den Armen durch die Luft. Der Triebwagen schält sich aus dem Grau, der Fahrer erkennt die Gefahrensituation und leitet eine Notbremsung ein. Annegrit stürzt der Länge nach auf die Bahngleise. Mit einem ohrenbetäubenden Quietschen greifen die Bremsen der Schnellbahn und goldene Funken sprühen durch die Reibung in alle Richtungen. Natürlich kann der Fahrer die Garnitur nicht mehr zum Stehen bringen, denn die Schubkraft ist zu groß. Mit einem lauten Knirschen überrollt der Triebwagen Annegrit, dann der zweite Waggon. Knochen splittern, Blut spritzt und die wenigen Fahrgäste auf dem Bahnsteig schreien vor Entsetzen, als sie mitbekommen, was passiert. Erst nachdem der dritte Waggon über Annegrit hinweggerollt ist, kommt die Schnellbahn zum Stillstand. Der Fahrer springt aus dem Triebwagen, läuft händeringend nach hinten. Sein Gesicht ist kreidebleich, er steht unter Schock. Er kniet neben dem zerfetzten Körper von Annegrit. Für die Politikerin kommt jede Hilfe zu spät. Hilfe suchend blickt sich der Fahrer um. Zwei Frauen auf dem Bahnsteig weinen und Arto ist unerkannt im Nebel verschwunden. Arto ist betrübt, er will das alles nicht, aber es geht um Kalinka.

„Bist du nicht Arto Kaukonen von der Mordkommission?", hörte Arto plötzlich eine Stimme und schreckte aus seinen Gedanken. Annegrit stand vor ihm und schaute ihn freundlich an.

„Ja, der bin ich", antwortete Arto verwirrt. „Und du bist die Familienministerin Annegrit Tamm."

„Richtig. Du hast doch den Fall mit den Kinderhändlern gelöst", sagte sie. „Das war eine großartige Leistung. Ich bin überhaupt nicht dazu gekommen, dir deswegen zu gratulieren."

Annegrit lächelte breit und klopfte Arto auf die Schulter. „Was machst du eigentlich hier draußen um diese Zeit?", fragte sie ihn dann.

„Ich?" Arto stockte und spürte, dass er rot wurde. „Eine verdeckte Ermittlung", sagte er dann schnell. „Es geht um den Mord an dem österreichischen Au-Pair-Mädchen."

„Davon habe ich gehört. Eine schreckliche Sache. Aber

da ich jetzt weiß, dass du die Ermittlungen leitest, bin ich beruhigt. Du wirst den Fall bald lösen und den Täter seiner gerechten Strafe zuführen. Da kommt ja auch schon die Schnellbahn." Annegrit steckte ihr Handy in die Jutetasche und nickte Arto zu. „Wir brauchen mehr Polizisten wie dich hier in Estland", sagte sie und stieg in einen Waggon. „Dann gäbe es kein Verbrechen mehr."

Wie in Trance hob Arto grüßend die Hand und blickte Annegrit hinterher, die aus dem Fenster winkte und mit der Schnellbahn im Nebel verschwand.

„Ich kann das nicht. Es tut mir leid, Kalinka. Ich habe versagt." Er presste die Fingerspitzen gegen seine Schläfen, um sich zu beruhigen, um die Vorwürfe aus seinem Kopf zu bekommen. ‚Du hast versagt!', raunten ihm Stimmen höhnisch zu. ‚Kalinka wird sterben. Das ist allein deine Schuld.'

Niedergeschlagen ging Arto zu seinem Wagen und startete den Motor. Er musste Braun von seinem Hotel abholen. In diesem Moment dachte er wieder an den Spruch, mit dem er seine Tochter tröstete, wenn es ihr besonders schlecht ging: „Alles wird gut." Ja, auch für ihn würde alles gut werden.

36

Braun wartete bereits mit finsterer Miene vor dem Hotel, als Arto ankam. Ohne ein Wort der Begrüßung setzte er sich in den Wagen. Plötzlich schlug er mit der Faust auf das Armaturenbrett und fluchte leise vor sich hin.

„So eine Scheiße. Wir hätten das Mädchen kriegen können. Dann wüssten wir vielleicht, wo Zoe abgeblieben ist. Aber so bleibt uns nichts anderes, als in dem beschissenen Nebel herumzustochern. Bist du sicher, dass es Caro war, die du im Club gesehen hast?“, fragte er.

„Ja, das bin ich. Und sie hat mich auch erkannt. Ist aber vor mir weggelaufen.“

„Verflucht!“

Arto sah Braun von der Seite an. Braun war schlecht gelaunt, das konnte man zehn Meter gegen den Wind riechen.

„Heute wird ein schöner Tag“, sagte er deshalb und versuchte es ein wenig mit Small Talk.

„Sieht nicht so aus", brummte Braun und verschränkte die Arme vor der Brust.

„Das ist nur der Morgennebel, der verzieht sich."

„Ach so", erwiderte Braun einsilbig.

„Ist die Sendung gestern schlecht gelaufen?", nahm Arto einen neuen Anlauf, während sie im Schritttempo über den Außenring fuhren.

„Nein, es gab eine ziemliche Resonanz auf den Anruf des Spitzeldenunzianten", knurrte Braun und wechselte sofort wieder das Thema. „Hast du den Club gefilzt?"

„Braun, wo denkst du hin? Ich kann doch nicht einfach durch den Las Vegas Club stürmen und alles auf den Kopf stellen. Nur weil ich das Mädchen dort gesehen habe und sie dich vielleicht anrief."

„Du hättest sie nicht aus den Augen lassen dürfen", sagte Braun. „Sie kann uns sicher weiterhelfen. Wo warst du denn die ganze Nacht? Ich habe öfter versucht, dich zu erreichen. Da haben wir eine heiße Spur, das Mädchen meldet sich sogar bei mir in der Sendung. Du stehst praktisch vor ihr und trotzdem ist sie wie vom Erdboden verschwunden. Wie kommt das? Manchmal glaube ich, du bist kein richtiger Polizist, sondern steckst nur mit den Kriminellen hier unter einer Decke."

„Was?!" Arto bremste seinen Wagen abrupt ab und drehte sich zu Braun. „Sag das noch einmal. Wofür hältst du dich eigentlich! Man hat mich ja vor dir gewarnt. Du seist ein Kotzbrocken, ein Superarschloch. Aber du übertriffst diese Beschreibungen ja noch um Längen."

„Das ist keine Antwort auf meine Frage."

In Artos Kopf höhnten die Stimmen. ‚Du Versager', flüsterten sie. ‚Du schaffst nichts. Das Ende naht.'

„Nichts ist zu Ende“, flüsterte Arto. „Alles wird gut.“

Er musste eine Entscheidung treffen, damit die Fronten ein für alle Mal geklärt waren.

„Was redest du da? Nichts wird gut“, sagte Braun. „Ich denke, du hast das Mädchen überhaupt nicht gesucht.“

„Stimmt“, sagte Arto ruhig. „Denn es gibt zurzeit Wichtigeres in meinem Leben. Ich zeige dir, wo ich die ganze Nacht verbracht habe.“ Er schaltete das Blaulicht ein und ließ die Sirene aufheulen.

„Du brauchst kein Theater daraus zu machen, Arto“, versuchte Braun ihn zu beschwichtigen. „Es war nicht so gemeint. Mich hat nur geärgert, dass wir dieses Mädchen nicht erwischt haben.“

„Halt einfach die Klappe, Braun“, zischte Arto. „Du willst wissen, wie ich meine Nächte verbringe, wenn ich nicht als Türsteher arbeite? Jetzt zeige ich es dir.“

Arto riss das Lenkrad herum und fuhr den Wagen auf den Pannenstreifen. Mit Blaulicht und Sirene jagte er an der Autokolonne vorbei, bog mit quietschenden Reifen in die Ausfahrt zum Hafen ein und schoss beim Kreisverkehr geradewegs auf die grau-schwarzen Plattenbauten aus der Sowjetära zu. Vor dem Schrottplatz hielt er an und stieg aus.

„Los, komm mit“, forderte er Braun auf und stürmte auf den Eingang zu. Drinnen roch es wie immer nach Kohl und modriger Wäsche, als er, gefolgt von Braun, die ausgetretenen Stufen nach oben trampelte. Vor der abblätternden Sperrholztür blieb er stehen und wartete einen Augenblick.

„Sei jetzt bitte ganz leise“, sagte er. Braun sah ihn verständnislos an, nickte aber zustimmend.

Arto drückte die Klinke nach unten und trat ein. In der Küche saß die Nachbarin Tanja über ein Kreuzworträtsel gebeugt und blickte überrascht auf, als sie die beiden Männer bemerkte.

„Arto? Du bist schon wieder zurück?“, fragte sie.

„Ich will meinem Freund nur Kalinka vorstellen.“ Arto presste sich ein Lächeln ab und schob Braun weiter.

„Wer ist das?“, flüsterte Braun.

„Sie passt auf Kalinka auf“, erklärte Arto.

„Wieso ist deine Tochter denn nicht in der Schule? Ist sie krank?“

„Sei still. Gleich wirst du wissen, was los ist.“ Arto öffnete die Tür zum Schlafzimmer. Die Dialysemaschine brummte und Kalinka lag mit geschlossenen Augen in ihrem Bett. Ihre Wangen waren eingefallen. ‚Vielleicht hätte ich sie doch in der Klinik lassen müssen‘, dachte Arto und strich sanft über die Hand seiner Tochter.

„Das ist Kalinka. Sie ist sehr tapfer“, sagte Arto voller Stolz. „Wenn sie einmal gesund wird, dann ist sie das schönste und klügste Mädchen von ganz Estland.“ Er spürte, wie ihm bei diesen Worten die Tränen in die Augen stiegen. Ja, „wenn“ sie gesund werden sollte. Aber das war ein langer Weg.

„Was fehlt ihr denn?“, hörte er Braun leise fragen.

„Sie braucht eine neue Niere. Die Dialysemaschine ist alt und sie wird langsam vergiftet. Gestern habe ich sie aus der Klinik geholt, weil sie das so wollte. Aber in der Nacht ist es zu einer Krise gekommen. Ich habe die ganze Nacht an ihrem Bett gesessen und ihre Hand gehalten. Es wäre so schrecklich gewesen, wenn sie allein gestorben wäre. Verstehst du jetzt?“ Arto räusperte sich und zog Braun wieder nach draußen in den Flur.

„Verdammt! Das wusste ich nicht“, murmelte Braun

und machte ein ehrlich betroffenes Gesicht. „Es tut mir leid, was ich gesagt habe. Ich bin so ein Idiot."

„Schon gut." Arto winkte ab. „Jetzt verstehst du auch, warum ich letzte Nacht nicht nach dem Mädchen gesucht habe. Und warum ich als Türsteher im Las Vegas Club arbeite. Eine neue Niere kostet viel Geld und das verdiene ich bei der Polizei nicht. Ich bin auf verschiedene Zusatzjobs in der Nacht angewiesen."

„Wir machen einen Spendenaufruf im Intranet von EUROPOL", sagte Braun spontan.

„Das ist ein guter Vorschlag", erwiderte Arto. „Aber dafür ist leider keine Zeit mehr. Ich muss das Problem jetzt selbst lösen."

37

Franka stand in dem hellen Flur der Intensivstation und blickte durch das Milchscheibenglas in das Zimmer. Jan lag mit geschlossenen Augen im Krankenbett. Um den Kopf trug er einen Verband, und sein linker Arm war geschient.

„Kann ich mit ihm sprechen?" Franka drehte sich zu dem behandelnden Arzt, der hinter ihr stand. „Es ist dringend. Wir müssen wissen, wer ihn und seinen Freund so übel zugerichtet hat."

„Ich kann das in seinem derzeitigen Zustand kaum erlauben", meinte der Arzt und tippte auf das Klemmbrett, das er in der Hand hielt. „Herr Faber ist querschnittgelähmt. Das heißt, gewisse Teile seines Körpers funktionieren nicht mehr normal. Das betrifft auch seine Verdauung. Deshalb ist seine derzeitige Verfassung nicht ungefährlich. Es kann zu Komplikationen kommen, wenn die Organe nicht richtig arbeiten."

„Aber ich brauche seine Aussage. Wir müssen doch die Täter fassen. Bitte, es ist wichtig!"

„O. K., Sie haben fünf Minuten", gab sich der Arzt dann doch noch geschlagen.

Leise öffnete Franka die Glastür und trat an Jans Bett. Der chemische Geruch und die einschläfernde Atmosphäre erinnerten Franka an die Zeit, als sie ihre Schwester Tara besuchte, die im Koma gelegen hatte.

„Franka, nett, dass du mich besuchst", sagte Jan plötzlich mit matter Stimme. Er schlug die Augen auf und hob grüßend seine unverletzte Hand. „Ich fühle mich eigentlich ganz gut, aber die Ärzte sagen, dass ich noch ein Weilchen hierbleiben muss. Damit sie ein Blutgerinnsel hier oben ausschließen können." Jan tippte auf den Verband an seinem Kopf.

„Es freut mich, dass es dir besser geht", antwortete Franka. „Wir brauchen deine Hilfe!"

„Ich wusste, dass du nicht gekommen bist, um an meinem Krankenbett zu wachen", erwiderte Jan mit einem angedeuteten Lächeln.

„Richtig, Jan. Ich will diejenigen finden, die dir und Ferdinand das angetan haben", sagte Franka und zog ihr Tablet aus dem Rucksack, um sich Notizen zu machen.

„Wie geht es Ferdi? Es werden doch hoffentlich keine bleibenden Schäden zurückbleiben. Ich habe von Waterboarding-Opfern gehört, die ausgeflippt sind wie nach einem schlechten LSD-Trip", fragte Jan besorgt.

„Ferdinand ist körperlich so weit ganz in Ordnung, sagen die Ärzte."

„Kann ich ihn sehen? Liegt er auch hier auf dieser Station?", fragte Jan und richtete sich ein wenig auf.

„Nein, ich glaube nicht“, antwortete Franka ausweichend. Sie wollte Jan nicht sagen, dass Ferdinand in die psychiatrische Klinik Wagner-Jauregg überstellt worden war. Er war zusammengebrochen und hatte wirres Zeug geredet. Das jedenfalls hatte der behandelnde Arzt gesagt. Deshalb war es bis auf Weiteres nicht möglich, Ferdinand zu dem Überfall zu befragen.

„Wo ist Ferdi?“, insistierte Jan. „Du verschweigst mir doch etwas.“

„Na gut. Es geht ihm psychisch schlecht, deshalb muss er noch eine Weile im Wagner-Jauregg bleiben.“

„Was? Er ist in der Nervenklinik? O mein Gott.“ Jan ließ sich ins Bett zurücksinken.

„Das ist doch nur vorübergehend. Jetzt sind die Psychologen am Zug.“

„Glaubst du wirklich? Alles, was er braucht, ist ein Freund, der ihn bemuttert und ihm sein seelisches Gleichgewicht wiedergibt.“

„Jan, sprich das mit den behandelnden Psychologen durch. Ich bin hier, weil ich deine Aussage brauche.“ Sie warf einen Blick zu der Glastür. Dahinter stand der Arzt und deutete mahnend auf seine Uhr.

„Ich kann nicht viel dazu sagen. Es ging alles so schnell“, sagte Jan leise und blickte dabei zur Decke.

„Versuch dich zu erinnern“, beharrte Franka. ‚In seinem Krankenbericht steht nichts von einer möglichen Amnesie‘, dachte sie.

„Jede Kleinigkeit ist wichtig.“

„Es waren drei junge Männer. Sie kamen auf Motorrollern und waren durch die heruntergezogenen Visiere ihrer Helme mehr oder weniger vermummt“, sagte Jan mit gepresster Stimme und kniff die Augen zusammen, als würde er nachdenken.

„Das ist aber eigenartig. Ich habe nur einen dunklen Geländewagen gesehen“, meinte Franka überrascht. „Junge Männer auf Motorrollern wären mir mit Sicherheit aufgefallen. Aber da waren keine.“ Prüfend blickte Franka auf Jan. Es war offensichtlich, dass er log. Aber weshalb? Wurde er unter Druck gesetzt? Was hatte man gegen ihn in der Hand?

„Jan, sieh mich an“, sagte Franka nach einer kurzen Pause und wartete, bis Jan sich ihr zuwandte. „Ein dunkler Geländewagen hat den Containerhafen verlassen, gerade als ich gekommen bin. Das sieht mir sehr nach Ostmafia aus. Warum erzählst du mir nicht einfach, was wirklich passiert ist?“

„Es ist so, wie ich sage“, antwortete Jan und hielt ihrem Blick stand.

„Hältst du mich für dumm?“ Langsam wurde Franka etwas wütend. Warum wollte Jan nicht einfach die Karten auf den Tisch legen. Sie hatte immer gedacht, dass sie eine besondere Beziehung zu Jan hatte. Aber anscheinend war das nicht der Fall.

„Drei Jugendliche auf Motorrollern, die einen durchtrainierten Mann wie Ferdinand einfach überwältigen können. Das glaubst du doch selbst nicht.“

Jan wollte etwas darauf erwidern, doch Franka hob die Hand.

„Stopp, ich bin noch nicht fertig. Was haben euch diese jungen Männer denn gestohlen? Ihr wart doch bloß trainieren. Da nimmt man keine Wertsachen mit, oder?“

„Stimmt, das haben sie auch gemerkt. Und wahrscheinlich hat sie das dann so wütend gemacht. Wir waren einfach zur falschen Zeit am falschen Ort." Jans Mundwinkel zuckten.

„Ich glaube aber, es hat mit unserer Ermittlung zu dem Mord an Bea Hanstetten zu tun", sagte Franka. „Diese Unterlagen, die du bei deiner verdeckten Recherche im Web gefunden hast, haben wohl die beteiligten Personen aufgescheucht. Jemand will, dass wir unsere Nachforschungen einstellen."

„Du übertreibst, Franka", widersprach Jan. „Es gibt keinerlei Verbindung zu diesem Fall."

„Quatsch, der Überfall auf euch war eine Warnung. So sehe ich das. Was ist übrigens mit den Daten in der Cloud? Du hast doch eine Kopie davon dort geparkt. Auch Braun möchte die Unterlagen sehen, wenn ich mit ihm spreche."

„Du brauchst Braun gar nicht mit hineinzuziehen. Wie kommst du überhaupt darauf?" Erstaunt zog Jan die Stirn in Falten. „Ich habe nie eine Kopie gezogen."

„Du lügst!", platzte es aus Franka heraus. „Was haben diese Typen bloß gegen dich in der Hand, dass du einfach so einknickst?"

Franka wollte noch weiterreden, doch in diesem Augenblick trat der Arzt ins Zimmer und klopfte auf seine Armbanduhr.

„Das waren jetzt aber mehr als fünf Minuten", sagte er mit einem strengen Unterton. „Die Befragung ist zu Ende. Der Patient braucht seine Ruhe."

„Alles klar, ich bin sofort weg." Franka stand auf und beugte sich über Jan. „Ich habe dich immer bewundert. Aber dass du jetzt vor diesen Gangstern kneifst, kann ich nicht verstehen." Sie richtete sich wieder auf. „Wenn dir doch noch etwas einfällt, du weißt ja, wo du mich erreichen kannst."

An der Tür drehte sie sich noch einmal um. „Ach ja, ich habe eine interne Untersuchung am Hals. Wegen dieser Recherche bei der Hanstetten AG."

Aber Jan hörte sie nicht mehr. Er lag mit geschlossenen Augen in seinem Bett und dachte wahrscheinlich an Ferdinand. Plötzlich begriff Franka, warum Jan sie angelogen hatte. Diese Kriminellen hatten Jan gedroht, Ferdinand zu töten, wenn er den Mund aufmachte. Deshalb hatte Jan geschwiegen und diese haarsträubende Geschichte mit den Jugendlichen erfunden. Er wollte seinen Freund auf gar keinen Fall in Gefahr bringen. Vor ein paar Jahren hatte Jan schon einmal auf tragische Weise seinen Lebensgefährten verloren und war sogar aus Liebe zu ihm unschuldig ins Gefängnis gegangen. Mit einem Mal löste sich Frankas Zorn auf Jan in Luft auf und machte einem großen Verständnis Platz. Jan hatte aus Liebe gehandelt.

38

Die zuckenden Lichter brennen eine geheime Botschaft in die Pupillen von Caro. ‚Höre niemals auf zu tanzen, dann kann dir die Wirklichkeit nichts tun.' Deshalb muss sie tanzen und tanzen, bis der Boden unter ihren Füßen nachgibt und die Wände zu bröckeln beginnen.

Ich liege oben am Rand des Schwimmbeckens und beobachte unbemerkt Caro, versetze mich in ihre Gedanken.

Mit einem kehligen Röhren schlägt sie die Augen auf. Noch immer pocht ihr Herz wie verrückt von dem Crystal Meth, und das grelle Licht brennt in ihren Augen. Gerade noch war sie auf der Tanzfläche und jetzt ist sie in der Stille eines verlassenen Schwimmbades. Langsam versucht sie, sich zu orientieren.

„Das ist nicht der Club", sagt sie halblaut und blickt umher. Überall nur Fliesen und Kacheln, manche gesprungen, andere auf dem Boden zersplittert.

„Wo bin ich?“ Ihre Stimme bricht sich an den verfliesten Wänden. Die Frage schwebt über mir, ohne dass ich reagiere. Dann knallt diese Mädchenstimme wieder zurück in Caros Kopf. In einem Augenblick der Stille erkennt sie, dass es ein Schwimmbad ist, in dem sie sich befindet. In einem halb vollen Wasserbecken. Von irgendwo hört sie lautes Rauschen. Sie entdeckt das Rohr, aus dem das Wasser schießt. Mit einem Mal wird ihr klar, dass sie sich nicht bewegen kann und der Wasserpegel ständig steigt.

Vorsichtig hebt Caro den Kopf. Das Crystal Meth macht sie paranoid. Sie glaubt, alles sei ein böser Traum. Doch es ist die Wirklichkeit. Sie liegt gefesselt in einem Becken, das bald mit Wasser gefüllt sein wird.

„Hallo! Hilfe!“, ruft Caro so laut sie kann, um das einförmige Rauschen des Wassers zu übertönen.

„Hallo! Hört mich denn niemand!“

Nein, niemand außer mir kann dich hören, aber ich verhalte mich ruhig. Es gefällt mir, Caro in ihrer grellen Panik zu beobachten. Die einzigen Geräusche sind das Wasser und ihre überkippende Stimme.

Von weit weg hört Caro jetzt eine Tür schlagen. Dieses Geräusch gibt ihr frischen Mut. Sie weiß nicht, dass es nur der Wind ist, der durch die zugigen Gänge streift. Mit einem lauten Stöhnen stemmt sie sich gegen die Fesseln. Reißt sich die helle Haut auf. Trotzdem bewegt sie sich nicht einen Millimeter. Wieder klirrt irgendwo ein Fenster. Caro schreckt hoch, bildet sich ein, die Rettung wäre nah.

„Hier bin ich! Hier unten!“, schreit sie aus Leibeskräften. „Kommt schnell. Ich ertrinke!“

Noch immer hat sie nicht verstanden, dass die Geräusche von oben keine Rettung bringen. Denn das Gegenteil ist der Fall. Sie erhöhen nur das Gefühl des Ausgeliefertseins. So wie ich dem Meer damals ausgeliefert war, verzweifelt und ohne jede Hoffnung.

Caros Stimme verfolgt mich. Es ist die Stimme eines jungen Mädchens in Todesangst. Doch gerade diese jungen Mädchen sind böse. Sie legen es darauf an, eine Familie zu zerstören. Aber jetzt werde ich sie zerstören. Leise klettere ich über die Leiter in das Becken. Caro kann mich nicht sehen. Sie hört mich erst, als ich hinter ihr stehe. Doch da ist es bereits zu spät. Denn ich packe sie und drücke ihren Kopf unter Wasser. Das ist meine Therapie, um die schreckliche Vergangenheit gründlich aufzuarbeiten.

Achtzehn Jahre früher halte ich das Steuer in der Hand. Mit geblähten Segeln rasen wir auf die Wolken zu. Der Wind wird stärker. Die schwarze Front rückt rasch näher und breitet sich mit atemberaubender Geschwindigkeit vor unseren Augen aus. Das Boot legt sich hart in den Wind. Die Gischt sprüht an Deck.

„Mama, ich habe Angst!"

Mein kleiner Bruder steckt den Daumen in den Mund.

„Geh in die Kajüte", befiehlt Mama.

„Gib mir das Steuer", sagt sie dann zu mir. „Du funkst Papa an. Sag ihm, er soll die Küstenwache informieren."

„Wieso das denn?", frage ich nervös.

„Kein Grund zur Panik. Aber sicher ist sicher", beruhigt uns Mama.

Mit geübten Griffen steuert sie das Boot aus dem Wind. Für einen kurzen Augenblick haben wir Ruhe. Dann werden die Wellen höher. Das Boot schaukelt vor und zurück. Endlich ist es wieder auf Kurs.

„Jetzt holen wir die Segel ein und fahren mit dem Motor. Kannst du das?", fragt mich Mama.

„Aber klar", nicke ich. Tatsächlich schaffe ich es in kürzester Zeit, das Segel einzuholen.

Das Boot treibt ruhelos umher. Mama drückt den Anlasser für den Motor. Der Motor kreischt und spuckt. Die Schraube beginnt sich zu drehen, doch sobald Mama die Hand vom Anlasser nimmt, stirbt er wieder ab.

„Verflixt!", schimpft Mama. „Was machen wir jetzt?"

Ich weiß es nicht. Das Ufer ist zu sehen. Der Sandstrand. Der blaue Himmel. Hinter uns bleierne Wellen und Dunkelheit. Vor uns Licht und Sonne. Wir können es schaffen.

„Papa, kannst du mich hören?" Immer wieder drücke ich die Sprechtaste. „Papa, so antworte doch." Aber es kommt nur ein Rauschen zurück.

„Er antwortet nicht", sagte ich zerknirscht.

„Macht nichts! Dann helfen wir uns eben selbst", zischt Mutter zwischen dünnen Lippen. „Wir brauchen ihn nicht. Halte das Steuer. Ich setze das Segel."

Ich umklammere das Steuerrad, denn der Wind wird immer stärker. Mama schafft es, das Segel hochzuziehen. Sie kommt zu mir und übernimmt wieder das Ruder.

„Gut gemacht!", lobt sie mich.

„Wo ist mein Segelboot?" Mein kleiner Bruder springt plötzlich aus der Kajüte und rennt zur Reling. Sucht sein Plastikspielzeug.

„Geh zurück!", ruft Mama. Sie lässt das Steuerrad los und springt zu ihm. Das Boot dreht sich im Wind. Schießt hinaus ins offene Meer. Mitten hinein in die Dunkelheit. Schlagartig

ist der Himmel rings um uns schwarz und der Wind eisig. Mama packt meinen Bruder und zieht ihn zu sich. Eine Welle bricht über dem Boot. Drückt es zur Seite. Jetzt ist kein Ufer mehr zu sehen. Nur noch Sturm und Finsternis.

Von Gefühlen überwältigt lasse ich Caros Schultern los. Prustend taucht sie auf. Oben klingelt plötzlich mein Handy. Sie hört den Klang und dreht den Kopf zu mir.

„Ich habe dich im Club gesehen. Es war also keine Einbildung“, keucht sie.

„Richtig, da bin ich gewesen.“ Unentschlossen blicke ich nach oben, wo mein Handy unentwegt schrillt. Doch eine Frage will ich Caro noch gönnen.

„Wer bist du wirklich?“, fragt sie.

„Ich bin dein Todesurteil.“

39

Braun wusste, dass er ziemlichen Scheiß gebaut hatte. Er hatte Arto vorgeworfen, mit Kriminellen unter einer Decke zu stecken. Es hatte ihm einfach an der nötigen Sensibilität gefehlt. Wie immer hatte er sich in den Mordfall verbissen und alles rings um ihn herum einfach ausgeblendet. Aber das war ein Fehler und obendrein schlecht für die Zusammenarbeit.

Auch jetzt in der Polizeidirektion konnte er die Bilder nicht aus seinem Kopf bekommen: Noch immer sah er die kleine Kalinka vor sich, die in dem schäbigen Zimmer lag. Noch immer hörte er das monotone Brummen der Dialysemaschine. Und noch immer waren die Worte von Arto in seinem Kopf präsent: Alles wird gut.

„Ich lade dich abends auf ein Bier ein", sagte er zu Arto und klopfte ihm auf die Schulter. „Dich, Yrsa und Nils natürlich. Wo ist Yrsa eigentlich?", fragte Braun und blickte sich um.

„Was weiß denn ich", murmelte Arto. „Sie wird etwas

zu tun haben." Ohne aufzusehen, studierte er weiter irgendwelche Akten. Die Stimmung war auf dem Nullpunkt und Braun gab sich die Schuld daran.

„Jemand will dich sprechen." Ein Polizist kam in die Glasbox und deutete auf Braun. „Es geht um das verschwundene Mädchen."

„Ich bin der leitende Kommissar", sagte Arto und stand auf. „Er ist in beratender Funktion dabei."

„Der Mann will aber nur mit Braun sprechen", insistierte der Beamte.

„Ist schon in Ordnung." Braun erhob sich ebenfalls. „Ich nehme den Mann in Empfang und du redest mit ihm. Du bist der Chef", sagte er dann zu Arto.

„O. K. Wenn du das so sagst." Zum ersten Mal an diesem Morgen huschte ein Lächeln über Artos Gesicht.

Gemeinsam gingen sie nach vorn zum Empfang. Dort saß Frederik und putzte gerade seine Brille.

„Braun, das mit dem Anruf des Mädchens in deiner Sendung gestern hat mir keine Ruhe gelassen", sprudelte es sofort aus ihm heraus. „Ich habe nachgedacht, und dann ist mir plötzlich eingefallen, dass Bea und Zoe ja bei mir im Studio gewesen sind. Und es war noch ein anderes Mädchen mit dabei. Außerdem Thorstein, der Schwimmtrainer."

„Wann war das genau?", fragte Arto.

„Das war schon vor einigen Wochen. Moment, ich habe ein Foto von ihnen gemacht, wollte es auf meine Facebook-Seite stellen, aber irgendwie habe ich es dann vergessen." Frederik kramte in seiner Freitag-Umhängetasche herum und fischte das Bild heraus. „Da ist es ja."

„Lass sehen." Arto griff nach dem Bild und zeigte es

Braun. „Das ist Caro", sagte er und wies mit dem Finger auf ein hübsches Mädchen mit roten Haaren.

„Ausgezeichnet. Dann wissen wir endlich, wie diese Caro aussieht, und ihr könnt einen Aufruf machen", sagte Braun und hielt das Foto näher an sein Gesicht. „Da fällt mir noch etwas auf. Siehst du, was ich meine, Arto?"

„Moment." Arto starrte auf das Foto und zuckte dann mit den Schultern. „Thorstein steht in der Mitte zwischen Zoe und Caro."

„Stimmt. Und siehst du auch, wo er seine Hand hat?"

„Seine Hand? Oh, damit fasst er Zoe um die Hüfte. Ich kann seine Finger erkennen."

„Genau. Er umfasst nur Zoe, aber nicht Caro. Das deckt sich mit der Beobachtung von Lotti."

„Meinst du Lotti, die Nachtportierin? Was hat die denn gesehen?", fragte Frederik neugierig.

„Das tut nichts zur Sache. Nichts, was dich interessieren könnte", blockte Arto sofort ab.

„Was wollten eigentlich Thorstein und die Mädchen bei dir im Studio?", fragte Braun Frederik.

„Mit Thorstein habe ich eine längere Sendung gemacht. Motivation beim Schwimmen, so hieß der Beitrag. Er ist mit diesen Mädchen gekommen, denn die haben sich gegenseitig in ihrer Gruppe motiviert. Für die Girls war das so eine Art Challenge. Wer schafft das harte Training am besten. Die Mädchen waren sehr ehrgeizig."

„Habe schon davon gehört", sagte Arto. „Verschworene Cliquen motivieren sich zu den verrücktesten Sachen. Und die drei Mädchen waren ja auch eine Gang."

„Tja, mehr kann ich auch nicht dazu sagen." Wieder kramte Frederik in seiner Tasche herum. „Ich habe euch übrigens die Sendung mit den Mädchen auf einen Stick überspielt“, meinte er noch abschließend und drückte Braun den Datenträger in die Hand.

„Danke, dass du gekommen bist, Frederik“, sagte Arto. „Du warst uns wirklich eine Hilfe.“

„Aber gerne.“ Frederik drehte sich zu Braun. „Wenn ihr neue Infos habt, gebt ihr mir Bescheid?“

„Natürlich“, meinte Braun mit einem angedeuteten Nicken.

„Ach, habt ihr auch schon einen Deal gemacht?“ Arto warf einen Seitenblick auf Braun.

„Wo denkst du hin, Arto.“ Frederik lachte. „Braun verweist immer auf die offiziellen Pressekonferenzen.“

„Dann ist es ja gut.“

Frederik hob grüßend die Hand und ging am Empfang vorbei nach draußen. An der Eingangstür traf er auf Yrsa, die gerade in das Präsidium stürmte.

„Tut mir leid. Hat länger gedauert, war bei den Kollegen auf der Vermisstenstelle und habe nochmals nachgefragt“, entschuldigte sie sich.

„Kein Problem“, meinte Arto und brachte sie rasch auf den neuesten Stand.

„Was meint ihr?“, fragte er wenig später in die Runde, als sie wieder in ihrem Glaswürfel saßen.

„Thorstein kennt alle drei Mädchen. Er ist Schwimmlehrer. Bea ist ertrunken. Alles hängt irgendwie mit Wasser zusammen“, sagte Yrsa.

„Das stimmt! Und Lotti hat im Schwimmbad gesehen, wie sich Thorstein und Zoe küssten“, meinte Braun.

„Oder wie er Zoe küssen wollte und sie hat sich

gewehrt. Gekränkter Stolz ist bei Männern ein starkes Mordmotiv“, ergänzte Yrsa.

„Das hat Zoe später ihren Freundinnen erzählt und Thorstein musste handeln. Schließlich ist Zoe noch minderjährig“, redete Arto weiter.

„Es blieb ihm also nichts weiter übrig, als die Mädchen zu töten, um nicht aufzufliegen. In Estland sind die Strafen für sexuelle Übergriffe ähnlich streng wie in Schweden. Thorstein hat also eine Menge zu verlieren.“

„Das alles erhärtet natürlich den Verdacht gegen Thorstein“, sagte Arto. „Bestelle ihn doch zu einer Befragung ins Präsidium.“ Er wandte sich an Yrsa, die gerade telefonierte und abwinkte.

„Ich hatte soeben einen sehr merkwürdigen Anruf“, sagte Yrsa, als sie den Hörer auflegte. „Es hat mit Thorstein zu tun.“

40

Franka verfasste gerade ihren Bericht, als Schmidt von der Internen an ihren Schreibtisch trat. Er war so leise herangeschlichen, dass Franka zusammenzuckte, als er neben ihr auftauchte.

„Haben Sie mich aber jetzt erschreckt", sagte sie und atmete heftig durch.

„Wie ich höre, ist Jan Faber Opfer eines Raubüberfalls geworden", sagte Schmidt leise und beugte sich über die Schulter von Franka, um einen schnellen Blick auf ihren Bildschirm zu werfen. „Ist das der Bericht der Befragung?"

„Genau, Sie können ihn gerne lesen, wenn er fertig ist", sagte Franka und stellte ihren Computer auf Stand-by. „Was kann ich für Sie tun?"

„Ist doch merkwürdig, dass Faber überfallen wird, kurz nachdem er über die Hanstetten AG recherchiert hat. Finden Sie das nicht auch eigenartig?"

„Das kann ein Zufall sein", antwortete Franka kurz angebunden. Bei ihrer Recherche hatten Jan und sie tatsächlich in ein Wespennest gestochen. Jan war bereits mit seinem Freund unter Druck gesetzt worden.

„Sie haben ja jetzt gesehen, wozu diese Menschen fähig sind“, sagte Schmidt und setzte sich auf die Kante von Frankas Schreibtisch. „Faber hat seine Lektion erhalten. Und Sie werden die Nächste sein.“

„Sie verrennen sich da komplett“, erwiderte Franka. „Wir sind hier nicht bei der Mafia.“

„Nein, aber wir haben es mit Waffenhändlern zu tun. Die sind auch nicht zimperlich in der Wahl ihrer Mittel“, konterte Schmidt. Er beugte sich vertraulich vor. „Ich kann Sie aus der Schusslinie nehmen. Aber zuvor müssen Sie mir sagen, was Sie bei dieser Recherche wirklich entdeckt haben.“

„Nichts von Bedeutung.“ Franka hob die Hände. „Wie ich bereits sagte, es war eine Routineuntersuchung im Zuge der Ermittlung. Ich habe das alles in meinem Bericht zusammengefasst.“

„Und die Befragung von Faber hat auch nichts Neues ergeben, stimmt's?“, fragte Schmidt.

„Nein, er sagt, es waren drei Jugendliche auf Motorrollern, die ihn und seinen Freund überfallen haben.“

„Schlimme Sache, das mit Fabers Freund“, seufzte Schmidt. „Der wird wohl eine Zeit lang in der Psychiatrie verweilen müssen. Als Zeuge ist er jedenfalls unbrauchbar.“

„Wie kommen Sie darauf? Waren Sie in der Klinik und wollten ihn befragen?“ Franka rückte mit ihrem Stuhl vom Schreibtisch ab. Sie brauchte ein wenig Distanz zu Schmidt. Der Mann war ein richtiger Bluthund, schreckte vor überhaupt nichts zurück, nur um Kollegen ans Bein zu pinkeln.

„Richtig. Ich war bei Ferdinand Trakl. Aber der junge

Mann redet nur wirres Zeug. Spricht von Clouds, die oben am Himmel kreisen, und von dem weißen Licht, das man angeblich sieht, bevor man stirbt.“

„Bitte lassen Sie Jans Freund in Ruhe. Jan leidet sehr darunter, dass es Ferdinand so schlecht geht.“

„Das hätte sich Faber früher überlegen müssen.“ Schmidt rückte wieder ein Stück näher an Franka heran. „Was hat es mit dieser Cloud auf sich, von der Fabers Freund redet? Ist da etwas dran?“

„Ich habe keine Ahnung!“ Frankas Stimme war so laut, dass sich Kollegen an den Nebentischen zu ihnen umdrehten. Leiser redete sie weiter. „Faber hat mit mir nicht darüber gesprochen. Er redete nur von seinem Überfall.“

„Aber er hat doch sicher die gehackten Daten in einer Cloud deponiert, damit sie später bei Bedarf verwendet werden können.“

„Das habe ich ihn auch gefragt, aber seine Antwort war Nein. Und das glaube ich ihm“, sagte Franka dezidiert.

„Das reicht jetzt. Sparen wir uns diese Spielchen.“ Schmidt stand auf und deutete nach hinten. „Trinken wir einen Kaffee, da redet es sich gleich entspannter.“

„Das geht nicht. Ich habe noch einen weiteren Bericht zu verfassen“, blockte Franka sofort ab.

„Sie wollen doch Ihrem Freund Faber helfen oder irre ich mich da?“

„Ich will den Überfall aufklären.“

„Also, kommen Sie mit. Dann können wir alles Weitere bei einer Tasse Kaffee besprechen.“

„O. K., wenn es sein muss“, seufzte Franka und stand auf. Am liebsten hätte sie Schmidt von ihrem Verdacht erzählt. Dass es um illegale Waffengeschäfte ging. Und dass die Hanstetten AG knietief in diesem Sumpf drinsteckte. In diesem Moment vermisste sie die starke Schulter von Braun, und sie hoffte insgeheim, dass sein Fall bald geklärt und er von seinem Auslandsbesuch zurückkehren würde.

Schweigend gingen sie in die ehemaligen Garderobenräume der Schwarzen Halle, in denen jetzt eine provisorische Kaffeeküche eingerichtet war.

„Was ich Ihnen sagen will, ist Folgendes“, begann Schmidt, nachdem er für Franka und sich eine Tasse Kaffee geholt hatte. „Der Staatsschutz hat die Hanstetten AG schon seit einiger Zeit im Visier. Deshalb weiß man auch, dass die Datenbanken gehackt wurden. Doch welche Informationen das waren, ist natürlich nicht ersichtlich. Hilfe von anderen Dienststellen ist auch nicht zu erwarten, denn das Unternehmen hat überall sehr einflussreiche Verbindungen.“

„Warum erzählen Sie mir das alles?“, fragte Franka. In ihrem Kopf schrillten die Alarmglocken. War das eine neue Taktik der internen Ermittlung? Wollte man sie auf diese Weise dazu bewegen, etwas zuzugeben? Oder hatte Schmidt am Ende denselben Verdacht wie sie?

„Weil Sie sicher wissen, welche verdeckten Geschäfte die Hanstetten AG macht, Franka. Sie haben die Personen im Hintergrund mit Ihren Ermittlungen aufgeschreckt. Daraus schließe ich, dass eine groß angelegte Aktion geplant ist, die von Ihnen nicht gestört werden darf. Darum greift man auch zum Mittel der brutalen Einschüchterung. Ihr Freund Faber wurde nicht von Jugendlichen überfallen. Das wissen Sie genauso gut wie ich.“

„Faber ist nicht mein Freund. Er ist ein Kollege“, erwiderte Franka. „Wie ich schon sagte, ich habe keine Ahnung von den internen Vorgängen bei der Hanstetten AG."

„Natürlich. Es war nur eine routinemäßige Recherche, die mit dem Mord an Bea Hanstetten zu tun hat. Das Opfer ist rein zufällig die Tochter eines Waffenproduzenten. Und sie wird ermordet, als sie bei dem Waffenhändler Gotan Danilowitsch arbeitet. Das alles klingt nicht nach Zufall. Was meinen Sie?" Schmidt trank langsam seinen Kaffee und streckte dabei den kleinen Finger geziert weg.

„Darüber habe ich mit Chefinspektor Braun auch bereits per Skype diskutiert", antwortete Franka. „Aber es gibt bisher keine Anhaltspunkte dafür, dass der Mord mit den Waffengeschäften von Hanstetten zu tun hat."

„Wie Sie meinen." Über den Rand seiner Kaffeetasse hinweg betrachtete er Franka mit seinen ausdruckslosen grauen Augen. „Ich könnte die Aktion von Faber legalisieren", sagte er leise. „Dann wären Sie die interne Ermittlung mit einem Schlag los."

„Legalisieren?" Franka runzelte die Stirn. Was ging hier vor? War das eine Falle? Aber Schmidt machte den Eindruck, als würde er es ernst meinen. „Erklären Sie mir genauer, was Sie damit meinen."

„Der Staatsschutz könnte Faber den Auftrag geben, mit unorthodoxen Mitteln etwas über die Geschäfte der Hanstetten AG herauszufinden. Dann wäre eine derartige Recherche natürlich von oben gedeckt. Es würde auch keine interne Untersuchung geben."

„Klingt einleuchtend", murmelte Franka. „Ich werde mit Jan darüber reden, ob er Zeit für so eine spezielle Recherche hat. Und ob das in seinem jetzigen Zustand überhaupt möglich ist."

„Reden Sie mit Faber. Aber reden Sie bald mit ihm“, meinte Schmidt und nahm seine Brille ab. Er putzte sie sorgfältig, während er weiterredete. „Natürlich müssen wir für Fabers Sicherheit sorgen. Und für die seines Freundes. Ich werde mich darum kümmern.“

Schmidt stand auf und streckte Franka die Hand hin.

„Ich melde mich wieder bei Ihnen.“

41

Der alte Fischer hatte schon vieles erlebt. Den Krieg, die Okkupation von Estland durch die Sowjets, dann die Unabhängigkeit und den Beitritt zur EU. Doch als er sich zur Ruhe setzen wollte, brach die Wirtschaftskrise über Estland herein und seine Rente wurde drastisch gekürzt. Deshalb machte er sich jeden Morgen auf, den Strand nach brauchbaren Dingen abzusuchen, die er auf dem Markt verkaufen konnte.

Meist hatte er diesen Ort für sich allein, aber an diesem Morgen war bereits ein Pärchen am Strand. Der Mann saß im Sand und hielt die junge Frau mit einem Tuch über dem Kopf in den Armen. Immer wieder beugte er sich zu ihr hinunter und küsste ihren Mund und ihre Wangen. Von Zeit zu Zeit hob er den Kopf und stieß ein markerschütterndes Geheul aus, das den alten Fischer an einen Wolf erinnerte.

Vorsichtig kam der Fischer näher, doch der Mann beachtete ihn nicht, sondern wiegte die junge Frau in seinen

Armen. Der alte Fischer kannte den Mann, er hatte ihn schon im Lokalfernsehen gesehen. Dort war er ihm immer mächtig und dynamisch erschienen, aber hier am Strand wirkte er klein und verzweifelt.

Ein Windstoß wehte das Tuch vom Kopf der jungen Frau. Überrascht sah der Fischer, dass die Frau fast keine Haare hatte. Und noch etwas fiel ihm auf: Der Blick der Frau war starr nach oben gerichtet. Das erinnerte ihn an die Augen toter Fische und er fühlte sich unwohl.

Ohne den Mann anzusprechen, machte der Fischer kehrt und humpelte den Strand entlang zu einer Strandbar, in der eine Reinigungskraft gerade den Boden fegte.

„Bring mir einen Schnaps“, sagte der alte Fischer.

„Hier ist noch geschlossen“, antwortete die Frau. Doch dann erkannte sie den alten Fischer. „Ach, du bist es.“

Sie stellte ein gefülltes Schnapsglas vor ihn hin.

„Hast du heute nichts gefunden?“, fragte sie dann.

„Doch. Etwas Unheimliches.“

„Ach, was denn?“ Die Frau rückte neugierig näher.

„Ein Pärchen am Strand.“

„Das ist doch nichts Ungewöhnliches“, meinte die Frau enttäuscht und widmete sich wieder ihrem Besen.

„Doch, denn die Frau hat keine Haare und Fischaugen“, sagte der Fischer und riss seine Augen weit auf. „Sie sehen so aus.“

Die Frau zuckte zurück, sagte aber nichts.

„Vielleicht sollte ich die Polizei anrufen“, murmelte der alte Fischer.

„Aber nicht von hier. Ich will mit der Polizei nichts zu tun haben“, meinte die Frau und stemmte resolut die Hände in die Hüften.

Der alte Fischer nickte und humpelte nach draußen. Noch einmal warf er einen Blick auf den Strand, konnte aber das eigenartige Pärchen nicht mehr sehen. Nachdenklich saß er dann in seinem winzigen Zimmer in dem Plattenbau aus der Sowjetzeit und schaute aus dem Fenster auf die Mauern einer Fabrik. Schließlich wuchtete er sich aus seinem zerschlissenen Stuhl und ging zu seiner Nachbarin.

„Ich muss telefonieren", sagte er. „Es ist nur ein Ortsgespräch."

„Ausnahmsweise, aber fasse dich kurz."

„Hast du ein Telefonbuch?", fragte der Fischer.

„Das liegt unter dem Tisch."

Nach einigem Hin und Her hatte er die richtige Nummer gefunden. Mit zittrigen Fingern drückte er die Tasten.

„Yrsa Laurits, Kriminalpolizei Tallinn", meldete sich eine junge Stimme.

„Ich habe ein Pärchen am Strand gesehen."

„Ach, und deswegen rufst du an?"

„Die Frau ist jung und hat Augen wie ein toter Fisch."

„Augen wie ein Fisch? Wie meinst du das?"

„Sie hat keine Augenlider."

„Hast du getrunken?"

„Nein. Ich kenne den Mann aus dem Fernsehen. Es ist der Schwimmtrainer Thorstein Johannson.

42

Braun zweifelte keinen Augenblick daran, dass der Anrufer die Wahrheit gesprochen hatte. Und genauso ging es auch Arto.

„Der Anrufer hat Thorstein erkannt, und er spricht von einem Mädchen, das Augen wie ein toter Fisch hat", meinte er.

„Also, worauf warten wir noch", sagte Braun und griff nach seinem Sakko, das über der Stuhllehne hing.

„Der Anrufer sagt, es ist der Strand bei Haavesti", rief ihnen Yrsa noch hinterher.

Auf der Umgehungsstraße war wenig Verkehr, deshalb erreichten sie auch bereits nach kurzer Zeit den Vorort mit seinen pittoresken Holzhäusern.

„Hier in der Nähe wohnt doch auch Gotan Danilowitsch", sagte Braun und blickte umher. „Ich kann mich an die verfallene Badeanstalt erinnern."

„Stimmt", erwiderte Arto. Er fuhr bis zu den Sanddünen und parkte den Wagen einfach mitten auf der Straße. „Komm, wir gehen jetzt zu Fuß."

Als sie den Strand erreichten, wehte ein kühler Wind, und die Sonne blendete. Braun hielt seine Hand über die Augen, um etwas zu erkennen. In der Ferne sah er einen dunklen Punkt. Ob das Thorstein war?

„Sieh mal, Arto. Dahinten ist jemand", sagte Braun und beide begannen durch den Sand zu laufen. Der Punkt wurde rasch größer, und als sie immer näher kamen, gab es für Braun keinen Zweifel mehr: Der Mann war Thorstein. In seinen Armen hielt er ein Mädchen, das tot war. So viel konnte Braun schon jetzt sagen, denn die Arme des Mädchens hingen schlaff nach unten und der Kopf mit den wenigen dünnen Haarsträhnen war weit zurückgeneigt. Die Augen des Mädchens waren starr nach oben gerichtet, und es machte den Eindruck, als würde das Mädchen direkt in die Sonne blicken. Obwohl Braun das Gesicht der Toten nicht genau erkennen konnte, war er sich ziemlich sicher, dass es Zoe war.

„So eine Scheiße!", fluchte Braun vor sich hin, als er dieses Bild sah. Sie hätten Thorstein gleich festnehmen sollen. Dann würde Zoe vielleicht noch leben.

Thorstein war ihm von Anfang an verdächtig erschienen. Nicht nur, dass er die Mädchen kannte, es gab auch den schwarzen Faden als zusätzlichen Hinweis. Auch ohne stichhaltige Beweise hätten sie Thorstein in Untersuchungshaft nehmen und so lange verhören müssen, bis er gestanden hätte. Aber für Vorwürfe war jetzt keine Zeit.

Plötzlich stieß Thorstein ein lautes Geheul aus und wiegte die tote Zoe in seinen Armen. Das Gejaule wurde lauter, je näher Braun und Arto kamen. Es waren klagende Laute, die Schmerz und Horror in sich vereinten und von dem sanften Plätschern der Wellen untermalt wurden.

Thorstein hatte Braun noch nicht bemerkt und hob immer wieder den Kopf des Mädchens hoch, um die bleichen Wangen zu küssen. Dann ließ er den schlaffen Körper wieder sinken, drehte das Gesicht zur Sonne und stieß dieses wolfsähnliche Geheul aus.

„Thorstein, steh auf und heb die Hände", befahl Arto und hielt seine Waffe im Anschlag.

Thorstein zuckte zusammen und betrachtete Arto mit einem wirren Blick.

„Zoe ist tot", murmelte er. „Ihre schönen Haare sind jetzt abgeschnitten." Zärtlich strich er über den fast kahlen Kopf des toten Mädchens. „Mein kleines Strandmädchen. Genau hier haben wir uns kennengelernt."

„Du sollst sofort aufstehen!", rief Arto. „Los, hoch mit den Armen."

„Aber ich kann sie doch nicht hier am Strand lassen. Mein armes Mädchen." Wieder begann Thorstein laut zu heulen und die Tränen liefen ihm über die Wangen. „Wenn du willst, dann töte mich doch. Es ist mir egal."

„Thorstein, mach keinen Blödsinn. Erhebe dich, sonst schieße ich. Du hast doch keine Chance", zischte Arto.

„Nein. Ich kann Zoe nicht alleine lassen. Sie braucht mich jetzt", flüsterte Thorstein.

„Du sollst aufstehen!"

Braun bemerkte, dass Arto nervös wurde und sein Finger mit dem Abzug der Pistole spielte.

„Stopp, Arto", sagte er schnell. „Thorstein steht unter Schock. Lass mich etwas versuchen."

Braun kniete sich in den Sand und rutschte auf Thorstein zu.

„Keine Angst, ich tue dir nichts. Du kannst weiter um Zoe trauern. Ich will nur wissen, was geschehen ist“, sagte Braun, während er sich weiter vorbewegte. Jetzt sah er auch die Verletzungen an Zoes Armen. Ihre Handgelenke waren bis auf die Knochen aufgeschürft und große Wunden klafften an den Unterarmen. Zoes Gesicht war schmerzverzerrt. Der schwarze Faden, mit dem ihre Augenlider nach oben genäht waren, wirkte wie Schminke. Ihre Augen waren starr und glanzlos. Durch die abgeschnittenen Haare hatte Zoe eine tragische Ähnlichkeit mit einem Totenschädel.

„Hast du sie getötet?“, fragte Braun leise.

Thorstein schüttelte den Kopf, schwieg und drückte Zoes Leichnam noch stärker an sich.

„Braun, gleich ist die Spurensicherung hier. Wir müssen Thorstein abtransportieren.“ Arto hielt sein Handy ans Ohr und redete leise. Dann trat er näher, bückte sich und packte Thorstein am Arm.

„Genug geflennt. Das hättest du dir früher überlegen müssen. Bevor du sie getötet hast“, meinte Arto und versuchte, Thorstein hochzuziehen. Es war, als hätte diese Berührung einen Schalter im Bewusstsein von Thorstein umgelegt. Mit einem wütenden Knurren ließ er Zoe in den Sand gleiten und richtete sich blitzschnell auf. Er stieß Braun zur Seite, sprang auf Arto zu und riss ihn zu Boden. Seine Finger krallten sich um Artos Hals und drückten zu. Immer wieder stieß er ein unheimliches Geheul aus und Speichel tropfte aus seinem Mund.

Braun rappelte sich hoch und versetzte Thorstein einen

Handkantenschlag ins Genick. Sofort ließ Thorstein die Hände sinken und sackte zur Seite. Ehe er sich von dem Schlag erholen konnte, war Braun auch schon über ihm.

„Kümmere dich um die tote Zoe. Ich erledige das mit Thorstein“, rief er Arto zu, der schwankend aufstand und sich den Hals rieb. Braun drehte Thorstein die Arme nach hinten und drückte dessen Kopf in den Sand.

„Wo ist Caro?“, zischte er und presste Thorstein weiter mit dem Gesicht in den Sand. „Hast du sie auch entführt?“

Er zerrte Thorstein an den Haaren hoch.

„Hast du dieses Mädchen getötet? Und auch Bea? Ist jetzt Caro an der Reihe? Ist sie schon tot? Los, rede mit mir.“

Doch Thorstein schwieg, und Braun wusste, dass es keinen Zweck hatte, in seinem Zustand eine Antwort aus ihm herauszuprügeln. Thorstein hatte sich in seiner eigenen Welt eingeschlossen und alles rings um ihn versank in einem Nebel des Vergessens.

„Wir müssen Thorstein im Präsidium verhören“, sagte Braun und zog Thorstein wie einen Kartoffelsack hoch. „Er muss ein Geständnis ablegen.“

„Er ist auch ohne Geständnis fällig. Wir haben ihn mit der Leiche von Zoe ertappt.“ Arto zog ein paar Handschellen aus seinem Gürtel.

„Willst du uns nicht sagen, was genau passiert ist?“, fragte Braun wieder, während Arto Thorstein die Handschellen anlegte.

„Ich habe sie am Strandufer liegen gesehen.“ Die Stimme von Thorstein war nur ein leises Flüstern, es war die Stimme eines gebrochenen Mannes.

„Du hast sie ins Meer geworfen. Zuvor hast du ihr die

Augenlider nach oben genäht. Dann gefesselt im Wasser versenkt. Sie wollte sich befreien und hat sich Hautfetzen aus den Armen gebissen, um nicht zu ertrinken. Aber sie hatte keine Chance“, sagte Arto mit eisiger Stimme. „Du bist kein Mensch, du bist eine Bestie. Und genauso werden wir dich auch behandeln. Darauf kannst du wetten.“

„Ihr habt nichts gegen mich in der Hand.“

„Wie war das eben?“ Braun versuchte, ruhig und freundlich zu klingen, obwohl er innerlich kochte.

„Ich habe einen anonymen Anruf erhalten.“

„Was für einen Anruf? Du lügst doch.“

„Ihr könnt mir nichts beweisen.“

„Wieso glaubst du das?“ Braun packte Thorstein mit der Hand am Kinn und drückte seine Wangen zusammen. „Gehört die Trauer von vorhin auch zu deinem durchgeknallten Ritual? Macht es dich an, wenn du weinst, nachdem du ein Mädchen getötet hast? Ist das der Kick?“

„Ich sage kein Wort mehr.“

„Aber im Präsidium wirst du singen. Wir haben Mittel und Wege, um dich ganz schnell zum Reden zu bringen.“

Braun ließ seine Hand sinken und wandte sich ab. Am Ende des Strands sah er bereits die rotierenden Blaulichter der Polizeifahrzeuge. Thorstein starrte wieder entrückt ins Leere und schien mit seinen Gedanken weit weg zu sein.

Manchmal wünschte sich Braun, für kurze Zeit in einem rechtsfreien Raum zu agieren. Dann würde er Typen wie Thorstein das Gleiche antun wie sie ihren Opfern. Er würde sie zum Winseln bringen und ihnen verdeutlichen, was Schmerz bewirken kann. Die meisten Serienkiller waren Feiglinge, die zusammenklappten, wenn man ihnen

Schmerzen zufügte. Schmerzen bereiten: jawohl, Schmerzen ertragen: niemals.

„Gehen wir!"

Braun und Arto führten Thorstein über den Strand. Ein mächtiger Mann, der einen silbernen Koffer trug, kam ihnen entgegen. Es war Bob, der Gerichtsmediziner.

„Ist das unser Mann?", fragte Bob mit einem Seitenblick auf Thorstein.

„Könnte sein", erwiderte Braun.

Als sie den Strand verließen, atmete Braun tief durch. Arto ging mit Thorstein zu einem der Streifenwagen und setzte ihn hinein. Braun lehnte sich an eine niedrige Betonmauer und starrte hinaus auf das Meer. In der Sonne wirkten die Schaumkronen wie Kristalle, die aus einer Oberfläche aus Glas ans Licht schossen, um dort zu erstarren. Unter dieser Oberfläche aber brodelte es und es herrschten Kälte und Finsternis. Genauso ist es im Herzen des Killers. Nur durch Mord können die Schrecken der Finsternis in Schach gehalten werden.

„Was ist denn Schlimmes passiert? Es ist so viel Polizei hier", hörte Braun plötzlich eine Stimme und schreckte hoch.

Frederik stand hinter ihm und hielt Braun sein Handy mit der Aufnahmefunktion entgegen. „Ist jemand ermordet worden? Kannst du mir etwas dazu sagen?"

„Wie kommst du darauf?"

Frederik blickte Braun ernst an, ehe er sprach.

„Weil du hier bist. Du bist von der Mordkommission. Da ist es doch logisch, dass es um Mord geht. Habt ihr wieder ein totes Mädchen gefunden?", fragte Frederik neugierig.

„Ich kann nichts darüber sagen“, erwiderte Braun kurz angebunden.

„Ist Thorstein vielleicht der Mörder?“, redete Frederik einfach weiter. „Ich habe gesehen, wie er mit Handschellen in ein Polizeiauto gesetzt wurde.“

„Frederik, ich darf nicht darüber sprechen. Versteh das doch bitte.“

„Aber meine Hörer haben ein Recht auf Informationen“, sagte Frederik und ließ sich nicht abwimmeln. „Ich frage dich nochmals: Ist Thorstein der Mörder der Strandmädchen?“

„Frederik, du hörst doch, was Braun sagt: Kein Kommentar“, rief ihm Arto zu.

„Aber ihr fahrt mit Thorstein ins Präsidium.“

„Das ist nur eine Befragung.“

Arto setzte sich neben Thorstein in den Fond, während Braun auf dem Beifahrersitz Platz nahm. Der Fahrer fuhr aufreizend langsam durch die Altstadt, es war kein Vergleich mit der rabiaten Fahrweise von Arto. An einer Kreuzung bremste er den Wagen abrupt ab, um eine Frau mit einem Kinderwagen die Straße überqueren zu lassen.

„Das ist es!“, rief Thorstein plötzlich.

Braun zuckte zusammen und drehte sich um.

„Was hast du gesagt?“

In diesem Moment schlug Thorstein mit seinen gefesselten Händen auf Arto ein, öffnete die Tür und sprang aus dem Wagen.

„Scheiße!“, brüllte Braun. „Wie konnte das passieren!“ Er riss die Wagentür auf und rannte Thorstein hinterher. Sah ihn gerade noch in einer der schmalen Gassen der Altstadt von Tallinn verschwinden. Braun zog das Tempo an, konnte aber den Abstand nicht verringern, obwohl Thorstein mit den Handschellen in seiner Bewegungsfreiheit eingeschränkt war. Thorstein war Schwimmtrainer und hatte deshalb eine gute Kondition. Jetzt bog Thorstein in einen Weg ein, der den Hügel zur Burg hinaufführte. Er nahm immer zwei, drei Stufen auf einmal. Braun spürte, wie ihm langsam die Puste ausging. In der Zwischenzeit hatte Thorstein die Burg erreicht. Geschickt schlängelte er sich zwischen den Touristenströmen hindurch, sprang über eine niedrige Mauer und tauchte in den verwinkelten Gassen unterhalb der Burg unter. Braun konnte ihn nirgends mehr entdecken.

„Verflucht", murmelte er und wischte sich den Schweiß von der Stirn. Schnell stieg er eine Steintreppe hinunter, gelangte auf einen großen Platz mit einem riesigen Kreuz. Davor parkte der Polizeiwagen mit rotierendem Blaulicht und offenen Türen. Arto lehnte an der Seite und drückte ein Taschentuch an seine lädierte Nase.

„Wieso konnte Thorstein die Tür öffnen?", fragte Braun den Fahrer und schlug wütend mit der Faust auf das Autodach.

„Die Sperre war deaktiviert. Das war ein Fehler. Tut mir leid." Der Fahrer zuckte zusammen, als ob Braun ihn geschlagen hätte.

„Hast du ihn nicht festhalten können?", herrschte Braun dann Arto an.

„Thorstein hat mich komplett überrascht. Ich habe nicht damit gerechnet." Arto nahm das Taschentuch von seiner Nase. Mit den Fingerspitzen befühlte er sie vorsichtig. „Zum Glück ist meine Nase nicht gebrochen."

„Da hast du mal wieder Schwein gehabt. Aber jetzt

müssen wir Thorstein unbedingt kriegen. Wahrscheinlich ist er direkt auf dem Weg zu Caro. Er will sie sicher umbringen“, sagte Braun hektisch.

„Ich leite sofort eine Großfahndung ein.“ Arto nahm dem Fahrer das Funkgerät aus der Hand und gab den Alarmcode durch.

„Wenn Caro jetzt stirbt, dann sind wir schuld daran“, fluchte Braun und trat mit seinem Stiefel gegen den Autoreifen.

„Wir kriegen ihn, Braun“, versuchte Arto ihn zu beruhigen. „Weit wird er mit den Handschellen auch nicht kommen.“

„Hoffentlich hast du recht“, murmelte Braun. „Wir müssen ihn fassen, bevor er auch noch dieses Mädchen tötet.“

43

Caro ist stärker als die anderen. Sie kämpft um ihr Leben. Aber ihr Schicksal ist vorherbestimmt. Sie wird sterben. Das ist mein Plan. So lautet meine Mission.

Wütend packe ich ein Büschel ihrer roten Haare. Reiße es mitsamt den Wurzeln aus. Caro schreit gellend auf und Tränen steigen ihr in die Augen.

„Hilfe!“, ruft sie nach oben, doch ihre Worte verlieren sich in dem Gebäude wie verirrte Vögel, die verzweifelt einen Ausweg suchen. „Warum hältst du mich hier gefangen? Was habe ich getan?“

„Weil du schuld an allem bist.“

„Von welcher Schuld redest du? Du bist wahnsinnig!“

Darauf gebe ich keine Antwort. Von draußen ist das rhythmische Stampfen und Krachen zu hören. Es ist, als ob eine wild gewordene Elefantenherde an den Mauern entlangtrampeln würde. Mit einer schnellen Handbewegung reiße ich Caro an ihren Fesseln zu Boden. Der Ruck ist so stark, dass sie nach hinten auf den Rand des Beckens stürzt und sich den Kopf aufschlägt. Blut rinnt zwischen ihren Haarstoppeln hindurch, tropft auf ihren Rücken. Mit schmerzverzerrtem Gesicht hockt sich Caro in das Wasser und beugt den Kopf nach vorn. Versucht, ihr Spiegelbild in dem trüben Rinnsal zu erkennen. Aber alles, was sie sieht, sind die Umrisse ihres Schädels, den ich jetzt mit beiden Händen packe und nach unten drücke. Es ist das viele Wasser, das mich nervös macht. Dagegen hilft nur meine Therapie.

Unser Boot heißt „Signe". Das ist der Name meiner Mutter. Sie hält eine Leuchtpistole in der Hand. Schießt in den dunklen Himmel und die Patrone zerplatzt, rote Funken sprühend, im Schwarz. Wieder steckt sie eine Leuchtpatrone in den Lauf. Drückt ab, doch nichts passiert. Die Patrone ist nass geworden.

„Wo ist Papa? Warum rettet er uns nicht?", rufe ich. Die Angst lähmt mich. Mit angezogenen Knien hocke ich in der Kajüte neben meinem kleinen Bruder. Ich weiß, ich muss Mama helfen, das Boot zu wenden. Wir müssen Kurs auf die Küste nehmen.

„Wieso ist Papa nicht bei uns?"

„Der ist bei Malis", sagt Mama und ihr Tonfall ist bitter. „Wenn Papa nicht da ist, musst du mir eben helfen!" Ich halte meine Handflächen über die Ohren. Will nichts mehr hören. Presse die Augen zusammen. Will nichts mehr sehen. Mein Bruder weint still vor sich hin. Umklammert das Plastikboot. In der Kajüte ist es heiß. Wasser rinnt durch die Ritzen. Plötzlich dreht sich alles und wir werden an die Wand geschleudert.

Ein Schwall Wasser stürzt durch die Kajütentür über uns herein. Spült uns nach draußen.

„Mama!“, schreie ich. Das Boot liegt seitlich im brodelnden Wasser. Gleich wird es sinken. Von Mama keine Spur. Eine Welle türmt sich vor mir auf. Riesig wie ein Hochhaus. Der Kamm kräuselt sich und eine feine Gischt sprüht über mich. Dann bricht die Welle mit lautem Brüllen.

Von einem Augenblick zum anderen ist meine Welt auf den Kopf gestellt. Die grauenhafte Stille unter Wasser und die plötzliche Atemnot paralysieren mich. Langsam steige ich mit der Schwimmweste wieder nach oben. Mein Bruder treibt in seiner roten Rettungsweste auf dem Rücken. Mama ist nirgends zu sehen.

„Mama!“, rufe ich. „Wo bist du?“ Panisch blicke ich umher. Dann sehe ich ihren Strohhut, der auf einer Welle tanzt. Ich paddle darauf zu. Doch es ist nur ihr Hut, sonst nichts. Mama bleibt verschwunden. Eine neue Welle schwappt über mich und ich schlucke Wasser. Huste, tauche unter, meine Augen brennen wie Feuer. Aber ich gelange wieder an die Oberfläche. Von Mama keine Spur. Mein Bruder treibt regungslos an der Oberfläche. Ich paddle zu ihm. Seine Augen sind weit aufgerissen. Sein Kopf merkwürdig verdreht. Er atmet nicht mehr. In seinen toten Händen hält er noch immer das kleine Plastiksegelboot.

Caro kommt prustend wieder hoch. Die Wunde auf ihrem Schädel blutet stark und färbt das Wasser rot. Noch immer glaubt sie an ihre Chance. Das sehe ich in ihren Augen. Erst wenn ich ihre Lider hochgenäht habe, wird sie begreifen. Das ist immer so. Zuerst glauben die Mädchen, es ist ein perverses Spiel. Wenn die Nadel in ihre Augenlider dringt, wissen sie, dass es tödlicher Ernst ist.

Der Lärm von draußen wird lauter. Es klingt wie Eisenteile, die aufeinanderprallen, dazu ein ohrenbetäubendes Knirschen. Putz rieselt von der Decke ins Becken.

Caro schnellt mit einem Mal nach vorn und rammt mir die gefesselten Hände in den Bauch. Überrascht pralle ich zurück, stolpere und stürze ins Wasser.

Caro nutzt die Chance. Sie rennt los und springt mit einem gewaltigen Satz in die Luft. Ihre Fingerspitzen krallen sich an den Rand des Beckens. Glasscherben schneiden in ihre Fingerkuppen, doch das ist ihr anscheinend egal. Jetzt liegt sie mit dem Oberkörper auf dem Beckenrand. Ihre Beine baumeln an der Beckenwand. Sie muss sich nur hochziehen.

„Das hast du dir fein ausgedacht."

Ich packe Caros Beine und zerre sie zurück in das Becken.

„Hilfe. Lass mich los! Du bist krank!", kreischt sie.

Caro will sich umdrehen und kämpfen. Mit ihren sechzehn Jahren ist sie schon eine Kriegerin. Ich verpasse ihr einen Stoß, der sie aus dem Gleichgewicht bringt. Caro lässt die gefesselten Arme sinken. Ihr Körper wippt vor und zurück. Der nächste Schlag ist leicht und federnd. Es ist mehr ein Antippen als ein Zuschlagen. Caro fällt rücklings in das Wasser. Durch eine geborstene Luke dringt Licht in das Becken. Der Lichtstrahl geistert über Caros Gesicht. Verharrt zitternd auf ihrem angsterfüllten Blick. Außerhalb dieser lichtdurchfluteten Luke winkt die Freiheit, die Caro erreichen wollte. Die sie niemals lebend erreichen wird. Denn ihre Freiheit ist der Tod.

44

Der Sound war unerträglich, und am liebsten hätte sich Braun beide Ohren fest zugehalten, aber trotzdem spielte Nils die Tonsequenz nochmals ab: Schwere Metallplatten krachten aufeinander und dann folgte ein ruckartiges durchdringendes Quietschen, und der ganze Raum hallte von dem Lärm wider.

„Was ist das nur für ein Geräusch?", wunderte sich Arto.

„Hören wir uns noch einmal die ganze Aufnahme an", sagte Braun. Bisher hatten sie nur die ersten drei Sekunden gehört, bis zu dem Zeitpunkt, als der Polizist in der Notrufleitung antwortete.

„Polizei Tallinn!"

„Hilfe! Ich kann ihn nicht aufhalten."

„Wen kannst du nicht aufhalten?"

„Den Mörder der Strandmädchen."

„Wo bist du?"

„Das kann ich nicht sagen. Sie wird bald ertrinken. Macht endlich euer Ding."

Dann riss die Aufnahme plötzlich ab.

„Verdammt! Die Stimme klingt so verzerrt. Man versteht fast nichts."

„Kannst du das Geräusch hinter der Tonspur des Gesprächs herausfiltern?", fragte Braun.

„Ich versuche es." Geschickt schob Nils die Files auf dem Bildschirm auseinander, isolierte die rote Fläche und legte sie auf eine eigene Spur. „Das sind jetzt zehn Sekunden."

„Das müsste für den Anfang reichen."

Braun setzte sich Kopfhörer auf und schloss die Augen. Ohne Zweifel war es Metall, das hier aufeinanderprallte. Aber was könnte das sein? Er konzentrierte sich weiter und vor seinem geistigen Auge tauchte ein Bild aus der Vergangenheit auf. Er dachte zurück an den riesigen Verschiebebahnhof auf dem Gelände des Linzer Stahlkonzerns. Schwere Waggons, die mit Stahlträgern beladen waren, prallten an den Pollern aufeinander, wurden dann zusammengehängt und mit einer Lok an einen anderen Standort gebracht. Könnte dieses Geräusch von einem Verschiebebahnhof stammen?

„Ich habe eine Idee", sagte er und nahm den Kopfhörer ab. „Es ist ein Verschiebebahnhof. Gibt es so etwas hier in Tallinn oder in der Nähe."

„Du machst wohl Witze, Braun", sagte Yrsa, die soeben zur Tür hereingekommen war. „Ich war gerade in den anderen Abteilungen, um die Fahndung nach dem entflohenen Thorstein zu koordinieren."

„Mir ist nicht nach Spaß zumute", antwortete Braun

ernst. „Wir müssen diesem anonymen Hinweis nachgehen. Diesmal dürfen wir keine Scheiße bauen."

„Yrsa meint ja nur, dass rund um Tallinn mindestens zehn Verschiebebahnhöfe sind. Es gibt schließlich einen großen Industriehafen", verteidigte Arto seine Kollegin.

„O. K., dann müssen wir weiterdenken." Braun lehnte sich an das Mischpult von Nils und verschränkte die Arme vor der Brust. „Wir haben bisher zwei tote Mädchen gefunden. Was ist das Verbindende?"

„Sie sind Au-Pair-Mädchen. Waren miteinander befreundet. Man hat ihnen die Haare abgeschnitten und die Augenlider hochgenäht", sagte Arto.

„Das ist zu offensichtlich und bringt uns auch nicht zu dem Ort, wo Caro gefangen gehalten wird." Braun schüttelte den Kopf.

„Na ja", meinte Arto. „Alles hat irgendwie mit dem Wasser zu tun."

„Das ist gut." Braun stieß sich von dem Mischpult ab. „Bitte noch einmal den Text", sagte er zu Nils. Wieder hörten sie die verzerrte Stimme, die aus den Lautsprechern floss und durch den Raum geisterte.

„Wo bist du?"

„Das kann ich nicht sagen. Sie wird bald ertrinken. Macht endlich euer Ding."

„Stopp", rief Braun. Er schnippte mit den Fingern. „Der Anrufer spricht vom Ertrinken. Wahrscheinlich ist Caro an einem Ort gefangen, an dem es Wasser gibt."

„Das kann überall sein", warf Yrsa ein.

„Nein. Nicht an jedem Ort. Sonst wären die Geräusche der zusammenstoßenden Waggons nicht so deutlich zu hören", widersprach Braun. „Ich glaube, es ist ein Becken.

Thorstein hält seine Opfer über mehrere Tage, ja sogar Wochen dort fest. Deshalb muss der Ort außerhalb der Wohngebiete liegen und verlassen sein."

„Ich sehe gleich mal in der Datenbank nach." Nils stand auf und ging zu seinem Computer.

„Aber das kann ich doch machen!", mischte sich Yrsa ein.

Arto winkte ab. „Lass gut sein. Nils ist ja schon dabei."

„Ich habe einen Treffer", sagte Nils kurz darauf aufgeregt.

„Lass sehen!" Braun beugte sich zum Bildschirm. „Wo ist das?", fragte er.

„Das ist eine ehemalige sowjetische Kaserne direkt neben dem Rangierbahnhof."

Kurz darauf tauchte ein mit kyrillischen Buchstaben vollgeschriebener Plan auf dem Schirm auf.

„Ich kann überhaupt nichts erkennen", meinte Braun.

„Das sind die alten Scans", klärte ihn Yrsa auf. „Aber wenn es in der Kaserne ein Schwimmbecken gibt, dann finde ich es heraus. Schick mir die Daten auf meinen Computer", sagte Yrsa zu Nils.

„Warte. Ich glaube, das könnte eine Schwimmhalle sein." Nils deutete auf ein rechteckiges Gebäude, das ein wenig abseits von den Mannschaftsunterkünften lag. Direkt an die rückwärtigen Mauern grenzten die Bahngleise. „Trainingshalle für Kampfschwimmer der glorreichen Sowjetarmee" las Arto.

„Das passt. Ich denke, hier sind wir richtig. Gut gemacht." Braun klopfte Nils auf die Schulter, sprang auf und gab Arto ein Zeichen. „Wir müssen sofort los."

„Alles klar." Arto blickte ständig auf die Uhr und schien

nicht recht bei der Sache zu sein. Aber Braun hatte keine Zeit, sich darum zu kümmern. Jetzt galt es, das Leben von Caro zu retten.

Die ehemalige Kaserne befand sich am Rand des Industriehafens. Arto lenkte den Wagen geschickt durch die endlosen Reihen von Lkws, die darauf warteten, für die Verschiffung nach Russland abgefertigt zu werden. Wertvolle Minuten verstrichen, als ein überlanger Transporter die Straße blockierte. Arto ließ die Sirene aufheulen, doch der Fahrer zuckte nur mit den Schultern.

„Scheiße! Wieso geht das nicht schneller", fluchte Braun.

„Ich bin kein Zauberer", stöhnte Arto und raste mit quietschenden Reifen an den Lagerhäusern vorbei, als die Straße endlich wieder frei war. Vor einem großen Maschendrahttor blieben sie stehen. Braun sprang aus dem Wagen und rüttelte an dem Tor. Doch es war mit einer großen Kette versperrt.

„Sind wir hier richtig?", fragte er Arto. Dieser nickte.

Hastig liefen sie an dem Zaun entlang und fanden schließlich eine große Öffnung, die jemand in den Zaun geschnitten hatte.

„Ich wusste gar nicht, dass die Kaserne so nahe am Meer liegt", sagte Braun, denn ihm war aufgefallen, dass sie nur wenige Meter vom Ufer entfernt standen.

„Ist für Kampftaucher doch sicher wichtig, das Meer in der Nähe zu haben", meinte Arto. Er zog sein Handy aus der Tasche, um den Plan zu studieren. „Wir müssen in die Halle dort hinten." Er deutete auf einen Bau in stalinistischem Design.

Eine breite Straße führte zu dem Gebäude, das aus

einem kuppelartigen Mittelteil bestand, der von zwei Türmen flankiert wurde. Die grünstichige bronzene Eingangstür war mit einem Relief verziert, das Schwimmer und Soldaten in sowjetischer Heldenpose zeigte. Jemand hatte hier allerdings das Bildnis von Lenin aus dem Relief entfernt. Als Braun gegen die Tür drückte, schwang sie lautlos auf. Das Innere des Schwimmbads mit dem vielen Marmor und dem hohen Kuppeldach erinnerte an eine Kirche. Auch der Boden war bis zum Rand des runden Beckens mit Marmorplatten ausgelegt. Es war eine luxuriöse Freizeiteinrichtung für die sowjetische Elite gewesen.

Das Licht war diffus und kam aus einigen zerborstenen Luken oben auf dem Dach. In dem herrschenden Zwielicht war es nicht leicht, etwas zu erkennen. In der Mitte der Halle war das Becken in den Boden eingelassen. Bis auf einen Tisch und einen Stuhl, die verloren in dem riesigen Raum standen, war die Halle leer.

Die Wände waren ebenfalls aus Marmor, und Sprayer hatten Parolen und Graffiti darauf gesprüht. Die riesigen Spiegel an den Säulen waren zersplittert und die Scherbenstücke am Boden knirschten unter den Stiefeln von Braun.

Langsam schoben sie sich weiter nach vorn. Ein metallenes Krachen von draußen zerriss die angespannte Stille. Zwei Waggons prallten mit den Pollern aufeinander. Es war ein ähnliches Hintergrundgeräusch, wie sie es bei dem Notruf gehört hatten. Sie waren also richtig.

Ein Lichtstrahl fiel von einer Dachluke in das Becken, und Braun konnte erkennen, dass auf dem Boden ein Mann mit einer schwarz-weiß gestreiften Trainingsjacke lag. So ein Kleidungsstück hatte Thorstein bei seiner Flucht getragen. Es war zweifellos Thorstein. Sein Gesicht wirkte ruhig und friedlich, und es sah aus, als würde er schlafen. Doch auf seiner Stirn war ein hässlicher roter Fleck zu sehen und rings um seinen Hinterkopf hatte sich Blut gesammelt. In der einen Hand hielt er eine Pistole, in der anderen ein zerknülltes Foto.

„Scheiße, das ist Thorstein“, sagte Braun und sprang hinunter. „Er hat sich anscheinend selbst erschossen“, stellte Arto fest, der Braun nach unten hinterhergeklettert war.

„Ja, so sieht es aus“, meinte Braun und beugte sich zu der Leiche hinab. Mit seinem Kugelschreiber zog er das Foto aus der Faust von Thorstein und gab es Arto, der bereits Einweghandschuhe übergestreift hatte.

„Das ist Zoe“, sagte Braun, nachdem er das Foto genauer betrachtet hatte. „Thorstein hat Zoe umgebracht und anschließend Selbstmord begangen. Klingt für mich auf den ersten Blick logisch.“

Arto drehte sich zu Braun und klopfte ihm auf die Schulter.

„Braun, ich denke, wir haben unseren Mörder.“

45

Arto stand vor dem toten Thorstein und fühlte sich schlecht. So wie jedes Mal, wenn er vor einer Leiche stand. Hatte das mit Kalinka zu tun? Verdrängte er den Tod aus seinen Gedanken, weil es auch für seine Tochter jeden Tag zu Ende gehen konnte? Seufzend stand Arto auf und presste die Fingerspitzen gegen seine Schläfen. „Kalinka wird sicher nicht sterben. Alles wird gut."

Braun stand oben am Beckenrand und redete mit Thorstein, als würde dieser noch leben.

„Ich stelle mir das so vor: Du hast dich in Zoe verliebt, aber sie hat deine Zuneigung nicht erwidert. Vielleicht hast du sie auch zum Sex gezwungen und sie wollte dich anzeigen. Oder sie hat ihren Freundinnen davon erzählt. Die drei waren ja eine verschworene Gemeinschaft. Eine richtige Mädels-Gang. Plötzlich gab es Zeugen und du hattest keine Chance. Da bist du durchgedreht und hast sie getötet.

Dann kamen die Gewissensbisse und du hast dich selbst erschossen."

Brauns Gesichtsausdruck war unergründlich, aber glücklich sah er nicht aus. Er war ein Grübler, der sich nicht mit schnellen Lösungen zufriedengab. Das hatte Arto mittlerweile auch schon mitbekommen. Aber diesmal war die Sache doch mehr als klar. Thorstein hatte das Foto von Zoe in der Hand gehabt, ein klares Schuldeingeständnis. Das klang alles einleuchtend. Arto stand auf.

„Heute arbeiten wir ja im Akkord", meinte Bob, als er in seinem weißen Anzug schnaufend in das Becken kletterte.

„Wann können wir deinen Bericht haben?", fragte Arto.

„Immer mit der Ruhe. Ich habe mir die Leiche noch nicht einmal angesehen", sagte Bob.

„Was ist deine Einschätzung?" Braun nahm Arto zur Seite.

„Sieht nach einem klaren Selbstmord aus", erwiderte Arto und schilderte den vermuteten Ablauf in etwa so, wie Braun es zuvor getan hatte.

„Ist die gleiche Theorie, wie auch ich sie hatte. Das klingt alles ziemlich logisch", meinte Braun und strich sich über seinen grau melierten Bart. „Zu logisch."

„Wieso?"

„Wer war die Person, die uns angerufen hat?", erwiderte Braun. „Und warum ist sie nicht hiergeblieben? Wollte Thorstein sie vielleicht auch töten? Und das Allerwichtigste: Wo ist Caro abgeblieben?"

„Fahren wir zurück ins Präsidium. Ich habe Nils beauftragt, den Background von Thorstein zu durchleuchten", sagte Arto. „Wir sollten mit dem Foto von Caro heute ins

Lokalfernsehen. Vielleicht hat sie jemand gesehen. Frederik muss das für uns machen."

„Gute Idee", murmelte Braun und hielt Arto zurück, der gerade gehen wollte.

„Kann es sein, dass Caro noch hier in dem Gebäude versteckt ist?"

„Die Kollegen haben das ganze Gebäude durchsucht. Aber es gibt keine Spur von ihr", meinte Arto. „Ich denke, Thorstein hat in Panik auch Caro getötet und sie dann im Meer versenkt. Ich werde morgen gleich Taucher anfordern."

„Das ist eine Möglichkeit." Braun nickte zustimmend. „Aber warum lässt er Caro im Meer verschwinden? Man ist ihm doch auf die Schliche gekommen, es besteht also gar keine Notwendigkeit, den Leichnam zu verbergen."

„Braun, wir können da Hypothesen aufstellen, bis wir alt und grau sind. Fakt ist, dass Thorstein Zoe auf dem Gewissen hat und sich dann selbst richtet."

„Das sind keine Fakten, sondern Annahmen", knurrte Braun. „Vergessen wir nicht Bea Hanstetten. Wie passt sie denn ins Bild?"

„Das klären wir alles im Präsidium." Arto seufzte genervt und spielte mit den Wagenschlüsseln. Braun konnte ganz schön anstrengend sein. Er wollte noch etwas zu Braun sagen, da klingelte sein Handy. Es war Nils.

„Wann seid ihr im Präsidium?", fragte er.

„Wir sind auf dem Weg. Warum fragst du?"

„Ich habe interessante Dinge über Thorstein herausgefunden", sagte Nils. Arto trennte die Verbindung.

„Nils hat Neuigkeiten", sagte er zu Braun.

Als sie im Wagen saßen und vom Industriehafen ins Zentrum fuhren, musste Arto wieder an Kalinka denken.

„Wie geht es deiner Tochter heute?“, fragte Braun plötzlich, und wieder hatte Arto das Gefühl, als könne Braun Gedanken lesen.

„Ihr Zustand ist unverändert. Wenn eine Spenderniere kommt, überlebt sie, wenn nicht, dann …“ Arto ließ den Rest des Satzes in der Luft hängen. „Unsinn“, sagte er und zwang sich zu einem Lächeln.

Im Polizeipräsidium gingen sie sofort in ihr Büro, wo Nils am Computer saß.

„Seht mal, was ich gefunden habe“, sagte er voller Stolz und deutete auf die Glastafel, auf der verschiedene Files geöffnet waren. „Thorstein Johannson hieß früher Thorstein Malkovski.“ Er tippte auf ein File und ein Führerschein poppte auf.

„Der Führerschein wurde in Riga ausgestellt“, murmelte Arto, der näher an den Bildschirm getreten war, um die Buchstaben auf dem Führerschein zu entziffern.

„Genau. Thorstein hat dann eine Schwedin geheiratet und ihren Namen angenommen: Johansson. Nach der Scheidung hat er den Namen behalten.“

„Was ist daran so ungewöhnlich?“, fragte Braun. „Viele Menschen ändern ihren Namen. Und mit einem russischen Familiennamen lebt es sich hier vielleicht nicht so angenehm.“

„Da hast du recht, Braun“, sagte Nils. „Aber manche Menschen nutzen das auch, um ihrer Vergangenheit zu entfliehen.“ Er tippte auf eine weitere Datei. Es war eine Akte des Bezirksgerichts Riga. „Hier geht es um den Prozess, den der Vater einer gewissen Olga Petrova vor achtzehn Jahren gegen Thorstein angestrengt hat. Es handelte sich dabei um fahrlässige Tötung. Olga war eine Schülerin von Thorstein und vierzehn Jahre alt, als sie starb."

„Das ist ja interessant." Arto stieß einen leisen Pfiff aus. Zum Teufel mit Braun und seinem Bauchgefühl. Thorstein war also bereits in einen Todesfall verwickelt gewesen. Alle Indizien wiesen immer stärker auf Thorstein hin.

„Was wurde Thorstein damals vorgeworfen?", fragte Braun, der noch immer eine skeptische Miene machte.

„Thorstein hatte mit Olga ein illegales Verhältnis. Eines Tages fuhren sie mit einem Segelboot hinaus aufs Meer, um ungestört Sex haben zu können. Doch dann kam ein Sturm auf, das Boot kenterte und Olga verschwand in den Fluten. Ihr Leichnam wurde nie gefunden. Ihr Vater strengte einen Prozess gegen Thorstein an. Dieser wurde verurteilt, ging für drei Jahre wegen Unzucht mit Minderjährigen ins Gefängnis. Der Anklagepunkt wegen der fahrlässigen Tötung konnte nicht bewiesen werden, deshalb bekam Thorstein dafür auch keine Strafe. Aber er war nach seiner Haftentlassung natürlich ruiniert. Seine Frau ließ sich scheiden und Thorstein lebte von Gelegenheitsjobs als Bademeister. Erst hier in Tallinn fand er unter dem Namen seiner Exfrau wieder einen Job."

„Ich glaube, er wollte fliehen, da wir ihn als Mörder von Zoe und wahrscheinlich auch von Bea überführt hätten", meinte Arto. „Und als er keinen Ausweg mehr sah, hat er sich einfach erschossen."

„Aber was ist mit der fremden DNA, die ihr bei Bea gefunden habt? Stammt die auch von Thorstein?", fragte Braun.

„Das Ergebnis gibt's erst in einigen Tagen. Im Labor

sind sie im Moment überlastet“, meinte Arto. „Aber auch ohne diesen DNA-Abgleich ist es mehr als wahrscheinlich, dass Thorstein unser Mann ist.“

„Das heißt, wir können diesen Fall abschließen?“ Nils blickte fragend von Braun zu Arto.

„Ja, wir brauchen nur die Indizienkette zu vervollständigen, dann sind die Morde aufgeklärt. Braun kann endlich wieder nach Österreich zurückkehren und muss nicht länger in dieser unwirtlichen Gegend bleiben.“

„Schön, dass ihr euch so um mein Wohlbefinden sorgt“, erwiderte Braun ironisch.

„Aber klar doch“, sagte Arto und beugte sich dann zu Nils. „Gute Arbeit“, sagte er und klopfte Nils auf die Schulter.

„Ich habe es dir schon am Tatort gesagt. Die ganze Sache ist zu einfach und zu glatt“, sagte Braun. „Was ist mit Caro? Wo ist die abgeblieben? Sie war höchstwahrscheinlich in dem Becken, in dem wir Thorstein gefunden haben. Hat er sie dort auch getötet? Und wenn ja, warum sollte Thorstein sie dann noch im Meer versenken? Wo doch für ihn sowieso alles zu Ende war. Warum hat Thorstein auch Bea ermordet? Wusste sie von seiner Liaison mit Zoe? Hat sie ihn vielleicht erpresst?“

Ein Computergeräusch kündigte eine eingehende Mail an und unterbrach Brauns Ausführungen. Arto setzte sich an seinen Schreibtisch und öffnete den Anhang.

„Ein erstes Ergebnis der Spurensicherung ist hier“, sagte er über die Schulter zu Braun.

„Und was steht drinnen?“, fragte Braun.

„Man hat im Schwimmbad ziemlich viel Blut gefunden, das aber weder von Thorstein noch von Zoe stammt.

Außerdem fremde Hautpartikel und Blutspuren auf dem Tisch, der dort steht. Und natürlich auf dem Boden. Ansonsten gibt es keinerlei Blutspuren."

„Hat man auch den Strand in der Nähe untersucht?"

„Ja, aber dort gab es weder Blut noch Schleifspuren oder ungewöhnliche Fußabdrücke im Sand."

„Ich will mir den Strand und die Mole bei der Kaserne noch einmal selbst ansehen", meinte Braun. „Ist das möglich?"

„Da wirst du nicht mehr viel vorfinden", erwiderte Arto.

„Wieso nicht? Ist bereits die Flut gekommen?"

„Der Strand ist schon freigegeben", antwortete Arto. „Da sind jetzt nur Touristen, die auf eine Hafenrundfahrt warten."

„Scheiße, wer hat das veranlasst?"

„Ich habe das so angeordnet in Abstimmung mit der Spurensicherung." Arto schüttelte verwundert den Kopf. „Warum fragst du?"

„Weil ich wissen will, was genau abgelaufen ist."

„Aber das haben wir dir doch schon hundertmal erklärt", schnaubte Arto, dem langsam die Geduld ausging. Warum konnten sie den Fall nicht einfach abschließen? Deckel darauf und Ruhe. Erneut warf er einen Blick auf die Uhr. Kalinka war jetzt wieder in der Klinik und er müsste eigentlich schon bei Gotan sein.

„Du hast mir alles logisch erklärt. Aber eine Frage kannst du noch immer nicht beantworten."

„Und die wäre?", erwiderte Arto kurz angebunden. Braun ließ einfach nicht locker.

„Wer ist der geheimnisvolle Anrufer?"

46

Ein merkwürdiger Anruf wurde zu Franka durchgestellt. Sie hörte zögerndes Atmen, dann eine gepresste Frauenstimme, die leise wisperte.

„Inspektor Morgen, von Frau zu Frau spricht es sich einfacher, deswegen wende ich mich an Sie."

„Wer spricht?"

„Hier ist Helene Hanstetten. Es geht um meine tote Schwester Bea."

„Was wollen Sie mir sagen?" Franka schnippte mit den Fingern in Richtung Timo, der sofort auf einen Knopf drückte, um den Anruf aufzuzeichnen.

„Das ist nicht so einfach zu erklären. Und schon gar nicht am Telefon", druckste Helene herum. „Am besten, wir treffen uns."

„Das lässt sich einrichten. Wann hätten Sie denn Zeit?"

„Ich besuche heute die Abendmesse im Linzer Dom. Wir können uns dort treffen."

„In einer Kirche? Dort können wir nicht in Ruhe

reden", sagte Franka zweifelnd. „Wäre nicht ein Caféhaus besser?"

„Wenn Sie nicht in den Dom kommen, dann wird eben nichts aus unserem Gespräch", erwiderte Helene gekränkt.

„Natürlich ist mir der Dom auch recht", beeilte sich Franka zu relativieren.

„Das freut mich, dass Sie den Ort akzeptieren. Dort fühle ich mich viel wohler." Helene seufzte tief auf. „Gott hört uns zu und wird uns bestrafen, wenn wir lügen."

Mit diesen Worten trennte sie die Verbindung.

„Hast du das mitbekommen?" Franka drehte sich zu Timo. „Eine ziemlich seltsame Frau."

„Vielleicht hat sie damals gelogen?", meinte Timo. „Deshalb will sie dir alles beichten."

„Aber worüber hätte sie denn lügen sollen?", wunderte sich Franka.

„Keine Ahnung, aber jedenfalls kommst du jetzt endlich einmal in den Genuss einer Messe. Warst du eigentlich schon jemals in der Kirche?"

„Aber natürlich, was für eine Frage. Meine Eltern haben mich doch katholisch erzogen", sagte Franka und dachte an den Bibelunterricht, den sie genossen hatte. Es lag alles in weiter Ferne, genauso wie ihre Kindheit, die nie das gewesen war, was sie sich gedacht hatte. Doch schnell wischte sie diese dunklen Gedanken wieder weg.

„Ich habe heut Jan noch einmal besucht", sagte sie zu Timo. „Er ist unter gewissen Umständen bereit, doch eine Aussage zu machen."

„Na, dann kommt ja Bewegung in die Sache", meinte Timo erfreut. Mit einer gezierten Handbewegung fuhr er sich durch das dichte Haar. Er kann sein früheres

Geschlecht doch nicht ganz vergessen, dachte Franka. Sie las den Bericht über den Gesundheitszustand von Jans Freund durch. Die Prognose der Psychologen war wider Erwarten günstig. Es würden keine bleibenden psychischen Schäden zurückbleiben. Jetzt musste sie nur dafür sorgen, dass Ferdinand in Sicherheit war, wenn Jan das File mit den gehackten Daten dem Staatsschutz übergab. Als es Abend wurde, ging sie auf den Parkplatz, setzte sich auf ihre Moto Guzzi und fuhr in die Innenstadt.

Der Marien-Dom in Linz war die nach dem Fassungsvermögen größte Kirche Österreichs. Da sie jedoch dicht von Bürgerhäusern und einem Hotel eingerahmt wurde, konnte man ihre wahren Ausmaße nie richtig erfassen. Franka parkte ihre Maschine in einer ruhigen Seitenstraße und ging in den Dom.

In der Kirche war es dunkel und die Bankreihen waren nur mit wenigen Andächtigen besetzt. Franka setzte sich in die letzte Reihe und wartete. Vor dem Altar stand ein Priester mit dem Rücken zu den Kirchgängern und hielt eine Messe auf Latein. ‚Helene ist also eine erzkonservative Katholikin', dachte Franka. Denn sie hatte natürlich auch mitbekommen, dass die konservativen Kirchenkreise eine Rückkehr zum lateinischen Ritus befürworteten. Franka konnte kein Latein und verstand deshalb auch kein bisschen von dem, was der Priester sagte. Aber seine angenehme Stimme versetzte sie in eine Art Trance.

Plötzlich legte sich eine Hand auf ihre Schulter.

„Gefällt Ihnen unsere lateinische Messe?", flüsterte Helene Hanstetten. Sie kniete hinter Franka, und ihr Mund war so nahe an Frankas Ohr, dass Helenes Atem zu spüren war.

„Ich verstehe kein Wort“, sagte Franka.

„Das macht nichts, es geht um die Atmosphäre.“

„Interessiert sich überhaupt jemand für eine lateinische Messe?“, fragte Franka.

„Ich interessiere mich dafür“, erwiderte Helene. „Ich bezahle auch für die Messe.“

„Verstehe. Aber Sie sind sicher nicht hergekommen, um mir das mitzuteilen.“

„Nein. Ich bin gekommen, um mein Gewissen zu erleichtern“, sagte Helene nach einem anfänglichen Zögern.

„Was liegt Ihnen auf dem Herzen?“ Franka drehte den Kopf nach hinten, um Helene in die Augen zu sehen, doch diese trug eine dunkle Brille. „Sie erwähnten Ihre Schwester Bea.“

„Ja, ja, Bea, das ungläubige Kind. Wahrscheinlich wird sie für ihre Sünden jetzt in der Hölle schmoren.“

„Aber auch Sie sind nicht ganz frei von Sünde, denn sonst würden Sie nicht hier mit mir reden“, antwortete Franka.

„Wie wahr.“ Helene machte eine Pause und räusperte sich leise. „Ich habe gelogen und hoffe, der Herr verzeiht mir“, flüsterte sie dann Franka ins Ohr, als wäre sie in einem Beichtstuhl.

„Inwiefern haben Sie gelogen?“

„Wegen des Phantombildes, das nach meinen Angaben angefertigt wurde.“

„Wieso? Haben Sie sich nicht erinnern können und einfach ein x-beliebiges Gesicht angegeben?“ Franka drehte sich jetzt ganz zu Helene herum. „Das ist nicht weiter schlimm“, versuchte sie Helene zu beruhigen. Es kam öfter vor, dass Augenzeugen bei den Personenbeschreibungen

Dinge anführten, die gar nicht der Wirklichkeit entsprachen, einfach weil sie die Dinge im Kopf vermischten oder die Polizei nicht enttäuschen wollten. Bei Helene glaubte Franka, dass es Letzteres war.

„Wir können ja eine neue Zeichnung anfertigen. Ich helfe Ihnen dabei, sich wieder zu erinnern."

„Darum geht es nicht." Helene blickte ängstlich umher. „Gehen wir dort hinüber. Da kann uns niemand sehen." Sie deutete zu einem Beichtstuhl, der im Seitenschiff stand.

„In einen Beichtstuhl?", fragte Franka verblüfft. „Dürfen wir denn das?"

„Das ist eine Ausnahmesituation. Gott wird dafür Verständnis haben", sagte Helene und stand auf.

Franka folgte ihr kopfschüttelnd und setzte sich mit einem unguten Gefühl in den Beichtstuhl, während Helene in dem Seitenteil kniete und durch das Gitter zu Franka wie zu einem Priester sprach.

„Ich habe mit meinem Handy doch ein Foto der Person gemacht, die mit Bea befreundet ist."

„Und das sagen Sie uns erst jetzt", entfuhr es Franka, aber schnell mäßigte sie wieder ihren Ton. „Schön, Sie haben damals die Unwahrheit gesagt. Warum?"

„Weil es Sünde ist. Ich will das Andenken von Bea nicht noch mehr besudeln. Schon jetzt fällt es mir nicht leicht, für Bea zu beten, so schwer ist ihre Schuld."

„Kommen Sie auf den Punkt." Franka holte tief Luft. In dem Beichtstuhl war es stickig und roch nach Mottenkugeln. „Zeigen Sie mir das Foto."

„Ich konnte es zunächst nicht glauben, als ich die beiden in diesem Las Vegas Club traf", redete Helene weiter, als hätte sie Frankas Worte nicht gehört. „‚Das ist

Sünde, Bea. Dafür wird dich Gott bestrafen‘, habe ich gesagt. Doch Bea hat mich nur ausgelacht und für spießig und kleinkariert gehalten. ‚Wir leben nicht mehr im Mittelalter, Helene‘, hat sie gesagt. ‚Ich bin modern und aufgeschlossen und so etwas habe ich noch nie erlebt. Es ist eine wahre Entriegelung der Sinne. Vergiss die milchbärtigen Jungs, mit denen ich immer herumgemacht habe. Das hier ist wahrer Sex und echte Liebe.‘“

Helene verstummte und bekreuzigte sich.

„Zeigen Sie mir das Foto“, sagte Franka, die endlich aus dem engen Beichtstuhl herauskommen wollte.

„Hier ist es“, hauchte Helene und kramte ihr Handy aus der Rocktasche. Sie hielt das Display gegen das Holzgitter, sodass Franka einen Blick darauf werfen konnte.

„Oh, damit habe ich nicht gerechnet“, sagte sie verblüfft, als sie das Foto sah. „Schicken Sie mir das Foto. Ich leite es sofort an Chefinspektor Braun in Tallinn weiter. Dieses Foto wirft ein völlig neues Licht auf den Fall und ändert alles.“

47

Gotan blickte finster aus dem Fenster und löschte die Mail, die er soeben erhalten hatte. Der österreichische Staatsschutz interessierte sich für die Waffenexporte der Hanstetten AG nach Estland. Irgendwo gab es eine undichte Stelle in Österreich. Oder hatte am Ende der schwule IT-Spezialist Faber doch noch Daten versteckt? Am besten wäre es, die Geschäftsverbindungen nach Österreich vorerst einzufrieren und sich nur auf die lukrative Crystal-Meth-Produktion zu verlegen. Es war ein Abwägen der Chancen und Risiken. Doch darum würde er sich später kümmern.

Im Moment ging es nur darum, die Waffenlieferung nach Russland reibungslos abzuwickeln. Und dafür brauchte er Arto. Dieser musste seine Beziehungen spielen lassen und die Polizei an der Grenze für einige Stunden abziehen. Deshalb versuchte Gotan auch schon seit Längerem, Arto zu erreichen, kam aber immer nur auf seine Mailbox. So wie jetzt. Ohne eine Nachricht zu hinterlassen, steckte er das Prepaidhandy wieder ein.

„Wann können wir mit dem Testlauf für die neue Charge beginnen?“ Einer der russischen Chemiker, die für Gotan das Crystal Meth zusammenbrauten, tauchte in seinem weißen Kittel wie ein Gespenst aus dem Keller auf.

„Nicht diese Woche“, antwortete Gotan kurz angebunden. Der Chemiker wollte noch etwas sagen, doch da hörte Gotan, wie die Schiebetür der Lagerhalle aufgeschoben wurde. „Los, verschwinde nach unten“, herrschte er den Mann an.

Sekunden später tauchte Arto im Schlepptau von Gotans Leibwächter auf. Arto sah grässlich aus. Sein Gesicht war eingefallen und er hatte dunkle Augenringe.

„Du siehst schlecht aus“, meinte Gotan und winkte den Bodyguard zur Seite. „Ich brauche dich heute nicht mehr.“

„Was passiert da unten? Wer ist der Typ im weißen Mantel?“, fragte Arto und deutete auf den Chemiker, der gerade im Keller verschwand.

„Nichts, was dich etwas angeht“, antwortete Gotan. „Hast du endlich auf meine Anrufe reagiert.“

„Was für Anrufe? Ich habe mein Handy nicht einmal angesehen“, erwiderte Arto nervös und presste seine Finger an die Schläfen. „Wir müssen reden. Ich brauche das ganze Geld, und zwar sofort.“

„Moment, von welchem Geld sprichst du?“, fragte Gotan.

„Das Geld, das du mir für die Transplantation versprochen hast. Ich brauche es auf der Stelle.“

„Wieso so eilig?“ Lächelnd verschränkte Gotan die Arme vor der Brust. So mochte er diesen korrupten Bullen am liebsten. Wenn er mit dem Rücken zur Wand stand und für Gotan sogar die Scheiße vom Boden aufheben würde. Arto war ein nützliches Individuum. Aber auch ziemlich gefährlich in seiner Unberechenbarkeit.

„Es ist eine Spenderniere eingetroffen. Meine Tochter ist bereits im Krankenhaus. Aber Kepler implantiert ihr die frische Niere nur, wenn ich zuvor das Geld hinterlege."

„Du erhältst natürlich dein Geld …", sagte Gotan und merkte, wie Arto sich merklich entspannte.

„Danke, ich wusste, dass ich mich auf dich verlassen kann."

„Aber zuvor musst du mir noch einen kleinen Gefallen tun", vervollständigte Gotan den zuvor begonnenen Satz.

„Einen Gefallen? Ich brauche das Geld gleich. Kapierst du das nicht! Kalinka liegt bereits im Vorbereitungsraum und der Arzt wartet auf die Kohle." Wieder drückte er seine Finger an die Schläfen, und auf Gotan wirkte es, als hätte Arto Angst, dass sein Kopf zerspringen könnte.

„Ich habe heute Nacht zur Stunde des Wolfs ein Geschenk für meine russischen Freunde geplant. Es muss allerdings pünktlich in Iwangorod in Russland eintreffen. Es darf keine unnötigen Kontrollen in Narva auf estnischer Seite durch übereifrige Beamte geben. Verstehst du das?"

„Heute Nacht? Wie stellst du dir das vor? Das ist viel zu kurzfristig. Die Dienstpläne sind bereits online verschickt, da kann ich nichts machen."

„Lass dir etwas einfallen. Denk an deine Tochter. An die Niere. An das Geld."

„Was hat das Geld mit dieser Waffenlieferung zu tun? Du hast es mir versprochen. Ich habe dir jede Menge Tipps gegeben, wenn etwas gegen dich geplant war. Auch der österreichische Bulle wird morgen abreisen, versprochen. Und das mit deiner DNA, die man möglicherweise bei Bea findet, das regle ich auch. Genauso das mit der Reizwäsche, die du ihr geschenkt hast. Dafür steht mir das Geld zu."

„Du versprichst mir das Blaue vom Himmel und ich glaube dir kein Wort. Ich weiß, dass dieser österreichische Polizist nicht aufhören wird, bis er den Mörder von Bea zur Strecke gebracht hat. Ich habe es damals auf der Mole in seinen Augen gesehen. Es sind die Augen des einsamen Jägers, der eine Fährte aufnimmt und nicht mehr loslässt", sagte Gotan ungerührt.

„Braun reist morgen ab. Auf dich fällt nicht der geringste Verdacht. Also habe ich meinen Teil der Abmachung doch erfüllt."

„Tja, jetzt sind die Karten eben neu gemischt. Du bekommst dein Geld, wenn du mir heute Nacht die Polizei vom Leib hältst. Sonst nicht", stoppte Gotan mit eisiger Stimme den Redefluss von Arto.

„Du willst mich einfach nicht verstehen. Selbst wenn ich wollte – und glaube mir, das will ich wirklich –, aber ich kann dir die Polizei nicht vom Leib halten. Du musst die ganze Sache abblasen."

„Bist du verrückt, weißt du, was mich das kostet? Ich sitze hier auf Tausenden von Gewehren und einer Unmenge Munition, die bald vom Salzwasser zerfressen ist, wenn ich nicht schleunigst einen Abnehmer dafür finde. Jetzt habe ich ihn gefunden und deshalb muss ich heute Nacht liefern."

Langsam redete sich auch Gotan in Rage. Wie hatte es nur so weit kommen können? Dass er von einem Verlierer wie Arto abhängig war? Dass ein Geschäft platzte, nur weil

Arto ständig seine kranke Tochter im Kopf hatte, statt sich um dieses Projekt zu kümmern. Jetzt bereute Gotan es auch, seinen Bodyguard nach Hause geschickt zu haben, denn am liebsten hätte er Arto in die Mangel genommen und wieder auf Linie gebracht.

„Da ist einfach nichts zu machen! Schluss, aus und Punkt“, sagte Arto mit erschöpfter Stimme. „Her mit dem Geld.“

„Was bildest du dir ein, du kleine Ratte. Ein Wort von mir und du wanderst in den Knast.“

„Dann gehst du aber mit mir ins Gefängnis“, erwiderte Arto. „Glaubst du, ich weiß nicht, was da unten in dem Keller vor sich geht? Für wie bescheuert hältst du mich eigentlich? Da wird Crystal Meth gebraut.“

„Ich denke, das ist keine Basis für eine Geschäftsbeziehung“, sagte Gotan, der sich wieder unter Kontrolle hatte. „Beenden wir unsere Partnerschaft.“

„Auch gut, dann gib mir das Geld und ich bin weg. Keine Angst, ich erzähle niemandem von deinen dreckigen Geschäften.“

„Du liegst falsch, Arto.“ Gotan schüttelte nachsichtig den Kopf. „Es gibt kein Geld für dich. Und jetzt scher dich zum Teufel.“

„Was redest du da?“ Arto machte ein solch verblüfftes Gesicht, dass Gotan innerlich grinsen musste. „Du hast mir das Geld versprochen. Doktor Kepler wartet darauf. Verstehst du denn nicht, es geht um das Leben meiner Tochter.“

„Verschwinde!“ Gotan drehte sich um und ging zu dem Tisch, der unter dem Fenster stand. Dort hatte er eine Pistole versteckt. Gotan fühlte sich einfach sicherer, wenn die Waffe in Reichweite war. Obwohl er mit dem Rücken zu Arto stand, spürte er keine Angst. Eine Ratte wie Arto würde es nie wagen, etwas gegen ihn zu unternehmen. Nein, vor Arto hatte er keine Angst.

„Das Geld. Es steht mir zu. Es ist ein neuer Anfang für Kalinka."

„Hast du nicht gehört? Du sollst verschwinden, und lass dich hier nie wieder blicken. Ich schicke einen Kranz zum Begräbnis deiner Tochter."

Gotan hatte mit einem Wutausbruch von Arto gerechnet, ja sogar damit, dass dieser ihn anfallen würde. Dann hätten sie gekämpft und Gotan hätte diesem Versager sämtliche Knochen gebrochen. Doch er hörte nichts. Nur ein leises böses Knacken, das er zu gut kannte. So hörte es sich an, wenn man eine russische Militärpistole entsicherte. Langsam drehte sich Gotan um und blickte Arto in die Augen. Und plötzlich wusste er, dass er sich in Arto getäuscht hatte. Arto war zu allem bereit. Deshalb musste er ihn jetzt töten.

48

Die Pistole lag gut in der Hand von Arto. Es war ein russisches Modell mit abgefeilter Seriennummer. Niemand würde die Existenz der Pistole zu ihm zurückverfolgen können. Es war die perfekte Waffe, um seiner Forderung Nachdruck zu verleihen.

Er blickte in Gotans überraschtes Gesicht und wusste, dass er ihn überrumpelt hatte. Niemals hätte es Gotan für möglich gehalten, dass Arto ihn bedrohen könnte. Doch jetzt war es so weit. Sein Zeigefinger spielte mit dem Abzug. Warum dieses Schwein nicht einfach umblasen?

„Geh vom Tisch weg." Arto dirigierte Gotan mit der Waffe zur Seite. Natürlich wusste er, dass unter der Tischplatte eine Waffe klebte. Gotan hatte sie ihm sogar einmal gezeigt.

„Hol das Geld aus dem Tresor!", befahl er, doch Gotan rührte sich nicht. Er wusste natürlich, dass Arto ihn nicht sofort erschießen würde, denn nur Gotan kannte die Kombination des Safes.

„Du öffnest den Safe, sonst schieße ich dir jeden Knochen einzeln zu Brei."

Es war, als würde ein Fremder diese Sprüche absondern. Arto spürte, dass ein anderer Mensch aus ihm sprach. Ein Mann, der nicht zögern würde, zu schießen. Ein Mann, der sich holte, was ihm zustand. „Alles wird gut", flüsterte er und der Lauf seiner Waffe begann zu flattern.

Doch dann sah er das kalte Glitzern in Gotans Augen und wurde augenblicklich wieder zu dem Arto der Eiswelt. Sein Finger zuckte und dann zog er den Abzug durch. Die Kugel schlug Zentimeter vor Gotans Fuß in den Boden und der Beton spritzte. Mit Befriedigung sah Arto, dass Gotan zitterte. Jetzt hatte sich das Spiel umgedreht, jetzt fürchtete Gotan ihn.

„Schließ jetzt den Safe auf", kommandierte er. Gotan drehte sich auch sofort um und ging auf den Safe zu, der in dem Glaskontor stand, von dem aus man früher die Arbeiter beobachten konnte. Ganz langsam öffnete Gotan die Glastür des Büros und ging hinein. Arto stand jetzt knapp hinter ihm und roch den Angstschweiß, den Gotan verströmte. Jetzt war nichts mehr übrig von diesem selbstherrlichen Angeber mit dem perfekt getrimmten Bart und dem zackigen Haarschnitt. Jetzt war Gotan ein ganz normaler Mensch, der vor Arto zitterte.

„Ich öffne den Safe. Dann verschwindest du mit dem Geld, das ist eine Abmachung." Die Stimme von Gotan klang plötzlich leise, fast zerbrechlich. Überhaupt schien der Mann geschrumpft und wirkte mit einem Male unscheinbar und schmächtig.

„Ja! Das ist der Deal", bekräftigte Arto.

Bedächtig tippte Gotan die Zahlen in das Display. Es

war verdammt heiß in dem Kontor und Arto wischte sich ständig den Schweiß von der Stirn. Immer wieder wanderten seine Gedanken zu Kalinka, die im Vorbereitungsraum der Klinik lag und darauf wartete, dass ihr Papa kam.

„Mach endlich", herrschte er Gotan an. Das dauerte ihm viel zu lange. Er müsste schon längst weg sein, das Geld übergeben haben. Die Spenderniere lag ja bereit. ‚Das Glück ist auf meiner Seite', dachte Arto. ‚Es ist ein Neuanfang.'

Mit einem leisen Schnappen öffnete sich die Tresortür. Gotan kniete davor und griff ins Innere. Sein Rücken in dem durchgeschwitzten weißen Hemd mit den Hosenträgern verstellte Arto die Sicht.

„Bin gleich so weit." Die Stimme von Gotan klang gefasst, sie suggerierte Souveränität.

Plötzlich wirbelte Gotan herum und hielt eine kleinkalibrige Pistole in der Hand. Ohne Zögern schoss er sofort. Reflexartig drehte sich Arto zur Seite und die Kugel verfehlte ihn knapp. Arto hob die Waffe, hielt jedoch inne. ‚Ich kann ihn nicht einfach erschießen', ging es ihm durch den Kopf. Er richtete den Lauf der Pistole nach oben und schoss auf die Neonröhre, die mit einem Knall zerplatzte und beide in nachtschwarze Finsternis tauchte. Gotan schoss erneut und die Kugel verfehlte Arto wieder nur um Haaresbreite. Jetzt musste auch Arto abdrücken. Im grellen Mündungsfeuer sah er, wie Gotan getroffen gegen den Safe taumelte, aber weiter auf Arto feuerte. Arto verschanzte sich hinter einem Karteikasten, kroch über den Boden, duckte sich vor den Kugeln. Unter dem Kugelhagel zerbarsten die Glasscheiben des Kontors mit einem lauten Krachen. Die feinen Splitter rieselten wie kleine Diamanten auf Arto herab, der jetzt wieder näher an Gotan heranrückte. Nur noch wenige Meter trennten ihn von dem Geld. Aber Gotan war ein Hindernis auf dem Weg zum Tresor. Arto drückte noch einmal ab. Gotan sackte vornüber, die Waffe glitt aus seiner Hand. Im Mündungsfeuer wirkte es so, als würde Gotan beten und um Vergebung flehen. Sein weißes Hemd war vorn blutdurchtränkt, als er sich noch einmal aufrichtete und nach der Pistole auf dem Boden tastete.

„Fahr zur Hölle!“, hörte sich Arto fluchen.

Jetzt war er wieder ein anderer, ein Mann, der sich rächen wollte. Er hob die Waffe, wollte Gotan durchsieben und ihm mit jeder Kugel die Erniedrigungen und Beleidigungen heimzahlen, die ihm Gotan angetan hatte. Doch plötzlich griff eine Hand nach seiner Waffe und Arto erstarrte.

„Was hast du nur gemacht!“

Es war die Stimme von Braun. Arto sackte zusammen, ließ seine Pistole fallen.

„Ich muss weg!“, murmelte er und hielt sich beide Hände an die Schläfen. Was hatte Braun hier zu suchen? War er ihm gefolgt? Natürlich, so musste es gewesen sein. ‚Das ist das Ende‘, dachte er.

„Wieso bist du hier, Braun?“

„Du wolltest den Fall ein bisschen zu schnell abschließen, das kam mir merkwürdig vor.“

„Du hast mich beschattet?“

„Ich wollte nur sichergehen, dass du auch keinen Fehler machst. Aber wie man sieht, bin ich leider zu spät gekommen.“

„Das stimmt. Jetzt gibt es kein Zurück mehr für mich.

Ich muss das durchziehen und wenn ich dabei selbst draufgehe. Für mich kann es das Ende sein, aber für Kalinka ist es ein Anfang."

Artos Blickwinkel verengte sich, er sah nur noch den geöffneten Safe mit dem Geld darin. Mit starrem Blick ging er darauf zu, stolperte über Gotans Leiche und fiel auf die Knie. Auf allen vieren rutschte er zu dem Safe, sah das dicke Kuvert und griff danach. Nahm den Packen aus dem Safe und richtete sich ächzend auf.

„Meine Tochter wartet auf mich!", krächzte er in Richtung Braun, der ihn schweigend anstarrte.

„Du hast Gotan erschossen", sagte Braun plötzlich. „Und jetzt nimmst du sein Geld."

Brauns Stimme war neutral, er spielte sich nicht als Richter auf. Er würde verstehen, was hier vorgefallen war. Er würde auch verstehen, dass Arto so handeln musste.

„Das Geld ist für die Transplantation. Eine passende Niere ist eingetroffen. Kalinka liegt bereits im Vorbereitungsraum. Meine kleine Tochter wartet auf ihren Papa, der ihr versprochen hat, dass sie weiterleben wird." Arto spürte, wie ihm die Tränen in die Augen traten. Braun kam näher und packte Arto am Arm. War jetzt alles vorbei? So knapp vor dem Ziel? Würde Braun ihn der Polizei übergeben?

„Es ist vorbei", sagte Braun.

„Alles wird gut." Diese drei Worte hatten Arto die Kraft gegeben, weiterzumachen. Und dieser Satz sollte mit einem Mal nichts mehr wert sein?

Plötzlich spürte Arto, dass er keine Energie mehr zum Kämpfen hatte. Dass es einfach keinen Sinn mehr machte. Kalinka würde sterben und er im Gefängnis verrotten. Alle

Energie wich aus seinem Körper, zurück blieb eine Hülle ohne Zukunft.

„Stimmt, es ist aus! Ich bin ein schlechter Mensch. Aber die Angst um das Leben meiner Tochter hat mir ein wenig Halt gegeben“, murmelte er mit tränenerstickter Stimme. „Doch jetzt geht es nicht mehr weiter. Ich habe verloren.“

49

Mit Blaulicht raste Braun direkt auf die Einfahrt des Tallinn Nord Hospitals zu. Knapp vor der Treppe bremste er das Polizeiauto so heftig ab, dass Arto in dem Sicherheitsgurt nach vorn geschleudert wurde.

„Raus jetzt!“, rief Braun. Er beugte sich zur Seite und öffnete die Beifahrertür. „Verschwinde und kümmere dich um deine Tochter.“

„Es ist zu spät!“ Arto saß mit hängendem Kopf zusammengesunken im Wagen. Auf seinem Schoß lag das Kuvert mit dem Geld.

„Es ist nie zu spät!“, herrschte ihn Braun an. Dann sprang er aus dem Auto und lief um den Wagen herum. Zerrte Arto vom Beifahrersitz, drückte ihm das Geld in die Hand. „Los, beeile dich!“

„Kommst du mit?“, fragte Arto und sah Braun mit einem verstörten Blick an. „Ich brauche jetzt moralische Unterstützung.“

„Kann ich verstehen“, sagte Braun und erinnerte sich an das Chaos in der Lagerhalle. Er hatte die Polizei alarmiert und mitgeteilt, dass in dem Lagerhaus eine Leiche sei und im Keller ein Crystal-Meth-Labor. Die Chemiker hatte er mit Kabelbindern an das Treppengeländer gefesselt. Dann hatte er die russische Pistole eingesteckt, Artos Fingerabdrücke vom Safe abgewischt und war mit ihm aus der Halle verschwunden. Doch Arto war wie in Trance und nicht fähig gewesen, sein Auto zu lenken. Deshalb war Braun selbst zum Krankenhaus gefahren.

„Die Schießerei im Lagerhaus war Notwehr“, verteidigte sich Arto mit müder Stimme.

„Das weiß ich doch“, erwiderte Braun. „Du hattest keine andere Wahl, als Gotan zu erschießen.“

„Du glaubst mir also?“

„Natürlich. Um dieses Arschloch Gotan Danilowitsch brauchst du dir wirklich keine Gewissensbisse zu machen. Ab jetzt denk nur noch an deine Tochter. Sie braucht dich.“

Schnell hasteten sie die Stufen zum Krankenhaus nach oben und liefen in das Foyer.

„Wo ist Doktor Kepler?“, fragte Arto atemlos die Schwester am Empfang.

„Der Doktor ist im Vorbereitungsraum. Heute gibt es eine Transplantation“, sagte die Schwester mit betont ruhiger Stimme.

„Ich weiß, deswegen bin ich auch hier. Ich will bei meiner Tochter sein, wenn sie operiert wird. Kalinka Kaukonen, so heißt sie.“

„Deine Tochter ist Kalinka?“, fragte die Schwester und runzelte die Stirn. „Moment, ich sehe einmal nach.“ Sie beugte sich zu ihrem Computer und tippte schnell einige Befehle in die Tasten.

„Ich kann den Namen auf der OP-Liste nicht finden. Das muss ein Irrtum sein."

„Was ist mit Kalinka? Ich wusste es …" Arto ließ die Schultern hängen und drehte sich zu Braun um. „Ich bin zu spät gekommen."

„Moment", sagte Braun und wandte sich an die Schwester am Empfang. „Es ist doch eine Spenderniere eingetroffen. Arto Kaukonen wurde verständigt. Man hat gesagt, seine Tochter Kalinka liege bereits im Vorbereitungsraum. Wo ist also das Problem?"

„Das muss eine Verwechslung sein. Hier steht, dass Annegrit Tamm für die Operation vorbereitet wird", sagte die Schwester und wurde knallrot im Gesicht. Hektisch klopfte sie mit dem Finger auf den Bildschirm.

„Zeigen Sie her!" Braun schob sich über das Pult und drehte den Bildschirm ruckartig zu sich.

„Das darfst du nicht!", entrüstete sich die Schwester und packte den Bildschirm, um ihn wieder zurückzuschieben. „Das sind vertrauliche Patientendaten."

„Es geht um das Leben eines zehnjährigen Mädchens. Wollen Sie schuld daran sein, dass es stirbt?", sagte Braun zu der Krankenschwester, die zunächst zögerte, doch dann widerwillig den Bildschirm losließ, damit ihn Braun wieder zu sich drehen konnte.

„So eine verdammte Scheiße!", zischte er, als er die Eintragung gelesen hatte, und schlug mit den Händen auf den Tresen. „Da steht tatsächlich ein anderer Name. Wer ist diese Annegrit Tamm? Wieso wird sie jetzt operiert und nicht deine Tochter?"

„Sie ist die Familienministerin von Estland. Da siehst du, wie es hier läuft, Braun. Wenn du kein Geld oder Beziehungen hast, wirst du beschissen“, jammerte Arto.

„Wie heißt der Arzt?“ Braun rüttelte an Artos Arm, der noch immer wie weggetreten wirkte. „Los, sag schon. Das ist vielleicht bloß eine Verwechslung.“

„Was für eine Verwechslung? Ich wusste, dass ich zu spät komme!“ Arto schlug beide Hände vors Gesicht und lehnte sich an Brauns Schulter. Reflexartig nahm ihn Braun in die Arme und klopfte ihm beruhigend auf den Rücken. Plötzlich fühlte er sich wie der große Bruder, der die Verantwortung hatte. Arto bewegte sich auf Messers Schneide, es war ein Tanz auf einer hauchdünnen Linie, und Braun hatte ihn schon zuvor gestützt, als Arto ins Straucheln gekommen war.

„Sieh mich an, Arto.“ Braun packte Arto an den Schultern und schüttelte ihn durch. „Du sollst mir ins Gesicht sehen! Das Leben deiner Tochter steht auf dem Spiel. Also reiß dich gefälligst zusammen. Wir gehen jetzt zu diesem Doktor und verlangen eine Aufklärung. Du hast das Geld, also wird Kalinka sofort operiert. So einfach ist das.“ Braun klopfte ihm auf den Rücken. „Mit deinem Gejammer lösen wir gar nichts.“

„Alles wird gut!“ Mit einem Mal erwachte Arto aus seiner Lethargie und riss blitzschnell die russische Pistole aus Brauns Hosenbund. Braun stieß ihn zwar zurück, aber es war zu spät. Arto hatte die Waffe bereits in der Hand. Er drehte sich um und lief auf den Aufzug zu.

„Arto, mach keinen Blödsinn!“, rief ihm Braun hinterher.

Doch Arto hatte den Lift schon erreicht und sprang

hinein. Die Lifttüren schlossen sich, ehe Braun seinen Fuß dazwischen stecken konnte. Er musste die Treppe bis zum dritten Stock, dort, wo sich die Operationsräume befanden, hochhetzen.

Als er keuchend oben ankam, standen die Aufzugstüren offen und Arto war verschwunden. Hektisch blickte Braun umher, entdeckte ein Schild mit der Bezeichnung „Operatsioonide“. Die Schwingtüren zu diesem Trakt wippten noch leicht, und Braun wusste, dass er richtig war. Er stieß die Tür auf und sah Arto am Ende des Korridors mit der Pistole in der Hand vor einer Tür stehen.

„Stopp, Arto!“

Doch Arto reagierte nicht, sondern hob die Pistole und trat in den Raum. Braun rannte den Korridor entlang, erreichte die Tür, sah durch das Sichtfenster Arto vor dem Bett einer älteren Frau stehen. Die Pistole hielt er in seinem Rücken versteckt, sodass die Frau sie nicht sehen konnte. Vorsichtig öffnete Braun die Tür einen Spaltbreit, schob sich hinein. Die beiden hatten ihn noch nicht bemerkt, da sie in ein Gespräch vertieft waren. Braun überlegte, wie er sich auf Arto stürzen konnte, ohne die Frau zu gefährden. Doch die freundliche Stimme der Frau ließ ihn zunächst zögern und er verharrte regungslos. Er kramte seine verschütteten finnischen Sprachkenntnisse hervor. So verstand er ungefähr, was geredet wurde, da Estnisch dem Finnischen sehr ähnlich ist.

„Schön, dass wir uns in dieser schweren Stunde persönlich treffen, mein Held“, sagte die Frau gerade zu Arto.

„Wo ist Kalinka?“, hörte er Arto gepresst fragen.

Braun sah, wie Artos Finger mit dem Abzug der Pistole spielte, und maß die Entfernung. Arto würde die Pistole hervorholen, zielen, aber nicht sofort abdrücken. Er war kein Killer. Das würde Braun ein paar kostbare Sekunden verschaffen. So konnte er Arto überwältigen und die Frau retten.

„Kalinka ist bereits im Operationssaal“, antwortete die Frau. „Du bist ein paar Minuten zu spät gekommen.“

„Operationssaal?“ Arto schüttelte verwundert den Kopf. „Was bedeutet das denn?“

„Es wird alles für die Transplantation vorbereitet. Deine Tochter erhält eine neue Niere und kann bald ein normales Leben führen.“

„Wie meinst du das, Annegrit?“, fragte Arto. „Aber du warst doch für die Operation vorgesehen. Das hat man mir unten am Empfang gesagt.“

„Das stimmt auch. Doch als ich hörte, dass die kleine Patientin deine Tochter ist und ohne Nierentransplantation nicht mehr lange zu leben hat, da habe ich's mir anders überlegt.“

„Was hast du dir überlegt?“ Braun bemerkte, dass Artos Hand mit der Pistole zitterte. Langsam schlich er näher, war nur noch wenige Schritte von Arto entfernt. Jetzt bemerkte ihn Annegrit und richtete sich auf.

„Ach, Sie sind sicher der österreichische Kommissar, der Arto unterstützt. Sind Sie mit ihm in die Klinik gekommen, damit Arto sich nicht so alleine fühlt?“

„Richtig“, antwortete Braun. „Arto braucht jetzt einen Freund an seiner Seite, der ihm hilft, die ungewissen Stunden bis zum Ende der Transplantation zu überbrücken.“

Während Braun das sagte, griff er nach der Pistole, die Arto noch immer hinter seinem Rücken in der Hand hielt.

„Gib her!“, flüsterte er Arto ins Ohr. Langsam lösten sich Artos Finger von der Waffe und Braun nahm die Pistole und steckte sie unauffällig in seinen Hosenbund.

„Um auf deine Frage zurückzukommen, Arto“, redete Annegrit weiter. „Ich habe mich entschlossen, auf die Niere zu verzichten. Deine Tochter braucht sie dringender als ich. Ich kann noch eine gute Weile mit der Blutwäsche leben, sie nicht. Außerdem finde ich, dass Helden, wie du es bist, belohnt werden müssen.“

„Ich weiß nicht, was ich sagen soll“, erwiderte Arto mit rauer Stimme. „Du hast wegen Kalinka auf die Operation verzichtet? O mein Gott, ich danke dir.“ Arto ging in die Knie und legte den Kopf auf das Bett von Annegrit. Sein ganzer Körper wurde von einem Weinkrampf geschüttelt. Annegrit strich ihm über die Haare und blickte zu Braun.

„Kümmere dich um ihn. Seine Tochter braucht ihn, wenn sie aufwacht. Es ist wichtig, dass sie als Erstes das optimistische Gesicht ihres Vaters sieht.“

„Sie können sich auf mich verlassen“, versicherte Braun und tippte Arto auf die Schulter. „Los, wir suchen uns jetzt einen Kaffeeautomaten und warten, bis die Operation von Kalinka vorüber ist.“

„Es ist nicht das Ende. Es ist erst der Anfang.“ Langsam stand Arto auf und wischte sich mit den Handrücken die Tränen aus dem Gesicht. „Ich stehe tief in deiner Schuld“, meinte er dann zu Annegrit.

„Sorge einfach dafür, dass unser schönes Land von Verbrechen verschont bleibt, damit tilgst du diese Schuld.“

„Ich weiß nicht warum, aber ich habe großes Vertrauen in dich“, sagte Arto zögernd. „Deshalb auch meine Bitte.

Sollte mir etwas zustoßen, dann pass bitte auf meine Kleine auf."

„Ich werde immer auf die kleine Kalinka aufpassen. Ich verspreche es."

Langsam schob Braun Arto hinaus auf den Korridor.

„Was war das eben? Wieso sollte dir etwas zustoßen? So darfst du als Polizist nicht denken. Außerdem hast du jetzt eine schöne Zeit mit Kalinka vor dir."

„Man weiß nie, was das Schicksal noch so alles für uns bereithält", erwiderte Arto kryptisch und hielt sich wieder die Finger an die Schläfen.

„Alles wird gut", murmelte Arto und ging den Korridor entlang.

Braun folgte ihm und packte ihn am Arm.

„Eine Frage habe ich noch", sagte Braun.

Beide blieben stehen und Braun sah Arto direkt in die Augen.

„Hättest du diese Frau erschossen, um deine Tochter zu retten?", fragte er eindringlich.

„Nein, denn ich bin kein Mörder."

50

Die ganze Nacht über war Braun mit Arto in der Klinik geblieben. Lange hatte sich Arto im Morgengrauen mit dem behandelnden Arzt Kepler unterhalten und ihm diskret das Geld für die Spenderniere zugesteckt. Braun konnte Arto sehr gut verstehen, dass er so wütend auf die Zustände und die grassierende Korruption war. Am liebsten hätte er den Arzt auf der Stelle verhaftet, aber er hielt sich zurück. Es gab ein übergeordnetes Ziel, und das war Kalinka. Ihre Genesung hatte absolute Priorität. Und dafür war der korrupte Arzt eben lebenswichtig.

„Es ist alles gut gegangen“, sagte Kepler lächelnd, als er aus dem Operationssaal kam und sich die grüne Mütze vom Kopf streifte. „Wir müssen nur die nächsten Tage abwarten, bis sich Kalinkas Zustand stabilisiert hat. Dann steht einem normalen Leben nichts mehr im Wege.“

„Darf ich Kalinka sehen?“, fragte Arto mit leiser Stimme.

„Nein, sie liegt noch in einem künstlichen Tiefschlaf. Aber morgen kannst du jederzeit vorbeikommen."

„Danke", murmelte Arto. Braun und er gingen in die Cafeteria und genehmigten sich den nächsten von bisher Dutzenden Espressi.

„Ohne dich hätte ich das nicht geschafft", meinte Arto. „Du bist ein echter Freund."

Beide waren sie nach dieser Nacht unglaublich aufgedreht und beschlossen, sofort in die Polizeidirektion zu fahren.

„Mein Gott, wie seht ihr denn aus", begrüßte sie Nils, als sie in die Glasbox stiefelten. Braun hatte tiefe Ringe unter den Augen und Artos Lederjacke starrte vor Schmutz von dem Kampf mit Gotan.

„Braun hat mir die ganze Nacht über Gesellschaft geleistet", sagte Arto mit rauer Stimme und klopfte Braun auf die Schulter. „Er ist ein wahrer Freund."

„Schon gut, Arto", wiegelte Braun ab. „Was macht die Suche nach Caro?"

„Bisher nichts." Nils zuckte bedauernd mit den Schultern. „Aber etwas gibt es doch."

„Schieß los."

„Also, ich habe etwas sehr Interessantes ausgegraben. „Seht euch das einmal an."

Braun stellte sich mit verschränkten Armen vor die große Glastafel und wartete, bis Nils das entsprechende File aufgerufen hatte.

„Ich habe die Morde in Estland der letzten zehn Jahre auf Besonderheiten hin angesehen. Und ich bin auf einen interessanten Fall gestoßen. Vor acht Jahren gab es einen unaufgeklärten Mord an einer vierunddreißigjährigen

Finnin. Die Leiche wurde am Strand von Tallinn gefunden."

„Was hat das mit unserem Fall zu tun?", fragte Braun und rieb sich die Augen. Jetzt machte sich die Müdigkeit bei ihm bemerkbar. Arto ging es ähnlich. Er lümmelte an seinem Schreibtisch und hatte seine Sonnenbrille aufgesetzt. Für ihn war der Fall nach wie vor klar: Thorstein hatte die Mädchen ermordet und die Leiche von Caro im Meer versenkt. Die Strömung hatte die Tote sicher abgetrieben, und es würde lange dauern, bis man sie fand.

„Ich komme gleich dazu", sagte Nils, als ihn Braun zur Eile antrieb.

„Der Toten wurden damals auch die Haare abgeschnitten."

„Das ist aber seltsam." Plötzlich war Brauns Müdigkeit wie weggeblasen. Es konnte zwar ein Zufall sein, aber er glaubte nicht so recht daran. „Gibt es sonst noch Parallelen zu unseren Morden?"

„Die gibt es. Die Finnin war Jahre zuvor hier in Tallinn als Au-Pair-Mädchen tätig."

„Das passt perfekt in das Schema!" Braun tippte mit der Hand gegen die Glasscheibe. „Gibt es eine Adresse der Familie, für die sie gearbeitet hat?"

„Warte. Ich bin noch nicht fertig. Die Finnin hat, wie gesagt, vor achtzehn Jahren als Au-Pair für eine estnische Familie hier in Tallinn gearbeitet. Da ist es dann zu einer Katastrophe gekommen."

„Was ist passiert?" Jetzt wuchtete sich auch Arto aus seinem Stuhl und hörte interessiert zu.

„Die Mutter ist mit den Kindern hinaus aufs Meer zum

Segeln gefahren. Es ist ein Sturm aufgekommen und nur eines der Kinder konnte sich retten."

„Wie heißt die Familie?", fragte Braun.

„Der Vater hieß Väljas. Nach der Katastrophe hat er das junge Au-Pair-Mädchen geheiratet und ist nach Finnland übersiedelt."

„Sehr eigenartig." Braun strich sich den grau melierten Bart. „Die Frau stirbt und er heiratet das Au-Pair?"

„Finde ich auch", sagte Nils. „Interessant ist, dass das überlebende Kind bei der Großmutter aufwuchs."

„Wie heißt das Kind?", fragte Arto.

„Das ist jetzt kein Kind mehr. Das muss bereits eine erwachsene Person sein. Aber leider haben wir keinen Namen. Im Bezug auf Daten von Minderjährigen sind wir hier in Estland sehr strikt."

„Scheiße!", murmelte Braun. Jetzt wünschte er sich Jan an seiner Seite. Dieser hätte im Handumdrehen die Seite des Jugendamtes gehackt und sie wüssten den Namen. Aber Jan lag im Krankenhaus, und Braun war sich nicht sicher, ob er jemals wieder für die Polizei arbeiten würde nach allem, was passiert war.

„Was ist mit dem Vater?"

„Ich habe schon eine Anfrage an die finnischen Behörden gestellt. Das kann aber dauern", gab Nils zur Antwort.

Braun stellte sich vor die Glastafel und dachte nach. Ein Au-Pair-Mädchen war vor acht Jahren ermordet worden. Dann eine lange Zeitspanne und jetzt mit einem Schlag zwei weitere Mädchen und eines war verschwunden. Weshalb diese lange Pause? Und was hatte das Bootsunglück von damals mit den Morden zu tun?

„Was ist mit dem Segelboot?", fragte er Nils. „Ist es damals gesunken?"

„Nein, es trieb kieloben in die Bucht. Man hat das Boot geborgen und wieder instand gesetzt. Das Boot hieß übrigens Signe. Das war der Name der Mutter." Nils tippte eine Anfrage in die Tastatur. „Moment, es liegt in dem kleinen Bootshafen bei der Strandbar Piraat Süda. Es heißt noch immer Signe und ist nach wie vor auf den Namen Väljas registriert."

„Das ist kein Zufall", sagte Braun und drehte sich zu Arto. „Komm, wir fahren zu dem Hafen und sehen uns das Boot einmal genauer an. Vielleicht finden wir einen Hinweis."

„Was willst du dort finden?" Arto nahm die Sonnenbrille ab und putzte sie sorgfältig. „Etwa die verschwundene Caro?"

„Ja, warum nicht." Braun blickte zu Arto, der unschlüssig in der Glasbox stand. „Was ist, kommst du mit oder soll ich alleine fahren?"

„Nein, ich komme mit."

Der Wind hatte an Heftigkeit zugenommen und die Schlechtwetterfront schob sich bedrohlich näher. Arto parkte den Wagen unterhalb der Festungsmauern und dann stiegen sie die Treppen nach oben. Als sie den Strand erreichten, war kein Mensch zu sehen. Die Terrasse des Piraat Süda war leer, der Tresen mit Brettern verrammelt. Doch von drinnen hörten sie ein leises Rumoren.

„Hallo, ist da jemand?", rief Braun und kurz darauf kam der tätowierte Barkeeper zur Tür heraus.

„Wir haben geschlossen, es kommt gleich ein Unwetter", meinte er unfreundlich. Doch als er Braun erkannte, hellte sich seine Miene mit einem Mal auf. „Sie sind der Polizist aus Österreich, der sich nach der Gucci-Gang erkundigt hat.“

„Richtig, daran können Sie sich noch erinnern?“, wunderte sich Braun.

„Ja, denn mir ist etwas dazu eingefallen.“

„Ach und was?“

„Die drei Mädchen waren öfter in Begleitung eines vierten Mädchens“, sagte der Barkeeper.

„Was ist daran so besonders?“, fragte Arto nach. „Waren halt vier Girls bei der Gucci-Gang.“

„Stimmt, aber das vierte Mädchen war wesentlich älter. Die passte einfach nicht so richtig dazu.“

„O. K., können Sie diese Frau vielleicht beschreiben?“

„Nicht wirklich, denn die Frau hielt sich meistens im Hintergrund oder war auf dem Boot.“

„Auf welchem Boot?“

Der Barkeeper streckte den Kopf in die Höhe und dachte angestrengt nach.

„Ich glaube, das Boot hieß Signal oder so ähnlich.“

„Meinen Sie vielleicht Signe?“, sagte Braun hektisch, und der Barkeeper bestätigte den Namen. Braun wusste, dass ihn sein Bauchgefühl nicht im Stich gelassen hatte. Das Boot spielte eine entscheidende Rolle bei diesem Fall.

„Danke, du hast uns sehr geholfen“, sagte Braun zu dem Barkeeper und sie machten sich auf den Weg. Der Wind blies ihnen den Sand wie eine braune Wand entgegen, und beinahe wäre Braun mit der Gestalt zusammengestoßen, die am Wasser entlanglief. Erst als die Person direkt vor ihm stand, erkannte er Lotti.

„Was machst du denn hier?“, fragte Lotti und riss die Augen auf.

„Wir suchen ein Boot. Es heißt Signe.“

„Ach, das kenne ich, es liegt dort hinten vor Anker.“ Lotti deutete zu dem kleinen, felsgeschützten Hafen.

„Ist etwas passiert?“, fragte Lotti, neugierig wie immer.

„Nur eine Routineermittlung“, gab Braun unbestimmt zur Antwort und schirmte sein Gesicht mit der Hand ab, um nicht eine Ladung Sand in die Augen zu bekommen, die der Wind in seine Richtung trieb.

„Na, dann viel Glück“, sagte Lotti. Sie winkte ihnen zu und ging trotz der stürmischen Wellen hinunter ans Wasser.

„Pass auf, dass dir nichts passiert“, gab ihr Braun noch einen Rat, ehe er mit Arto weiterging.

„Ach, keine Sorge. Ich mach mein Ding. Denn ich liebe die stürmische See beim Schwimmen.“ Lotti lachte, lief in das Wasser und tauchte sofort unter.

„Na, bei dieser Frau hast du ja einen Stein im Brett“, meinte Arto und knuffte Braun in die Seite. „Vielleicht solltest du nach Tallinn übersiedeln und mit ihr eine Familie gründen. Auch wir beide wären ein tolles Team.“

„Ich habe bereits die Frau meines Lebens gefunden und die wohnt in Linz“, antwortete Braun. „Daher mache ich mir keine Gedanken über eine mögliche Beziehung mit Lotti.“

Plötzlich blieb er stehen.

„Was ist?“, fragte Arto.

„Scheiße! Wir müssen zurück!“ Braun drehte sich um und suchte den Strand ab, konnte aber in dem Sandsturm nichts sehen.

„Warum? Der Bootshafen ist windgeschützt. Da sind wir sicher“, warf Arto ein.

„Darum geht es nicht. Es hat mit Lotti zu tun.“

„Was ist mit ihr? Willst du Lotti jetzt einen Heiratsantrag machen? Mitten im Sturm? Wie romantisch“, feixte Arto.

„Scheiße, nein. Erinnere dich an den Notruf zurück.“

„Was ist damit?“

„Es war doch eine jüngere verzerrte Stimme und sie hat ‚Ich mache mein Ding‘ gesagt. Genau das Gleiche hat jetzt Lotti zu mir gesagt.“

„Lotti trug doch immer diese orange Schwimmweste, weil sie nicht schwimmen kann. Heute hatte sie die aber nicht dabei“, ergänzte Arto.

„Jetzt ist sie kopfüber in die stürmische See gesprungen. Sie kann also sehr gut schwimmen!“

51

Liebeslügen sind die ehrlichsten Lügen. Diesen Spruch hatte Franka bei irgendeiner philosophischen Talkshow im Fernsehen aufgeschnappt. Und der Satz fiel ihr jetzt wieder ein, als sie in dem nüchternen Korridor des Hospitals darauf wartete, dass Jan von seinen Untersuchungen zurückkehrte.

Immer wieder musste sie auch an den Vorschlag von Schmidt denken, dass die interne Untersuchung abgeschlossen sei, wenn sie Jan überreden würde, die gehackten Daten dem Innenministerium zu übergeben. Aber wie sollte sie dabei vorgehen?

‚Am besten, ich rede mit Braun darüber', dachte sie und griff nach ihrem Handy. Von Braun hatte sie schon eine Weile nichts mehr gehört. Sie hatte das Foto von Bea und der unbekannten Frau zur Mordkommission nach Tallinn gemailt, aber es war keine Resonanz erfolgt. Entschlossen wählte sie Brauns Nummer.

„Braun."

„Ich bin's, Franka."

„Wer spricht?"

„Hallo, Braun. Kannst du mich hören?", sagte Franka und presste das Handy fest an ihr Ohr, denn Brauns Stimme kam nur undeutlich verwischt bis zu ihr.

„Jetzt ist es ungünstig. Ich bin im Freien und habe fast keinen Empfang", hörte sie Braun undeutlich antworten.

„Hast du das Foto bekommen?"

„Was für ein Foto?"

„Von der Frau, mit der Bea angeblich ein Verhältnis hatte."

„Bea hatte eine Freundin? Nein, das Foto habe ich nicht bekommen. Aber ja, das passt …"

„Braun, ich kann dich nicht verstehen!", rief Franka in das Handy, doch von dort kam nur gleichmäßiges Rauschen und Knattern.

Seufzend steckte sie das Handy wieder weg. Versuchte, sich an die letzten Worte von Braun zu erinnern. „Ja, das passt …" Der Rest war abgerissen.

Aber das Problem mit Jan war noch immer nicht gelöst. In diesem Moment piepste ihr Handy. Timo hatte gerade eine SMS geschickt. ‚Gotan Danilowitsch ist tot. Keine Gefahr mehr für Jan. Genauer Bericht folgt.'

„Das ist perfekt", sagte Franka leise zu sich und lächelte. Jetzt brauchte Jan auch keine Angst mehr um seinen Freund Ferdinand zu haben.

„Sie können jetzt kurz mit Herrn Faber sprechen." Franka blickte überrascht auf, als der Arzt plötzlich vor ihr stand.

„Wie ist sein Zustand?", fragte sie.

„Körperlich ist er mehr oder weniger in Ordnung."

„Was heißt das?“, fragte Franka.

„Der gebrochene Arm und die Kopfverletzung sind nicht das Thema. Aber sein psychischer Zustand bereitet mir mehr Sorgen. Faber lässt sich gehen. Er will nicht trainieren und das ist bei einem Querschnittgelähmten ja sehr wichtig. Damit die Muskeln nicht verkümmern.“ Der Arzt blickte Franka abwartend an.

„Ich kann mir denken, weshalb Jan so ist. Er macht sich Sorgen um seinen Freund.“

„Gerade deshalb müsste er ja positiv denken.“

„Vielleicht kann ich ihn wieder motivieren. Ich habe gute Nachrichten für ihn.“ Franka stand auf. „Kann ich jetzt zu ihm?“

„Natürlich, aber bleiben Sie nicht zu lange.“

„Ich fasse mich kurz.“

Franka öffnete die Tür und trat leise ein. Jan lag mit geschlossenen Augen in dem Krankenbett. Seine grauen Haare waren wieder zu einem Dutt geflochten und sein Gesicht war bleich und eingefallen.

„Hallo, Jan.“

„Franka, wenn du mich wieder wegen des Überfalls befragen willst, dann kommst du vergeblich. Ich habe meiner früheren Aussage nichts hinzuzufügen.“

„Aber deswegen bin ich doch gar nicht hier“, beschwichtigte Franka ihn und setzte sich auf einen Stuhl, der neben Jans Bett stand. „Es gibt positive Nachrichten.“

„Ach ja? Welche denn?“ Jan öffnete die Augen und blickte zur Decke.

„Der Geschäftspartner von Ulf Hanstetten in Estland ist tot.“

„Oh, das überrascht mich aber nicht einmal besonders.

Waffenhändler leben gefährlich. War das nicht ein russischstämmiger Este? Wie hieß er doch gleich?"

„Gotan Danilowitsch. Ich weiß noch nichts Näheres. Timo informiert mich, sobald er Zeit hat. Du brauchst also keine Angst mehr um Ferdinand zu haben."

Jan antwortete nicht. Franka beugte sich vor und tippte ihn sanft auf die Schulter.

„Hast du mich verstanden? Es gibt keine Bedrohung mehr." In knappen Worten erzählte Franka Jan dann auch von dem Angebot, das Schmidt von der Internen ihr gemacht hatte.

„Wäre eine interessante Möglichkeit, wenn ich die Files kopiert hätte. Habe ich aber nicht. Was hat dieser Gotan übrigens mit dem Überfall zu tun?", fragte Jan dann plötzlich.

„Ich bin gekränkt", erwiderte Franka und rückte ab. „Du hältst mich für dumm."

„Wieso sagst du das?"

„Weil wir beide wissen, wie der Überfall abgelaufen ist. Das mit den drei Jugendlichen nimmt dir doch niemand ab." Franka machte eine Pause und dachte fieberhaft nach. Wie konnte sie Jan dazu bringen, die Wahrheit zu sagen? Doch dann kam ihr eine Idee.

„Machen wir einen Deal, Jan. Du übergibst mir die Files. Dafür darf Ferdi aus der Psychiatrie in deine Obhut."

„Wie willst du das schaffen?", fragte Jan skeptisch, aber Franka hatte das kurze Aufblitzen in seinen Augen gesehen. Sie hatte also doch die richtige Saite in Jans Herzen zum Klingen gebracht.

„Das lass ruhig meine Sorge sein."

„O. K., ich vertraue dir." Jan griff nach dem Bügel oberhalb seines Bettes und richtete sich auf. Er streckte Franka die Hand entgegen. „Schlag ein, dann ist der Deal rechtskräftig."

„Geht klar." Franka reichte Jan die Hand. Jetzt spürte sie wieder diese Vertrautheit zu Jan, die sie in den letzten Tagen vermisst hatte.

„Ich habe die Dateien mit einer Software gekoppelt. Löscht man das File, dann wird es automatisch in einer unsichtbaren Cloud gespiegelt. Und von dort kann man die Daten dann zurückholen. Auf der normalen Cloud kommt die Meldung ‚Daten unwiderruflich gelöscht'. Das ist der Code." Jan nannte Franka eine Zahlenfolge, die sie leise wiederholte.

„Merkst du dir das auch?", fragte Jan zweifelnd.

„Hältst du mich noch immer für dumm?", antwortete Franka und blickte Jan unverwandt an.

„Sorry, aber ich bin geistig noch nicht ganz auf der Höhe", entschuldigte sich Jan.

„Dann solltest du aber schleunigst anfangen zu trainieren", erwiderte Franka. „Ich glaube nicht, dass es Ferdi hilft, wenn du lethargisch im Bett liegst."

„Du hast recht, und du bist nicht nur gut aussehend, sondern dazu auch noch äußerst intelligent. Eine gefährliche Mischung."

„Na, jetzt bist du ja schon fast wieder der Alte", erwiderte Franka und musste lächeln.

„Du hältst dein Versprechen", rief ihr Jan hinterher, als der Arzt wieder erschien.

„Aber natürlich. Du kannst dich auf mich verlassen. Wir haben ja einen rechtskräftigen Deal."

Als Franka wieder in der Schwarzen Halle war, rief sie sofort Schmidt von ihrem Handy aus an.

„Es hat geklappt", sagte sie, ohne sich mit einer Begrüßung aufzuhalten.

„Ich wusste, dass Sie es schaffen." Schmidt klang hocherfreut. „Dann legen Sie mal los."

„Zuvor müssen Sie mir noch einen Gefallen tun. Das habe ich Jan versprochen", dämpfte Franka Schmidts Euphorie.

„Einen Gefallen? Und der wäre?", fragte Schmidt vorsichtig.

„Jan will, dass sein Freund Ferdinand aus der Psychiatrie freikommt und er ihn bei sich zu Hause umsorgen und bemuttern kann."

„Das lässt sich arrangieren", sagte Schmidt nach einer kurzen Nachdenkpause.

„Bekomme ich das auch schriftlich?"

„Trauen Sie mir nicht über den Weg?", fragte Schmidt ein wenig gekränkt.

„Doch, aber ich gehe gerne auf Nummer sicher", antwortete Franka schnell.

„Morgen wird Ferdinand Trakl aus der Psychiatrie entlassen. Die SMS muss bereits bei Ihnen eingegangen sein. Und jetzt geben Sie mir bitte die Zugangsdaten."

Franka nannte Schmidt die Codes. Sie hatte Vertrauen zu Schmidt, und sollten die Daten widerrechtlich gelöscht werden, so spiegelte sie die Software neuerlich in einer Cloud. Die Daten über die illegalen Waffenexporte der Hanstetten AG waren also bis in alle Unendlichkeit im Netz präsent.

Entspannt lehnte sich Franka in ihrem Stuhl zurück

und verschränkte die Arme im Nacken. Jetzt hatten sie endlich alle Beweise, um diesen Waffenhändlern das Handwerk zu legen. Dann fiel ihr ein, dass Braun das Foto der unbekannten Frau noch nicht bekommen hatte.

‚Vielleicht ein Übertragungsfehler', dachte Franka und wählte noch einmal Brauns Nummer.

„Braun, ich maile dir das Foto auf dein Handy", sagte sie auf Brauns Anrufbeantworter.

Franka öffnete einen Ordner auf ihrem Computer und suchte das Foto. Sie schickte sich das File auf ihr Handy und mailte es als private MMS an Braun. So verkürzte sie den Dienstweg und Braun konnte sofort loslegen. Wie sagte Braun doch immer? „Es muss alles in Bewegung bleiben."

52

Braun blickte auf das Display seines Handys.

„Kein Empfang", brummte er und steckte sein Handy wieder ein. Er konnte sich an kein Foto erinnern, das Franka ins Büro nach Tallinn gemailt hatte.

„Hast du das Foto eines Mädchens gesehen, das meine Kollegin aus Österreich geschickt hat?", rief er Arto zu, der ein wenig hinter ihm lief.

„Nein, wir hatten auch schon länger keinen Kontakt mehr zu den Kollegen in Linz", sagte Arto. „Verwunderlich, jetzt, wo du es sagst."

„Ja, merkwürdig", meinte Braun und lief weiter.

Im Grunde war es jetzt egal, denn Franka war auf dieselbe Spur wie Braun gestoßen. Die unbekannte Frau auf dem Foto war Lotti, da war sich Braun ziemlich sicher. Endlich hatte er die Stelle erreicht, wo Lotti ins Wasser gegangen war. Sie schwamm schon ein Stück weit draußen und hielt direkt auf ein kleines Segelboot zu, das am Rand der Bucht ankerte.

„Verdammte Scheiße!“, rief Braun und deutete auf Lotti, die sich geschickt von den Wellenkämmen weitertragen ließ. „Sie entkommt uns!“ Hastig riss er sich seine Boots von den Füßen, schlüpfte aus Sakko und Hose.

„Braun, was hast du vor?“, fragte Arto.

„Ich schwimme Lotti hinterher“, sagte Braun und lief auch schon ins Wasser.

„Bleib hier, das ist zu gefährlich! Ich alarmiere die Küstenwache, die schicken uns ein Polizeiboot. Es kommt Sturm auf und die Strömung weiter draußen ist tückisch.“

„Das dauert mir zu lange. Aber keine Sorge, ich bin ein guter Schwimmer“, antwortete Braun und hechtete in das kühle Wasser. ‚Jetzt macht es sich bezahlt, dass ich früher die Schule geschwänzt habe und dafür im städtischen Freibad war‘, dachte er.

Das Wasser war angenehm frisch und Braun kam zügig voran. Immer wieder tauchte er mit dem Kopf aus dem Wasser, um sich zu orientieren. Lotti hatte jetzt bereits das Segelboot erreicht und hielt sich an dem Anker fest. Das Boot hatte keine Leiter und Lotti musste sich an der Ankerkette hochziehen. Das dauerte eine Weile und war die Chance für Braun. Er verdoppelte seine Anstrengungen und kraulte verbissen auf das Boot zu.

Jetzt hatte Lotti ihn bemerkt und verharrte. Dann zog sie sich noch energischer an der Ankerkette hoch und erreichte mit den Händen bereits die Reling des Bootes. Aber Braun war nur noch wenige Meter entfernt, er konnte es auch schaffen. Bevor Lotti den Anker lichtete, würde er bei dem Boot sein und sich einfach an der Ankerkette festhalten. Mit einem Mal spürte er eine eisige Kälte, die über seine Beine strich. Gleichzeitig setzte ein Sog ein und eine unsichtbare Kraft zog ihn blitzschnell nach unten. Er wusste sofort, was passierte. Die kalte Unterströmung vermischte sich mit der wärmeren Oberfläche zu einem tödlichen Strudel. Er musste so schnell wie möglich aus dem Gefahrenbereich gelangen.

Früher war Braun ein guter Schwimmer gewesen und das half ihm jetzt. Er legte alle Kraft in seine Kraulbewegungen, versuchte aus dem Bannkreis des Sogs zu entkommen, aber er bewegte sich keinen Millimeter. Langsam ließen seine Kräfte nach und er wurde nach unten gezogen. Sein Kopf geriet unter Wasser, er ruderte mit den Armen und kam wieder hoch, schnappte nach Luft, wurde erneut in die Tiefe gezogen. Noch einmal schaffte er es, den Kopf aus dem Wasser zu bekommen, doch trotz seiner verbissenen Anstrengungen geriet er sofort wieder in die tödliche Abwärtsspirale des Strudels.

War so das Ende? War es sein Schicksal, in diesem beschissenen Meer zu sterben? In einem fremden Land? Ohne Jimmy und Kim noch einmal Lebewohl sagen zu können?

„Verdammte Scheiße!“, sprudelte es aus ihm heraus und sofort schluckte er eine gehörige Portion Meerwasser. Jetzt setzte auch die Panik ein, kroch leise aus seinen Eingeweiden nach oben, blockierte das rationale Denken und machte aus Braun nur noch einen hilflos um sich schlagenden Menschen, der sich gegen den Tod aufbäumte.

Doch plötzlich packten ihn zwei Arme unter den Achseln und zogen ihn unter Wasser aus dem Sog. Lottis Gesicht tauchte neben ihm auf, und sie signalisierte ihm, dass er sich, ohne sich zu bewegen, treiben lassen sollte. Quälend langsam stieg Braun wieder nach oben. Als sein

Kopf aus dem Wasser kam, atmete er so hektisch ein, dass seine Lungen schmerzten.

„Ich ziehe dich zum Boot.“ Lotti schwamm hinter ihn und fasste Braun mit einem geschulten Rettungsgriff um die Brust. Schnell schleppte sie ihn aus dem Gefahrenbereich und schwamm auf das Boot zu.

„Halte dich an der Ankerkette fest“, sagte sie. „Ich werfe dir eine Leiter hinunter, wenn ich an Deck bin.“

„Du bleibst hier“, sagte Braun mit matter Stimme. „Hast du die Mädchen getötet? Deshalb hast du dich auch so auffällig bei mir eingeschmeichelt. Um an Informationen zu kommen. Du wolltest wissen, ob wir dich im Verdacht haben. Du bist festgenommen.“

„Wenn du mich jetzt nicht in das Boot lässt, dann ertrinken wir beide“, antwortete Lotti und zog sich geschickt an der Ankerkette hinauf. Als sie an Bord war, hörte Braun sie herumkramen, und kurz darauf landete eine Strickleiter neben ihm im Wasser.

In der Zwischenzeit hatte der Wind an Stärke zugelegt und das Boot begann auf den Wellenkronen wie eine Nussschale hin und her zu schaukeln. Als Braun die Strickleiter bestieg, wurde er mehrmals von den Wellen zurück in die See gespült, ehe es ihm gelang, sich an Bord zu hieven.

„Du hast jetzt aber Glück gehabt“, sagte Lotti. „Wenn man das Meer nicht kennt, kann das tödlich sein.“

„Warum hast du mich nicht einfach ertrinken lassen?“, fragte er erschöpft. „Du hättest mit dem Boot abhauen können.“

„Aber ich kann dich doch nicht sterben lassen“, sagte Lotti mit entwaffnender Naivität.

„Du hast bei der Polizei angerufen und uns den Tipp

mit dem Schwimmbad gegeben." Braun lag auf dem Rücken an Deck und kam langsam wieder zu Atem. Erst jetzt wurde ihm so richtig bewusst, dass Lotti ihm das Leben gerettet hatte.

„Stimmt, das war ich." Lotti nickte und lächelte noch immer.

„Wieso kannst du auf einmal so gut schwimmen?", fragte Braun keuchend.

„Ich konnte schon immer gut schwimmen. Aber ich habe mich in Thorstein verliebt, deshalb habe ich die Nichtschwimmerin gespielt, um seine Aufmerksamkeit zu erregen. Ich wollte doch einfach, dass er mir das Schwimmen beibringt. Aber er hatte nur Augen für Zoe."

„Deswegen hast du ihn erschossen. Du hast aus verschmähter Liebe einen Mord begangen." Langsam richtete sich Braun auf. „Dann hast du uns angerufen, damit wir Thorsteins Leiche finden und beschäftigt sind. In der Zwischenzeit hast du Caro hier auf das Boot gebracht und wolltest sie dann im offenen Meer ertränken."

„Nein, das stimmt nicht!", widersprach Lotti. „Das ist kompletter Unsinn." Sie rutschte ganz nahe an Braun heran und sah ihn mit ihren großen Augen unverwandt an. „Hier auf dem Boot bin ich stärker. Da hast du keine Chance. Wenn ich wirklich all das getan hätte, was du mir vorwirfst, dann würdest du nicht mehr leben."

Nach diesen Worten stand Lotti langsam auf. Breitbeinig wie ein Seemann tarierte sie die Schwankungen des Bootes aus, während sie nach vorn ging. Dann hockte sie sich an eine Kurbel, um den Anker einzuholen.

„Was machst du da? Wir warten hier, bis ein Polizeiboot eintrifft."

„Es gibt bald einen Sturm. Dann ertrinken wir beide, wenn wir nicht schleunigst in den Hafen fahren."

„Wir fahren nirgendwohin, bevor ich nicht Klarheit habe. Ist Caro da drinnen?"

„Wir müssen los. Dürfen keine Zeit verlieren."

Braun ignorierte die Warnung von Lotti und deutete auf den niedrigen Kabinenaufbau. „Ist Caro da drinnen?"

„Sieh doch selbst nach", gab ihm Lotti schnippisch zur Antwort.

„Das mache ich jetzt auch", erwiderte Braun. „Ich fürchte mich nicht vor deinen Spielchen!"

Das Boot hob und senkte sich, drehte sich auf den Wellenkronen, legte sich zur Seite, um sich nur Augenblicke später wieder aufzurichten. Braun klammerte sich an die Reling und stieß mit dem Fuß die schmale Schwingtür auf.

„Caro!", rief er nach unten. „Bist du da? Du musst keine Angst mehr haben!"

Braun torkelte von einer Seite zur anderen, als er über die schmale Stiege nach unten kletterte.

„Ich habe es dir doch gesagt. Es gibt keine Caro in der Kabine!" Lotti stand plötzlich hinter ihm. Braun schreckte hoch und schlug sich den Kopf an der niedrigen Decke an.

„Scheiße!", fluchte er. „Wo ist Caro?"

„Sie ist nie auf dem Boot gewesen. Du liegst komplett falsch mit deiner Vermutung", sagte Lotti und blickte ihn entrückt an.

„Wo hast du sie hingebracht? Los, sag schon." Braun packte Lotti an den Schultern und schüttelte sie. Lottis Kopf bewegte sich vor und zurück wie bei einer Puppe, sie hatte die Arme schlaff nach unten hängen und machte nicht den Versuch, sich zu wehren.

„Gib mir endlich eine Antwort."

„Wir müssen in den Hafen. Sonst bleiben alle deine Fragen unbeantwortet."

„Das ist mir scheißegal", sagte Braun und hielt Lotti am Arm fest. „Entweder du redest oder wir ersaufen beide hier."

„Sie ist auf einem anderen Boot", sagte Lotti und riss sich los.

„Scheiße. Hast du sie bereits umgebracht? Hast du auch die anderen Mädchen auf dem Gewissen?"

„Nein, ich bin keine Mörderin!", rief Lotti gellend und trampelte die Stufen hoch. „Caro ist auf der ‚Signe', und wenn wir uns nicht beeilen, wird sie sterben."

„Ich glaube dir kein Wort."

„Doch, du musst mir glauben. Es stimmt, ich habe im Polizeipräsidium angerufen, denn ich habe die Leiche von Thorstein entdeckt. Ich wollte ihn warnen, aber ich kam zu spät."

„Vor wem wolltest du ihn warnen?"

„Na, vor ihr natürlich. Sie ist an allem schuld. Jetzt müssen wir Caro retten, bevor es zu spät ist", sagte Lotti hektisch und rannte an Deck. Braun folgte ihr und wurde beinahe von einem Brecher über Bord gespült.

„Woher weißt du, wo sie ist?", rief Braun gegen den heulenden Wind an. „Mit wem steckst du unter einer Decke?"

„Mit niemandem. Es war zunächst nur ein Gefühl, ehe es zur Gewissheit wurde. Dann haben sich die Ereignisse überschlagen. Bitte frage nicht weiter. Es ist ja schon so alles entsetzlich genug. Wo soll sie denn sonst sein? Die ‚Signe' ist doch das Einzige, was uns mit der Vergangenheit verbindet. Mit diesem Boot hat alles begonnen. Deshalb bin ich sicher, dass Caro an Bord der ‚Signe' ist. Diesmal dürfen wir nicht zu spät kommen."

„Ich frage dich das jetzt zum letzten Mal: Wer hat Caro in seiner Gewalt?", fragte Braun und überlegte fieberhaft. Sein Bauchgefühl sagte ihm, dass Lotti nicht die Mörderin war. Aber sie wusste, wer die Mädchen ermordet hatte. Oder hatte zumindest einen Verdacht.

„Vor wem wolltest du Thorstein warnen?", fragte Braun. Er musste sich an der Reling anklammern, um nicht über Bord zu gehen. Lotti hockte auf dem Boden und kurbelte verbissen den Anker hoch. Immer wieder donnerten Brecher über das Boot hinweg. Schließlich hatte Lotti den Anker hochgezogen und rannte nach hinten zum Steuerrad.

„Binde dich an der Reling fest", rief sie Braun zu, während sie den Motor startete.

„Antworte mir endlich", sagte Braun und wischte sich mit der Hand das Seewasser aus dem Gesicht.

„Vor meiner Stiefschwester", sagte Lotti und ließ den Motor mit voller Kraft laufen.

„Wer ist deine Stiefschwester? Und was hat sie mit all den Morden hier zu tun?", fragte Braun irritiert.

„Yrsa ist meine Stiefschwester und sie hat die Mädchen und Thorstein ermordet."

53

Es gibt Dinge, die sind so ungeheuerlich, dass man sie einfach nicht glauben will. So erging es jetzt Braun, als er Lottis Antwort hörte. Yrsa war Lottis Stiefschwester, und sie war auch die geheimnisvolle vierte Person, die mit den drei Mädchen der Gucci-Gang unterwegs gewesen war. Weder Braun noch Arto hatten die geringste Ahnung gehabt, dass die vermeintliche Mörderin von Bea und Zoe direkt neben ihnen im Polizeipräsidium saß. Doch Braun war auf der Hut, denn vielleicht wollte ihn Lotti damit nur täuschen.

Lotti schaltete den Motor ein und wendete in der Zwischenzeit das Boot. Sie steuerte es geschickt mit dem Bug schräg in die Wellenberge, damit der Rumpf darauf wieder nach oben auf die Schaumkronen gespült wurde.

„Gleich haben wir das Ärgste überstanden", rief sie Braun zu. Das Tuten einer Sirene riss Braun aus seinen Gedanken. Ein Polizeiboot mit roten Warnleuchten näherte sich. Vorn am Bug stand Arto und hielt ein Megafon in der Hand.

„Drehen Sie bei und stellen Sie den Motor ab. Wir kommen an Bord“, hörte Braun Artos amtliche Stimme blechern durch das Megafon.

„Lotti ist wahrscheinlich nicht unsere Mörderin“, rief Braun als Erstes, als das Polizeiboot längsseits ging. „Sie sagt, dass es Yrsa ist, dass sie ihre Stiefschwester ist.“

„Du machst wohl Witze, Braun?“ Arto schüttelte ungläubig den Kopf. „Yrsa soll unsere Killerin sein? Das kann ich einfach nicht glauben.“ Er gab den Polizisten an Bord ein Zeichen. „Nehmt die junge Frau drüben auf dem Segelboot fest.“

„Wir müssen das trotzdem überprüfen“, insistierte Braun. „Yrsa ist angeblich auf dem Segelboot Signe mit Caro und will in den Sturm hinausfahren“, sagte Braun. Er griff nach der Hand eines Uniformierten und sprang an Bord des Polizeibootes.

„O. K. Hier, ich habe dir frische Klamotten mitgebracht.“ Arto warf Braun Jeans, ein Sweatshirt und abgewetzte Sneakers hin. „Müsste dir alles passen.“

Während Braun sich anzog, brachte er Arto auf den neuesten Stand.

„Lotti weiß, dass Yrsa sich gemeinsam mit Caro töten will. Deshalb fährt Yrsa auch mit dem Boot hinaus. Es ist das Boot, mit dem ihre Mutter und ihr kleiner Bruder ertrunken sind. Ihr Vater hat dann die Mutter von Lotti geheiratet und ist nach Finnland übersiedelt. Lottis Mutter war das damalige Au-Pair-Mädchen.“

„Aber dann ist doch Yrsa auch die Mörderin von Lottis Mutter“, warf Arto ein.

„Das stimmt, nur hat Lotti bis jetzt davon nichts geahnt. Sie erfuhr erst mit dem Tod ihres Vaters vor drei Monaten, dass sie eine Stiefschwester hat. Es war bei der Testamentseröffnung."

„Damals hat sie die Hotelruine in Tallinn geerbt", sagte Arto nachdenklich. „Und wann kam Lotti der Verdacht, dass Yrsa die Mörderin ihrer Mutter ist?"

„Die beiden Schwestern trafen sich gestern, und da gab es Streit, weil Lotti ihre Liebe zu Thorstein erwähnte. Yrsa ist ausgeflippt und hat Lotti erzählt, dass sie nicht nur Thorstein, sondern auch ihre Mutter ermordet hat", gab Braun das Gespräch mit Lotti wieder. „Wir müssen sofort hinausfahren, das Leben von Caro retten und Yrsa stoppen."

„Du hast recht." Arto nickte und gab dem Steuermann ein Zeichen. Ein Polizist blieb bei Lotti auf deren Boot, um mit ihr in den Hafen zu fahren. Das Polizeiboot nahm Kurs auf das offene Meer. Wellenberge türmten sich vor Braun auf und wirkten wie bleierne Betonwände. Krachend donnerten sie auf den Bug des Polizeibootes nieder, das sich ächzend zur Seite neigte. Der Seegang wurde immer stärker und selbst das schwere Schiff war nur noch mit größter Anstrengung auf Kurs zu halten. Braun stand neben dem Steuermann und schluckte die aufkommende Übelkeit hinunter. Jetzt durfte er nicht schlappmachen.

„Wo ist nur das verdammte Boot?", fluchte er. Immer wieder griff er nach dem Feldstecher und suchte damit die Meeresoberfläche ab. Plötzlich sah er einen schwarzen Punkt am Horizont. „Dort draußen", sagte er aufgeregt und reichte Arto den Feldstecher. „Das könnte die Signe sein."

„Ja, das ist ein Segelboot." Arto ließ das Fernglas sinken.

„Also los, Kurs auf das Boot dort am Horizont“, befahl er dem Steuermann.

Rasch kamen sie dem Segelboot näher und jetzt konnten sie eindeutig den Schriftzug „Signe“ am Heck erkennen. Es war ein ähnliches Boot wie das von Lotti. Auch dort gab es einen niedrigen Kajütenaufbau und ein Steuerrad neben der Schwingtür. Das Boot trieb ohne Segel und Motor auf den Wellen und wirkte verlassen.

„Scheiße. Es ist niemand an Bord!“, fluchte Braun. „Wie kann das sein?“

„Keine Ahnung. Das Schiff ist leck“, sagte Arto plötzlich.

Tatsächlich hatte die „Signe“ bereits starke Schlagseite. Der Mast neigte sich schon bedenklich weit zum Wasser und die Wellen überspülten das Deck. Das verlassene Schiff wirkte gespenstisch wie ein Geisterschiff. Manchmal schoss es wie ein Surfboard eine Welle entlang, verharrte unterhalb der Schaumkrone, um dann von dem Brecher überspült zu werden und fast zu versinken.

„Wo sind Yrsa und Caro?“ Wütend schlug Braun auf die metallene Umrandung des Bullauges.

„Dann hat uns Lotti vielleicht doch angelogen.“ Arto versuchte, den Polizisten zu erreichen, der Lotti in den Hafen eskortiert hatte.

„Kein Empfang“, murmelte er und steckte sein Handy wieder ein. „Ich probiere es per Funk.“ Er griff nach dem Funkgerät und drückte die Taste für die Verbindung. Eine quäkende Stimme meldete sich.

„Im Hafen ist alles in Ordnung. Lotti sitzt bereits in einem Polizeifahrzeug.“

„Verdammt. Wo sind die beiden denn nur?“

Mit einem Mal sah Braun eine Gestalt aus der Kabine des Segelbootes hochkommen. Im Sturm schlugen ihre beiden Zöpfe wie Peitschen um ihren Kopf. Es war Yrsa und sie hielt eine Axt in der Hand.

54

Es ist bald alles vorbei. Sie werden kommen und dann bin ich erlöst. Ich freue mich schon, wenn sie kommen und mich verhaften wollen. Aber sie werden mich nicht kriegen. Niemand wird mich kriegen.

Ein Sturm zieht auf – wie vor achtzehn Jahren. Wie eine schwarze Decke schieben sich dicke Wolken über die Sonne und es wird mit einem Schlag dunkel.

Caro liegt vor mir auf dem Boden. Sie reißt die Augen auf und starrt mich panisch an. Sie sieht die Axt in meinen Händen. Sie versucht sich aufzurichten, aber es geht nicht. Schicksalsergeben sackt sie wieder zurück auf den Boden des Bootes. Wieder spüre ich die lähmende Angst vor dem Ertrinken. Wieder schwappt die Erinnerung über mich hinweg, zieht mich hinunter in das Dunkel. Jetzt brauche ich meine Therapie. Ich reiße Caro hoch und zerre sie zum Heck des Bootes. Drücke ihren Kopf über die Reling in das schäumende Wasser.

Ich kann meinen toten Bruder nicht einfach im Meer treiben lassen. Deshalb packe ich ihn an seiner Schwimmweste und will mit ihm an Land schwimmen. Immer wieder begraben uns tosende Wellenberge. Der Wind heult. Peitscht das Wasser zu mir. Die Strömung wird immer stärker. Ich muss meinen Bruder loslassen, um nicht selbst zu ertrinken. Eine Welle wirft mich gegen ein Stück Holz. Ich klammere mich daran. Meine Kräfte schwinden. Der Wind dreht landwärts. Die Strömung zieht mich zur Küste. Ich werde an den Strand gespült. Reiße mir die Schwimmweste vom Leib. Krieche auf allen vieren durch den Sand. Erreiche das Haus am Strand. Taste mich über die Veranda nach drinnen. Die Tür zu Papas Arbeitszimmer ist angelehnt. Ich höre laute Geräusche. Vorsichtig schiebe ich die Tür einen Spaltbreit auf. Weit genug, um hineinsehen zu können. Das Erste, was ich sehe, sind die Haare von Malis. Goldblond fallen sie in Wellen vom Schreibtisch. Malis liegt auf dem Rücken. Sie ist nackt. Auch Papa ist nackt. Er steht zwischen ihren Beinen. Hat die Augen geschlossen. Malis' Kopf hängt nach hinten über die Schreibtischkante. Sie öffnet ihre Augen. Sieht mich an und lächelt. Dieses Bild brennt sich in mein Gedächtnis. Ich werde es nie wieder vergessen.

Ich ziehe Caro aus dem Wasser und zerre sie zur Kajüte. Dann nehme ich die Axt und schlage ein Loch in den Rumpf des Bootes. Caro schreit auf, als die Axt knapp neben ihr in den Schiffsrumpf schlägt. Holz splittert. Immer und immer wieder schlage ich in den Boden. Bis das Wasser eindringt und gierig über das geborstene Holz läuft.

„Wir werden beide ertrinken. Warum muss auch ich sterben?", ächzt Caro.

„Du bist ein Mädchen, das Schuld auf sich geladen hat. Deshalb musst du bestraft werden."

„Aber wofür, was habe ich dir denn getan?", fragt Caro mit zitternder Stimme. Der Wind nimmt an Heftigkeit zu, und das Boot schaukelt so stark, dass Caro auf den Brettern hin und her geworfen wird.

„Mir ist schlecht", stöhnt Caro, doch der heulende Wind weht ihre Stimme hinaus auf die bleigraue See.

„Du bist eine Freundin von Bea und Zoe." Der Klang meiner Stimme wird schriller. Ich muss gegen den Sturm anschreien. Ich will gehört werden. Caro soll verstehen, warum sie sterben muss.

„Es stimmt, ich bin eine Freundin der beiden. Aber ich weiß nicht, warum du mir das antust. Was habe ich getan?"

„Es reicht, dass du ihre Freundin bist. Jetzt sind sie tot und du wirst als Nächste sterben. Alles begann mit Bea, die plötzlich wie aus dem Nichts aufgetaucht ist. Sie war ja das Au-Pair von Gotans Söhnen. Ich erinnere mich an den Tag, an dem sie das erste Mal im Las Vegas Club erschienen ist. Sie leuchtete wie ein Engel aus dieser Masse farbloser Tänzer heraus. Ich habe mich auf der Stelle in Bea verliebt. Es war Liebe auf den ersten Blick. Und auch sie hat mich geliebt. Ich spürte, mit Bea kann ich meine Schuld vergessen. Mit ihr kann ich ein neues Leben beginnen."

Wehmütig starre ich auf das Leck, das ich mit der Axt geschlagen habe. Das Wasser sprudelt ungehindert in das Segelboot. Langsam senkt sich der Rumpf zur Seite. Jetzt dauert es nicht mehr lange und ich bin erlöst.

„Nichts wäre passiert, wenn Bea mich nicht betrogen hätte. Aber sie musste ja mit Gotan ins Bett gehen."

„Das stimmt nicht. Es war ganz anders", flüstert Caro, doch ihre Stimme geht im Heulen des Windes unter.

„Es war so niederträchtig, dass ich dachte, ich muss sterben. Doch plötzlich kam die Erleuchtung: Wieso soll ich sterben? Warum nicht alle diese Au-pair-Mädchen, die den Tod verdient haben? Ich hatte doch schon einmal getötet. Malis, meine Stiefmutter, ist mein erstes Opfer gewesen. Und mit einem Mal wurde ich wieder stark. Malis habe ich die blonden Haare abgeschnitten. Dasselbe machte ich auch bei euch."

Eine Welle schwappt in das Boot. Der Boden neigt sich. Caro rutscht seitlich nach unten zur Reling. Ich zerre sie zurück und stoße sie in die Kajüte. Bücher, Zeitschriften und Plastiktassen treiben uns entgegen. Die Hälfte der Kajüte steht unter Wasser. Ich spüre das Salzwasser auf meiner Haut. Was wird Caro spüren, wenn sie stirbt? Trotz ihrer gefesselten Hände versucht sie, das Gleichgewicht zu halten. Mit ihrem rasierten Schädel wirkt sie wie ein Alien. Ihre Augen sind riesengroß. Schockiert starrt sie mich an. Erst jetzt begreift Caro mit schmerzlicher Deutlichkeit, dass sie bald tot sein wird. In einer engen Kabine wird sie auf den Meeresgrund hinabsinken. Vielleicht noch einige Sekunden bei Bewusstsein sein. Lange genug, um zu erfahren, wie entsetzlich es ist, zu ertrinken.

Durch das Bullauge sehe ich die Positionslichter eines Schiffes, das sich rasch nähert. Es ist ein Polizeiboot. Auf der Brücke steht Braun. Er will Caro retten. Aber dafür wird es zu spät sein. Ich packe die Axt fester und steige langsam nach oben.

55

Die Dämonen der Vergangenheit hatten von Yrsa endgültig Besitz ergriffen. Das Polizeiboot kam näher und trotz der aufsprühenden Gischt konnte Braun das Gesicht von Yrsa deutlich erkennen. Er sah ihre versteinerte Miene und wusste, dass er sofort handeln musste.

„Bring das Boot längsseits", rief er Arto zu. „Ich springe dann hinüber."

„Bist du verrückt, Braun? Yrsa ist bewaffnet", versuchte ihn Arto davon abzuhalten.

„Und wenn schon. Sonst bringt sie Caro um!"

Yrsa ließ die Axt durch die Luft kreisen und schlug sie voller Wucht auf das Dach der Kajüte.

„Bleib unten. Sonst spalte ich dir den Schädel", schrie sie gegen den heulenden Sturm an.

„Scheiße! Das Mädchen ist in der Kabine", sagte Braun.

„Leg die Axt weg, Yrsa", rief Arto und gab einen Warnschuss in die Luft ab. „Du hast doch keine Chance mehr."

Inzwischen hatte das Polizeiboot längsseits angelegt und Braun sprang an Bord der „Signe". Eine Welle schwappte über die Kajüte, und Braun krallte sich an einem Tau fest, um nicht über Bord gespült zu werden. Vorsichtig tastete er sich zur Kajüte. Yrsa stand breitbeinig vor der Schwingtür und hielt die Axt mit beiden Händen drohend erhoben.

„Willst du die arme Caro auch töten, Yrsa? Warum? Es gibt doch schon genug Opfer", sagte Braun leise und streckte Yrsa die Hand entgegen. „Du brauchst Hilfe."

„Hilfe? Dass ich nicht lache. Als ich acht Jahre alt war, da hätte ich Hilfe gebraucht. Hilflos bin ich im Meer getrieben. Neben mir die Leiche meines kleinen Bruders. Ich konnte ihm nicht mehr helfen. Und niemand hat mir geholfen. Jetzt brauche ich diese Hilfe nicht mehr. Jetzt verfolge ich mein eigenes Ziel. Jetzt habe ich eine Mission. Und diese Mission heißt Rache."

„Gib mir die Axt." Braun machte einen Schritt auf Yrsa zu.

„Hier hast du!", rief Yrsa und ging mit einem wütenden Schrei auf Braun zu. Mit beiden Händen schwang sie die Axt. Braun warf sich zur Seite. Das Axtblatt krachte in die Kajüte, zertrümmerte einen Teil der Luke. In diesem Moment bekam das Boot noch mehr Schlagseite und beide rutschten über das Deck bis zur Reling. Bevor Yrsa die Axt wieder herausziehen konnte, sprang Braun nach vorn und erwischte den Axtstiel. Yrsa stieß einen wütenden Schrei aus und krallte ihre Hände um Brauns Hals. Das Boot sackte weiter zur Seite und Braun konnte sich aus dem Würgegriff befreien. Schnell kämpfte er sich über das bereits halb unter Wasser liegende Deck zur Kajüte.

„Caro. Ich hole dich hier raus!"

Keine Antwort.

„Kannst du mich hören?"

In der Zwischenzeit hatte sich das Boot bereits so weit geneigt, dass der Mast der Wasseroberfläche gefährlich nahe kam. Nicht mehr lange, dann würde das Boot sinken. Braun durfte keine Zeit verlieren. Er kroch in die Kajüte. Dort stand das Wasser bereits bis zu den Bullaugen. Wo war bloß Caro?

Da entdeckte Braun sie in einer Koje. Ihr Kopf war schon unter Wasser. Sofort tauchte er unter die Wasseroberfläche. Caro war mit einem Kabelbinder an den Rand der Koje gefesselt. Noch lebte sie, denn sie zerrte wie verrückt an den Fesseln. Braun trat mit dem Fuß gegen die Koje. Holzstücke lösten sich, aber das dauerte viel zu lange. Caro würde vor seinen Augen ertrinken. Schnell schwamm er nach oben, holte tief Luft. Tauchte wieder unter. Packte Caros Kopf und presste mit seinem Mund Luft in ihre Lungen. So gewannen sie einige wertvolle Sekunden. Plötzlich sah Braun eine Brechstange auf dem Boden der Kajüte liegen. Hastig griff er danach, tauchte auf und zertrümmerte mit gezielten Schlägen die Koje. Dann tauchte er wieder unter, packte Caro und zog sie an die Wasseroberfläche. Das Boot ächzte, und Braun wusste, dass sie in der Kajüte in der Falle saßen. Es war nur noch eine Frage von Minuten, bis das Segelboot endgültig kentern und sinken würde. Dann würden sie beide elend ertrinken.

„Wir müssen raus!"

„Was ist mit Yrsa?", fragte Caro ängstlich, als sie zur Luke schwammen. Nervös klammerte sie sich an Brauns Arm.

„Yrsa ist keine Gefahr mehr. Ich bin jetzt bei dir."

Mit einem lauten Knall platzte das Glas eines Bullauges und ein Schwall Wasser strömte ungehindert in die Kajüte. Caro zuckte ängstlich zusammen.

„Wir schaffen das nicht mehr."

„Doch. Komm, zieh die Schwimmweste an", sagte Braun und griff nach einer Weste, die im Wasser trieb. „Warte, bis ich dir ein Zeichen gebe."

Vorsichtig stieg Braun die Treppe nach oben. Hörte ein Geräusch, als würde Metall über Holz schleifen. Braun aktivierte alle seine Kräfte und sprang mit einem gewaltigen Satz aus der Luke. Yrsa stand mit erhobener Axt direkt vor ihm, war aber zu überrascht, um sofort zuzuschlagen. Das nutzte Braun, um Yrsa beide Fäuste in den Bauch zu rammen. Sie zuckte zusammen und ließ die Axt sinken. Jetzt trat ihr Braun mit seinem Fuß auf den Arm. Mit schmerzverzerrtem Gesicht ließ Yrsa die Axt los, die über das schiefe Deck zur Reling rutschte.

Plötzlich war ein lauter Knall zu hören und eine Kugel schlug in die Seitenwand der Kajüte.

„Yrsa, gib auf!", hörte Braun die Stimme von Arto. Aber er wusste auch, dass Arto fast keine Möglichkeit hatte, Yrsa mit einem gezielten Schuss außer Gefecht zu setzen. Dafür war die See zu stürmisch. Wieder stürzte sich Yrsa auf Braun, versuchte ihn über Bord zu stoßen, aber er gab nicht nach. Schließlich gelang es ihm, Yrsa einen Kinnhaken zu verpassen. Sie torkelte nach hinten und verlor den Halt. Rutschte über das vom Wasser überflutete Deck und krallte sich an die Reling. Überlegte einen kurzen Augenblick. Eine riesige Welle türmte sich vor dem kenternden Segelschiff auf und brach über sie herein. Braun konnte sich noch an der Luke festhalten, doch Yrsa wurde über Bord gespült.

„Ich habe eine Schwimmweste gefunden." Plötzlich stand Caro hinter Braun. In der Hand hielt sie eine orange Rettungsweste. „Die ist für dich."

„Yrsa, hier hast du eine Schwimmweste", rief Braun. Er warf sie Yrsa zu, doch diese machte keinerlei Anstalten, danach zu greifen. Mit ausdruckslosem Gesicht trieb sie im Wasser.

„Nimm die Schwimmweste. Du ertrinkst sonst."

„Und wenn schon. Jetzt bin ich endlich wieder mit Mama und Benji zusammen", hörte Braun Yrsas Stimme. Ihre Worte vereinigten sich mit dem heulenden Wind, trieben über das Wasser, tanzten auf den Wellen, um schließlich in den Untiefen der See zu versinken. Genauso wie Yrsa. Braun sah noch ihre langen, braunen Zöpfe, die sich wie Seeschlangen auf der Oberfläche kringelten, dann kam die nächste Welle und Yrsa war in den brodelnden Fluten verschwunden.

Plötzlich klatschte ein Tau auf das Deck. Arto hatte es Braun zugeworfen. Das Polizeiboot war jetzt so nahe, dass sie beinahe hinüberspringen konnten.

„Caro, du musst springen, wenn unser Boot mit einer Welle hochsteigt", sagte Braun und schlang das Tau um ihre Hüften.

„Ja." Caro presste die Lippen zusammen und hechtete los. Für einen kurzen Moment hatte es den Eindruck, als würde sie das Polizeiboot verfehlen und im Meer landen. Aber dann trieb das Boot näher heran und Caro erreichte das Deck. Dort wurde sie sofort von Arto und den Polizisten in Empfang genommen.

„Jetzt du, Braun", rief Arto und warf das Tau wieder hinüber. Braun griff danach. In diesem Augenblick knirschte und ächzte die Signe und sackte völlig zur Seite. Der Mast geriet unter Wasser, der Bug lief blitzschnell mit Wasser voll, das Heck drehte sich in einem Strudel wie in Zeitlupe in die Höhe. Braun strauchelte, konnte sich auf dem Deck nicht mehr halten und rutschte unaufhaltsam in den Strudel hinein.

„Braun, halt dich am Tau fest!“, hörte er Arto rufen. Verbissen umklammerte er das Tau, während das Boot wegsackte und kreisend im Meer versank. Der Strudel wirkte wie eine Zentrifuge, die Kräfte zerrten an Braun, wollten ihn ebenfalls in die Tiefe reißen. Doch Braun schlang sich das Tau um die Handgelenke und ließ es nicht mehr los. Langsam wurde der Widerstand der Strömung schwächer und die Polizisten konnten ihn an Bord ziehen. Als Braun zurückblickte, war von der „Signe“ bereits nichts mehr zu sehen.

Wenig später saß er nachdenklich in der Kajüte des Polizeiboots.

„Jetzt ist Yrsa mit ihrer Mutter und ihrem kleinen Bruder vereint. So findet ihre geschundene Seele endlich Ruhe.“

56

Im Polizeipräsidium von Tallinn war es ungewöhnlich still. Wie erstarrt saßen die Polizisten in ihren Glasboxen und es gab nur ein Gesprächsthema: dass eine Kollegin von ihnen eine Serienkillerin war.

Braun stand mit Arto in Lab 09 vor der großen Glastafel und sie versuchten den Ablauf der letzten Tage zu rekonstruieren. Nils wollte sich auf den verwaisten Platz von Yrsa setzen, doch Arto hinderte ihn daran:

„Du musst dir einen anderen Schreibtisch holen. Dieser hier bringt nur Unglück."

„Ich bin nicht abergläubisch", antwortete Nils mit einem leichten Grinsen.

„Aber ich", sagte Arto bestimmt. Er warf einen Blick auf seine Uhr. „Gleich kommt der Chef, dann können wir mit der Besprechung beginnen."

Kurz darauf erschien der Polizeihauptmann von Tallinn in voller Uniform, begleitet von seiner Stellvertreterin und den Kommissariatsleitern. Wohlwollend klopfte er Arto auf die Schulter.

„Gute Arbeit“, meinte der Chef und nickte auch Braun zu. „Aber dass es eine Kollegin ist, trifft uns natürlich sehr. Rekapitulieren wir das Ganze.“ Er seufzte und suchte sich einen Stuhl in dem engen Glaswürfel.

Arto schob das Foto von Yrsa ins Zentrum der Glastafel. „Vor achtzehn Jahren gerät das Segelboot ‚Signe‘ in einen Sturm und kentert. Zuvor hat die Familie vergebens versucht, den Vater zu erreichen, damit der Hilfe holt. Die Mutter Signe und ihr Sohn Benji ertrinken, die achtjährige Yrsa kann sich an Land retten. Yrsa läuft nach Hause und überrascht ihren Vater mit Malis, dem Au-Pair-Mädchen, im Bett. In der Folge wird Yrsa ein aufsässiges Kind und kommt zu ihrer Großmutter Laurits. Der Vater heiratet das Au-Pair-Mädchen Malis, denn es ist schwanger. Nach der Geburt der Tochter Lotti übersiedelt die Familie nach Finnland. Yrsa sieht ihren Vater nie wieder.“

„Was ist mit dieser Lotti Muikonnen? Ist sie noch in Haft?“, unterbrach ihn der Polizeihauptmann.

„Wir haben sie wieder auf freien Fuß gesetzt“, sagte Arto. „Wahrscheinlich wird es eine Anklage wegen Behinderung der Justiz geben, aber das ist laut Staatsanwaltschaft noch nicht sicher.“

„Na gut, das sollen die Gerichte entscheiden“, brummte der Polizeihauptmann. „Mach weiter.“

„Vor zehn Jahren kommt Malis Muikonnen nach Estland, weil ihr Vater gestorben ist und sie eine geerbte Wohnung in Narva an der russischen Grenze verkaufen will. Die Großmutter erzählt Yrsa davon und in der jungen Yrsa reift ein teuflischer Plan. Sie beschließt, Malis zu töten, denn diese ist in ihren Augen verantwortlich für den Tod ihrer Mutter Signe. Und da der Vater immer so von den schönen Haaren von Malis geschwärmt hat, schneidet sie ihr auch die Haare ab, ehe sie Malis tötet."

„Dann haben wir eine Mörderin in den Polizeidienst aufgenommen", sagte der Polizeihauptmann fassungslos. „Das darf auf gar keinen Fall an die Öffentlichkeit."

„Das ist auch nicht relevant für die jetzigen Morde", beruhigte ihn Arto.

„Dann ist Yrsa also die Mörderin von Lottis Mutter?", kombinierte der Polizeihauptmann.

„Richtig, aber das hat Lotti erst in den letzten Tagen von Yrsa erfahren. Doch da war es schon zu spät."

„Warum hat Yrsa dann jetzt wieder mit den Morden begonnen?", fragte der Polizeihauptmann weiter.

„Yrsa hatte sich in Bea verliebt. Diese hat die Gefühle zunächst auch erwidert. Doch als sie von Gotan Danilowitsch mittels Crystal Meth verführt wurde, glaubte Yrsa, dass sie hintergangen wurde, und alles kam wieder hoch."

„Sie war eine Psychopathin, die mit achtzehn Jahren einen kaltblütigen Mord begangen hat. Diese psychische Störung hat sie erfolgreich unterdrückt, bis sie sich eben in Bea Hanstetten verliebte. Da kamen die Erinnerungen zurück und sie musste erneut morden. Zusätzlich wollte sie, dass ihre Opfer sehenden Auges sterben. Deshalb nähte sie ihnen die Augenlider nach oben. Die armen Mädchen sollten alles genau mitbekommen", ergänzte Braun die Ausführungen. „Aber das Tragische daran ist, dass Bea ja gar nichts von Gotan wollte, sondern er sie mit Drogen gefügig machte. Sie hat tatsächlich Yrsa geliebt."

„Ich habe da eine Anmerkung zu Gotan Danilowitsch",

meldete sich die Stellvertreterin des Polizeihauptmanns zu Wort. „Dank der tatkräftigen Unterstützung der Linzer Kommissarin Franka Morgen ist es uns gelungen, ein riesiges Waffenlager in einem Lagerhaus im Hafen auszuheben. In Österreich wird die Hanstetten AG wegen illegalen Waffenhandels angeklagt, hier in Estland wird das Vermögen der Danilowitsch-Firmen eingefroren, bis eine Anklage fertiggestellt ist. Das wollte ich nur der Vollständigkeit halber erwähnen."

„Nach dem Mord an Bea hatte Yrsa eine unsichtbare Grenze übertreten. Ihre labile Psyche kippte komplett ins Dunkel", nahm Arto den Faden wieder auf. „Zoe musste sterben, weil sie sich mit dem Trainer Thorstein auf eine Affäre einließ."

„Das verstehe ich jetzt nicht." Der Polizeihauptmann runzelte die Stirn. „Wieso tötet sie dieses Mädchen?"

„Yrsa wusste von ihrer Stiefschwester Lotti, dass diese in Thorstein verknallt ist. Das war wieder ein Motiv für sie, warum Au-Pair-Mädchen schlecht sind und getötet werden müssen. Thorstein musste sie erschießen, denn er war ihr bereits auf die Schliche gekommen."

„Eine unglaubliche Mordserie, die ihr da aufgeklärt habt." Der Polizeihauptmann schüttelte Arto und Braun förmlich die Hand. „Ich werde bei meiner Amtskollegin Elena Kafka in Linz erwähnen, dass du ausgezeichnete Arbeit geleistet hast, Kommissar Braun."

„Ich hatte auch einen tollen Kollegen an meiner Seite", erwiderte Braun mit einem Seitenblick auf Arto.

„Ja, Arto ist einer unser fähigsten Polizisten", sagte der Polizeihauptmann. „Wie geht es übrigens deiner Tochter? Wie ich hörte, ist die Nierentransplantation gut verlaufen."

„Ja, Kalinka befindet sich auf dem Weg der Besserung." Arto lächelte glücklich. „Ich werde sie auch gleich besuchen, wenn ich Braun zum Flughafen gebracht habe."

Als sich der Polizeihauptmann mit seinem Team verabschiedet hatte, blickte Braun auf seine Armbanduhr.

„Mein Flugzeug geht in wenigen Stunden. Wir sollten uns auf den Weg machen."

Braun packte seine abgegriffene Reisetasche und ging mit Arto nach draußen. Er konnte es kaum glauben, dass er nur einige Tage in Estland gewesen war, die Zeit kam ihm viel länger vor. Die Freundlichkeit der Menschen hatte ihn positiv überrascht, und er nahm sich insgeheim vor, mit Kim einmal einen Abstecher nach Tallinn zu machen.

Diesmal fuhr Arto entspannt und ohne die Hektik der letzten Tage. Auch tippte er sich nicht mehr so häufig mit den Fingern an die Schläfen und murmelte dabei vor sich hin. Nein, Arto wirkte mit sich im Reinen, und Braun war sich ziemlich sicher, dass Arto ab jetzt ausschließlich auf der Seite des Rechts stehen würde.

Vor dem Flughafen parkte Arto seinen Wagen wie immer im Halteverbot und stellte das Blaulicht auf das Armaturenbrett.

„Ich bringe dich noch in die Halle."

„Das ist nicht nötig, ich finde mich zurecht", meinte Braun, griff nach seiner Reisetasche und kletterte aus dem Wagen.

„Mache ich doch gerne." Arto winkte ab und stieg ebenfalls aus.

„Wir sind ein gutes Team gewesen, Braun. Findest du nicht?", sagte Arto und umarmte Braun. „Du meldest dich, wenn du das nächste Mal hier in der Gegend bist."

„Aber klar, ich komme wieder“, sagte Braun und ging über die Straße zum Eingang. Aus den Augenwinkeln sah er einen schwarzen Porsche Cayenne mit russischem Kennzeichen langsam zum Eingang fahren. Der Wagen hatte getönte Scheiben, in denen sich das Sonnenlicht spiegelte. Eine Maschine landete und Vögel flatterten erschreckt auf. Der Porsche Cayenne kam näher und fuhr nur noch im Schritttempo. In Brauns Kopf begannen sofort die Alarmsirenen zu schrillen.

„Vorsicht, Arto!“, rief er.

Arto war gerade im Begriff, seine Wagentür zu öffnen, und drehte sich zu Braun um. In diesem Moment stoppte der Porsche neben ihm und das Fenster auf der Beifahrerseite glitt lautlos nach unten.

„Einen schönen Gruß von Gotan aus der Hölle“, sagte eine kalte Stimme und eine Pistole mit Schalldämpfer wurde sichtbar. Braun sah, wie Arto zusammenzuckte und ungläubig an sich hinuntersah. Als Braun auf die Straße lief, beschleunigte der Porsche und raste auf die Autobahn.

„Scheiße!“, brüllte Braun dem Wagen hinterher. Dann hockte er sich zu Arto, der neben seinem Wagen auf die Knie gefallen war und beide Hände gegen seinen Bauch presste. Zwischen seinen Fingern quoll das Blut hervor und sein Atem ging flach. Die Schusswunde sah nicht gut aus, das bemerkte Braun auf den ersten Blick.

„Durchhalten, Arto. Ich hole Hilfe.“

„Das nützt nichts mehr, Braun. Du bist doch Bulle“, flüsterte Arto und ein dünner Blutfaden rann aus seinem Mundwinkel.

„Sieh mich an, Arto. Du darfst jetzt nicht schlappmachen. Deine Tochter braucht dich.“

„Annegrit sorgt für Kalinka. Das hat sie versprochen."

„Scheiß drauf. Sie braucht dich."

Hektisch wählte Braun den internationalen Notruf und klopfte Arto auf die Wangen. „Sieh mich an. Wie sagst du immer: Es ist nicht das Ende, es ist erst der Anfang."

„Nein, Braun, das hier ist das Ende." Artos Mund verzerrte sich zu einem leisen Lächeln. Seine Lider flatterten und er packte Brauns Hand. Versuchte sich ein wenig aufzurichten, schaffte es aber nicht mehr. Braun bettete Artos Kopf vorsichtig in seinen Schoß. „Nicht aufgeben, mein Freund", sagte Braun und suchte den Blickkontakt. „Alles wird gut."

Arto wollte etwas erwidern, doch es war nur noch ein Röcheln, das aus seinem Mund kam und im Lärm eines startenden Flugzeugs unterging.

57

2 Wochen später

Die Sonne verglühte wie ein roter Ball und tauchte die Donau in ein flammendes Licht. In dem Haus am Ufer waren alle Zimmer erleuchtet und im Garten wiegten sich bunte Lampions sanft im Wind.

„Na, wie habe ich das gemacht?“, fragte Jimmy stolz seinen Vater und deutete auf die bunt dekorierten Bäume.

„Das sieht ja richtig toll aus. Der Garten ist nicht mehr wiederzuerkennen“, antwortete Braun und klopfte seinem Sohn anerkennend auf die Schulter.

„Warte erst ab, wenn ich meine Veggie-Burger verteile.“

„Gibt’s eigentlich auch einen normalen Hamburger?“, fragte Braun vorsichtig. Er wollte den Enthusiasmus seines Sohnes nicht bremsen.

„Braun, das ist total altmodisch“, mischte sich Kemal ein. Er wischte sich die Hände an seiner karierten Schürze ab und wies auf den Grill, der auf dem Tresen des aufgeklappten Citroën-Busses aufgebaut war. „Als Geschäftspartner von Jimmy weiß ich, dass Veggie-Essen total im Trend liegt. Auch du wirst dich umstellen müssen. Würde dir nicht schaden." Kemal klopfte Braun auf den Bauchansatz.

„Aber das Bier hat wenigstens noch Alkohol", brummte Braun und griff nach einer Dose San Miguel.

„Vielleicht bieten wir in Zukunft auch veganes Bier an", sagte Jimmy und grinste.

„Das ist der Untergang der Bierkultur", seufzte Braun. Er blickte sich um. Franka unterhielt sich angeregt mit Timo und Elena. Kim hockte bei Samira im Gras und half ihr, einen Blumenkranz zu binden.

Es war ein idyllisches Bild und Braun fühlte sich glücklich wie schon lange nicht mehr. Doch immer wieder flimmerten die letzten Bilder aus Tallinn durch seinen Kopf: Arto, der in einer Blutlache auf dem Boden lag, während die Sanitäter versuchten, ihn mit Elektroschocks wieder ins Leben zurückzuholen.

Aber dann kramte er sein Handy hervor und aktivierte das Video, das er heute erhalten hatte. Es zeigte ein leeres Krankenbett. Plötzlich tauchten links und rechts die Gesichter eines Mannes und eines jungen Mädchens auf. Beide schnitten eine Grimasse und reckten den Daumen in die Höhe. Aus einem nagelneuen B&O-Bluetooth-Lautsprecher auf dem Nachttisch dröhnte „I will survive". Arto und Kalinka waren bereit für ein neues Leben.

„Na, in Estland müssen die Polizisten ja viel verdienen", meinte Timo, der gerade vorbeikam und das Video sah.

„Wie kommst du darauf?", fragte Braun.

„Dieser B&O-Lautsprecher kostet doch ein Vermögen."

„Arto hat wahrscheinlich Geld gespart", antwortete Braun und verkniff sich ein Grinsen. Sein neuer Freund hatte wirklich ein gutes Händchen für illegale Geschäfte.

„Ihr Erfolg in Tallinn hat sich bis in die höchsten Kreise herumgesprochen", sagte Elena, die mit Braun bei dem Citroën-Bus auf einen Burger von Jimmy wartete.

„Das war mehr der Verdienst von Arto Kaukonen."

„Nun, ich denke, das haben Sie beide erreicht. Traurig, dass es ihn am Ende doch noch erwischt hat. Die Interpolfahndung nach dem russischen Porsche blieb leider erfolglos."

„Was auch irgendwie zu erwarten war", sagte Braun.

„Dafür geht es Ihrem Freund Jan Faber wieder besser." Elena deutete auf Jan, der mit Samira auf dem Schoß mit seinem Rollstuhl mehrere Runden über die gepflasterten Wege im Garten drehte.

„Ohne Jans Hilfe wären wir auch der Hanstetten AG niemals auf die Schliche gekommen", sagte Braun.

„Stimmt, obwohl seine Methoden immer etwas unkonventionell sind." Elena biss in ihren Veggie-Burger, den ihr Jimmy gereicht hatte. „Wow, das schmeckt ja fantastisch", sagte sie mit vollem Mund.

„Da hörst du es, Tony. Deine Chefin weiß meine Kochkünste zu schätzen."

„Ich doch auch, mein Sohn." Braun biss herzhaft in seinen Burger und musste zugeben, dass er tatsächlich nicht übel schmeckte.

Mit dem Burger in der Hand ging Braun zu Franka, die am Gartenzaun stand und den Sonnenuntergang bewunderte. In der Hand hielt sie eine Postkarte.

„Ist das ein Liebesbrief?“, fragte Braun.

„Schön wär's“, erwiderte Franka. „Das ist eine Karte von Tara aus Berlin. Ich dachte immer, meine Schwester kann weder ordentlich Deutsch schreiben noch lesen. Jetzt sieh dir das an. Sie schreibt richtig druckreif: ‚Liebe Schwester, Joaquin, Dimitru und mir geht es gut. Wir haben jeden Tag ein volles Haus, anscheinend lieben die Berliner unsere Romakultur der alten Mythen. Ich bin so glücklich, wie ich es seit Langem nicht mehr war. Aber ich will dieses Gefühl teilen. Deshalb schicke ich dir auch viel Glück in dein Herz. Deine dich liebende Schwester Tara‘.“

„Ist ein schöner Text“, meinte Braun und stieß mit Franka die Bierdosen zusammen.

„Ich mache mich dann auf den Weg“, sagte Franka und zog ihre Lederjacke an.

„Du willst schon weg?“, fragte Braun.

„Ich will noch ein wenig mit dem Motorrad in den Sonnenuntergang fahren.“ Franka lachte. „Ich brauche dieses Gefühl von Freiheit.“

„So wie die Helden im Abspann eines Films.“

„Ich bin keine Heldin.“

„Bist du doch. Du hast immerhin Jan das Leben gerettet“, widersprach Braun.

„Braun, du siehst so nachdenklich drein. Tut es dir bereits leid, dieses Haus gemietet zu haben?“ Kim stand neben ihm und legte die Hand auf seinen Arm.

„Wie kommst du darauf? Das war die beste Idee, die Jimmy jemals hatte. Ich hätte das schon viel früher machen sollen“, sagte er.

„Lass die Vergangenheit, genieße die Gegenwart“, antwortete Kim.

„Und was ist mit der Zukunft?“, fragte Braun.

„Keine Ahnung.“ Kim nahm einen Schluck Bier. „Deswegen wohne ich auch nicht hier, sondern habe nur ein Gästezimmer. Gäste kommen und gehen. Und man vermisst sie nicht, wenn sie einmal nicht mehr da sind.“

DANKSAGUNG

Liebe Leserin, lieber Leser,

wir möchten einmal recht herzlich DANKE sagen, dass Sie unseren Thriller „Strandmädchentod" gelesen haben. Hoffentlich haben Sie den spannenden Fall mit Tony Braun in Tallinn genossen!

Wenn Ihnen dieser Thriller gefallen hat, dann freuen wir uns über eine kurze Rezension bei Amazon.de.

Wir freuen uns immer über jede Nachricht von Ihnen an unsere B.C. Schiller Email Adresse: bc.schiller@blue-velvet.com

Das war's auch schon. Alles Liebe an Sie und bleiben Sie gesund und glücklich :)

Barbara & Christian Schiller

Folgen Sie uns auf unserer Amazon Autoren-Seite und Sie erhalten immer alle aktuellen News zu unseren Büchern!

P.S. Natürlich freuen wir uns auch riesig, wenn Sie unser

Fan auf Facebook und/oder Follower auf Twitter und /oder Instagram werden. DAAAAAANKE;)

facebook.com/BC.Schiller

twitter.com/bc_schiller

instagram.com/bc.schiller

TARGA HENDRICKS

Probieren Sie auch unsere neue Thriller-Serie mit der ungewöhnlichen Ermittlerin Targa Hendricks:

Wer ist Targa Hendricks?

Targa Hendricks ist die beste Undercover-Ermittlerin einer streng geheimen Sondereinheit des BKA. Sie ist jung, intelligent, leicht autistisch und ohne Gefühle. Beste Voraussetzungen also für ihren Job. Denn sie muss mutmaßliche Serienkiller auf frischer Tat ertappen und überführen.

Targa ist ein Findelkind, das zusammen mit seiner Zwillingsschwester in einer Winternacht vor einer Berliner Klinik abgelegt wurde. Ihre Schwester, Yella, starb wegen der eisigen Temperaturen noch in der gleichen Nacht. Doch Targa ist auch weiterhin durch ein unsichtbares Band mit Yella verbunden und spricht mit ihr, wenn sie vor Problemen steht.

Und vor Problemen steht sie häufig. Sie ist beziehungsunfähig und eckt mit ihrer direkten Art an, hat daher auch keine Freunde. Ihre einzigen Bezugspersonen sind ihr Vorgesetzter Volker Lundt und die Krankenschwester Margret, die Targa damals gefunden hat. Margret muss ihr immer und immer wieder die Geschichte von dem gelben Porsche »Targa« erzählen, der mit aufheulendem Motor in der dunklen, eisigen Nacht verschwunden ist. Der Fahrer war vermutlich ihr Vater, und Targa wird ihn eines Tages finden.

Um dieses Ziel zu erreichen, geht Targa zur Kriminalpolizei und darf aufgrund ihres Talents an einer FBI-Spezialausbildung in Quantico teilnehmen. Zurück in Berlin wird ihr ein Job in der neu gegründeten BKA-Sondereinheit K2 angeboten. Ihre Aufgabe besteht darin, in ganz Europa mutmaßliche Serienkiller aufzuspüren und zu überführen. Sie muss allein arbeiten und hat nur sporadischen Kontakt zu ihrem Vorgesetzten Volker Lundt.

Targa kündigt daraufhin ihre Wohnung und lebt ab sofort in einem VW-Bus am Rande von Berlin.

B.C. SCHILLER
»SEI MUTIG UND LIES DIESEN THRILLER!«
CATHERINE SHEPHERD
IMMER WENN DU TÖTEST
EIN FALL FÜR TARGA HENDRICKS
THRILLER

28519309R00247

Printed in Poland
by Amazon Fulfillment
Poland Sp. z o.o., Wrocław